내 남편은 맹수

내 남편은 맹수

효진 장편소설

가하

내 남편은 맹수

지은이 효진
펴낸이 이형기
펴낸곳 도서출판 가하

초판인쇄 2015년 2월 5일
초판발행 2015년 2월 12일
출판등록 2008년 10월 15일 제 318-2008-00100호

주소 서울 영등포구 양평로 67, 1209 (당산동5가, 한강포스빌)
전화 02-2631-2846 **팩스** 02-2631-1846

www.ixbook.co.kr

ISBN 979-11-295-0062-5 03810

값 9,800원

프롤로그

설인이 내려왔다.

네팔의 전설 속 생물 예티나 북아메리카의 설인, 빅풋은 아니다. 하지만 그것은 온통 하얀 몸에 이족 보행을 했고 엄청난 위압감을 자랑했다.

그것이 내려온 쿠르크 산은 그 지역의 성산으로 세르파들에게조차 입산 금지 구역이었다. 그 쿠르크 산 중턱, 몰래 산양들을 이끌고 온 18세의 풋내기 세르파가 있었다.

세르파 청년은 산양들의 이상한 움직임에 고개를 들었다가 설인을 발견하고 얼어붙었다.

"히이익."

설인이 세르파 청년을 발견하고 눈을 빛냈다. 그가 빠르게 청년을 향해 다가왔다. 그 움직임 하나하나에 무시무시한 박력이 실렸다. 설인은 2미터도 되지 않았지만 세르파에겐 3미터 이상의 거인처럼 느껴졌다.

눈 깜짝할 사이 세르파 앞에 다다른 설인이 자연스럽게 말을 걸어왔다.

"익스큐즈 미."

음……? 어……?

세르파 청년은 제 귀를 의심했다.

눈앞의 존재가 움직일 때마다 그의 몸에서 눈덩어리가 떨어졌다. 청년이 설마 하며 남자의 몸에 붙어 있던 고드름 몇 개를 떼어냈다. 그 아래로 남자의 하얀 외투가 보였다.

"아아. 그래서 이상하게 본 건가."

이상한 말을 지껄이던 남자가 천천히 제 몸을 신나게 털었다. 우수수, 거대한 얼음덩어리들이 남자의 몸에서 떨어져 나갔다.

남자의 새하얀 방한복 외투 위로 얼음과 눈이 한데 얼어붙어 있었다. 그 외투는 무릎 아래까지 올 정도로 길었고 외투에 붙은 털모자도 하얬다. 외투 아래의 바지나 트래킹화, 소맷단 아래 드러나는 장갑만이 남자가 인간임을 증명해주고 있었다.

남자는 천천히 모자와 마스크를 벗으며 말했다.

"익스큐즈 미?"

세르파 청년은 설인에서 인간으로 진화하는 남자를 멍청히 올려다보았다.

키는 190센티미터 가량. 터부룩한 머리를 아무렇게나 늘어뜨린 국적 불명의 남자.

남자는 턱수염을 멋대로 길렀고 그 아래의 얼굴이나 옷은 참으로 남루했다. 허나 덩치나 포스만큼은 오금을 저릴 정도로 압도적이었다.

설인으로 착각할 만큼 산짐승 같은 느낌이 드는 묘한 인간이었다.

"여기가 아닌가?"

고민하던 남자가 얼떨떨한 얼굴의 세르파 청년 앞에 오래된 지도 하나를 펼쳤다. 남자가 의도하는 바는 한 가지였다.

여기가 어딘가. 마을은 어느 방향인가.

세르파 청년은 더듬거리며 남자가 가려는 목적지의 마을로 가는 길을 설명했다.

"땡큐."

감사의 인사를 건넨 남자가 성큼성큼 세르파의 시야에서 사라졌다. 키가 큰 만큼 보폭도 널러 남자가 사라지는 속도는 빨랐다.

산을 내려온 남자는 새 지도를 장만해야겠다고 생각했다. 오래된 지도는 알아보기 난감할 정도의 넝마가 되어 있었다.

"하여간 내려오고 싶진 않았는데."

한국어로 투덜거린 190센티미터의 남자가 쿠르크 산을 내려온 것은 무려 반년 만의 일이었다.

남자는 세계 야생동물 반인반수협회(World Wildlife Half-man Half-Beast Association=WWHHA, 혹은 WWHA)에서 석 달 치의 식료품을 공수 받아 계속 생활해왔다.

어느 날 반인반수협회 WWHA 산하의 독립부서 '멸종위기종 연맹(Endangered Species Union)'이 그에게 무려 최후통첩을 날려 왔다. 그 협박이 아니었다면 남자는 산을 내려올 생각조차 하지 않았을 것이다.

그 멸종위기종 연맹. 통칭 ESU 한국 지부가 내린 명령은 단순했다.

[ESU의 명령을 받지 않는다면 굶겨 죽이겠다.]

맙소사, 굶겨 죽이겠다니. 그 ESU가 남자에게 제대로 원한을 품은 것이 분명했다.

남자는 보급식량이 없어도 굶어 죽지 않을 자신은 있었다. 하지만 ESU는 그의 연락두절을 이유로 그를 현상수배에 부쳐 온갖 사냥꾼을 불러들일 게 뻔했다. 세계의 반인반수협회 연합과 사냥꾼들이 그를 생포하려 덫을 놓고 현상금 때문에 쫓기던 기억은 오십 년 전만으로도 충분했다.

뭐, 이만큼 버텨왔으면 된 거려나.

남자는 긴 한숨을 쉬었다. 얼마 남지 않은 멸종위기종의 품위를 고려해야 할 시점인 듯싶었다.

"산을 내려가야겠군."

세르파가 알려준 방향대로 마을에 다다르자 남자는 더는 지도가 필요치 않게 되었다.

약속 장소는 늘 정해진 공간이었다.

네팔의 마을에는 오래된 호텔 하나가 있다. 이름만 호텔이지 외관이 이십 년째 변하지 않은 낡은 숙박업소로, 텁수룩한 외모의 네팔 인 사내가 운영하는 곳이었다.

남자는 그곳에서 자신을 기다리는 미얀마 인을 만나기 위해 2층 호텔 방으로 들어섰다.

노크도 없이 문을 열자 키가 작달막하고 몸이 날래게 보이는 피부가 까만 남자가 있었다. 어쩐지 원숭이를 닮은 인상이기도 했다. 그가 키가 큰 사내를 보며 일어났다.

"아, 이태산 씨입니까?"

"맞아."

이태산. 국적 한국.

태산은 미얀마 인 사내가 유창한 한국어를 구사해도 놀라지 않았다. 반인반수들은 수명이 길었고 태산과 ESU 현지 직원인 미얀마 인 사내가 대면해 온 것도 벌써 이십 년은 되었다. 그들은 의례적인 확인 절차를 거쳤다.

"원산지가 노스 코리아, 함경북도 남포태산 출신이십니까?"

"사백 년 전이지만 맞아."

미얀마 인의 물음에 태산이 시큰둥하게 대답했다. 태산의 이름은 출신지인 함경북도 남포태산에서 따왔다.

"아참, 그쪽도 신분을 밝혀."

태산의 말에 미얀마 인은 익숙하게 자신의 여권과 ESU 인증의 신분증을 꺼내 보여주었다.

태산은 코를 벌름거리며 미얀마 인의 냄새를 맡는 것으로 화답했다. 미얀마 인 역시도 태산의 체취를 맡느라 킁킁거렸다.

두 반인반수의 체취 확인 작업이 끝났다. 신분증은 형식적인 것에 불과했다.

"원숭이의 체취는 여전하네."

태산은 아무리 들어도 생소한 페이어스리프 원숭이란 이름과 학명이 갈겨써진 미얀마 인의 신분증을 힐끔 바라보았다.

미얀마 인은 제 신분증을 지갑 속에 넣은 뒤 ESU의 전달 사항을 읊었다.

"ESU의 명령을 전달하겠습니다. 아참, 그전에 한국으로 돌아가신 적이 언젭니까?"

태산은 삐걱거리는 낡은 의자에 몸을 깊이 묻으며 생각했다.

"아마, 십오 년 전?"

태산의 여권은 시효가 넘은 지 오래였고 주민등록조차 말소되었을 터였다. 페이어스리프 원숭이 남자는 놀라지도 않고 고개를 끄덕였다.

"그래서 준비했습니다. 이태산으로 새로 활동할 신분증과 여권입니다. 일단 사진은 십오 년 전 것으로 대충 포토샵 해서 만들었습니다만, 지금의 모습과는 차이가 있군요. 이발과 면도를 하시는 게 좋겠습니다."

제 몰골이 어떨지는 안 봐도 뻔했다. 태산이 고개를 까딱였다.

"그러지. 헌데 ESU의 전언은? 날 산에서 내려오게 했으니 그만큼의 보상은 있어야 할 것 아니야?"

"그간 끊임없이 하산 요청을 했는데도 내려오지 않은 쪽은 이태산 씨입니다."

"알아. 그런데 왜 날 불렀냐는 거지. 목적도 모르는데 하산해서 어쩌라고."

"압니다. 하지만 목적은 맞선입니다."

태산의 움직임이 멎었다. ESU의 뜻을 전하는 미얀마 인이 읊었다.

"ESU에서는 이태산 씨의 반려로 적합한 한국산 호랑이 아가씨를 구했다고 합니다. 일주일 후, 이곳으로 가서 만나보시면 됩니다. 비행기 표와 이태산 이름으로 된 여권과 새로운 신분증, 호텔 예약과 필요한 모든 절차를 마무리 지어 놓았습니다. 여기 받으십시오."

이태산은 나흘 후, 인천공항으로 직행하는 비행기 편도 티켓과 호텔 예약증, 새로운 신분증과 카드들이 든 지갑을 응시했다.

반려라. 그의 아내가 될 한국산 호랑이라.

먼 산을 응시하던 이태산이 천천히 입을 열었다.

"……예쁘냐?"

페이어스리프 원숭이 남자가 머리를 긁적거렸다.

"글쎄요? 반인반수 기준에서, 인간의 미적 개념으로 대답해야 합니까? 아니면 원숭이의 입장에서 대답해야 합니까?"

태산은 어떻게 대답해야 할지 몰랐다.

희귀 원숭이족 사내는 부럽다는 듯 태산을 응시했다.

"저도 ESU 소속으로 전 세계를 돌아다니며 반려가 될 사람을 찾고 있지만 같은 종족을 찾기는 정말 어렵습니다. 같은 종족의 반려를 맞이하게 되었으니 정말 축하드립니다. 오랜 독신 생활에 종지부를 찍게 되셨군요."

태산은 긴 한숨을 쉬었다. 이걸, 정말 축하받아야 하는 것일까?

그리고, 태산은 아까부터 궁금한 것을 질문하기로 했다.

"그런데."

"네?"

"포토샵이 뭐지?"

진지하게 되묻는 태산의 얼굴을 보며 미얀마 인의 인상이 샛노랗게 변했다.

"히말라야에서 언제 내려가셨습니까? 다른 나라로 출국은?"

태산이 턱을 긁적였다.

"아마도 십오 년 전이 마지막일 텐데? 그 뒤로 계속 히말라야 이쪽을 돌았지."

"그럼 컴퓨터는 하십니까?"

태산은 답이 없었다. 미얀마 인이 진지하게 대답했다.

"그럼 출국할 때, 한국에 입국하셨을 때 안내인을 붙여드리겠습니다."

일주일 뒤. 태산은 면도를 하고 깔끔하게 쳐낸 머리카락을 매만지며 불편해 했다. 갑갑한 양복이 갑옷 같고 넥타이란 건 족쇄나 목줄 같았다.

맞선을 위해 온 대도시는 태산에게 공포감을 일으킬 만큼 낯설었다. 태산은 좁은 땅덩어리 위에 위태롭게 개미탑처럼 선 빌딩들을 싫어했다. 그 빌딩들이 모인 빌딩숲은 보는 것만으로 현기증이 느껴졌다.

심지어 서울은 공기도 나쁘다. 매연은 참을 수 있을 지경을 넘었다.

거기에 맞선은 또 인간들의 흉내를 내며 호텔 커피숍인가. 반려라니, 우습지도 않았다.

ESU가 주선한 맞선은 이번이 무려 열 번째. 태산에겐 암컷이 없는 시간이 너무 길었다. 사백 년 정도 혼자 살다보면 인간 여자들과 섹스를 하며 생리적 욕구를 해결하기도 한다. 하지만 인간 암컷들은 그의 취향이 아니었다. ESU가 주선한 그의 동족인 맞선녀들도 마음에 든 적이 없었다.

같은 호랑이족인 아홉 암컷들은 결격 사유가 넘쳤다. 나이가 너무 많거나 혼인한 상태이기도 했고 섹스중독자나 레즈비언도 있었다.

그러니 이번에도 기대는 되지 않았다.

태산은 눈살을 찌푸리며 맞선녀를 기다렸다. 그의 험악한 포스

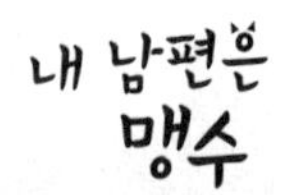

에 외려 주변인들이 겁에 질렸다.

검은 양복을 입은 남자는 말 그대로 몸이 탄탄한 근육질로 전신이 잘 발달되어 있었다. 압도적으로 큰 키에 짙은 눈썹과 날렵한 눈매를 포함한 얼굴은 야성미와 사내다움이 넘치는 수컷 중의 수컷이었다.

그 압도적인 외모의 수컷이 콜라를 벌컥벌컥 들이마셨다.

기다리기를 벌써 이십 분째.

문제의 암컷호랑이가 오지 않고 있다. 설마, 바람맞은 것인가?

험악하게 인상을 일그러뜨린 태산이 ESU에게 귀산 통보를 해야겠다 생각한 참이었다.

멀리서 익숙한 체향이 풍겨왔다. 그의 눈이 서서히 크게 떠졌다.

태산도 호랑이 특유의 페로몬을 발산했다. 그가 발산하는 후각적 신호를 따라 늘씬한 인영 하나가 그의 앞으로 다가왔다.

여자다! 그것도 암컷이다! 우와아!

"저기?"

태산은 코를 벌름거렸다.

암컷호랑이! 그것도 가임기의 암컷호랑이!

이 얼마 만에 맡아보는 동족의 냄새인가! 그는 자신이 미칠 정도로 동족을 그리워했다는 사실을 깨닫고 여자에게 시선을 고정시켰다.

"저기, ESU의 소개로 오신 분이신가요?"

여자의 목소리는 가냘팠다. 암컷호랑이의 기백을 지녔지만 여자는 금발에 희고 작은 얼굴, 가녀리고 하늘하늘한 몸매를 지녔다. 얌전한 살구색 정장은 여성스럽고 무릎길이의 치마 아래로 보이는 다리는 참 예뻤다. 순진해 보이는 얼굴은 그의 취향이었다! 할렐루야!

태산이 자리에서 벌떡 일어나자 여자가 움찔했다. 의자가 요란한 소리를 내며 옆으로 쓰러졌다. 그의 시선은 오직 암컷 호랑이에게 꽂혀 있었다.

"저기, 이름이 뭡니까?"

"음. 저기. 전 김옥자……라고 해요. ESU의 소개로 오신?"

"그, 그렇습니다! 이태산이라고 합니다."

저도 모르게 목소리가 커졌다. 여자가 키득거리며 웃었다. 태산은 뒤늦게 정신을 차리고 여자에게 의자를 당기고 돌아왔다. 내동댕이쳐진 의자를 세워 앉은 그가 여자와의 대화에 집중하려고 애썼다.

아니, 그러니까. 무슨 대화를 해야 하는 거지?

여자의 얼굴을 보자 태산의 머리가 하얗게 비었다. 그러니까, 음.

"결혼합시다."

"네?"

여자의 눈이 휘둥그레졌다. 태산은 테이블 위에 놓인 여자의 손목을 잡아당겨 끌었다. 그리고 아주 음산하고 포스 있게 고백했다.

"우리 같은 멸종위기종은 상대가 마음에 들면 결혼해야 합니다."

그 박력에 김옥자가 놀라 반사적으로 고개를 끄덕였다. 태산은 회심의 미소를 지었다.

"그러니까 합을 맞춰봅시다."

"네?"

"합을 맞춰보면 진정한 짝인지 알 수 있을 겁니다."

옥자가 그 합이 무슨 뜻인지 깨닫기도 전에 태산은 테이블 위로 콜라 값과 팁을 던지고, 냉큼 그녀를 안아들었다.

"저, 저기요!"

그것도 한쪽 팔로 옆구리에 덜렁. 말 그대로 옆구리에 꿰인 상태의 옥자는 어이가 없었다.

태산은 그 상태로 성큼성큼 커피숍을 나섰다.

엘리베이터만 타면 금방 그의 호텔 방에 다다를 수 있다. 목적지가 코앞이다.

"사, 사람 살려요! 저, 사람 살려! 내려주세요!"

옥자가 놀라 두 다리로 버둥거리며 비명까지 질렀지만 태산은 여자를 낀 옆구리에 힘을 준 채 여자를 떼어놓지 않았다.

1. 호랑이족이 맞선을 봅니다

사흘 전, 미국 뉴욕의 ESU 사무실.

금발의 김옥자는 멸종위기종 보호연맹의 약자를 읊조렸다. 그녀는 핑크색 꽃무늬 원피스의 팔랑이는 치맛자락을 모았다. 적응되지 않는 인간의 옷이 거추장스러웠다. 그녀를 돌아보는 몇몇 짐승족들이 고개를 갸웃거리는 것도 신경 쓰였다.

왜 그들이 자신을 돌아보는지 그녀는 알고 있었다.

옥자는 반인반수답지 않다. 평소 그녀는 무향무취로 지내며 체취 따위 방출하지 않았다. 겁이 많고 소심했기에 제가 반인반수인 것을 숨기며 살아왔다. 그녀가 체향을 방출하지 않는 한 그녀의 본질을 눈치 챌 이는 적었다.

ESU가 최후통첩을 날리지 않았다면 이곳까지 오지도 않았다. 옥자가 이곳까지 오는 데에는 많은 용기가 필요했다.

옥자는 ESU의 문을 두드리고 들어갔다.

마침 점심시간이 막 지나서였을까. 한 층 전부를 사용하는 ESU의 사무실이 한산했다. 파티션으로 구별된 수십 개의 책상들 전부가 비어 있었다. 옥자는 직원들이 외근이나 파견근무로 다들 바쁜가 하며 사무실을 돌다 한 존재를 발견했다.

땅딸막한 키에 묵직하게 출렁거리는 복부, 부리마냥 툭 튀어나온 입에 깨알 같은 안경을 콧잔등 위에 걸친 중년 남자였다. 앉은 키도 작아 파티션에 몸이 가려져 보이지 않을 정도였다. 남자의 왼쪽 가슴에는 '프랭클린 도도'라는 이름이 적혀 있었다.

아, 도도새구나.

날지 못해 멸종된 도도새의 반인반수들은 그들의 성을 '도도'로 통일했다. 그리고 그들은 세상에서 가장 태평스럽고 일처리가 엉망인 종족이었다. 하지만 옥자에겐 불행히도 선택의 여지가 없었다. 그녀가 한숨을 쉬며 도도새에게 다가갔다.

『안녕하세요, 전 ESU의 호출을 받아서 왔는데요.』

옥자가 자신에게 온 ESU의 독촉장을 내밀었다. 그것을 살피던 프랭클린 도도가 한참이나 시끄럽게 통화를 하더니 그녀에게 통보했다.

『그러니까 에밀리 킴? 제가 담당자가 아니라서 연락해보니 그는 나흘 뒤에나 돌아온다고 하네요. 아프리카 케냐에 갔답니다. 홍학족 산란기를 맞이해 무척 바쁘다고 하더군요.』

『그, 그렇군요.』

『일단 급한 일이라면 제가 처리해도 된다고 하던데. 어디 보자.』

도도새는 느긋하게 프로그램을 켜고 옥자의 기록을 살폈다.

『호오. 종족이 한국산 호랑이시군요. 보안등급도 높군요. 하지만 저희들의 호출에 계속 응답하지 않으셔서 블랙리스트로 수배 직전.』

옥자는 모기만 한 목소리로 대꾸했다.

『사람이든 짐승이든 많이 있는 곳은 싫어해서요. 그런데 전 무슨 일로 호출된 거죠? 혹시 제가 신청한 반려 보호 프로그램 때문인가요?』

'반려 보호 프로그램'을 입에 담는 순간 도도새의 인상이 일그러졌다. 돋보기안경을 콧잔등에서 들어 올리며 컴퓨터 모니터를 뚫어져라 바라보던 도도새가 말했다.

『본인은 신청부적격자인데 그걸 모르시나요?』

『어째서요?』

옥자는 전연 이해할 수 없었다. 도도새가 설명했다.

『반려 보호 프로그램이라는 건 인간의 증인 보호 프로그램과 이름이 비슷하긴 한데, 보통 힘이 부족한 초식계가 육식계나 육식종의 억지 프러포즈를 받을 때 신청 가능합니다.』

『저, 정확히 설명해주세요.』

옥자는 입술을 깨물었다. 도도새는 안경을 추켜올렸다.

『네네. 이해가 쉽게 설명해보죠. 이를테면 토끼 암컷이 재규어 수컷에게 청혼을 받았다. 재규어가 토끼를 힘이나 무력으로 제압하려 한다. 이런 경우에나 가능한 겁니다. 대부분의 신청인들은 토끼나 조류 등 초식종들이고 가해자 측은 곰이나 거대 고양이 계열의 육식종들입니다.』

『아아.』

『한마디로 피해자는 초식종. 가해자는 육식종이죠. 헌데 에밀리 킴의 종족은 뭐죠?』

『호, 호랑이요.』

『그렇죠. 육식종이십니다. 피해자가 육식종인 경우는 단 한 번도 없었어요. 전대미문이죠. 육식종과 육식종 사이의 반려 보호 프로그램은 가동하지 않아요. 아무리 사자족의 미스터 레온 레오파드가 프러포즈한다고 한들 이런 건 경우가 아니죠. 차라리 맹수나 야수답게 싸워 상대에게 이기시는 편을 추천 드립니다.』

옥자는 다시 본론으로 돌아와야 했다.

『그, 그럼 절 왜 부르신 거죠? 독촉장은 왜?』

도도새는 다시 모니터를 노려보았다.

『아, 그거요? 맞선 날짜가 잡혀서 호출된 거네요.』

옥자의 머리가 멍해졌다. 맞선? 이건 무슨 개뼈다귀 같은 소린가.

『전 아직 결혼할 준비가 되어 있지 않아요! 본인 의사와 상관없이 맞선이라니!』

그녀의 항의에도 도도새는 멍청하게 웃기만 했다.

『그럼 사자와 결혼하실 겁니까? 호랑이와 결혼하기 싫으시다면요.』

케세라세라. 될 대로 되라. 흐느적거리며 어깨춤을 춰대는 도도새를 보며 옥자는 충격에 휩싸였다.

옥자가 백만장자인 사자족 미스터 레오파드의 구애를 피해 도주한 지 십 년이 넘었다!

이 태평스런 종은 그녀의 목숨을 건 도주 생활을 이해하지 못하고 있었다. 아니, 너무 태평스러워 멸종되지 않은 게 신기해 보였다. 그녀는 도도새 일당을 태평양 외딴 무인도에 몰아넣고 보호한 ESU가 원망스러웠다.

『에밀리 킴은 한국 호랑이시죠?』

『네.』

옥자는 뒤늦게 정신을 차리며 대꾸했다.

『그리고 결격사유가 있으시고요.』

옥자는 한숨을 내쉬며 긍정했다. 도도새는 옥자를 위아래로 훑어보다 말을 이었다.

『결격사유 때문에 제대로 된 반려를 못 만난다는 건 아시죠? 이 맞선 상대는 그런 걸 감안하고서라도 에밀리 킴을 보호해줄 수 있을 유일한 존재일 겁니다. 일단 결정된 거니 가서 만나보세요.』

도도새는 더 들을 필요도 없다는 듯 비행기 표와 약속 장소를 통보했다.

『목적지와 날짜는 사흘 후, 한국 서울입니다. 이미 호텔 방 예약까지 완료해뒀습니다.』

『정말 가야 하나요?』

『가십시오. 아니면 ESU의 통첩을 위반한 겁니다.』

경고의 말까지 날린 도도새는 에밀리 킴에게 준비해둔 비행기 표와 여권, 호텔 바우처들을 떠넘기고 그녀를 배웅했다.

돌아온 도도새는 자신이 모니터에 띄운 프로그램을 가만히 노려보았다. 아까 뭔가 잘못 클릭한 느낌이 들었는데?

『착각이겠지?』

도도새는 금방 까먹어버리고 말았다.

사흘 후. 정신없이 한국으로 날아와 호텔 방에 짐을 푼 옥자는 한숨만 쉬었다.

맞선이라니, 맞선이라니!

한국산 호랑이와 맞선이라니.

그녀는 정확히는 한국산 호랑이족의 반인반수였다. 세계에 많은 반인반수가 넘쳐난다지만 호랑이, 그것도 한국산 호랑이 종족은 지독하게 희귀했다.

한국 반인반수협회 기준으로 구미호, 삵과 함께 호랑이족은 한국 3대 멸종위기종의 맹수로 분류되었다.

초식종에 비해 수명이 터무니없이 길고 은둔하는 맹수족들은 문제가 많았다. 그들은 희귀했고 무리도 짓지 않았다. 개체 수가 파악되지 않다보니 반려를 만나는 것도 쉽지 않았다.

한국산 호랑이족의 반인반수 역시 희귀했다. ESU는 그중 순혈 호랑이 개체를 파악해 서로에게 맞선을 보게 하고 그들을 교배해 순혈의 자식을 얻게 했다. 멸종위기종의 멸종을 막는 한 방법이었다.

문제는 옥자 역시 한국호랑이족이지만 돌연변이로 분류되어 보안등급까지 높았다. 순혈이 아닌 이상, 그녀가 호랑이족 수컷을 만나 아이를 낳을 가능성은 현저히 적었다.

"하아. 내 맞선남은 나이가 많거나 조건이 형편없겠지."

그녀의 기대감은 현저히 낮았다.

"차라리 혼혈이나 돌연변이라도 노년의 인자한 수컷이면 좋을 텐데. 나이가 많으면 나를 보호해주려나?"

옥자는 저를 손녀처럼 여기며 그녀를 보호해줄 현명하고 점잖은 노호랑이를 상상했다. 그리곤 나이 많은 호랑이족에게 신뢰를 줄 방안을 연구했다. 얌전한 정장에 공손함까지, 첫인상이 좋으려면 연습은 필수였다.

그리고 맞선 당일.

옥자는 미용실에 가지 못했다. 머리색이 금발이라 걸리긴 했지만 점잖은 정장에 머리를 늘어뜨리자 날라리처럼 보이지 않아 안도했다.

김옥자는 촌스럽지만 신뢰감을 주는 이름이었다.

옥자는 제 얌전해 뵈는 외모와 올드한 본명에 기대감을 걸었다.

약속 시간을 놓칠까 그녀는 정시에 호텔 커피숍을 방문했다. 그리고 거대한 수컷호랑이족과 마주했다. 남자는 그녀의 예상처럼 할아버지는 아니었다.

지나칠 정도로 젊고 기백이 형형한 전성기의 수컷. 외모는 말 그대로 보기만 해도 오금이 저릴 정도로 무서웠다.

"히익."

남자는 거대한 덩치에 위압적인 포스를 풍겼다. 강한 살기를 내뿜어 보는 것만으로도 옥자는 울고 싶어졌다. 설마 저 남자는 아니겠지?

콜라 캔 하나를 한 모금에 죄다 들이켜던 남자가 코를 벌름거렸다.

그의 레이더가 작동했다. 옥자도 냄새를 맡았다. 하지만 이 커피숍에서 호랑이족 반인반수라곤 저 자식 밖에 없었다!

순간 옥자와 시선이 마주친 남자의 눈빛이 형형하게 빛났다. 옥자가 도망칠 곳은 없었다.

어쨌든 저 남자는 희귀한 한국산 호랑이족 반인반수. 그녀와 종족이 일치했다. 최소한 저 덩치의 호랑이라면 무식한 사자, 레온 레오파드보단 나을 터였다.

"저기?"

눈을 번쩍 뜬 한국산 호랑이 거인을 향해 옥자는 말을 걸었다.

"저기, ESU의 소개로 오신 분이신가요?"

그녀를 유심히 관찰하던 남자가 벌떡, 자리에서 일어났다.

드르르륵. 남자가 앉은 의자가 엎어졌다. 옥자는 190센티미터는 가뿐히 될 것 같은 남자의 키에 겁을 집어먹었다.

"저기, 이름이?"

수컷호랑이가 그녀를 탐색하기 시작했다.

"음. 저기. 전 김옥자……라고 해요. ESU의 소개로 오신?"

"그, 그렇습니다! 이태산이라고 합니다."

이름도 태산이란다. 걱정도 태산처럼 밀려왔다.

옥자는 허탈감에 실소했다.

뒤늦게 정신을 수습한 남자가 여자의 의자를 당겨줬다. 돌아와 제 내동댕이쳐준 의자를 세워 앉은 남자가 심각하게 고민하며 그녀와 몇 마디 말을 주고받았다.

그러더니 대뜸 옥자의 손을 끌어다 붙잡고 이런 고백부터 했다.

"결혼합시다."

"네?"

옥자의 머리가 하얗게 비었다.

"우리 같은 멸종위기종은 상대가 마음에 들면 결혼해야 합니다."

결혼 안 하면 너도 죽고 나도 죽자. 그 위압감에 짓눌린 옥자는 울고 싶어 하며 반사적으로 고개를 끄덕였다. 태산이란 남자가 회심의 미소를 지었다.

"그러니까 합을 맞춰봅시다."

"네?"

"합을 맞춰보면 진정한 짝인지 알 수 있을 겁니다."

팁을 과감하게 던진 남자가 그녀를 옆구리에 꿰찼다.

"저, 저기요!"

옥자의 새된 비명도 남자에게는 통하지 않았다.

사, 사람 살려! 아니 호랑이 살려!

옥자는 바동거리며 한껏 반항했지만 이태산은 옆구리에 낀 손과 팔에 힘을 줄 뿐 그녀를 내려놓을 생각 따위 하지 않았다! 사자를 피해 이곳까지 도망쳐왔는데, 이런 정신세계가 태산처럼 미친 놈을 만날 줄이야!

"사, 사, 살려주세요!"

호, 호랑이 살려! 사, 사람 살려! 제가 호랑이족인지 사람인지 구분하기 애매한 옥자가 결국 새된 소리로 말했다.

"제가 뭔지 모르겠지만, 사, 살려주세요!"

바동바동 거리는 옥자의 모습은 누가 봐도 애처로웠다. 허나 그녀를 옆구리에 낀 남자의 험상궂은 얼굴과 한낮에 여자를 납치하는 박력과 당당함에 모두가 할 말을 잃었다. 어떤 이들도 남자의 주변에 선불리 접근하지 못했다.

무엇보다 사람들은 남자가 사방으로 발산하는 살기에 기가 죽었다. 그건 맹수가 아니라 어떤 생명체라도 넙죽 기가 죽어 엎드릴 정도의 포스였다.

그중 옥자의 생명을 안타까워한 벨보이가 겨우 용기를 내어 태산에게 접근했다.

"소, 손님, 지, 지금 뭐 하시는 겁니까?"

"꺼져."

순간 커피숍 전체가 싸하게 얼어붙었다.

벨보이는 거북목처럼 움츠렸다가 연약한 여자를 보며 겨우 용기를 냈다.

"저 저어기, 이건 나, 납치인데요?"

"이 여잔 내 맞선녀다!"

참으로 당당한 태산의 모습에 벨보이는 입이 떡 벌어졌다. 벨보이가 용기를 내며 이태산과 맞서려던 순간, 호텔지배인이 달려왔다. 그는 벨보이의 입을 틀어막으며 태산에게 외쳤다.

"소, 손님! 그, 그냥 올라가시면 됩니다!"

그 와중에 옥자는 바동거렸다.

"저, 저기 사, 살려주세요."

그녀의 미약한 목소리도 호텔 지배인의 강력한 한마디에 묻혔다.

"저래 봬도 호텔 VIP야! 프레지던트 룸 숙박객이시니 불법은 저지르시지 않는다고!"

옥자는 기가 막혀했고 벨보이의 눈은 더 튀어나올 뻔했다.

"그럼 용건 없지? 나 간다."

무뚝뚝한 태산은 맞선녀를 끼고 퇴장했다. 남아 있던 벨보이와 호텔 지배인은 그 씩씩한 구보에 기막혀했다.

며칠 전, 호텔 사장이 친히 영접을 하고 맞아들인 프레지던트 룸 숙박객이 있었다. 살인과 절도를 제외한 호텔 안의 모든 범죄가 용납된다며 호텔 안을 떠들썩하게 만든 무적의 손님이 저 조직폭력배 같은 사내라니!

벨보이는 눈을 휘둥그레 뜬 채 지배인에게 되물었다.

"저 사람, 아니 저 손님은 대체 누구십니까?"

"몰라. 알면 다친대."

한편, 그 상황에서 가장 어이없어한 건 맞선녀, 김옥자였다. 왜 이 한낮, 납치를 당하는데도 아무도 구해주지 않는 것인가!

"저, 저기요!"

호텔 커피숍을 나와 로비를 성큼성큼 지나는 남자에게 옥자는 말을 걸었다.

"저어기, 태산 씨이? 저어기요."

태산은 제 옆구리에 꿰여 가늘고 사랑스런 목소리로 중얼대는 여자를 내려다보았다. 여자는 가벼워서 무게감이 없었다.

"저기, 태산 씨! 드, 듣고 이, 있어요?"

여자는 몸을 바동거리다 결국 축 늘어졌다. 태산은 체력이 모자란 암호랑이가 안쓰러웠다. 오랜만의 섹스인데 연약한 암컷이 그를 제대로 받아줄 수 있을까?

헌데 그런 그의 앞에 난관이 기다리고 있었다. 이태산은 비상구 대신 선택한 엘리베이터 앞에서 멍하니 멈춰 섰다. 이거 어떻게 하더라? 작동법을 까먹은 그가 엘리베이터 문짝을 불태우듯 노려보았다.

주, 죽을 것 같아! 속이 메슥거려!

옥자는 남자의 옆구리에 꿰여 들린 채, 힘겹게 고개를 들었다. 굴비처럼 남자에게 꿰여 들린 것도 억울한데, 그 남자가 엘리베이터 앞에서 무한 정지해 있으니 곤란했다.

남자는 움직이지 않는다. 남자의 옆구리에 단단히 들려 있자니 속이 울렁거려 멀미 증상까지 겹쳤다.

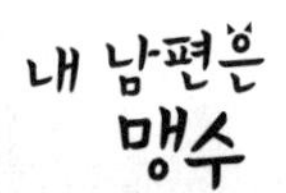

아아, 어차피 힘이 빠져 반항할 기력도 잃었다. 차라리 내려주든가 제대로 안아 올려주든가 둘 중 하나라도 해줬으면!

헌데 남자는 움직일 생각조차 없다. 심지어 엘리베이터 문짝을 불구대천의 원수처럼 노려보기만 하고 버튼을 누를 기색조차 없었다.

차라리 누르란 말이다, 이 자식아! 옥자가 힘겹게 입을 열었다.

"저기요? 우, 우리 어, 어디로 가나요?"

"객실."

옥자는 기가 막혔다.

"거, 거기가 며, 몇 층?"

"이십이 층."

태산은 여전히 엘리베이터 문짝을 감상 중이었다. 옥자는 토하기 직전이었다.

"아, 안 누르세, 세요? 버, 버튼요."

"으으음."

"저기, 안 도망가는데, 내, 내려주시면 안 돼요?"

정말, 진짜로 옥자는 속이 나빴다. 하지만 심란해진 수컷호랑이는 들은 척도 하지 않았다.

네놈이 안 누르면 내가 누른다! 살고자 하는 심정이자 곡예를 하는 기분으로 한껏 팔을 뻗은 옥자가 엘리베이터의 ▲ 표시를 눌렀다.

곧 엘리베이터가 그들의 앞에 멈춰 서며 입을 쩍 벌렸다.

"으음."

태산이 성큼 엘리베이터 안으로 발을 디뎠다. 옥자는 겨우 힘을 내 머리를 들다가 엘리베이터의 반짝거리는 문짝을 통해 그의 험악한 얼굴을 보고 몸을 덜덜 떨었다.

호랑이족 사내가 너무 무서웠다. 진짜 호랑이 굴로 끌려가는 제물의 심정이 이해가 갔다.

이태산이 22란 숫자를 꾸욱 눌렀다. 옥자의 머리에 수컷호랑이가 힘을 과시하며 암컷을 때리거나 암컷을 잡아먹는 등의 무시무시한 상상이 떠올랐다. 엘리베이터 안을 감도는 이태산의 흉포한 기운은 점점 도를 더했다.

반면 특급 호텔의 엘리베이터가 움직이는 속도는 참으로 굼떴다. 22층까지 가는 동안 옥자는 지옥과 천당을 오르락내리락하는 기분이었다.

드디어 엘리베이터 문이 열렸다.

옥자를 붙잡은 남자의 팔에 힘이 더욱 들어갔다. 남자가 복도를 가로질렀다.

압살당하기 직전. 옥자는 옆구리가 터져 사망한 김밥을 떠올렸다.

마침 남자가 호주머니에서 객실의 카드키를 꺼내 또 멈춰 서 있었다. 그의 눈에서 나온 불꽃이 카드키를 단번에 불태워버릴 기세였다.

"오, 맙소사. 또 문을 못 여시는 겁니까?"

사내가 카드키를 부수기 직전. 카드키를 빼앗아든 누군가가 객실 문을 대신 열었다.

옥자는 상대를 살펴보려 고개를 들다 포기했다.

피가 쏠려 제대로 고개를 들 수 없다. 대신 그녀가 본 것은 상대

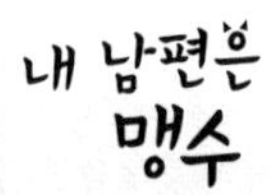

의 반듯한 검은 정장 바지와 검은 구두였다.

"이태산 씨. 제발 문 여는 법은 제대로 익히시라고요."

"시끄러워. 그딴 거 알 게 뭐야."

"객실 문 부수는 것보단 낫잖아요!"

퉁명스러운 이태산의 목소리가 들렸고 태산이 문을 요란하게 걷어찼다. 콰앙! 옥자의 몸이 그 반동에 어지럽게 흔들렸다.

"나가!"

태산과 말을 주고받던 반인반수가 문밖으로 떠밀려 쫓겨났다. 콰앙! 객실 문이 다시 닫혔다.

그 뒤에야 태산은 옥자를 침대 위에 내려놓았다. 압살과 멀미의 위기에서 해방되었지만 그녀는 금방 정신을 차리지 못했다.

침대 위로 축 늘어진 옥자를 바라보며 태산은 목을 갑갑하게 죄어 오던 넥타이를 풀어냈다. 재킷을 바닥에 내동댕이친 그가 이불 위로 축 늘어진 옥자를 내려다보았다.

금빛 무늬의 이불보가 옥자의 금발과 무척 잘 어울렸다. 그의 시선이 치마 아래 드러난 옥자의 늘씬한 하얀 다리에 닿았다.

옅은 살색 스타킹에 감싸인 다리와 베이비핑크 구두를 신은 하얀 발. 치마 아래로 지독한 단내가 풍겼다. 그를 단번에 발정기에 다다르게 하는 암컷의 내음이었다.

아아, 미치도록 덮치고 싶다!

옥자의 흐릿한 호박색 눈이 태산과 마주했다.

태산은 그 시선을 의식한 채 제 안의 야만성을 불태웠다. 넥타이를 풀어낸 그가 와이셔츠를 단번에 몸에서 찢어내었다. 옷 아래로 잘 단련된 상반신과 깊게 팬 식스팩의 복근. 떡 벌어진 어깨와 오랜 산악 생활의 흔적으로 남은 흉터의 훈장!

그 남성미의 대폭발!

누가 봐도 상남자! 반인반수 중 최고의 호랑이족 순혈! 최고의 수컷!

내가 히말라야의 한국 호랑이, 이태산이다!

태산의 우람한 근육을 보여주면 대부분의 인간 여자들은 껌뻑 죽었다! 그러니 저 가녀린 암컷도 뿅 갈 것이다!

상반신이 부족하다면 탄탄한 허벅지와 허벅지의 말 근육도 있었다. 그가 바지 지퍼를 막 열기 직전이었다!

"어, 엄마야아아아아!"

눈을 가린 옥자가 이부자리에 잽싸게 머리만 파묻었다. 태산은 옥자가 노골적으로 민망해한다는 걸 깨달았다. 그러니까 왜?

"저, 저기 이태산 씨! 저, 저한테 왜, 왜 이러세요!"

그녀의 울먹거리는 목소리에 태산은 더 어리둥절해졌다.

"합을 맞춰본다고 했잖아. 그래서 데려온 것인데."

옥자는 저도 모르게 말을 더듬었다. 아니, 그녀의 영혼은 이미 몸을 탈출하기 직전이었다. 그 합이 섹스의 합이라니, 오 마이 갓!

"저기, 그러니까요. 이태산 씨. 나 그, 그러니까."

남성미를 뽐내는 이태산의 몸은 바윗덩어리 그 자체였다. 원시 바바리안 맨처럼 생긴 몸이라니. 아니, 그는 태생 그 자체가 야만인이었다. 옥자를 습격하고 호텔 방으로 납치해 옷부터 벗어제끼고 있다! 근육만 뽐내고 절 덮치려 구는 원시인이 제 반려라니! 그녀는 운이 지지리도 없었다!

노년의 인상 좋은 늙은 호랑이 수컷을 달란 말이야! 차라리 야

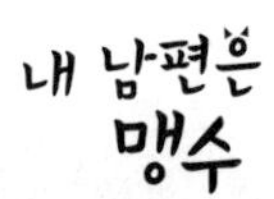

만인보다 로맨스그레이가 좋다고! 망할 ESU!

그녀는 멸종위기종 연맹에 대한 욕을 퍼부으며 동시에 이 위기를 어떻게 벗어날지 고민했다.

"김옥자 씨."

옥자는 저를 덮쳐 오려는 검고 무시무시한 그림자에 저도 모르게 비명을 질렀다.

"까아아아아악!"

암호랑이치고는 참으로 앳되고 소심한 비명이었다. 이태산이 멈칫거리자 옥자는 눈물을 터트리고 말았다.

"으하아아아앙!"

"저기 옥자 씨?"

"말 걸지 마요! 우허어어엉!"

옥자는 너무 억울해서 통곡했다. 일족들에겐 돌연변이 취급이고, 멸종위기종 연맹은 야만 호랑이에게 시집이나 가라 그러고. 제가 아무리 돌연변이에 맹추 같아도 이런 취급이라니!

옥자의 곱던 얼굴이 눈물 콧물로 엉망이 되었다. 태산은 그녀를 달래려고 하다 멈칫거렸다.

"왜, 왜 울어? 뚜, 뚝 그쳐!"

무뚝뚝한 명령조에 옥자는 더 억울해졌다.

"으어어어엉!"

"그만하라고!"

옥자는 겨우 눈물을 멈췄지만 더 겁을 집어먹었다.

"왜 우는 건데?"

옥자는 소매로 눈물을 훔친 뒤 저를 한심스럽게 내려다보는 이태산과 마주했다. 너무 울어서였을까. 그녀의 간이 배 밖으로 나왔다.

"나, 여기 끌고 온 거 때리려 한 거잖아요!"

"뭐?"

이태산이 마구 황당해했다.

"내, 내가 언제!"

옥자는 사자에게 맞아 죽으나 호랑이에게 맞아 죽으나 똑같을 거라고 생각했다. 아니, 최소한 동족상잔의 비극이 제겐 훨씬 더 나았다!

"아저씨가 나 합이나 맞춰보자면서 막 강간하려고 그, 그랬잖아요!"

"강간이 아니라! 어째서! 그런 말을!"

태산이 마구 씩씩거리며 화를 내자 옥자는 더 겁을 먹었다. 태산의 짙은 눈썹이 무섭게 휘어졌다.

"지금 날 보고 아저씨라니!"

아저씨가 아저씨지 그럼 뭐야. 옥자는 갑작스런 서러움에 더 울음을 터트렸다.

"아, 아저씨 나, 나보다 나이 훨씬 많잖아요! 어, 엉엉!"

태산은 아저씨란 호칭에 몸이 휘청거렸다. 사백 년 만에 만난 매력적인 호랑이 암컷 반려에게 아저씨라는 호칭을 듣다니, 맙소사. 제가 너무 늙은 것 같았다.

"그, 그럼 너 나이 몇 살이야?"

"배, 백 살이요!"

옥자가 꼬박꼬박 대꾸하며 눈치를 살폈다. 태산의 머리가 멋대로 울렸다.

"나, 사백 살."

무려 네 배나 나이가 많으니 아저씨란 소리를 들어도 무리가 아니다. 백 살이라면 태산의 증증손녀뻘이라고 우겨도 된다.

하지만 그는 지금껏 독신이었다!

탄식하던 그의 눈에 비친 옥자는 아름다웠다. 잔뜩 흐트러진 정장 블라우스 사이로 언뜻 보이는 눈부신 하얀 속살과 연핑크 색의 브래지어 끈. 그 살에서 달콤한 단내가 났다. 손을 뻗고 싶지만 누가 봐도 저를 무서워하는 암컷을 함부로 덮칠 수가 없었다.

차려진 밥상인데 왜 손을 못 대! 피부가 백옥 같고 맛보면 사르르 녹을 텐데 왜!

그의 몸과 머리에서 분열이 일어났다. 제 몸은 필사적으로 옥자를 덮치고 싶어 했고 이성은 시간을 가져야 한다고 했다.

십 년간 그는 어떤 여자도 안지 않았다. 욕구불만. 발정 직전.

발정 난 짐승이 호텔 방에서 고뇌했다.

"쿠아아아아! 으허어어어엉!"

이태산은 맹수의 기를 담아 사납게 울부짖었다.

그는 며칠 전까지 히말라야의 설원을 멋대로 노닐었던 맹수가 아니던가!

그가 성욕을 짓누르며 소파로 달려가 주먹을 휘둘렀다. 콰아앙! 소파가 그의 주먹 한 방에 으스러졌다. 그가 다시 두꺼운 나무 탁자를 응시했다. 그것을 발로 차고 격하게 부수어댔다.

소파와 탁자를 먼지와 나노 단위로 해체하고 씩씩대며 돌아온 태산이 적당한 거리를 사이에 두고 옥자를 노려보았다.

친절하고 상냥한 것은 이태산과는 글러먹은 일이다. 무엇보다 자신은 욕구불만이다!

옥자는 그 파괴적인 모습에, 파괴의 현장에 핏기가 가셨다.

"나, 나, 나도 주, 죽일 거예요?"

살기를 내뿜는 태산은 두렵다. 그의 주먹 한 방이면 옥자도 목숨이 위태롭다.

비련의 여주인공처럼 기절해버리고 싶지만 몸이 튼튼한 호랑이족이라 기절도 못 한다. 고민하던 그녀가 이내 마음의 결정을 내렸다.

이태산은 누군가를 죽이고 싶어 한다. 여기에 살아 있는 건 그녀뿐이다.

세상아, 안녕. 한평생 잘 살았다. 그녀의 눈에서 눈물이 또르르 흘렀다.

"주, 죽이려면 고, 곱게 죽여줘요. 사, 사자에게 농락당하고 주, 죽는 것보단 도, 동족 손에 죽는 게 나으니까. 부탁해요, 아저씨."

"뭐, 뭘 죽여? 내가 옥자 씨를 왜 죽여? 게다가 사자는 또 뭐야?"

피가 뚝뚝 떨어지는 주먹을 아무렇지 않게 털어대며 태산이 물었다.

옥자는 대답하지 않았다. 하지만 태산은 금방 추리할 수 있었다.

맹수이면서 맹수의 성욕을 자극하는 가녀리고 매력적인 암컷! 심지어 옥자에게선 다른 사내놈들의 냄새가 나지 않는다!

부리부리해진 태산의 눈이 옥자를 노리는 사자 놈을 저주했다.

"요즘 사자 새끼들이 발정 나서 아무 종족이나 덮치고 다닌다더니 그런 거야? 일부다처제 하는 놈들 주제에 감히 일부일처인 호랑이를 노려? 이 새끼들 좀 맞아봐야 정신을 차리겠네.”

태산은 옥자 대신 살벌한 복수심을 불태웠다.

“너 괴롭힌 사자 놈 이름 뭐야?”

“저, 저기.”

“그놈 이름 당장 대라니까!”

“화 안 내요?”

“왜? 너랑 나랑 결혼을 하든 안 하든 지금 한국 호랑이는 머릿수도 부족한 멸종위기종인데 지들은 머릿수 넘치는 사자 놈이 감히 우리 종족에게 손대려 해? 반쯤 죽여놔야지! 넌 또 왜 겁을 집어먹어서 사자에게 빈틈을 보여? 어리고 혼자니까 쉽게 보인 게지, 안 그래?”

옥자는 저도 모르게 고개를 미친 듯이 끄덕이고 있었다. 이태산이 갑작스럽게 믿음직해 보였다. 사자를 때려준다던데 저 주먹이면 미스터 레오파드를 곤죽으로 만들고도 남을 것 같았다. 뭔가 희망의 빛이 보였다. 어흥루야.

“이, 이제 그, 그럼 어, 어떻게 하, 할 거예요?”

멋대로 바닥에 주저앉은 남자가 턱을 쓸었다.

“사자 놈들이 집요한 건 알지?”

“알아요.”

“도망치는 거 힘들 거야.”

도주 생활만 이십 년인 옥자가 힘없이 고개를 끄덕였다.

태산이 말했다.

“구해줄게.”

"네?"

옥자가 동그랗게 눈을 뜨자 태산은 그녀가 더 귀여워 미칠 것 같았다. 저런 어여쁜 암컷을 사자가 탐낸다는 게 용납되질 않았다!

"옥자야, 너, 나랑 결혼하자. 사자 놈 따위 접근도 못 하게 해줄 테니까!"

"겨, 결혼이요?"

옥자는 눈을 껌뻑이며 믿음직스러워 보이는 태산을 바라보았다. 그의 험악한 덩치와 커다란 키 모두 레오파드를 물리쳐줄 만큼 세 보였고 듬직했다. 이태산은 거기에 제 동족, ESU가 주선한 자신의 맞선남! 제대로 검증된 한국산 호랑이족일 터였다!

하지만 결혼은 너무 갑작스럽고 빨랐다. 옥자가 태산과 만난 지는 한 시간도 되지 않았다!

거기에 한 가지 더 심각한 문제가 있었다.

"저 저기, 무서워요."

"내가 아니면 그 사자가?"

"두, 둘 다요."

태산이 한숨을 내쉬며 털썩 바닥에 주저앉았다.

"너, 우리 동족 수 적은 거 알지? 나만 한 수컷을 찾아내긴 힘들어. 게다가 반인반수 동무들은 숨어 살아서 행적을 찾기 어렵다. 무슨 소린 줄 알아?"

옥자는 미친 듯이 고개를 끄덕였다. 사자족들은 옥자에게 듬직한 남편감이 생기기 전까지 추격을 멈추지 않을 것이다. 하지만 이태산과 결혼하기엔 두려웠다. 그는 합을 맞춰보자며 자신을 여기까지 보쌈해왔으니까!

결혼하려면 먼저 합을 맞춰봐야 한다지 않는가! 결혼엔 솔깃했지만 지금 당장 섹스를 하자는 건 더 두려웠다.

"저, 저기요. 지금 당장 그 합인가 뭔가 맞춰봐야 해요?"

태산이 끄응, 신음했다. 그의 고민은 길지 않았다.

"당장은 안 해."

"정, 정말 안 해요?"

옥자는 눈을 뱅글뱅글 굴렸다.

"오늘, 지금은 안 한단 얘기야."

태산이 씹어 먹을 듯이 으르렁거렸다. 옥자가 또 거북이처럼 움츠러들었다.

"저, 저기 사자를 피하려면 저 정말 저랑 겨, 결혼하실 거예요?"

"어."

태산은 자포자기 한 채 의자에 털썩 주저앉았다. 머릿속이 복잡하긴 했지만 어쨌든 사백 년을 기다려온 반려를 놓아줄 생각은 없었다.

"너랑 결혼은 해."

"……."

"섹스도 할 거야."

"그, 그건 많이 아프다던데."

옥자의 표정이 아주 심각해졌다. 태산은 그 말을 듣고서야 직감했다, 설마!

"안 해봤어?"

옥자가 눈을 내리깔며 시선을 회피하자 태산은 감탄했다. 제 신부가 처녀라니, 좋아 죽겠다. 대한독립만세를 부르고 싶다. 동시에 그의 사백 년 묵은 내공과 머리가 빠르게 회전하기 시작했다.

"지금 당장 섹스는 안 해. 하지만 각인은 해야 해. 다른 놈들이 옥자 씨에게 얼씬거리면 곤란하니까."

"각인이요?"

"들어봤지?"

태산의 말에 옥자가 머리를 끄덕거렸다.

각인. 그것은 서로의 체취를 몸속 깊이 묻히는 작업이다. 섹스나 교합을 하면 저절로 서로의 체향이 각인된다고 했고, 각인이 지워지지 않으려면 주기적으로 행위를 반복해야 한다고 들었다. 각인은 말 그대로 내가 이 남자의 것이란 걸 꼬리표로 다는 것이다.

하지만 섹스도 하지 않고 각인을 할 수 있나? 가능한가? 옥자의 머리가 핑핑 돌았다.

"저기, 각인할 수 있어요? 섹스도 안 하고?"

"하고 싶어?"

옥자가 다급히 머리를 끄덕였다. 태산이 그녀의 순수함에 몰래 쾌재를 부르는 것도 몰랐다.

"하지만 그 각인이라는 거 옥자가 옷을 벗어야 해."

"옷만 벗으면 되는 거예요?"

옥자가 눈을 크게 뜨며 머리를 갸웃거렸다. 순간 태산의 피가 거꾸로 솟았다. 그는 흥분해서 기립한 남성을 삭이려 애쓰며 뒤돌아 앉았다.

"마음의 준비가 되면 나 불러."

2. 합을 맞춰 봅시다!

옥자는 돌아앉은 남자의 등짝을 응시했다. 호랑이 줄무늬 같은 오래된 흉터가 새겨진 남자의 너른 등은 위협적이기도 했지만 동시에 그의 연륜을 드러내는 것 같기도 했다.

옥자는 태산에 대한 생각을 수정하기로 했다. 야만적이지만 착하고 동족 사랑이 넘치는 호랑이족이다. 제가 부족해도 결혼해주겠다고 하고 섹스가 무섭다니까 각인만 먼저 해주겠다고 하니, 너무 상냥했다.

반인반수들은 동물의 특질을 가졌지만 겉모양은 인간과 유사했다. 성생활도 인간들과 크게 다르지 않았다.

옥자는 지금껏 경험이 없었고 성생활에 대해 알려 하지 않았다. 하지만 지금 미스터 레오파드가 그녀의 순결을 노린다는 건 알고 있다. 태산과 결혼하지 못한다 해도 다른 남자와 섹스나 각인이 된 상태라면? 레오파드는 그녀에게 흥미를 잃을지도 몰랐다.

태산은 섹스도 아닌 각인만 해준다지 않은가. 두려워할 필요가 없었다.

옥자는 용기를 냈다.

한 번만 하자, 딱 한 번만.

돌아선 그녀가 제 블라우스 단추들을 하나씩 풀었다. 블라우스 아래로 하얀 상체가 드러났다.

다른 호랑이족들은 탄력이 있는 짙은 피부에 건강미 넘치는 강인한 모습이었다. 옥자는 유난히 희고 마른 데다 강한 것과는 거리가 멀었다. 체모조차 옅은 금빛이었고 젖가슴은 쓸데없이 컸다. 정장을 입기 위해 브래지어와 압박천으로 눌러놓아야 했다.

옥자는 콤플렉스인 젖가슴을 보여줘야 하나, 옷을 어디까지 벗어야 하나 망설이며 돌아앉은 남자에게 말을 걸었다.

"저, 저기요. 태산 씨."

"왜?"

"브래지어도 벗어요?"

"천에 각인해서 뭐하게?"

태산의 말은 틀린 데가 없었다. 천에 묻은 냄새는 빨면 금방 지워진다. 몸에 남은 각인은 씻어내어도 오랫동안 체향으로 자연스럽게 묻어나오기 마련이다.

옥자는 떨리는 손으로 여미고 있던 블라우스를 벗고 캐미솔 대신 두른 압박 천을 벗겨냈다. 정작 브래지어 후크를 끌러 내릴 땐 긴장해서 몇 번이고 헛손질을 했다.

"걱정되나 보네."

느닷없이 끼어든 태산의 말에 옥자는 조용히 고개만 끄덕였다. 심지어 태산의 말소리가 너무 가깝고 그윽하게 들려 몸이 굳었다.

"긴장하지 마."

커다란 손이 등 뒤에서 브래지어의 후크를 간단히 끌러냈다. 브래지어 밖으로 해방되어 쏟아지려는 가슴을, 그녀가 제 오른팔로 눌렀다.

“저기.”

태산이 등 뒤에서 그녀를 내려다보았다. 그의 시선이 그녀의 하얗고 풍만한 젖무덤을 노려보았다. 옥자는 머리를 젖혀 애매하게 웃어 보였다.

“이상……하죠?”

태산이 그녀의 어깨를 붙들고 제 앞으로 돌려놓았다. 몸을 가리려는 그녀의 손을 걷어내어 드러난 상반신을 뚫어져라 내려다보았다.

“어디가 이상한데?”

“그러니까. 모양. 저, 전부 다요.”

태산의 눈이 이글이글 타올랐다. 옥자는 그 시선에 마냥 움츠러들었다. 그의 목소리가 허스키해진 것은 그녀만의 착각일까?

“내 눈에는 예뻐.”

옥자는 마른 체구에 비해 비대해 보이기까지 하는 제 가슴을 내려다보았다. 잔뜩 압박하고 짓눌렀던 터라 가슴에는 붉게 눌린 자국까지 남아 있었다.

“하, 하지만 너무 커요.”

옥자는 저도 모르게 울먹거렸다. 그녀가 다시 가슴을 가리려 하자 태산은 그녀의 양손을 단단히 붙잡아 그 봉긋하고 풍만한 가슴을 탐욕스럽게 훑었다.

가녀린 체구에 부자연스러울 정도로 풍만한 가슴. 그녀의 몸 어디에 저런 가슴이 숨어 있었는지 의심이 갔다.

어쨌든 그 가슴은 그가 본 것 중 제일 아름다웠다.

봉긋하고 탄력 있는 반원형의 가슴과 하얀 알몸. 그가 단연코 견딜 수 없는 건 누구도 손쓰지 않은 순결의 눈밭. 그녀의 온몸은 처녀지 그 자체였다. 어지럽다. 태산은 눈을 감았다 떴지만 여전히 환상이 거기에 있었다.

아름답다. 제 알몸을 가리려는 옥자의 몸짓이 순진하고 눈물겨웠다. 그녀의 몸과 부끄럽다는 듯 움찔대는 행동이 그의 정복욕을 자극했다.

태산은 그녀의 무지함을 이용하려는 제 음흉한 속내에 죄책감이 들었지만 그 감정도 잠시.

옥자가 그를 재촉했다.

"가, 각인하면 되죠? 빠, 빨리 할 수 있어요?"

"음."

나무아미타불. 태산은 제 솟구쳐 오르는 욕구를 애써 억눌렀다. 섹스를 하지 않고 살아남을 방법이 그에겐 필요했다.

"저, 저기, 각인 아, 안 해요? 어떻게 해요?"

"알고 싶어?"

태산이 음흉하게 웃었다.

"원래 섹스를 해야 각인되는데, 섹스를 하지 않으려면 시간이 오래 걸려."

"하지만."

"마지막까진 안 가. 맹세할게."

태산이 항복 선언을 하듯 두 팔을 들어 보였다.

옥자는 천천히 떨리는 손으로 치마를 벗었다. 어느새 그녀가 걸친 것은 손바닥만 한 상아색 팬티뿐이었다.

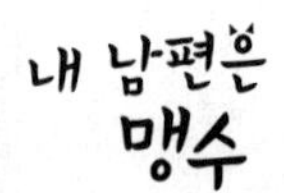

"저, 저기, 부끄러운데."

"침대로 가."

태산의 말에 옥자는 침대를 곁눈질하다 시트를 젖히고 숨어들었다.

"이, 이제 어떻게 해요?"

이불 속에서 눈만 빠끔히 낸 옥자가 또 물었다. 그녀의 눈이 신비한 호박색이라는 걸, 태산은 처음으로 알았다.

"나도 누울게. 최대한 서로의 체향이 스며들어야 하는 작업이야. 무슨 뜻인지 알겠어?"

옥자는 머리를 끄덕였다. 태산은 과연 옥자의 유혹을 참을 수 있을까, 인내하며 저 역시 바지를 벗고 침대의 시트를 조심스럽게 벗겼다. 옥자가 황급히 뒤로 물러났다.

"저, 저기."

"이리 와. 아무 짓도 안 해."

반듯하게 누운 태산이 최대한 그를 피해 반대편 자리로 도망가려는 옥자를 잡아 제 몸 위로 올렸다. 옥자가 놀라 버둥거렸다.

봉긋한 그녀의 젖가슴이 태산의 단단한 상체와 맞닿았다. 옥자의 눈이 휘둥그레졌다. 그녀가 살과 살이 맞닿는 감각에 어찌할 줄을 모르고 그의 몸 위에 팔꿈치를 대고 상체를 일으켰다. 조금이라도 거리를 벌리려는 행동이었지만.

태산은 당황한 옥자의 얼굴을 올려다보았다. 울상인 얼굴도 참 어여쁘다. 그녀의 가슴이 중력에 의해 아래로 부끄럽게 고개를 내리는 광경은 장관이었다.

"저, 저기, 그, 그러니까. 워, 원래 이렇게 해요?"

"이상해? 싫어?"

"그, 그러니까!"

"내 몸이 나무토막이라고 생각해. 아니면 침대라든가. 그냥 자."

"잠이 올 리가!"

옥자가 발끈하려다 당황했다.

"나도 힘들어. 차라리 이빨 빠진 호랑이라면 쉬울 텐데."

태산도 낮은 푸념을 하며 나무아미타불을 읊조렸다. 손도 까딱하지 않고 제가 나무토막이라는 최면을 걸지만 쉽지 않았다.

"어, 언제까지 이, 이러고 있어야 하나요?"

"글쎄? 체향이 골고루 배어드는 시간이 개체마다 달라서."

태산의 말에 옥자는 소금 간이 배어들기를 기다리는 김장 배추가 된 것 같은 기분이 들었다.

몸을 떼어내려 움찔대던 옥자는 태산이 굵은 팔로 그녀의 등을 눌러 오자 말 그대로 그의 몸 위에 엎어졌다. 일어나려 했지만 그때마다 그의 단단한 가슴과 제 예민한 가슴이 스치는 감각이 점점 민망해졌다.

맨살이 짓눌러진다. 태산을 나무토막으로 인지하고 싶지만 몸도 뜨겁고 심장 박동도 폭주기관차마냥 요란했다. 거기에 제 다리를 찔러 오는 흉기까지. 옥자는 기분이 이상하고 야릇해졌다.

"저, 저기요."

"왜?"

옥자가 손톱을 세워 그를 할퀴려 했다.

"진정해!"

태산이 말 그대로 그녀를 짓눌러 왔다. 말 그대로 압사당하는 기분이었다.

"지, 진정해."

태산의 몸에서 식은땀이 흘렀다. 해결되지 못한 욕구가 치솟아 제 몸을 고통스럽게 달구었다. 그저 살과 살이 맞닿는 것만으로도 그건 생고문이었다. 히말라야 안나푸르나를 등반하는 것보다 힘겨웠다.

하아, 태산이 뜨거운 숨을 뱉어냈다.

옥자의 몸이 부들부들 떨렸다. 태산은 금방이라도 울음을 터트릴 것 같은 그녀의 얼굴이 눈에 걸렸다. 약해진 옥자를 이용하는 비겁한 놈. 저도 옥자를 노리는 사자와 다를 바 없었다.

"그만할까?"

옥자는 답이 없었고 태산의 인내심도 한계에 다다랐다.

"그만하자."

결론을 내린 그가 몸을 일으키려 하자, 옥자가 냉큼 그의 목에 제 팔을 감았다. 그녀의 보드라운 젖가슴이 그대로 그의 몸을 반복해서 스쳤다.

아, 맙소사! 미치겠네.

"시, 싫어요! 하던 거 계속해요!"

"하지만."

"제발요. 나 각인 꼭 해야만 돼요."

결연해 보이는 옥자는 몸을 바들바들 떨면서도 각인을 요구했다. 알몸의 옥자가 너무 매혹적이라 태산의 실낱같은 이성이 끊어지기 직전이었다. 순결한 살내와 미성숙하지만 단 암컷의 체향. 태산은 그녀의 향기에 취해갔다. 그놈의 각인이라는 걸, 지금 꼭 해야 한다면 이것으로 끝내고 싶지 않았다.

"우리 재미있는 거 할까?"

"뭐?"

"기분 좋은 거. 이대론 심심하잖아."

태산이 옥자의 머리를 지그시 눌러 입술을 맞댔다. 어버버, 하던 옥자가 그의 혀를 받아들이며 눈을 휘둥그레 떴다. 살짝살짝 태산의 혀를 받아들이던 옥자가 그것이 키스라는 걸 깨닫기도 전. 태산은 그녀의 입술을 반복해서 빨아들였다.

춥, 츠으읍. 음란한 소리가 고막을 자극했다.

입술이 촉촉해지자 그녀의 벌어진 입안으로 혀를 담금질해 그녀의 움직임을 유도했다. 가볍게 시작한 버드 키스가 딥 키스로, 이윽고 옥자의 움직임을 꾸준히 이끌어냈다.

옥자는 제 가슴이 그의 몸을 스치며 계속 자극하고 있다는 사실도 몰랐다. 그녀의 허리가 저도 모르게 슬쩍슬쩍 움직여 그녀의 예민한 여성이 태산의 남성을 자극한다는 것도 몰랐다.

그녀가 뜨거운 숨을 뱉어내었다. 표정은 취한 듯 몽롱했다.

"더 해줘요."

아아, 미칠 것 같다. 태산은 다시금 그녀의 입술을 덮쳤다.

길고 열정적인 키스가 끝난 뒤, 겨우 입술이 떨어지나 했거늘. 옥자는 다시금 졸랐다.

"하, 한 번만 더."

"옥자."

"해줘요."

그녀가 젖가슴까지 밀어붙이며 보여주는 애교에 그의 몸이 녹아내리기 직전이었다. 함락당하는 건 옥자가 아닌 태산이었다. 정말 미쳐버릴 것 같았다!

"더 재미있는 게 있어."

"뭐예요?"

흐릿해진 옥자의 눈에 잔뜩 호기심이 어렸다. 태산은 그녀의 발그레하게 부어오른 입술을 지나, 가는 목덜미로, 그리고 쇄골로 키스를 해 내려갔다.

어느새 그가 그녀의 부풀어 오른 가슴 둔덕에 안착했다.

"여기에 해주고 싶었어."

태산이 처음부터 하고 싶었던 일이었다. 그가 두 개의 가슴을 한데 모아 짓뭉개고 그의 입안으로 다급히 삼켰다. 허기가 졌다. 아무리 맛보고 씹어도 허기가 질 것 같았다. 그의 행동은 너무나 다급했다.

"저, 저기, 태, 태산 씨!"

"각인 중이니까 기다려."

그녀의 가슴을 입에 문 채 그는 뻔뻔하게 말했다. 그러곤 탐욕스럽게 흡입해나갔다. 쉼 없이 빨아들이며 깨물고 맛보았다. 옥자가 자지러지는 소리를 내어도 무시했다. 그녀의 젖가슴이 예민해져 그 정점이 도드라져 올랐다. 마치 먹어달라는 듯, 그를 조르는 것 같았다.

옥자는 제 가슴을 흡입하는 그의 머리를 눌렀다. 몸이 뜨거웠다. 제 커다란 가슴에 온 신경이 집중된 것 같았다.

어째서, 어째서? 저런 곳에 신경이 숨어 있기라도 했나.

이유를 모르겠다. 하지만 너무 예민해진 가슴을 물고 빠는 남자의 손길을 느끼며 그녀가 허덕거렸다.

"너무 금방 달아올라서 곤란해."

얼핏 그런 말을 들은 것 같았다. 그는 하지만 고개를 떼지 않았다. 집요하게 그녀의 가슴을 훔치며 애무하며 매달리는 남자. 옥자는 한없이 괴로웠다.

시간이 아주 길었다. 그녀의 가슴은 손을 대기만 해도 아프고 저릿저릿했다. 생고문을 당하고 있다. 그뿐이 아니었다. 옥자는 그의 아래에서 처절하게 몸부림쳤다.

"저, 저기, 요!"

"왜?"

"모, 몸이 이상해요."

"어떻게?"

태산이 그녀의 젖가슴을 또 살짝 깨물며 머리를 들었다. 옥자는 제 다리에 힘을 바짝 주었다. 가슴으로, 하반신으로 온 신경이 쏠렸다. 애무당하는 건 가슴인데 어째서 가랑이 사이의 감각이 뜨거워지는 것일까. 그녀도 알 수 없었다.

"저, 저기, 그, 그러니까 아파요. 몸이 이상해. 싸 쌀 것 같아. 화, 화장실이요!"

어이없어하는 남자의 몸을 밀쳐내며 옥자는 바람처럼 화장실로 달려갔다. 태산이 등 뒤에서 긴 한숨을 쉬는 것 같았다. 옥자도 제가 한심스러웠다.

화장실에서 제 몸을 확인했을 때, 그녀의 팬티가 축축하게 젖어 있었다. 그녀는 다시 울상이었다.

이게 뭐야. 내 몸이 이상해. 뜨겁게 홧홧거렸다. 그의 입술이 닿은 부분마다 예민하게 달아올라 간지러웠다. 헌데 각인이란 것이 생각보다 무섭지 않아 좋았다.

"더 해달라고 하면 해줄까?"

옥자는 욕심쟁이가 된 것 같았다.

옥자가 돌아왔을 때 태산은 가운을 입고 침대에 앉아 있었다.

"룸서비스란 거 시킬까?"

옥자도 화장실 겸 욕실의 바스 가운을 걸치고 나온 터라 고개를 끄덕였다. 전화를 든 남자는 다시 무시무시한 표정을 지었기에 옥자가 나섰다.

"제가 주문할게요."

옥자는 제일 무난한 샌드위치와 과일, 커피 등을 간단히 시켰다. 음식이 오는 사이 태산은 마냥 조용하기만 했다. 헌데 룸서비스가 오자 그가 다시 분노했다. 고기가 없다는 이유 때문이었다. 옥자가 다시 그의 취향대로 스테이크 이인분을 주문했고 그들은 그 뒤에야 식사를 할 수 있었다.

저녁을 잔뜩 먹고 포만감에 소파 위로 늘어진 태산이 옥자에게 손짓했다.

"이리 와."

옥자가 다가가자 태산은 냉큼 자신의 튼튼하고 두꺼운 허벅지 위에 그녀를 앉혔다. 그의 가슴과 품도 널러 옥자가 기대기엔 너무 좋았다.

태산은 옥자를 품은 채 텔레비전 리모컨을 들고 채널을 바꾸어 댔다. 종횡무진 바뀌던 채널 따위, 그들은 관심도 없었다. 결국 티비는 멋대로 꺼졌다.

태산은 옥자의 귓가에 대고 속삭였다.

"우리 다시 키스할까?"

옥자가 눈을 반짝였다.

이번엔 옥자가 용기를 내어 태산의 입술을 살짝살짝 깨물었다. 태산이 으르렁거리며 소파 위에서 그녀의 입술을 덮쳐 왔다. 입술이 부르틀 정도로 오랜 키스를 하며 옥자는 태산에게서 키스하는 법을 익혔다. 태산은 친절한 선생님이었다.

계속해서 으르렁거리며 경고를 하던 그가 옥자를 껴안고 다시 침대로 갔다.

"이번엔 진짜 안 봐줘!"

"키스는 좋아요."

"아, 미쳐!"

둘은 운동장처럼 너른 침대 위로 골인했다.

"으허어어엉!"

태산은 만족스런 신음을 내며 예쁜 그녀의 몸을 계속 맛보았다. 허나 그것만으로는 너무 부족했다.

"하아, 하아."

옥자의 가운이 벗겨지고 온전한 나신이 눈에 들어왔다. 섹스의 욕구로 불타오르는 몸을 겨우 진정시키며 태산은 각인만 해달라고 하던 그녀의 부탁을 기억해냈다. 그러니 섹스는 안 된다. 태산이 욕구불만으로 죽는 한이 있더라도!

헌데 문제는 김옥자였다. 그녀가 달아오른 몸을 흔들어대며 애원했다.

"내, 내 몸이 너, 너무 뜨, 뜨거워요! 태산 아저씨, 저, 나, 나 어떻게 해줘요!"

"진정해!"

태산은 그녀에게 키스를 하며 달랬다. 결국 그의 손에서 몇 번이고 절정에 달한 옥자가 어느새 푹 쓰러졌다.

태산은 오히려 그녀가 걱정스러웠다. 가슴의 애무만으로 절정에 달하다니, 왜 이렇게 민감한 거지?

그래서 보는 그가 더욱 미칠 것 같지 않은가!

태산은 그녀를 옆에 두고 제 참아온 욕망을 한껏 분출했다. 애초 약속한 대로 삽입은 하지 않았지만 그녀가 바란 각인 작업은 마무리할 생각이었다. 그는 그녀의 몸 여기저기에 자신의 체액을 꼼꼼히 발라 그녀에게 표식을 남겼다.

옥자의 체향과 자신의 체향이 뒤섞이자 태산의 만족감은 더욱 커졌다. 섹스를 할 때보다 충족감은 더 컸다. 옥자의 몸에 제 향기가 배어들지 않은 곳은 없었다.

태산은 기절한 그녀를 쓰다듬으며 오늘 밤은 편히 자기를 기원했다. 그녀는 그의 바람대로 잠에 빠져 오랫동안 깨지 않았다. 태산도 흡족한 표정으로 잠을 청했다.

그러다 딩동, 딩동.

요란하게 울리는 소리에 태산은 실눈을 뜨고 인상을 썼다. 희미한 조명등이 불을 밝히고 있었다. 차임벨 소리가 계속 반복되어 그는 문짝을 뜯을까 고민했다.

곤하게 잠은 옥자를 살핀 그가 가운을 걸친 채 문으로 다가갔다. 문을 열자마자 한 남자가 벌컥 뛰어 들어왔다.

"너 뭐야?"

태산은 파자마 차림의 ESU 직원인 신사호를 보며 인상을 썼다. 그가 태산을 무시한 채 응접실을 지나 침실로 뛰어들어갔다. 그리곤 침대 위에서 잠이 든 여자를 목격했다.

"아호호호. 크, 큰일이다."

"크르르르. 네 놈 뭐야."

태산은 침실로 침입한 신사호를 보며 으르렁거렸다.

반면 신사호는 충족된 성욕으로 반드르르한 얼굴을 뽐내는 태산과 축 늘어진 옥자를 살폈다. 그들의 체향이 뒤엉킨 침실의 공기가 들떠 있다. 짐승족이라면 이 상황을 눈치 못 채는 게 이상했다!

"이 호랑이 새끼 너!"

아니나 다를까, 신사호가 코를 벌름거리며 더 창백해졌다.

"나와, 깬다."

태산은 반쯤 넋이 나간 신사호의 멱살을 붙잡고 응접실로 나왔다. 응접실에 도착하자마자 신사호는 태산의 손길을 뿌리치고는 냅다 외쳤다.

"왜 벌써 덮친 거냐! 만나자마자 덮친 거냐, 이 발정 난 호랑이 새끼야!"

신사호의 실제 정체는 삼백 년 묵은 혼혈 구미호였다. 꼬리가 네 개뿐인 반쪽이지만 한국 멸종위기종 연맹에서는 고위급.

허나 태산은 구미호 놈의 독설 따위는 아무렇지도 않았다.

"덮치면 뭐 어때! 게다가 결혼하라고 맞선 주선한 거 아냐?"

신사호는 태산의 퉁명스런 대답에 털썩 주저앉았다. 구미호가 긴 한숨을 뿜아내었다.

"다 끝났다. 이 손 빠른 호랑이 새끼야. 재가 아니라고!"

태산은 이유도 모른 채 고개만 갸웃거렸다.

"뭔 소리야?"

신사호는 갖고 있던 태블릿 피시의 화면을 내밀었다.

"이게 뭐?"

태산은 그 화면 속의 인상이 드센 동양 미녀를 응시했다. 신상명세로 보자면 180센티미터에 가까운 키에, 힘도 상당할 것 같은 체격 조건, 종족명은 한국산 호랑이족의 여성이었다.

"이 여자도 호랑이족? 그래서 이 여자가 왜?"

"이 여자분 정말 모르십니까? 최근 호랑이족 여신으로 불리는 세계적인 패션모델입니다."

"알 게 뭐야."

"하아. 일단 여기를 보십시오."

신사호는 화면의 스크롤을 넘겨 그 페이지의 마지막 단락을 보여주었다.

[ESU의 추천 대상. 이태산과 맞선 예정.]

태산이 그 단어를 뚫어져라 바라보며 한 마디를 내뱉었다.

"헐."

태산의 심정은 말 그대로 헐이었다.

3. 잘못된 만남

호텔, 프레지던트 룸의 아침은 고요했다. 프레지던트 룸 앞에 붙은 '출입금지'란 팻말 덕에 룸을 청소하는 객실 메이드들도 그곳을 방문하지 않았다.

옥자는 늦은 아침에야 눈을 떴다. 눈을 뜬 그녀가 주변을 둘러보았다.

태산은 없었다. 그가 누워 있던 옆자리도 싸늘했다.

"하아."

긴 한숨을 내쉰 그녀가 가만히 귀를 기울였다.

"조용하네."

그는 어딜 잠깐 나갔을까? 제가 너무 오래 잔 걸까?

기분만은 상쾌해 그녀가 기지개를 폈다. 오랜만의 숙면 때문인지 몸이 가뿐했다. 몸에 걸쳐진 시트가 흘러내려 그녀의 알몸이 고스란히 드러났다.

문득 제 몸을 내려다본 옥자가 부끄러움에 다시 시트를 둘렀다. 그러다 시트 아래 가려진 제 알몸을 관찰하기 시작했다.

태산이 남긴 자국들이 잔뜩 남아 있는 그녀의 몸.

신기하지만 부끄럽지는 않았다. 평소 제가 흉물스럽게 여긴 큰

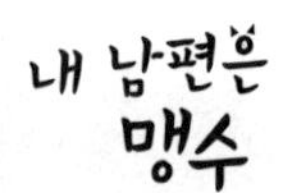

젖가슴도 아리고 아파 왔지만 사실은 좋았다. 태산이 그 가슴을 잔뜩 애무하며 사랑스럽다 칭찬했기 때문이다. 그는 제 온몸에 자신의 체취를 묻혀놓았다.

"강한 호랑이 수컷 냄새다."

제 몸에는 이태산이 각인되어 있었다. 냄새를 맡던 옥자는 기분이 좋아져 침대 위를 뒹굴거렸다. 방 안엔 태산의 향기가 가득해 그가 없어도 안심이 되었다.

"태산 씨는 언제 오는 거지?"

혼잣말을 하던 옥자가 어느새 행동을 멈췄다.

태산을 만나자마자 겁을 잔뜩 집어먹고 그를 두려워한 것이 바로 어제였는데. 제 변덕이 스스로도 기가 막혔다.

"맹수라면 적어도 태산 씨 정도는 되어야 하지 않을까."

혼잣말을 꺼내던 옥자는 한참이나 태산을 기다렸다. 하지만 그는 돌아올 기색도 없었고 옥자는 배가 고파 왔다. 언제까지 침대에서 머물 수도 없는 지라 그녀는 욕실로 향했다. 샤워를 하고 나왔을 때에도 태산은 돌아오지 않았다. 옥자는 그를 기다리며 태산을 부를 다정한 호칭을 고민하기 시작했다.

"아저씨는 너무 했고, 아저씨 대신 뭐라고 불러야 하지?"

친밀하며 다정한 호칭을 고민하며 옥자는 반문했다.

"오빠? 남편? 달링?"

옥자는 고민하다 젖은 머리를 대충 말렸다. 맨몸 위에 가운을 계속 입는 것도 민망해 제가 어제 벗어두었던 옷들을 수거했다. 침실을 뒤지던 그녀는 팬티가 보이지 않는다는 사실에 당황했다.

옥자는 스커트를 걸쳤지만 속옷을 입지 않아 부끄러웠다. 다리 사이는 또 쓰려왔다. 섹스를 하지 않고 각인만 했는데도 이렇다면 섹스를 했을 땐 어쩔까 그녀의 볼이 발갛게 달아올랐다. 브래지어를 주워 걸치자 태산의 거친 애무로 민감해진 가슴이 잔뜩 부풀어 따끔거렸다.

옥자는 계속 어젯밤을 떠올렸다. 태산이 그의 손과 입으로 열렬히 애무해주던 순간을. 그의 혀와 큰 손은 섬세하고 부드러웠다. 가슴을 핥던 그의 호흡은 뜨거웠다. 그의 손이 제멋대로 그녀의 가슴을 짓누르고 뭉갰었다.

"하아."

옥자는 태산을 떠올리며 두근거렸다.

옥자가 강한 호랑이족 수컷 성체를 보는 건 오랜만이었다. 제가 본 수컷들 중 이태산만큼 강한 개체는 없었다.

"정말 태산 씨가 내 남편이 될 수 있는 걸까?"

태산은 아마도 순혈의 호랑이족일 것이다. 그녀보다 훨씬 나이도 많다. 아마 그가 상대한 여자들도 많았겠지.

옥자는 태산이 돌아오지 않자 점점 더 불안해졌다. 혹시 그녀가 호랑이족 순혈이 아니라 돌연변이라는 걸 알게 되어서 실망한 걸까. 머리가 지끈거렸다.

옥자는 거실의 소파로 나와 웅크리고 앉았다. 어제 의식하지도 못한 프레지던트 룸을 둘러보는 그녀의 시야가 흐렸다.

"넓네."

너무 넓었다. 이태산이 없어서, 너무 외롭다.

안락한 소파에 웅크리고 앉은 옥자가 태산을 기다렸다.

그리고 시간이 흘러 정오가 되었다.

"그는 오지 않아."

이제야 태산의 뜻이 무언지 옥자는 알 것 같았다. 겨우, 저를 사랑해줄 사람을 찾았나 했더니 그게 아닌 건가. 그녀의 어깨가 축 늘어졌다.

무얼 해야 할까 잠시 망설이며 제 구두를 찾아 신은 그녀는 어디선가 들리는 벨 소리에 귀를 기울였다.

소리의 진원지는 그녀가 어제 소파 아래로 떨어뜨렸던 클러치백 안이었다. 전화기의 전원은 아직 꺼지지 않은 상태로 울려대었다.

옥자는 망설이다 제 전화를 받았다.

그리고 태산이 보이지 않는 이유를 이해하게 되었다.

"아아."

이 모든 게 품위 있는 작별을 위해서였다. 얼굴을 보게 되면 틀림없이 그녀가 매달릴 테니까.

태산은 호텔 옥상에 앉아 바람을 쐬고 있었다. 그의 옆에는 불만으로 가득 찬 신사호가 태산의 옆에 바싹 붙어 있었다.

"산으로나 되돌아갈까?"

그들이 앉아 있는 곳은 호텔 옥상에서도 가장 높은 헬기 착륙장의 끝.

서울을 굽어보기 딱 좋은 위치였지만 하계를 내려다보는 태산의 얼굴은 일그러진 채였다.

"아까도 산으로 가고 싶다고 백두산이 마르고 닳도록 말했었지요."

"그랬나?"

신사호는 이가 갈렸다. 귀산하고 싶다는 태산을 어르고 달랜 것은 바로 그였다! 제가 한 말도 기억하지 못하는 망할 호랑이를, 신사호는 갈아 마시고 싶어 죽을 지경이었다.

그는 제 양복에 달린 ESU의 배지를 신경질적으로 만지작거렸다.

맞선? 잘못될 수도 있다. 천문학적인 오류인 셈이었지만 누군가의 우연한 실수로 맞선 상대가 뒤바뀔 수도 있다.

하지만 그 맞선녀를 만난 순간 냉큼 잡아먹어버린 건 대체 누군가! 만난 지 한 시간도 되지 않아 침실로 끌고 가 덮쳤다는 건 듣도 보도 못 했다!

그 맞선의 상대가 뒤바뀌었단 이유로 바람을 신나게 맞으며 고민하는 이유는 대체 뭔가! 애초에 덮치지 않았다면 이런 일은 없던 거잖아!

일은 호랑이 놈이 벌여놓고 수습은 반쪽 구미호가 해야 할 판이다. 신사호의 머리로 열이 확 올라왔다.

"맞선 상대가 잘못될 확률은 얼마나 있지?"

태산의 물음에 신사호는 한숨을 내쉬었다.

"아마 이런 케이스는 삼십 년 정도 만인가? 최소한 십 년 사이 동북아시아 쪽에서는 이런 실수가 없었습니다. 하필 맞선 상대가 바뀌다니."

그것도 그냥 종족도 아닌 희귀 맹수, 한국 호랑이족이다. 개체수가 전 세계에서 겨우 세 자리를 기록하는 멸종위기종이다.

멸종위기종 연맹 ESU는 강력했다. ESU의 실권을 잡고 있는 건 초식계보다 수명이 길고 힘센 맹수족들이었다.

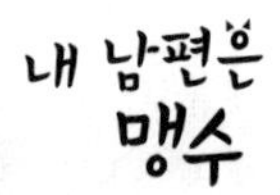

맹수족들은 오래 살아온 만큼 돈을 버는 데 노련했고 자신들의 재력을 연맹에 기부해 그들 종족의 멸종을 막기 위해 노력해왔다. 슈퍼컴퓨터를 동원해 개체를 파악하고 오차범위를 줄이며 세계를 훑어 멸종을 막기 위해 노력한다.

그들은 멸종을 막고 그 다음 대를 이어갈 순혈의 혈통을 얻기 위해서라면 뭐든지 할 수 있는 집단들이었다. 그 집단들이 가장 중시하는 것은 맞선이다. 개체수를 유지하는 순혈과 순혈들을 대면시켜 그들과의 사이에서 순혈의 자식을 얻게 한다.

헌데 ESU가 주선한 맞선의 상대가 뒤바뀌었다니!

누가 봐도 김옥자는 ESU의 기준에서 호랑이족 순혈 암컷으로 인정받기 힘들었다. 유전학상의 데이터는 없지만 그녀는 순혈 암컷의 신체적 기준에 미달이었다. 외모 또한 초식계를 연상시키며 연약했다. 부모 호랑이들을 알 수 없고 출생날짜와 년도가 명확하지 않고 그 행적 또한 미지수였다.

순혈이 되기 위한 조건을 하나도 만족시키지 못한 데다 신체적 결함상 돌연변이로 분류되지 않았던가. 옥자의 결함이 무엇인지 신사호는 알지 못했다. 어쨌든 김옥자는 심지어 보안등급까지 높아서 정보열람도 불가했다!

하지만 제 맞선 상대를 믿고 냉큼 덮친 이태산도 공황 상태로 보이긴 마찬가지였다.

“이태산 씨. 기억하십시오. 김옥자 씨의 맞선 상대는 따로 있습니다.”

“그래서 더 열 받는 거라고. 내가 첫눈에 반해서 찜했는데 왜 다른 새끼의 짝이냐고, 왜!”

이태산은 한숨을 쉬며 제가 본 진짜 맞선녀에 대한 생각을 토로했다.

"진짜 맞선녀를 새로 만나야 한다는 건가? 그 드센 계집을? 난 가녀리고 순진한 옥자 씨가 좋아!"

신사호는 그를 달래려다 머리가 빠개질 것 같았다.

"원래 호랑이족들 여자들은 강인한 게 보통입니다! 여린 외모의 옥자 씨가 특이한 겁니다!"

"알아!"

대답과는 달리 태산의 얼굴은 여전히 멍했다. 신사호는 한숨만 나왔다.

"지금 중요한 건 서로의 맞선 상대가 따로 있단 겁니다."

맞선 상대가 따로 있다뿐인가. 김옥자와 이태산의 맞선 상대는 서로 안면이 있는 상태였다. 그들은 인천공항에서 우연히 만나 주변을 초토화시키며 한판 떴다고 했다.

"이태산 씨의 맞선녀는 촬영 일정 때문에 한국 귀국이 늦었습니다. 김옥자 씨의 맞선남은 김옥자 씨의 귀국 날짜를 이태산 씨의 맞선녀와 착각해 어제 나갔고. 상대가 바뀐 것을 알게 된 두 호랑이족 암컷 수컷이 날뛰다 ESU에 민원을 넣고 난리도 아니란 말입니다."

마음 같아선 곧장 상대를 바꿔주고 싶은 마음이 간절했지만 이태산은 이미 제 맞선녀를 덮쳤다. 거기에 각인까지 골고루 했다. 이거야말로 대놓고 내 거라고 공표를 했다.

신사호는 머리가 어지러웠다.

"난 옥자 씨가 너무 좋아. 차라리 그녀를 보쌈해서 숨어버릴까? 이깟 맞선 따위 무시해버리면 어때."

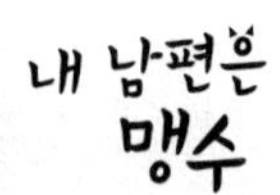

"이태산 씨! 댁은 멸종위기종이란 자각을 해야 합니다! 사백 년 동안 새끼 하나 안 만들었으면서 뭘 보쌈해 숨어? 맞선 상대를 돌려놓으란 말입니다!"

"새끼가 없는 건 마음에 드는 아내감이 없었기 때문이지."

신사호는 이태산이 정말 김옥자를 보쌈해 도망칠까 봐 걱정했다. 이 무식한 새끼는 그러고도 남았다! 고집만이 태산인 놈이다!

"또 수배당해서 쫓기고 싶지 않으면 당장 관두십시오!"

"흥."

태산이 콧방귀를 뀌자 신사호의 혈압이 더 치밀어 올랐다.

대략 오십 년 전. 격동의 1970년대였다.

지금처럼 전자기기와 인터넷이 없었던 시절. 태산은 ESU의 수배 대상이 되었다. 희귀종인 한국 호랑이족을 생포하는 금액은 엄청나 전 세계의 반인반수 사냥꾼과 멸종위기종 연맹 산하의 반인반수들이 몇 년간 한국을 휩쓸며 이태산을 찾아다녔다.

허나 그는 삼 년간 발견되지 않았다.

추격자들 일부가 이태산의 출생지인 북한으로 잠입하며 주변국들을 샅샅이 뒤졌지만 성과는 없었다.

성공적인 도주 생활을 하던 그가 삼 년 만에 모습을 드러낸 것은 서울 북한산에서였다.

그 도주의 이유 또한 아주 단순했다.

당시 이태산은 여든 살 연상의 미망인 호랑이 암컷과의 맞선을 보고 결혼하기 싫다고 도망쳐 수배 대상에 올랐었다!

신사호는 이태산을 노려보았다. 하여간 눈도 까다로운 호랑이 자식 같으니라고!

그 호랑이는 이리 떠벌리고 있다.

"난 드센 여자가 싫어. 키가 너무 큰 여자도 마음에 안 들어. 난 옥자 씨처럼 연약하고 내가 보호해줄 수 있는 여자가 좋아."

"오랫동안 고민하고 내린 결론이 그겁니까?"

"어."

신사호가 주먹을 쥐었다가 부르르, 떨었다. 태산이 그 모습을 보며 입꼬리를 올렸다.

"나 때리고 싶지? 내가 맞을 것 같으냐?"

"그래서 어쩔 겁니까?"

"사납고 떡대 있는 여자는 내 취향이 아냐. 난 옥자 씨로 할래."

"김옥자 씨는 돌연변이라 순혈인 댁과는 맞선이 아예 불가능하다니까요."

"옥자가 결함 있대? 무슨 문제야?"

신사호의 말문이 막혔다.

"거기까진 잘 모르겠습니다."

태산은 그것을 깊게 고민하지 않았다.

"바람 좀 쐬다 내려갈게."

멸종위기종의 순혈은 순혈의 상대와 결합해 자식을 얻는 것이 최우선과제이자 본능이다. 하지만 돌연변이는 멸종위기종의 결혼이나 출산에 포함되어 있지 않은 상대였다. 옥자는 후자에 속했다.

거기에 호랑이족은 뿌리 깊은 일부일처제. 제 상대가 마음에 맞는 순혈일 확률은 지극히 낮았다.

신사호는 태산의 고민을 이해하면서도 옥자를 놓기 싫어하는 그의 태도를 이해할 수 없었다. 이태산은 무려 사백 살이다. 연약한 암컷이 취향이라면 맹수족을 아내로 두고 여린 초식계나 인간을 애인으로 두어도 문제는 없을 터였다.

헌데 왜 하필 돌연변이 호랑이암컷 김옥자인가? 심지어 김옥자를 만나겠다며 난동을 부리는 옥자의 맞선남도 이해가 가질 않았다.

김옥자의 어디가 예쁜 건가? 그녀가 매력적인가?

신사호는 태산을 돌아보았다. 태산의 등 뒤로 빠져나온 노란 줄무늬 꼬리가 기운 없이 바닥에 축 늘어뜨려져 있었다.

신사호가 프레지던트 룸에 갔을 때, 이미 김옥자는 없었다.

응접실의 테이블에는 그녀가 자신의 방으로 돌아간다는 메모 한 장이 남아 있었다. 신사호는 ESU 내부 통신망을 뒤져 그녀의 전화번호를 알아내고 곧장 전화를 걸었다.

- 누구시죠?

"신사호라고 합니다."

김옥자는 당황한 듯싶었다. 신사호는 빠르게 대꾸했다.

"한국 ESU 소속입니다."

그녀의 조금은 느릿느릿한 말소리가 되돌아왔다.

- 아, 그렇군요. 미국 ESU의 전화를 받았습니다.

"아, 그러면?"

- 제가 잘못된 상대란 이야기란 것도 들었어요.

체념이 실린 목소리에 사호는 문득 수화기 너머의 김옥자가 궁금해졌다. 이태산이 한눈에 반한 호랑이족 암컷에 대한 호기심도 있었다.

"어디에 묵고 계십니까? 제가 잠깐 얼굴 뵈어도 괜찮겠습니까?"

김옥자는 같은 호텔의 저층인 그녀의 방으로 향했다. 그러다 문득 신사호는 이태산이 과연 엘리베이터를 타고 제대로 내려올 수 있을까를 걱정했다.

옥자는 말끔하게 다시 샤워를 하고 자신의 옷으로 갈아입은 채였다.

옥자는 불편한 정장을 선호하지 않았다. 옥자는 타샤 튜더를 존경했고 그녀처럼 살길 원했다. 모피 대신 옥자가 좋아하는 건 친환경 소재의 옷이었다. 옥자가 좋아하는 롱 원피스 역시 대나무 섬유로 만들어져 시원했다. 길고 치렁치렁하게 늘어진 롱 원피스에 금발을 늘어뜨린 옥자는 제가 봐도 잔뜩 풀이 죽은 모습이었다.

문을 두드리는 소리에 그녀가 슬쩍 문을 열었다. 검은 양복에 ESU의 배지를 단 사내가 대뜸 제 신분증을 내밀었다.

"ESU 소속의 신사호라고 합니다."

옥자는 그의 신분증을 꼼꼼히 살피며 고개를 끄덕였다.

"들어가도 되겠습니까?"

"들어오세요."

옥자가 옆으로 비켜섰다. 신사호는 그런 여자를 살피며 꽤나 놀랐다.

김옥자는 금발에 하얀 피부, 가녀린 체구의 소유자였다. 얼굴은 정교한 도자기 인형 같았다. 가녀린 몸에 비해 가슴은 풍만해서 저절로 시선이 갔다. 이태산이 좋아할 수밖에 없는 여자였다. 그녀의 몸에서 이태산의 체향이 물씬 풍겨 나왔다.

하지만 그 파리한 얼굴을 보자 신사호는 할 말을 잃었다.

"몸은 괜찮으십니까?"

"괜찮아요."

"이야기가 조금 길어질 것 같은데."

"괜찮아요. 무슨 이야기를 하고 싶으신가요?"

"이태산 씨와 김옥자 씨에 관한 이야기입니다."

"좋아요. 앉으세요."

태산의 너른 프레지던트 룸과 달리 옥자의 객실은 소박한 싱글룸이었다. 침대 하나에 테이블과 의자가 있는 간소한 방. 그녀는 티테이블 쪽으로 사호를 안내했다.

침대 옆에는 커다란 트렁크 가방이 있었지만 짐을 제대로 푼 흔적도 없었다.

"차라도 드릴까요?"

옥자가 제 어깨까지 내려오는 구불구불한 금발머리를 뒤로 넘겼다. 신사호는 예의 바르게 거절했다.

"마시고 왔습니다."

"그래도 손님이시니 물이라도 드시는 게 좋겠네요."

그녀가 냉장고에서 꺼낸 미네랄워터를 크리스털 잔에 채워 신사호에게 건넸다.

"잘 마시겠습니다."

그들은 작은 테이블을 마주하고 앉았다. 하지만 신사호는 물 잔에 손도 대지 않았다. 옥자도 무슨 말을 할지 망설이는 듯했다.

옥자가 먼저 말을 꺼냈다.

"한국 ESU 소속이라고 하셨나요? 종족이?"

"따지자면 구미호죠. 반쪽이긴 하지만."

"아."

옥자가 의미 없는 감탄사를 더하며 고개를 끄덕였다.

"그래서 전 왜 보자고 하신 건가요?"

"죄송하다는 말씀을 전해드리기 위해섭니다. 저희 착오로 잘못된 맞선을 보신 것 같아서."

옥자는 조금 멍했지만 놀라지 않았다. 그냥 이태산이 궁금할 뿐이었다.

"태산씨는 뭘 하고 있나요?

"아, 그는 지금 답답한지 옥상에서 바람을 쐬고 있습니다."

"그렇군요."

옥자는 태산의 의중을 알 것 같았다. 옥자의 얼굴을 보기 난감할 정도로 곤혹스러워하겠지. 그가 자신을 불편해 한다면 자리를 피하는 것이 예의였다.

옥자는 어디로 갈지 고민했다. 서울? 아니면 미국? 차라리 낯선 여행지를 선택하는 게 나은 걸까. 하지만 여비가 충분하지 않았다.

일단 옥자는 상황이 정리될 때까지 서울에 머무르는 걸 선택하기로 했다.

"각자의 맞선 상대가 따로 있다는 건 들었어요. 태산 씨의 맞선녀는 누구죠?"

느닷없이 튀어나간 옥자의 질문에 신사호는 망설였다. 옥자는 피식 웃었다.

"곤란한 질문이었다면 죄송해요. 하긴 누군지 들어도 모르겠죠."

태산의 진짜 맞선녀가 누구인지 옥자가 알게 된들 어쩌겠는가. 태산과는 하룻밤의 일탈에 불과한 관계였다.

그녀가 잠깐 고개를 숙인 찰나, 신사호는 단정한 체크무늬 손수건을 내밀었다.

"진정하세요."

"괜찮아요."

옥자는 마른 눈가를 쓸었다. 사실은 너무 허망해서 울음조차 나오지 않는단 걸 말하고 싶지 않았다. 호의로 내밀어진 손수건을 돌려주며 그녀는 실없이 미소를 되돌렸다.

옥자에겐 자신을 추스를 혼자만의 시간이 필요했다.

신사호마저 걱정스럽게 말을 이었다.

"옥자 씨, 어서 기운 차리시고 이태산 따위 잊어버리십시오. 게다가 옥자 씨에게도 맞선 상대는 따로 있습니다. 그쪽도 이태산 만큼은 아니지만 좋은 배우자가 되어줄 겁니다. 애초에 옥자 씨를 맞선 상대로 원한 쪽은 그쪽이었습니다."

신사호의 말에 옥자는 감흥 없이 고개를 까딱였다. 저를 맞선 상대로 원한 호랑이족은 누군지 짐작조차 가질 않지만 문제는 그 맞선 자체였다.

이태산을 만나며 잊고 있었다. 호랑이족의 맞선은 결혼을 하고 번식을 주목적으로 했다. 하지만 옥자는 ESU의 기준에서 돌연변이에 속했다. 그래서, 순혈일 게 뻔한 태산이 제 짝이 될 리 없다. 제 맞선남도 정상적인 수컷이 올 수 없을 거라 여겼다.

옥자가 고개를 들어 신사호와 마주 보았다.

"날 원한다는 맞선남에게 무슨 문제가 있나요? 생식 능력의 문제라거나, 짝을 잃어서 혼자인가요?"

이태산에 대한 주제에서 해방된 것이 기뻤던 듯 신사호가 신나게 말을 이었다.

"옥자 씨의 새 맞선남은 생식 능력도 왕성하며 짝을 잃은 적도 없는 강한 수컷입니다."

"이태산 씨와 비교해서요?"

"그렇지요."

신사호는 흔쾌히 고개를 끄덕였고 옥자는 대번에 뜻을 이해했다.

"강한 수컷이고 생식 능력에도 문제가 없고 짝을 잃은 적도 없다. 그렇다면 원래의 짝과 자식이 있단 이야기인가요? 호랑이족에게도 첩을 들이는 개념이 있는 줄은 몰랐네요."

정곡을 찔린 듯 신사호는 잠시 입을 벙긋거리며 식은땀을 훔쳐냈다.

"저, 그러니까. 본처와는 이혼도 가능할 터이니 나중에라도 본부인이 되실 수도 있습니다."

"지금 저에게 불륜의 대상이 되어라 대놓고 말을 하시는 건가요?"

"저, 저기, 옥자 씨."

"변명하지 않으셔도 돼요."

신사호는 더 부정하거나 말을 덧붙이지 못했다.

이젠 새로울 것도 없고 누굴 탓하고 싶지 않았다. 옥자에겐 그것이 당연했다. 옥자는 새삼 잊고 있던 제 돌연변이의 혈통을 떠올렸다.

하룻밤의 꿈이 너무 길었다. 이태산이 너무 잘해줘서 저도 모르게 착각한 건지도 모른다.

"동정하지 않으셔도 돼요."

"알겠습니다."

고개를 끄덕이는 신사호는 어느새 ESU의 대변인으로 되돌아가 있었다.

"옥자 씨의 맞선남 쪽에는 일정이 어긋났다고 설명했습니다. 그랬더니 최대한 빠르게 날짜를 잡자고 하더군요."

옥자는 너무 갑작스러워 인상을 썼다. 눈치를 살피던 신사호가 피식 웃으며 덧붙였다.

"그쪽에서는 대단히 조급해하며 옥자 씨를 만나고 싶어 하더군요. 당장 내일이라도 만나고 싶다고 하시는데."

옥자는 제 체향을 맡으며 피식 웃었다. 그녀에겐 이태산의 체취가 진하게 각인되어 있었다.

"신사호 씨? 지금 그게 말이 된다고 생각하세요? 당장은 곤란해요."

"왜입니까?"

"전 이태산 씨에게 각인된 상태라는 거 잊었나요? 이대로 저를 원했다는 맞선남과 대면하게 된다면 그의 심기를 건드리게 될 거예요. 자신이 찍은 암컷에게 먼저 각인한 이태산을, 그 맞선남이 가만두려 할까요? 큰 싸움이 벌어질 수도 있어요. 호랑이족의 싸움을 재현하고 싶은 거라면 당신의 말을 따르죠."

"아, 그, 그렇지요."

신사호의 얼굴에서 핏기가 사라졌다. 옥자의 말은 틀린 것이 없었다.

호랑이족은 철저한 영역동물로 수컷들의 자존심은 강했다. 전성기의 수컷 성체라면 두말할 나위 없다. 한 수컷이 집요하게 노린 암컷이 다른 호랑이에게 각인되어 나타난다면, 그 이후의 반응은 불을 보듯 뻔했다.

심지어 이태산과 맞선남은 3백 년 전 암컷과 영역을 두고 혈투를 벌인 라이벌이었다! 이태산이 김옥자를 포기하려 하지 않는 이상, 상대 맞선남과 이태산은 둘 중 하나가 죽을 때까지 결투를 할지도 몰랐다!

"그, 그럼 맞선을 최대한 느, 늦춰보도록 하겠습니다."

겁을 집어먹은 신사호의 말에 옥자는 우아하게 고개를 끄덕였다. 거기에 신사호가 말을 덧붙였다.

"이번 실수는 굉장히 큰 건으로 생각하고 있습니다. 맞선 상대가 뒤바뀐 이유도 미국 ESU 직원의 실수 때문이라고 추측만 하고 있죠. 미국 사무실에선 옥자 씨를 본 적이 없다며 잡아떼고 있고요. 조사를 하긴 할 테지만 저희로선 꽤나 난감한 상황입니다."

"제가 무엇을 도와드리면 되나요?"

"그때 뉴욕 사무실에서 만났던 담당직원의 이름을 알려주시겠습니까? 옥자 씨를 담당하던 직원도 출장 중이라고 했고 담당직원도 없다고 했고. 이건 아주 심각한 상황입니다."

옥자는 쓰게 웃었다. 오랜만의 살의에 그녀의 입안에선 뾰족한 송곳니가 돋아났다.

"나흘인가 닷새 전 제가 ESU의 뉴욕 사무실을 방문했을 때 프랭클린 도도 씨가 비행기 표를 주고 맞선 장소를 알려주더군요. 막 점심시간이 지났을 무렵이에요."

"아, 도도새. 그렇다면 실수하고도 남는군요. 망할 종족 같으니

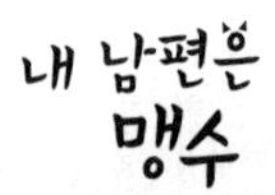

라고. 착오를 일으켜 죄송합니다. 철저히 조사하겠습니다."

신사호는 고개를 끄덕였다.

"괜찮아요. 이제 와서 크게 다를 것은 없겠지만요."

"하지만 정말 정말로 죄송합니다."

거듭해 사죄의 말을 건넨 신사호가 황급히 밖으로 나갔다. 아마 정확한 사태 파악을 하기 위해서일 터였다.

그가 나간 뒤 옥자는 문을 걸어 잠갔다. 그러곤 침대 위로 풀썩 주저앉아 몸을 기댔다.

문득 제 집으로 돌아가고 싶다는 생각만이 간절해졌다.

아무도 모르는 애리조나의 제 집.

침실 하나와 작은 손님방, 거실과 부엌이 딸린 작은 집. 옥자는 집 앞의 너른 정원에 온갖 허브를 심고 길렀다. 차양을 겸하는 커다란 지붕 아래에는 오래되어 손잡이가 반들반들해진 흔들의자를 가져다 놓았다.

그 흔들의자 위에서 그녀는 팔자 좋게 뜨개질을 하기도 하고 천연 염색을 시도해 옷을 만들어보기도 했었다. 가끔은 정원에 날아드는 새나 들판을 헤매던 들개에게 선뜻 먹을 것을 나눠주기도 했다.

그곳에서 평화로운 십 년을 보냈다.

미스터 레오파드와 맞선 건이 아니었다면 이곳에 오지도 않았을 텐데.

"하아. 이제 어쩌지?"

옥자는 너무 막막해 답을 찾지 못했다.

그녀가 살아온 시간은 백 년. 그 백 년의 고독이 사무치고 뼈저리게 밀려들었다.

백 년을 산 것만으로도 저는 이렇게 외로웠는데 다른 호랑이족들은 어떻게 살아온 걸까?

문득 이태산이 떠올랐지만 만나고 싶진 않았다. 만나서 무슨 말을 해야 할지 자신도 없다. 차라리 만나지 않는 게 나을 것이다.

“그러려면 내가 떠나는 게 나아. 미련을 두지 말아야 해.”

마음을 정하자 옥자는 일어나 짐을 챙겼다. 가방을 풀지도 않아 짐을 꾸리는 건 금방이었다. 그녀는 겉옷을 걸쳐 입고 트렁크 가방을 끌었다.

지금은 비수기이니 서울 시내에 남아도는 호텔 방은 많을 것이다.

그녀는 체크아웃을 했다.

태산은 옥상에서 바람을 맞으며 세상을 굽어보았다. 가벼운 셔츠와 청바지 사이로 차가운 바람이 스며들었다.

몇 시간 동안 바람만 쐬어도 헝클어진 머릿속은 쉽게 정리되지 않았다. 당장 옥자를 만나고 싶은 마음뿐이었다.

그래, 일단 옥자를 만나자.

태산이 엉덩이를 털고 일어나 움직이려 했을 때 문제가 발생했다.

어떻게 내려가더라? 태산은 옥상에서 문을 열고 내려가는 방법을 까먹었다. 옥상문을 부수지 않고 열 수 있는 방법이 무엇인지 그는 한참을 골몰했다. 결국 그는 휴대전화를 꺼냈고 더 큰 난관에 봉착했다.

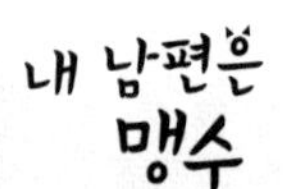

오랫동안 히말라야의 오지에서 살아온 그는 산악인들이 쓰는 무전기조차 사용법을 몰랐다. 15년간 휴대전화 따위 구경해본 일도 없는 터라 최신형 스마트폰을 제대로 쓸 가능성은 전무했다.

"하아, 이제 어떻게 내려가지?"

조언을 구할 길도 막막해지자 태산은 호텔 옥상에서 까마득하게 먼 지상을 내려다보았다. 22층이 넘는 높이의 건물 외벽을 타고 내려갈 수도 있겠지만, 지금은 해가 높은 시각. 사람의 눈에 띄어 도둑취급이라도 받게 된다면 순혈 맹수 체면이 말도 아니다.

한참이나 아래를 굽어보던 그가 코를 킁킁거렸다.

낯익은 냄새가 났다.

그가 자신의 시야를 확대했다.

호텔 뒤쪽의 너른 부지는 주차장으로 이용되었다. 태산은 빼곡히 주차된 차들 사이로 움직이는 작은 점 하나에 시선을 고정했다.

나풀거리는 긴 치마를 입은 작은 점 하나. 기척을 감추곤 있지만 냄새까지 숨길 순 없다.

태산의 눈이 붉게 타올랐다.

옥자다! 옥자가 저 몰래 도망치려 하고 있다!

태산은 제 신발 끈을 단단하고 재빠르게 묶은 다음 몸을 낮췄다. 옥상 끝까지 뒤로 물러난 그가 단번에 내달렸다.

태산의 몸이 날카롭게 공기를 갈랐다.

믿을 수 없을 만큼 빠르게 옥상을 주파한 그는 옥상의 끝부분에서도 멈추지 않았다. 아니, 추진력이 붙은 몸으로 신나게 뛰어내렸다. 그의 몸은 더욱 가속이 붙었다.

콰앙!

옥자는 무언가의 시선을 느끼고 뒤를 돌아보았다.

그때 콰앙! 무언가 굉음을 내며 그녀의 뒤에 추락했다. 엄청난 속도로 낙하한 무언가가 강한 바람을 일으켜 옥자의 치맛단이 뒤집혔다. 그녀는 엉겁결에 치마를 붙들었다.

"이게 무슨?"

그녀의 시야에 펼쳐진 광경은 더욱 놀라웠다.

호텔 주차장에 주차된 한 승용차 위로 연기가 뭉게뭉게 피어올랐다. 유성이라도 떨어진 걸까 의심하던 그녀가 차 지붕을 깔아뭉개며 걸어 나오는 남자를 발견했다. 그는 한쪽 다리를 절고 있었다.

"태, 태산 씨?"

보고 싶었던 태산을 너무 뜻밖에 보게 된 터라 옥자는 제가 도주 중이란 것도 잊었다.

"당신, 어디 아파요? 아니, 태산 씨?"

옥자는 그의 등 뒤로 연기가 모락모락 피어오르는 찌그러진 차체를 보았다. 거기에 다리를 붙잡으며 아픈 듯 인상을 쓰는 태산의 얼굴.

옥자는 그가 추락한 차체에서 다시 호텔 위쪽을 올려다보았다. 엄청난 낙하속도와 충격음으로 따져보자면 옥상이나 최상층에서 떨어진 것이 틀림없다. 헌데도 태산은 멀쩡했다!

태산이 그녀의 앞으로 다리를 절며 다가왔다. 그의 눈이 이글거렸다.

태산은 그녀의 손목을 힘껏 잡아 쥐었다.

"어딜 가는 거지?"

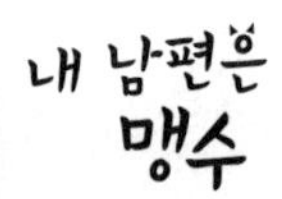

"저, 저기."

태산은 그녀의 손목을 힘껏 잡아 쥐었다. 그러면서 옥자가 걸친 하늘거리는 롱 원피스를 노려보았다.

"왜 그런 걸 입었지?"

태산의 시선이 그녀의 봉긋하고 풍만한 가슴을 바라보았다. 그의 키가 크다 보니 앞이 생각보다 깊게 파인 원피스 사이로 그녀의 가슴골이 내려다보였다. 거기에 늘어뜨려진 금발, 그녀가 움직일 때마다 묻어나는 태산의 체향. 제 사랑스런 각인의 상대.

하얀 얼굴과 섬세한 이목구비, 짙은 호박색의 눈과 가녀린 팔과 다리, 풍만한 가슴. 옥자는 미국인으로 보기엔 너무 동양적이었고 한국인이라기엔 너무 이국적이었다. 동서양을 초월하는 묘한 분위기가 그녀에게 서려 있다.

무엇보다 그 순진한 얼굴과 대비되는 몸매는 지독하리만치 유혹적이었다. 그녀가 제 진짜 맞선 상대가 아니라는 건 중요하지 않았다. 그녀가 지금 태산을 버리고 도망치고 있다는 것만이 중요했다!

"일단 가서 얘기하자."

태산은 그녀의 트렁크 가방을 빼앗으며 옥자의 손목을 잡아챘다.

"왜, 왜 이래요?"

옥자는 나름 힘을 주려 했건만 태산에게 잡혀 끌려가는 모양새가 되자 적잖이 당황했다.

"내 얼굴 보지도 않겠다고 한 건 이태산 씨잖아요!"

"내가 언제! 이야기도 제대로 안 했잖아!"

"날 피한 쪽은 이태산 씨 아닌가요? 일어났을 때 없었잖아요!"

"생각할 시간이 필요했어!"

"당신이 생각할 동안 난 이미 모든 걸 다 알았다고요! 그러니까 놔요!"

"못 놔!"

"놓으라니까!"

옥자가 비명을 질렀다.

"김옥자!"

"사람들 눈에 띄고 싶어요? 난 싫어요."

옥자는 그의 손을 뿌리치려 했다.

다신 볼 일이 없는 사이였다. 각인을 했어도 끝까지 가지 않았으니 이대로 헤어지면 끝이다. 이런저런 잡념들이 그녀의 머리를 잠식해 태산이 마냥 원망스러워졌다.

잘못된 상대였다면 애초에 홀리지 말걸. 각인시키게 두지 말걸. 미련조차 남기지 말걸.

애초에 결혼할 수 있다던 태산의 말을 믿는 게 아니었다!

"나 볼 생각 없었잖아요. 이제 안 보면 돼요. 어차피 나 뿌리치고 나간 건 태산 씨잖아요! 나 보기 싫다는 뜻 아니었어요? 그렇다면 다시 안 보면 되잖아요!"

"나도 생각 정리할 시간이 필요했어! 그리고!"

태산이 말을 얼버무렸다. 옥자는 더는 듣고 싶은 생각이 없었다.

지금 태산은 변명을 하고 있었고 애초에 그들은 잘못된 사이였다.

"그만해요, 태산 씨!"

"뭘 그만하라는 거야?"

마침 자리를 비웠던 주차장 보안요원은 태산이 일그러뜨린 차체를 발견하고 기함했다. 그가 무전기로 다급히 동료를 부르는 모습이 이어졌다.

"일단 가자."

옥자는 반나절 만에 태산의 프레지던트 룸으로 다시 끌려들어갔다.

프레지던트 룸은 여전히 으리으리했다. 거실의 눈부신 샹들리에가 그녀를 조롱하는 듯 찬란하게 반짝였다.

옥자는 제가 도망칠 공간을 찾아 두리번거렸다.

프레지던트 룸은 너무 널렀다. 주 침실 이외에 두 개의 객실과, 다른 응접실 겸 미팅 룸이 딸려 있었다. 어젯밤엔 미처 보지 못한 곳들이다. 태산이 우선이었으니 인테리어가 눈에 보였을 리 없다. 옥자는 기회를 노리다 새끼 객실 중 하나로 뛰어들어 문을 잠갔다.

"옥자, 왜 여기 들어간 거야?"

태산이 위협적으로 문을 두들겨댔다.

쾅, 콰앙 쾅!

"난 당신과 얘기하고 싶지 않아요!"

쾅, 쾅 콰앙 쾅!

"문 열어, 김옥자!"

태산이 쉽게 포기할 리 없었다. 문은 금방이라도 부서질 것 같았다!

"얘기 좀 해!"

"난 할 얘기 없어요!"

문을 사이에 두고 옥자와 태산은 격렬히 대치했다. 태산이 문을 단번에 부숴버릴 수 있다는 건 그녀도 잘 알았다. 그래서, 그를 협박해야만 했다.

"들어오면 죽어버릴 거예요!"

"김옥자!"

"내 이름 부르지 마요! 들어오면 나 콱 뛰어내려버릴 테니까!"

그를 향한 위협은 가짜가 아니었다.

프레지던트 룸이 있는 고층에서라면 아무리 높이뛰기나 착지에 능한 호랑이족이라 해도 목숨을 보장할 수 없었다. 호랑이족 순혈이라 해도 모두가 태산처럼 괴물은 아니었다! 옥자의 협박에 태산도 쉽게 들어오지 못했다.

"그럼 이렇게라도 얘기 하자!"

태산이 문 뒤에서 한 발 뒤로 물러났다. 하지만 시위를 하듯 문을 한번씩 두들겨 댔다.

"꺼져요!"

옥자의 고성에도 태산의 행동은 멈추지 않았다. 자신이 문 밖에 있음을 반복적으로 경고하는 듯 했다.

옥자는 한숨을 내쉬었다. 태산은 20층의 건물을 가볍게 뛰어내리는 호랑이족 순혈이었다. 그러니 더더욱 자신과 같은 돌연변이와 짝이 될 수 없다.

"기가 막힌다, 이제."

옥자는 힘없이 침대에 기댔다. 낌새마저 불안했다.

이태산에게 제가 위축되어서일까. 아니면 호랑이족의 기운을 마음껏 발산한 데다 각인까지 받아서였을까.

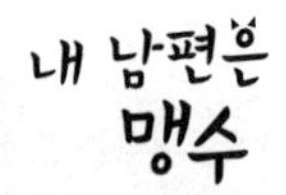

옥자는 침대에서 내려와 방 안을 하릴없이 서성거렸다. 평소라면 드러나지 않아야 할 그녀의 야생성이 간만에 발현되어 좀처럼 사라지지 않는 느낌이었다.

"김옥자. 계속 그럴 거야?"

태산의 목소리가 계속해서 그녀의 고막을 자극했다.

"하아."

그녀의 입안에서 뾰족하게 자라난 송곳니가 입안을 자극했다. 집어넣으려 해도 송곳니가 점점 더 불편할 정도로 자라났다.

"이상해. 뭔가 이상해."

있는 줄도 몰랐던 제 꼬리와 귀가 쫑긋 솟아올랐다.

옥자는 불안감을 느꼈다. 설마. 설마?

"그때가 온 건가?"

어째서 왜 하필 지금! 다른 누구도 아닌 이태산에게 그 끔찍한 모습을 들키고 싶지 않았다!

문 앞의 태산은 마냥 시끄러웠다.

"언제까지 그러고 있을 거야! 이야기 제대로 하자고. 옥자 씨!"

"난 할 말 없어요."

옥자는 냉큼 대꾸했다. 문 너머 태산의 강한 체향이 확, 다가왔다. 그가 화가 나 기운을 잔뜩 방출하려는 것 같았다. 그녀의 머리가 어질어질했다.

"문 부술까?"

그녀가 이 작은 손님방에 숨은 지 얼마나 되었을까. 고작 십 분? 이십 분? 아니, 그것도 채 되지 않은 느낌이었다. 옥자는 날뛰는 두통 때문에 미간을 짓눌렀다.

"당신. 아침에 객실을 나가 돌아오지 않았단 것만으로도 대답이 되었어요."

"그건!"

그가 뭔가 대꾸하려다 할 말을 잃었다.

옥자는 그것이 새롭지 않았다. 상처를 입지도 않았다.

"괜찮아요. 태산 씨 탓하려는 거 아니에요."

문을 사이에 두고 이루어지는 대화는 이상했다. 하지만 얼굴을 보지 않아도 되어서, 그나마 다행이었다.

"나 옥자 씨 좋아해."

"난 아니에요."

점점 빠르게 잠식해 오는 편두통에 그녀는 문 옆, 벽을 타고 미끄러져 내렸다. 입에서는 저도 모를 신음이 새어 나온 것 같았다.

시야가 흐릿해졌다. 몸을 가누기가 점점 힘이 들었다. 아니, 의식을 유지하는 것조차 힘겨웠다. 변화가 너무 빨라 감당할 수 없다는 건 분명했다.

콰앙. 무언가 부서지는 소리가 희미하게 들렸다.

"지금 아픈 건가?"

태산이 문을 부수고 뛰어들어 와 그녀의 옆에 서 있었다. 옥자는 희미해진 시선으로 그를 올려다보았다. 그가 너무 커 보였다. 너무, 너무.

"어디 아픈 거야?"

"나가요."

기대고 싶은 마음을 억누르며 옥자가 겨우 입을 열었다. 하지만.

"좋아해."

느닷없는 직격 고백에 옥자는 말문이 막혔다.

좋아해서 뭐? 그래서 어쩌라고? 변하는 것은 아무것도 없었다.

"친절한 척하지 말아요. 어차피 내 옆에 없을 거잖아."

태산이 내민 손을 쳐내며 옥자는 옹골차게 말했다. 하지만 그게 전부였다. 그녀는 허물어지듯 바닥에 쓰러져 헐떡였다. 지독한 갈증이 일었다.

"대체 어디가 아픈 거야? 말을 해. 의사 불러야 되는 건가?"

옥자는 힘없이 도리질을 했다. 하지만 의미 없는 고갯짓에 불과했다. 제 몸을 가눌 힘조차 부족해 바닥에 널브러진 그녀를 태산이 가볍게 안아 올렸다. 그가 걱정스럽게 무언가 말을 한 것 같지만 제대로 들리지 않았다.

대신 옥자는 태산의 눈과 아주 가깝게 마주 보았다. 그의 눈은 옥자와는 톤이 다른 깊은 검은색으로 깊은 무한을 연상시켰다.

"많이 아픈가? 어쩌면 이건 각인을 덜 해서일지도 몰라. 몸이 뜨겁지 않아?"

제 이마에 와 닿는 태산의 손이 시원했다. 그의 목소리가 부드럽게 울렸다.

"각인을 하자, 다시."

옥자는 정신이 혼미해지는 와중에서도 제 귀를 의심해야 했다. 이 호랑이족 새끼가 미친 건 아닐까?

"하자. 옥자가 아픈 이유는 분명히 그거야."

옥자의 몸이 객실 침대 위에 놓였다. 그녀의 상태를 멋대로 단정한 태산이 그녀의 몸 위로 빠르게 올라왔다.

제 욕망을 굳건히 전달해 오는 그의 남성을 느끼며 옥자는 숨을 헐떡거렸다. 말려야 하는데 몸이 말을 듣지 않았다. 겨우 힘을 모아 밀어내어도 그것은 의미 없는 손짓에 불과했다.

"하아, 하아."

남자는 벽이다.

마지막 힘을 다 쥐어짜고 손톱을 길게 뽑아내 그의 가슴팍을 할퀴어도 그는 요지부동이었다. 심지어 그는 가슴에서 피를 뚝뚝 흘리며 이렇게 속삭여댔다.

"이번엔 제대로 하자. 누구도 당신을 건드릴 수 없게 할 거야."

미친 새끼! 네 짝은 따로 있다잖아!

하지만 그 말이 입 밖으로 나오지는 못했다. 옥자의 음성은 아주 뜨겁고 달뜬 호흡에 불과했다. 혼몽해진 눈빛에 태산이 비쳤다. 그는 어쩌면, 쾌락에 절어 들떴다고 생각할지도 몰랐다. 실제 옥자의 상태는 그것과 유사해 보일 터였다.

반항하려던 두 팔이 붙잡히고 무거운 남자가 그녀를 덮쳐 왔다. 아니, 정확히는 입술이 먹혔다. 태산이 그녀의 몸을 내리누른 채 입술을 막무가내로 먹어버리려 했다.

입술이 벌어지기 직전이었다.

"하아, 하아."

이대로는 곤란했다. 몸이 뜨거웠다.

게다가 옥자는, 제가 태산을 원한다는 충격적인 사실을 깨달았다.

바로 변이 직전임에도 불구하고, 어째서!

그녀는 태산이 그녀를 보는 걸 원치 않았다! 아니, 누구에게도 앞으로의 제 모습을 보이고 싶지 않았다.

그러니 태산이 사라져야 했다!

"옥자."

태산이 뜨거운 제 욕망을 비벼 왔다. 그는 제 욕망에 취해 있었다.

안 돼!

옥자는 호박색 눈을 부릅뜨며 있는 힘껏 태산을 밀어냈다. 어디서 괴력이 솟았는지 알 수 없었다. 단지 그를 가볍게 밀어낸 것뿐인데 태산의 거대한 덩치가 날아가 4미터쯤 떨어진 벽에 부딪혔다.

쿠우웅! 태산이 그녀를 노려본 채 그대로 벽에서 미끄러져 내렸다. 태산의 몸이 처박혔던 벽에는 커다란 방사형의 빗금이 생겨나 있었다!

"하아. 과격하네? 옥자 씨."

허리가 끊어질 것 같은 충격을 느끼며 태산이 쓴웃음을 지었다.

그의 아픔을 인지할 사이도 없이 옥자는 더 다급해졌다. 눈앞에서 빨리 태산을 치워버려야 했다! 아니면 제 모습을 들킬 것이다!

이미 변화는 시작되었다. 멈출 수가 없었다!

나가! 나가! 내 눈앞에서 사라져!

옥자는 그 말을 하려 했지만 목소리가 나오지 않았다. 성대가 장악 당했다.

목을 꺽꺽 부여잡은 그녀가 놀라 태산을 바라보았다. 태산이 영문을 몰라 그녀에게 다가오려 했다.

옥자의 손끝에서부터 경련이 일어나 말초신경을 장악하고 온몸으로 퍼져 나갔다. 가만히 앉아 있을 수 없었다. 몸 안에서 시작된 반동으로 인해 그녀의 몸이 멋대로 침대에서 튀어올랐다. 몸 안에서 무언가 변화하고 자라는 소리가 섬뜩하게 메아리쳤다.

안 돼. 제발 보지 마! 보지 말아달라고!

뼈가 끊어진다. 살이 변형된다. 아프다. 그녀의 몸 안에서 무시무시하고도 끔찍한 변화가 일고 있다. 비명조차 나오지 않았다.

"옥자?"

손끝이 저려 왔다. 옥자는 제가 침대 위에서 경련을 하고 있다고 생각했지만 제 몸을 제어할 수도, 비명을 지를 수도 없었다. 변화가 너무 급작스러웠다.

옥자의 몸 안에서 시작된 섬뜩한 소리를 그도 들은 것 같았다. 태산이 다가왔다.

"왜 그래? 옥자?"

그녀의 그림자가 천천히 뒤바뀌었다. 몸의 변형에 맞춰 그녀의 롱드레스가 찢겨나가 넝마로 변했다. 변화는 그녀의 예상보다 훨씬 빨랐다.

평소의 변화 시간은 아마도 두어 시간. 지금은 오 분도 채 걸리지 않았다.

옥자의 몸에서 털이 자라났고 부피가 부풀어 올랐다. 그 몸에서 선명한 줄무늬가 돋아났다. 골격은 이미 사람이 아니었다. 으드득으드득. 몸 안에서 뼈가 자라나는 소리들이 살벌하게 들려와 고막을 자극했다.

그리고 끔찍한 변화가 마무리되자, 태산의 눈앞에는 낯익은 생물 하나가 있었다. 태산이 놀라 입을 벙긋거렸다.

"호, 호랑이?"

속눈썹이 무척이나 긴 금빛 호랑이가 눈을 깜빡였다. 헌데 그

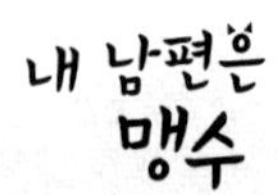

눈이 깊은 호박색이었다. 태산은 결국 이렇게 물었다.

"설마, 옥자?"

호랑이가 조용히 고개를 까딱였다.

아마도 백 년 전, 옥자가 태어나고 얼마 되지 않았을 때의 일이었다.

옥자의 어미에겐 자식이 여럿 있었다. 옥자는 그 어미가 낳은 아비를 모르는 새끼였다. 심지어 덜떨어진 데다 성장도 느린 돌연변이였다.

옥자의 어미는 옥자를 미워했다. 빛나는 금발이 거슬렸던 것 같기도 했다.

적어도 한국 호랑이족 가계에 있어서 금발이 태어나는 경우는 없었다! 그녀의 언니와 오빠들은 옥자를 동생 취급도 하지 않았다.

어미는 때로 모진 맘을 먹고 옥자를 죽이려 했지만 성공하지 못했다.

대신 그녀는 옥자를 작은 골방에 가둬 길렀다. 그러기를 일이 년. 그녀는 어느 날 굳은 결심을 하고 옥자를 포대기에 둘둘 싸맸다.

차가운 겨울날, 하얀 눈이 곱게 내리던 날이었다. 쌓인 눈은 벌써 어미의 무릎까지 차올랐던 것 같았다.

어미가 오른 산은 인적이 드물었다. 한겨울, 그곳까지 찾아올 이도 없었다.

어미는 아주 얇은 옷을 입었다. 그 어미의 얼굴은 말랐고 입술은 잔뜩 부르텄다. 옥자도 제 어미에게 뭔가 말을 해주고 싶었지만 그 표정이 무서울 정도로 굳어 있어 마마란 말 한 마디 할 수 없었다.

반인반수들이나 인간들에게도 모두 힘들었던 시절이었다. 입 하나를 덜기 위해 내버리는 일 따위 비일비재했다.

옥자는 그때 제 나이를 정확히는 알지 못했지만 고작 네 살을 넘기진 못했다. 인간들보다 반인반수들의 성장이 느렸으니 그때의 옥자는 겨우 걸음마밖엔 하지 못했다.

포대기에 손발이 나오지 못하도록 꽁꽁 싸매어진 채 옥자는 어미가 저를 눈밭에 내려놓는 모습을 바라보았다. 어미는 무언가 말을 했다. 하지만 그 마지막 말을 옥자는 기억하지 못한다.

그저 어미를 따라가고 싶어서 어미의 이름을 불렀던 것 같다.

하얀 입김을 내뿜으며 눈물을 흘리던 어미는 뒤돌아섰다. 그러곤 단 한 번도 돌아보지 않고 내달려 어린 옥자의 시야에서 사라졌다.

옥자는 그때의 하늘을 기억했다. 온통 흐린 회색빛 하늘이었다. 하늘을 찌르듯 뻗어 나온 나무들의 앙상한 가지. 그 사이로 천천히 하강하는 하얀색의 눈. 작은 뺨에 닿는 그것은 지독하게 차가웠다. 옥자는 머리를 흔들었다.

느리게, 소리 없이 하늘에서 떨어진 차가운 것이 옥자의 몸 위로 쌓였다.

그 냉기가 무서워 옥자는 몸을 떨고 뒹굴기도 했다. 하지만 다시 어둠이 내리깔렸다.

천천히 감각이 사라졌다. 온몸이 얼어붙어 갔다.

어미가 다시 저를 데리러 오지 않을 거란 생각이 작은 머리를 얼

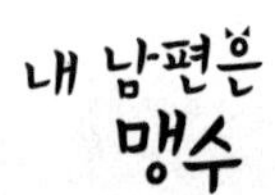

핏 스쳤다.

어미는 저를 싫어했다. 왜였지? 아비를 잡아먹었다고 했나? 아비가 아닌 다른 씨라고 했나.

옥자는 느리게 눈만 껌뻑였다. 의식이 점점 꺼져갔다. 그저, 이대로 잠을 자면 다신 깨어나지 못할 것 같았다.

너무 추웠다. 그리고 아팠다.

저도 제 언니처럼 멋진 호랑이족 성체가 되고 싶었는데. 멋진 호랑이족이 되는 게 꿈이었는데.

호랑이족? 아, 호랑이가 뭐였지?

그렇게 아주 오랜 시간을 버텨왔다.

그리고 천천히 잠이 들었다. 다시 깰 수 없을 거라 여겼다.

깨어난다면 배고픔이나 추위도 없는 곳에서, 누군가의 사랑을 받으며 살고 싶었다.

「이건 뭐지?」

누군가 저를 안아들었다.

「뭐지? 짐승 새끼인 것 같은데. 바싹 곯아서 알 수가 있나.」

옥자는 희미하게 눈을 떴다. 사냥꾼으로 보이는 두 남자가 대화를 나누고 있었다. 그들이 무언가 말을 나누더니 지게를 짊어지고 앞가슴에 옥자를 품에 넣어 산을 내려갔다.

그때의 옥자는 굶어 죽어가는 털 짐승의 모습을 하고 있었다.

4. 내 앞에 호랑이 한 마리

한국의 건국시조는 단군이라고 하였다.

단군의 아버지는 환인으로 하늘의 군사를 이끌고 내려와 지상에 도읍을 정하고 나라를 세웠다. 어느 날 그 환인에게 곰과 호랑이가 찾아와 인간이 되는 방법을 청했다. 환인은 짐승들에게 쑥과 마늘을 주며 이것을 먹고 삼칠일간 빛을 보지 말라 청했다.

호랑이와 곰은 동굴로 들어갔다. 호랑이는 쑥과 마늘, 그리고 빛도 없는 암굴에서의 시간들을 이기지 못하고 뛰쳐나갔다.

그 시간들을 인내하고 성공한 곰은 아름다운 여자로 변했다.

그녀는 아이를 갖기 원했고 소원을 빌었다.

그녀의 이름은 웅녀라고 했다. 이에 환인은 그녀와 혼인하여 교합하고 아이를 낳았다. 그것이 단군이다.

그렇다면 그때 암굴을 뛰쳐나간 호랑이는 어떻게 되었을까?

태산은 눈앞의 호랑이를 한참이나 응시했다.

뭉툭한 네 발, 커다란 덩치, 노란 바탕에 검은 줄무늬, 줄무늬의 긴 꼬리. 노란 바탕의 털은 옥자의 금발처럼 옅었고 호랑이의 눈동자 역시 낯익은 호박색이었다.

시간이 지나며 체향이 빠르게 증발했으나 호랑이의 몸에선 아직 태산과 옥자의 체취가 희미하게 풍겼다.

"맙소사."

태산은 옥자가 호랑이로 변이하는 과정을 목격했지만 아직도 얼떨떨했다. 이것은 반인반수로 사백 년을 살아온 그에게도 충분히 비상식적이었다.

반인반수들은 짐승의 특질을 가진 인간의 형태를 유지한다. 그들은 물려받은 짐승들의 특질로 인해 부분적 변화와 변이가 가능하지만 정작 그 생물로는 변화하지 않는다. 인간의 피가 섞인 이유도 있을 것이고 짐승 시절의 기억이 퇴화되었기 때문일 수도 있다.

인간의 피가 섞이지 않은 백 퍼센트 순혈의 반인반수라 해도 그것이 완벽한 짐승으로 변신하는 건 음력 보름에나 가능했다. 음기가 넘치는 그 밤에나!

게다가 지금은 낮.

음력 보름밤은 까마득하게 멀었다.

"하아."

태산은 한숨을 쉬며 울고 싶어 하는 기색이 역력한 호랑이를 바라보았다.

동물원에서나 볼 수 있을 호랑이가 그의 눈앞에 있다.

태산은 옥자의 몸 안에서 근육과 뼈가 뒤틀리며 자라는 섬뜩한 소리를 들었다. 변화는 무려 몇 번이나 이어져 그녀의 몸을 팽창시키고 변형시켰다.

"하아."

눈앞의 존재는 부정할 수도 없이 옥자였다.

"저, 저기 그러니까, 옥자 씨."

숨을 곳을 찾아 눈을 굴리던 호랑이가 체념한 듯 한숨 같은 콧김을 뿜어냈다.

"이, 이게 어떻게 된 거지?"

태산의 물음에 호랑이는 입을 벌렸지만 짐승 울음소리밖엔 내지 못했다. 음성 대화를 포기한 그녀가 뭉툭한 앞발의 발톱을 세워 카펫 위에 휘갈겼다.

"나한테 말하고 싶어? 옥자?"

옥자, 암호랑이가 고개를 끄덕여 끙끙댈 때였다. 마침 태산의 휴대전화가 시끄럽게 울려댔다.

"젠장, 잠깐만."

태산은 제 호주머니 속 휴대전화를 꺼내어 액정 화면을 노려봤다.

"으음. 이거 어떻게 받아?"

호랑이로 변한 옥자가 턱이 빠져라 입을 벌렸다. 그들의 앞에 놓인 스마트폰만이 격하게 울어댔다.

호랑이가 스마트폰 화면을 앞에 두고 뾰족한 발톱을 세워 휙휙 선을 그렸다.

"그쪽에 뭐가 있어? 왜 손톱을 세우는 건데?"

옥자는 콧김을 팍팍 내뿜으며 태산의 엄지 지문 쪽을 눌러댔다. 그러곤 액정 화면 위를 긋는 시늉을 했다. 그는 그제야 휴대전화의 사용법을 떠올릴 수 있었다.

"아, 밀어내라는 거였군."

의외의 깨달음에 탄복한 그가 빨간색을 밀어내었다. 그걸 태산의 머리 뒤에서 훔쳐보던 옥자가 크렁, 크렁 하는 부정적 울음소리를 냈다.

"이게 아닌가?"

ESU의 신사호가 걸어온 전화는 금방 끊겼지만 다시 걸려왔다. 태산은 호랑이의 지시에 따라 신중하게, 지문으로 녹색 버튼을 슬라이드 했다.

"어! 오! 됐다!"

태산이 환호했고 옥자 호랑이는 그를 한심스러워하며 콧김을 뿜어냈다.

태산은 어쨌든 얼결에 전화를 받았다.

"신사호?"

신사호는 거두절미하고 바로 본론으로 들어갔다.

- 이제야 받으셨군요. 하여간 이게 아니라 이태산 님. 보셨습니까?

"뭘? 뭘 봐?"

- 호텔 옥상에서 뛰어내리신 것 맞지요?

신사호의 목소리는 꽤나 다급했다.

- 그, 그러니까 김옥자 씨 말입니다! 체크아웃을 한다고 밖으로 나간 것 같은데 그 뒤에 행방이 묘연합니다. 혹시 보셨습니까? 그분 발견하고 뛰어내린 거 아닙니까?

신사호의 목소리가 컸는지 옥자 호랑이도 귀를 쫑긋거렸다. 그러다 태산과 얼굴을 마주하고 머리를 필사적으로 저어댔다.

모른 척해달라는 뜻일까. 태산도 연극을 위해 목소리를 가다듬었다.

"지금 설마, 옥자 씨가 도망갔다는 거야?"

- 서울의 다른 호텔도 찾아봤는데 아직 옥자 씨나 에밀리 킴의 이름으로 된 숙박객은 없더군요. 따로 가실 곳도 없습니다. 아직 투숙 전이신 걸까요?

"에밀리 킴? 그거 옥자 이름이야? 아니, 그녀가 나간 지 얼마나 되었어, 이 새끼야!"

- 그러니까 한, 한 시간?

"그걸 왜 이제 말해!"

대세는 이쪽으로 넘어왔다. 태산은 기계치였지만 연극에는 소질이 있었다.

"옥자 어디로 갔는지 알려줘! 나도 나갈 테니까 같이 찾아보지. 지금 당장 나갈 테니까."

태산이 윽박지르려 하자 신사호 역시 과하게 맞대응을 했다.

- 잠깐만요! 이태산 씨는 가만히 있는 게 도와주는 겁니다. 에너지 넘쳐나면 운동이라도 해요! 아래 호텔 수영장에라도 가서 수영이나 하고 오시라고요! 옥자 씨 보셨으면 나중에라도 연락 주세요!

"나 이제 휴대전화도 겨우 받아. 네 놈한테 연락이나 전화 주려면 어떻게 해야하는데?"

태산의 말에 수화기 너머에서 분통터지는 남자의 욕지거리가 들려왔다.

- 그럼 제가 거는 전화나 잘 받으세요! 이 망할 호랑이 놈아!

격분한 신사호가 전화를 끊었다. 일방적으로 끊겨버린 전화를 귀에서 떼어낸 태산이 제 앞으로 다가온 옥자 호랑이를 보며 말했다.

"이제 어쩌지?"

옥자는 대답 대신 긴 콧숨을 내쉬며 제 트렁크 가방을 물어다 그 옆에 웅크려 누웠다. 축 늘어진 줄무늬의 꼬리가 옥자의 상심한 기분을 대변하는 듯 했다.

"왜 그런 모습이 된 거야?"

태산의 물음에 호랑이는 제 몸에 걸려 있던 옥자의 옷을 물어뜯었다. 몸을 더 웅크리려 했지만 큰 덩치가 맘대로 되지 않아서일까, 더 우울해진 모양이었다. 벽을 바라보던 호랑이가 제 두툼한 앞발로 눈을 덮었다.

"옥자 씨, 듣고 있어?"

태산이 슬쩍 그녀의 몸을 흔들어봐도 요지부동이었다. 태산의 손끝에 와 닿는 그녀의 털이 마냥 거칠었다.

"기분 나쁜 거야?"

정확히 호랑이가 된 옥자는 현실을 도피하는 듯 보였다.

태산도 이 상황이 암담해졌다.

"뭐 먹고 싶은 거 있어? 뭐라도 먹어야지."

옥자의 대답이 없자 태산은 고심했다. 그가 알기로 반인반수 중 실제 짐승으로 변화하는 케이스는 소수의 늑대 인간들을 제외하고 전례가 없었다.

마침 옥자, 호랑이는 고개를 들어 태산이 손에 쥔 스마트폰을 노려보았다.

"왜? 전화 걸고 싶은 상대가 있어?"

고개를 내젓던 옥자가 융단 위로 글씨를 썼다.

신사호. 다시 올 듯.

"그럼 어쩌지?"

육중한 호랑이의 사이즈로는 도망치기도 이동하기도 힘들었다. 태산이 아무리 머리를 싸매도 신사호의 감시를 피해 그녀를 빼돌릴 방법이 떠오르지 않았다.

한참을 고심하던 그가 옥자를 바라보았다.

"신사호와 그 일당이 아직 이 호텔 안에 있어. 섣불리 움직이기보단 여기에 숨어서 나가지 않는 게 더 현명해."

옥자 호랑이가 느리게 고개를 끄덕였다. 그러다 제 휴대전화를 물고 왔다.

"이걸 어쩌라고? 부숴?"

호랑이가 고개를 끄덕였다. 태산은 부숴버릴까 고심하다 휴대전화를 분해하는 데 성공했다. 호랑이는 그 뒤 제가 숨을 장소를 탐색했다.

그리고 한 시간 뒤.

"김옥자 씨 여기 있습니까!"

신사호가 프레지던트 룸을 습격했다.

태산이 문을 열기 무섭게 검은 양복을 입은 동물족 반인반수들 몇 명이 단체로 들이닥쳤다. 태산은 그들을 막으려 하며 윽박질렀다.

"무슨 짓이야! 여기 왜!"

"김옥자 씨 여기 있는 거 다 알고 있습니다!"

신사호의 부하들은 맨 인 블랙을 연상시키는 검은 양복의 사내 셋이었다. 날렵한 체구의 사내들이 신사호의 명령에 따랐다.

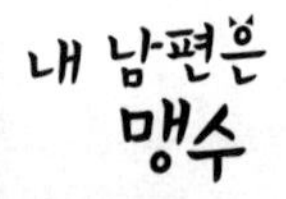

"흩어져서 찾아!"

"뭘 찾아?"

태산의 노성도 높아졌다. 신사호가 맞섰다.

"CCTV! CCTV에 김옥자 씨 다시 끌고 들어오는 거 분명히 봤습니다! 이태산 씨 거짓말한 거 다 알고 있다고요! 당신 또 이 방에서 계속 안 나갔다는 거 압니다!"

"뭐? 그래서 뭐?"

신사호는 불쾌한 낯빛으로 코를 킁킁거리며 냄새를 맡았다.

"김옥자 냄새가 나냐?"

신사호의 얼굴이 점점 일그러졌다. 정작 옥자의 냄새를 맡을 수 없자 그는 당황한 기색이었다. 그 모습을 관찰하며 태산이 이죽댔다.

"옥자 냄새를 찾은 거냐?"

태산은 호랑이족의 기운을 한껏 발산했다. 신사호 역시 물러날 기색이 없었다. 그는 날렵한 제 허리 쪽에서 풍성한 흑색의 꼬리 네 개를 뽑아내며 크르르릉, 목소리를 냈다. 태산도 제 귀와 꼬리를 다급히 빼냈다.

"감히 날 우롱해? 반쪽 구미호 따위가?"

"그녀를 숨기고 있는 게 아니면 가만히 있으십시오! 지금 ESU의 위신이 걸려 있단 말입니다! 김옥자 씨는 보안 일등급의 특이 인물이란 말입니다!"

"난 그 여자 붙잡지도 못했어! 안 그래도 짜증이 치미는데 네놈까지!"

신사호가 태산과 대치하는 그 짧은 시간 동안 세 명의 토끼족 사내들은 프레지던트 룸에 딸려 있던 회의실과 두 개의 객실, 그리고 욕실 등을 휩쓸어 수색을 끝냈다. 빠르게 객실 코너와 침대 아래, 태산의 트렁크까지 샅샅이 뒤진 그들이 외쳤다.

"없습니다!"

"이쪽에도 없습니다. 냄새가 나질 않습니다."

"여기도 마찬가지입니다!"

세 사내들은 초식계라 맹수들의 냄새에 민감했다. 그들이 아직도 응접실에서 대치하던 태산과 신사호를 향해 외쳤다.

"잔향이 남지 않은 걸로 봐선 들어왔다고 해도 금방 빠져나간 것 같습니다!"

"젠장!"

동시에 제 꼬리를 얌전히 감춘 신사호가 미안하다는 듯 고개를 숙였다. 물러선 태산이 폭발 직전이자 잠시 어떻게 할지 고심하는 듯했다.

"결례를 저질러 죄송합니다. 하지만 분명 김옥자 씨가 마지막으로 발견된 곳도 이 근처고, 그녀가 마지막으로 만난 사람 역시 이태산 씨였습니다."

"그래서 내가 당연히 숨기고 있다고 생각했다 그 말이지?"

이태산은 날카로운 송곳니를 드러냈다. 이미 태산의 무시무시한 험악한 얼굴이 호랑이에 가깝게 변화했다. 태산의 커다란 손이 뭉툭한 호랑이 앞발로 변화했다. 그 앞발 사이로 강철보다 두꺼운 발톱들이 뾰족하게 돋아났다.

"그래서, 김옥자를 찾지도 못한 게 내 책임이라 이건가?"

"그, 그게 아니라."

신사호는 아직 남아 있던 제 부하들에게 소리쳤다.

"빨리 철수해!"

태산의 분노는 쉬이 수그러들지 않았다.

"내가 가만히 있으니 여우 새끼가 덤빌 만큼 쉽게 보이나 보지? 네놈을 물어 죽여줄까? 어차피 끝장을 내도 나는 상관없어."

"하, 하지만 앞으로의 맞선 건이 남아, 남, 남아 있지 않습니까?"

신사호는 겁을 집어먹었는지 말을 더듬었다. 태산은 폭발 직전이었다.

태산의 무시무시한 분노를 접한 신사호가 뒷걸음질 쳤다.

"그까짓 맞선? 내 취향도 아닌 호랑이족 계집 따위 알 게 뭐야. 크르르르. 네놈이 한국에 올 때부터 거슬렸어. 구미호도 아니고 감히 반쪽을 붙여놔?"

"저, 저기. 지, 진정하십시오!"

"뭘 진정해? 이 반쪽 구미호 놈아!"

"저, 전 이만 나가보겠습니다."

"크르르르. 내 눈앞에서 당장 꺼지지 않으면 죽여버리겠어!"

태산이 험악한 인상으로 제 앞발을 흉포하게 휘둘러댔다. 날카로운 긴 발톱이 신사호의 양복 라펠을 살벌하게 찢고 지나갔다.

간담이 서늘해진 신사호가 뒤로 나자빠지기 직전, 제 부하들에게 겨우 외쳤다.

"철수! 철수한다!"

태산과의 정면 대치를 포기한 그가 꼬리가 빠져라 도주했다.

남아 있던 태산은 객실 문을 닫고 천천히 제 기운을 프레지던트룸에 발산하며 돌아다녔다. 제 기운과 냄새, 체향을 퍼뜨리는 것도 잊지 않았다. 놈들이 완전히 철수하고 그들이 남긴 흔적이 없는지 꼼꼼히 확인한 뒤에야 태산이 입을 열었다.

"없어, 나와."

그 말을 하고도 한참. 사방은 고요했다.

"흐음?"

태산은 양반다리를 하며 기다렸다. 한참 만에야 소리 없이 움직이는 커다란 짐승 그림자 하나가 베란다 쪽에서 응접실 안으로 스며들어 왔다.

그 움직임은 느렸지만 소리는 거의 없었다. 인위적으로 냄새가 제거되어버린 것처럼 그녀의 몸에선 어떤 체취도 나질 않았다.

"거기 있었어?"

호랑이는 불쑥 그의 앞을 스쳐 지나 구석 쪽 객실로 쑥 들어가버렸다.

토끼족들의 수색 속도는 빨랐지만 그들은 의외로 허술했다. 그들은 보조 객실 침대 아래 옥자의 트렁크도, 베란다 쪽에 숨은 호랑이도 발견하지 못했다.

"뭐 먹고 싶은 거 있어?"

태산이 말을 걸었지만 호랑이는 미동도 없었다. 더불어 그의 심기도 불편해졌다.

태산은 프레지던트 룸 구석에 자리한 바에서 독한 보드카 한 병과 육식동물 취향의 안주들을 찾아내었다. 문득 옥자를 떠올린 그가 고기 캔과 육포를 접시에 놓아 깨끗한 물과 함께 방으로 가져갔다.

"이거라도 먹어."

옥자 호랑이가 도리질을 치며 고개를 돌렸다. 태산은 고민하다 물그릇과 먹을 것이 담긴 접시를 놔두었지만 저녁이 지나고 밤이 되고도 그것은 여전히 그대로였다. 호랑이는 밤이 깊을 때까지도 죽은 듯 미동도 하지 않았다.

새벽이었다. 호랑이는 느릿느릿 눈을 떴다.

"후아암."

입을 쩍 벌리며 하품을 하던 호랑이는 제가 인간의 모습이 아니란 것을 자각했다.

아아, 자신은 호랑이로 변했다. 신음하던 그녀가 벽에 머리를 박으며 자학하려다 옆방에 있을 그를 떠올렸다. 괜히 이태산의 심기를 건드려서 좋을 건 없다.

그녀는 제 객실에 딸린 화장실 쪽으로 고개를 돌렸다.

그냥 화장실이나 가자.

살아 있는 건 귀찮은 일이었다. 먹고 싸야 한다. 추위와 더위를 느끼고 잠을 잘 만큼의 공간을 확보해야 한다는 건 부차적인 문제였다.

옥자가 가장 짜증 내 하는 건 배변 활동이었다. 그건 치욕이었다.

싸는 것이 싫어서 짐승으로 변해 있는 동안은 아무것도 먹지 않으려 했다. 하지만 죽지 않으려면 최소한의 수분 섭취는 해야 한다. 그건 하루에 최소 두어 번은 화장실에 가야 한다는 뜻이었다.

네 발 대신 두 발로 조심스럽게 슬그머니 걷던 그녀가 문고리를 뭉툭한 앞발로 붙들고 조심스럽게 돌렸다. 문은 소리 없이 열렸다.

기척을 자동적으로 인지한 화장실에 불이 들어왔다.

옥자는 화장실 거울에 비친 제 호랑이 모습을 보며 참 우스꽝스럽다고 여겼다.

"하아."

언제 사람의 형상으로 돌아갈 수 있는 걸까.

호랑이는 거울을 보며 제 입을 벌려보았다.

"쿠어어엉?"

입안의 이빨이 뾰족하고 날카로워 보였다. 그 이빨을 가진 호랑이의 입속은 위협적이었다.

심지어 노란 줄무늬, 노란 호박색 눈동자를 가진 암호랑이의 모습은 낯설었다.

호랑이의 모습을 이리저리 비춰보던 그녀는 제 등 뒤로 열린 화장실 문에 인상을 썼다. 이런 모습으론 화장실 문을 완전히 닫고 잠글 수도 없었다.

"흐으."

거센 입김 같은 묘한 숨을 내쉬며 그녀는 눈을 굴렸다. 이런 모습이라면 바닥에서 싸는 게 편하다. 하지만 자존심상 용납이 되지 않았다.

옥자는 원래 깔끔한 것을 좋아했다.

화장실을 탐색해보던 호랑이는 양변기 뚜껑을 열고 그 위에 제 몸을 맞춰보려 어슬렁거렸다. 몇 번의 시행착오를 거쳐 네 발에 단단히 힘을 주고 양변기 위에 올라섰다. 앞발로는 양변기의 뚜껑을 부여잡고, 뒷발로는 양변기를 단단히 지지하고 일어나 소변을 보았다.

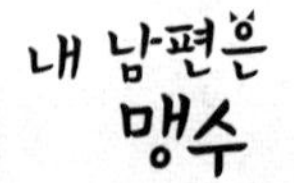

성공이다.

기뻐하며 물을 내리고 변기에서 조심스럽게 내려오려던 옥자는 그만 헛발질을 했다.

우당탕쾅쾅.

변기에 뒷발이 빠지지 않으려 나름 용을 쓰다 그대로 타일 바닥에 괴상한 몰골로 처박혔다.

육중한 호랑이 몸의 무게가 새삼 인식되었다.

아, 미치겠네. 옥자의 불쾌함과 민망함이 더 커졌다.

옥자는 울고 싶었다.

몸은 짐승이고 의식은 김옥자 그대로이니 불편한 게 한두 가지가 아니었다.

"괜찮아?"

소리가 컸나 보다. 태산이 다소 멍한 얼굴로 문가에서 그녀를 내려다보았다. 팬티 바람인 남자를 뱅글뱅글 올려다보며 옥자는 기막힌 콧김을 내뿜었다.

아, 정말 살기 싫다.

"뭐 도와줄까? 아니면 같이 잘까?"

남자가 하는 말에 옥자의 정신이 대략 멍해졌다. 그를 무시하고 네 발로 다시 화장실을 나오는 길. 옥자는 격한 목마름에 물그릇의 물을 흡입했다. 얼굴은 크고 물그릇은 예상외로 작다 보니 얼마 마시지도 않았는데 물이 사방에 다 튀었다.

그걸 보던 태산이 커다란 세숫대야에 물을 담아와 그녀의 앞에 가져다주었다.

"……."

옥자는 더 살기 싫어졌다.

옥자 호랑이의 두 번째 비극이 벌어진 것은 아침이었다.

새벽, 너무 목이 타 물을 벌컥벌컥 마셔서였을까.

그녀는 또 화장실에 갔다. 이번엔 양변기 위에서 미끄러졌고 그녀의 무게를 이기지 못한 화장실의 비데 일체형 양변기는 그대로 붕괴했다.

와장창창!

왜 깨지는데, 왜! 왜 망가지는데, 왜!

내 몸무게가 얼마나 무겁다고! 이 불량품 같으니라고!

옥자는 소리 없는 포효를 하며 콘크리트도 아닌 사기로 된 양변기를 마구 할퀴고 제 뭉툭한 뒷발로 쳐댔다.

와장창창!

더 부서뜨려도 분이 풀리지 않았다.

이태산이 저를 숨겨줘서 동물원으로 강제 압송되는 운명을 면하긴 했다. 헌데 언제 본모습으로 돌아갈지는 그녀도 몰랐다.

"후."

부서진 변기를 바라보며 옥자는 초조해졌다. 동물의 모습으론 저걸 제대로 치우지도 못하는 데다, 볼일을 보았지만 깔끔한 뒤처리도 어렵다.

샤워 대신 제 몸을 깔끔하게 핥아댈 것을 생각하자 더 어지러워졌다.

김옥자가 먹고살아야 할 생계까지 떠올리니 옥자의 심기는 더 불편해졌다. 빨리 인간의 모습으로 돌아갈 수 있으면 좋으련만.

그녀는 좀처럼 김옥자의 인간 모습으로 돌아가지 않고 있었다.

태산은 작은 소음에 눈을 떴다. 작지만 기묘하게 거슬리는 기계음이었다.

손에 잡히는 대로 가운을 걸친 그가 옆 객실로 향했다. 그 소음은 옥자가 머물고 있는 방에서 나고 있었다.

조용히 방문을 밀던 태산은 예상치 못한 광경을 목격하고 얼어붙었다.

"하아?"

옥자는 호랑이의 모습으로 배를 깔고 네 다리를 앞뒤로 방만하게 뻗었다. 그 옆, 옥자의 트렁크가 아가리를 벌린 채 쑥대밭으로 엉켜 있었다.

호랑이의 앞에는 전원이 연결된 노트북이 작동 중이었다.

호랑이는 발톱 한 개를 세워 키보드를 꾹꾹 눌러댔다. 그러다 이번엔 발톱 두 개를 세워 키를 동시에 눌러 빠르게 화면을 전환시켰다.

"우와."

태산의 감탄사에 놀란 호랑이가 번쩍 고개를 들었다. 집중하다 보니 태산이 옆에 온 것도 몰랐던 모양이다.

"놀라게 했다면 미안해. 방해할 생각은 없었다고."

태산의 관심은 온통 노트북 화면에 꽂혀 있었다. 호랑이가 조작하는 화면이 신기했던 듯 반쯤 누워 있던 호랑이의 등을 꾹 내리누르며 그녀의 머리 위에 제 머리를 얹어 화면을 내려다보았다.

너무 자연스럽고 친숙한 그의 행동에 옥자는 제가 멍청해진 것 같았다.

태산은 맨몸 위에 가운 하나 걸친 것이 전부였다. 심지어 그 가운을 제대로 여미지도 않았다!

"하던 거 계속해."

태산의 말에 옥자는 귀를 펄럭거렸다. 컴맹에 기계치인 태산은 옥자의 호랑이 몸 위로 늘어졌다.

"저 화면 속의 저거 하나도 모르겠는데. 암호 놀이야?"

화면에는 옥자가 만든 프로그래밍 알고리즘들이 깨알처럼 나열되어 있었다. 그것은 태산에겐 알파벳과 숫자가 뒤얽힌 암호문처럼 보일 뿐이었다. 왜 저런 걸 들여다보는 걸까. 태산은 외려 궁금해졌다.

"그 노트북인가 뭔가 보고 있으면 머리 아프지 않아? 호랑이 모습으로는 되게 불편할 것 같은데."

옥자는 호랑이의 모습으로 대꾸할 수 없어서 망설였다. 태산의 관심은 곧 노트북 화면으로 향했다.

"그런데 그 화면 어째서 그렇게 휙휙 바뀌는 건데?"

호기심이 가득한 그가 옥자를 깔아뭉개며 노트북을 바라보았다. 옥자는 고심하다 제가 작업한 창을 저장하고 다시 메모장을 띄워 자음과 모음을 연성했다.

[단축키.]

"그건 뭔데?"

옥자는 바람이 빠진 듯, 푸스스 줄어들었다.

[그런 거 있어요.]

호랑이가 된 옥자는 말을 할 수 없다. 태산은 컴퓨터의 작동법 따위 몰랐지만 옥자의 의사를 전달해준다는 점에 있어서 컴퓨터가 편리하다는 걸 인정했다.

거기에 제가 뭉개고 있는 호랑이의 존재가 의외로 친숙하다는 점도 나쁘지 않았다. 제 아래 있는 것은 호랑이긴 했지만 옥자다. 지금 옥자는 호랑이로 변해서 도망갈 수 없는 상황이란 것도 꽤나 만족스러웠다.

"언제 본모습으로 돌아오는 거지?"

호랑이의 귀가 반항적으로 옆으로 바싹 누웠다. 짜증난다는 감정 표현을 읽으며 태산은 다른 질문을 했다.

"그럼 지금 뭐 하고 있었어?"

옥자가 다시 발톱을 세웠다. 모니터 위로 글자들이 조합되었다.

[일이요.]

"무슨 일?"

[돈 버는 일.]

"흐음. 컴퓨터로도 돈 벌어?"

옥자는 프로그래밍이라고 뭉뚱그려서 쳤고 태산은 그게 뭔지 알 수 없었다. 옥자가 한숨을 쉬다 뭔가를 쳤다.

[이 방 화장실 변기 망가졌어요.]

"그래?"

일어난 태산은 그녀의 화장실을 둘러보고 나왔다. 변기가 요란하게 깨어진 걸 보니 호랑이의 무게를 견디다 못한 모양이었다. 태산은 머리를 굴렸다.

"그럼 내 침실로 옮기자. 거긴 화장실이 멀쩡하니까."

옥자가 격하게 도리질을 쳤다.

태산은 안 그래도 험악해 보이는 얼굴을 더 살벌하게 일그러뜨렸다.

"그 모습이라면 불편한 게 많아 보이는데 내가 옆에서 도와줄 수 있지 않을까?"

말은 친절했지만 협박처럼 들렸다. 옥자는 머리를 굴렸다. 호랑이의 모습으론 불편한 것이 너무 많다. 태산이 있으면 편리하긴 했다.

옥자가 고민하는 사이, 태산은 호랑이의 목을 냉큼 제 팔로 강하게 죄었다. 느닷없는 암바 공격에 놀라 옥자는 캑캑거렸다. 원래 태산은 힘이 강했고 상대가 옥자라 해도 호랑이의 모습을 하고 있으니 행동에는 더욱 거침이 없었다.

캐액, 캑!

호흡 부족인 옥자가 사색이 되어 늘어졌다. 태산은 기다렸다는 듯 옥자를 질질 끌고 나가려 했다. 뒤늦게 정신이 든 옥자가 뒷발에 힘을 주며 끌려 나가지 않으려 버둥거렸다.

그 와중에 코드가 뽑히고 노트북이 뒤집혔다.

쿠당당. 뒤집힌 노트북을 보자 옥자의 눈이 뒤집혔다.

"꾸에에엑!"

괴상한 비명을 지른 옥자가 태산을 밀쳐내며 노트북으로 다가갔다. 뒤집힌 것을 호랑이의 앞발로 뒤집어보며 낑낑거렸다.

"미안, 미안."

태산이 조심스럽게 노트북을 뒤집어 돌려주자 옥자는 그제야 노트북 좌판을 꾹꾹 눌러보았다. 노트북이 이상이 없다는 걸 몇 번이고 확인하고서야 그녀는 전원을 껐다. 태산의 복부에 제 커다란

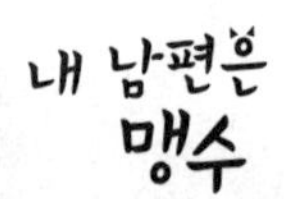

머리통을 들이받자 태산은 그 무게에 뒤로 밀려날 뻔했다.

"왜 이래? 같이 있겠단 뜻이야?"

옥자가 다시 머리를 들이받으며 어흥거리는 울음소리를 냈다.

긍정일까? 태산은 뭐든 좋게 생각하기로 했다.

"배고플 텐데 뭐 먹지 않겠어?"

태산은 옥자를 기다리며 계속 잠만 잤었다. 벌써 시간은 정오였다.

"일단 짐부터 옮기자고."

태산은 그녀의 노트북과 어댑터, 트렁크 가방 등을 조심해서 제 침실로 옮겼다. 옥자의 매서운 호박색 눈이 그의 등을 따라다녔다.

옥자가 조용히 그의 침실로 따라와 침대 아래에 자리를 잡자, 태산은 미리 준비해둔 생고기와 애완견용 통조림 사료를 내밀었다.

"어느 쪽이 좋아? 어느 쪽 먹고 싶어?"

옥자는 외면하듯 도리질을 쳤다. 태산이 한숨을 쉬었다.

"그럼 먹고 싶을 때 먹어. 여기 놔둘 테니까."

태산은 생고기와 통조림을 따로 접시에 덜어 그녀의 주변에 내려놓았다. 옥자는 그것이 있든 말든 쳐다보지도 않고 눈을 감았다.

호랑이로 변한 지 나흘째 날.

옥자는 나흘 동안을 금식했다. 금방 사람의 모습으로 돌아올 거라 생각했었지만 좀처럼 돌아가질 않자 남아 있던 식욕마저 사라졌다.

태산은 그새 많은 시도를 했다.

그녀의 식욕을 돋우기 위해 다진 생고기에서 큰 고깃덩어리, 스테이크, 고기 죽, 우유와 물, 시리얼과 토스트와 베이컨과 애완견용 통조림 사료까지 호랑이가 먹을 수 있을 만한 것들을 죄다 사 와 늘어놓았다.

옥자는 모든 것을 외면한 채 그가 먹다 남긴 고구마 조각을 몰래 먹은 게 전부였다.

호랑이는 많이 먹어야 한다. 하지만 옥자는 식음을 전폐해 하루가 다르게 그 몰골이 형편없어졌다.

털은 푸석해졌고 빈혈 때문에 비틀거렸다. 태산은 옥자 호랑이가 영양실조에 걸리지 않을까 고민했다.

반면 옥자는 제가 한심스럽기 짝이 없었다.

태산의 앞에서 호랑이의 몰골로 변해 그에게 의탁하고 있다니!

옥자는 자신 이외에 호랑이에서 인간의 모습을 오가는 호랑이족의 존재를 들어본 적이 없었다. 물론 자신의 변신은 자주 있는 일도 아니었다. 유년기라면 몰라도 성인이 되어선 변신횟수도 손에 꼽을 정도였다! 심지어 지난 십 년간은 변신한 적이 없었다!

헌데 왜 하필 지금! 이태산의 앞에서 변신한단 말인가!

차라리 짐승으로 변할 것이라면, 의식마저 사라지면 좋을 텐데. 호랑이로 변신해서도 김옥자의 의식은 존재했기에 더욱 괴로웠다.

"후우."

옥자는 눈을 뜨며 네 개의 화려한 금박 기둥과 갈색 금사 이불을 바라보았다.

얼마 전, 태산이 저 침대 위에서 그녀를 각인하려 했었지. 그건 떠올리고 싶지 않았다. 그냥 인간으로 돌아갈 때까지 잠만 자고 싶었다.

선잠이 막 들려던 찰나, 응접실에서 태산의 휴대전화가 요란히 울렸다. 태산이 전화를 받았다.

"누구야?"

태산의 목소리가 쩌렁쩌렁 울렸다. 하지만 태산에게 전화를 걸어올 상대는 ESU 관련자들이 전부였다.

- 접니다, 신사호.

"무슨 일이야?"

침실과 응접실의 거리는 상당했지만 태산이 전화 볼륨을 조절하지 못했기에 옥자는 별 어려움 없이 태산과 신사호의 통화를 훔쳐 들을 수 있었다.

- 이태산 씨의 맞선 건에 대해 알려드리려 전화했습니다.

"뭐?"

태산의 퉁명스런 목소리에 다시 살기가 실렸다.

태산은 적잖이 당황한 듯 응접실을 쿵쾅거리며 돌아다녔다. 옥자가 응접실에 없다는 걸 확인한 듯 태산이 말을 이었다.

"맞선? 지금 내가 맞선을 다시 보게 생겼냐? 지금 옥자가 어디 있는지 찾기라도 한 거냐고!"

- 저희가 찾지는 못했죠. 하지만 그간 프레지던트 룸을 살뜰히 파괴시켰다는 건 압니다. 많이 열 받으신 건 압니다만, 그만 처박히고 이만 나오시죠? 써니 정께서도 스케줄이 있는 바쁜 분이시죠.

"써니 정? 써니 데이인지 뭔지 알 게 뭐야. 알아서 하라고 해!"

- 당신 맞선녀 이름이라고요.

"알 게 뭐야."

- 이태산 씨, ESU의 명령입니다. 맞선, 보십시오.

태산은 화가 난 듯싶었다. 그의 목구멍에서 쉴 새 없이 위협적인 경고음이 들려왔다.

"ESU? 명령? 내가 누구 명령을 듣는다고 이러시나? 목숨 아까운 줄 모르고 날뛰는 모양이지?"

태산이 무어라 말을 덧붙였지만 옥자는 느리게 제 귀를 막았다.

써니 정, 태산의 맞선녀, 아마도 호랑이족 순혈의 미녀.

옥자는 왜 멍청한 호랑이 가죽을 뒤집어쓴 채 갇혀 있는 것일까.

호랑이의 생체시간으로 느껴지는 하루는 인간의 것보다 길다. 그래서 더 절망스러웠다.

태산은 금방 통화를 끝내고 침실로 돌아와 옥자 옆에 놓인 먹이 그릇을 응시했다.

"또 안 먹었나?"

태산이 눈을 감고 있던 옥자를 흔들어 깨웠다.

"좀 먹어봐."

그녀는 고집스럽게 입을 닫았다.

태산만이 답답한 듯했다.

"좀 먹어. 호랑이로 변해서 우울하단 건 알겠지만 좀 먹으라고! 죽을 작정이야?"

태산은 먹이 접시를 가져와 옥자의 코와 입 앞에 놔두었다. 옥자가 시큰둥하게 고개를 돌리자 오기가 난 태산이 그녀의 입을 억지로 벌렸다. 옥자가 적잖이 당황했다. 억지로 벌려진 호랑이의 입안으로 두툼한 고깃덩어리가 들어왔다.

싫어, 이런 거 싫어!

옥자는 씹지도 않고 머리를 뒤흔들었다. 태산은 고기를 뱉어내려는 그녀의 입을 위아래로 힘을 주어 막았다. 옥자는 콧등에 잔뜩 주름을 세우며 반항했다.

먹기 싫다고!

억지로 그녀의 고개를 젖혀 삼키게 만들려는 태산의 막무가내 행동에 옥자는 뿔이 났다. 그녀가 발톱을 세워 태산의 가슴팍을 마구 할퀴었다.

"헛!"

태산이 그녀를 잠시 놓친 사이, 옥자는 반항적으로 입안의 것들을 모조리 토해냈다. 그러곤 태산을 마구 노려보았다.

크르르, 그녀가 이빨을 세우며 경고음을 냈다.

하지만 깊게 할퀴어진 가슴팍에서 붉은 피를 뚝뚝 흘리며 그녀를 노려보는 태산이 더 무시무시했다. 배어난 피가 그의 옷을 붉게 물들였다. 태산은 넝마에 가까워진 티셔츠를 벗어던졌다.

흉터들이 훈장처럼 남은 사내의 몸. 옥자가 할퀸 상처는 어느새 빠르게 재생했다.

"걱정하지 않아도 돼. 난 순혈이니까."

동공이 가늘게 변한 그가 제 몸에 묻은 피를 핥았다. 그의 몸에서 이글이글 피어오르는 살기에 옥자는 저도 모르게 뒷걸음질 쳤다.

"왜 도망치는 거지?"

필시 제가 사람의 모습이었다면, 이태산에게 잡혀 당하고도 남았다. 태산이 그녀를 내려다보며 씨익 웃었다. 옥자는 불현듯 놀라 몸을 덜덜 떨었다.

"그 모습으로는 안 잡아먹는단 거 알지? 그러게 내 말 들었어야지, 김옥자."

수컷의 명령은 절대적이다. 연약한 옥자의 모습이었다면 굴복했을 터.

문제는 현재 옥자가 호랑이란 것이었다. 사흘을 굶었지만 맹수 호랑이!

뭘 잡아먹어? 내가 짐승인데 네가 뭘 잡아먹어? 크르르르.

옥자는 이빨을 드러내며 반항하는 것으로 화답했다. 태산은 뜻밖의 사태에 기막혀했다.

"하아. 이게 봐준다 했더니 먹지도 않고 반항해? 호랑이 모습이 되었으면 나중에 돌아올 것 아냐!"

크르르르르!

"반항해봐. 비데 부숴먹고 바닥에서 볼일 보기가 민망해서 먹지도 않는 거잖아!"

크르르르!

"그거 호랑이 꼬락서니로 샤워기 틀다가 물벼락 맞는 것도 부지기수잖아!"

태산은 옥자가 수습하려다 더 엉망으로 만들어놓은 화장실의 뒤처리를 하곤 했다. 호랑이의 뭉툭한 손으로 모든 게 잘 되지 않자 옥자는 늘 우울증에 걸린 듯 숨기에 바빴다.

그 뒤엔 옥자를 끌어내고 먹으라고 강권해온 태산이다 보니 그가 질린 듯 고개를 흔들어댔다.

"제발 좀 먹어!"

크르르르르!

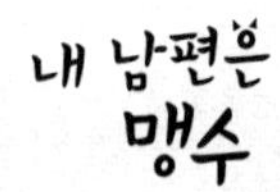

"먹기 싫으면 목욕이라도 해!"

왜! 옥자가 반항하듯 다시 입을 벌리자 태산이 쏘아붙였다.

"냄새 나!"

놀란 옥자가 제 몸의 냄새를 맡았다. 분명 나흘 동안 샤워를 안 한 건 맞다. 아까 고기 캔을 뒤집어쓴 것도 맞다. 태산이 비아냥거렸다.

"먹기 싫으면 냄새라도 풍기지 마."

옥자는 반항하고 싶었지만 목욕하라는 태산의 말에 고분고분 따르기로 했다. 씻지 못해 몸이 찜찜한 것은 맞았고 먹기 싫은 음식을 먹는 것보다 목욕이 훨씬 좋았다.

"따라와."

옥자는 태산을 줄레줄레 따라갔다.

태산은 커다란 욕실의 월풀 욕조에 물을 채웠다. 그는 기계치였지만 월풀 욕조를 좋아해 몇 번 사용해서인지 그것을 능숙하게 조절했다.

물이 채워지고 그가 입욕제를 풀었다. 물은 묘한 분홍색으로 물들었다. 옥자의 눈에 흥미가 가득 찼다. 그녀는 아직 월풀 욕조에서 놀아본 적이 없었다.

"들어가."

태산의 명령에 옥자는 거리낌 없이 물속으로 뛰어들었다.

풍덩!

따스한 물속에 잠기는 건 기분이 너무 좋았다. 그녀는 보글보글 아래에서부터 올라오는 기포를 잡기 위해 커다란 앞발을 굴려보기도 했다.

"거품 풀어줄까?"

태산이 비누 모양의 거품 입욕제를 들어 물었다. 옥자는 신나게 고개를 끄덕였다.

비누 모양의 입욕제를 잘게 쪼갠 그가 물속에서 휘휘 저었다. 곧 거품이 생겨나 월풀 욕조의 전부를 장악했다. 옥자는 그걸 두툼한 앞발로 밀어내며 잔뜩 즐거워했다.

"씻어야지."

태산이 거품을 묻혀 그녀의 털을 우악스럽게 문질렀다. 뭐 나쁘진 않네, 라고 생각할 무렵. 무언가 불편했는지 태산이 옷을 죄다 벗고 욕조 안으로 뛰어들었다.

"너 씻는 김에 나도 좀 씻자. 깨끗하게 씻어줄게."

우어어어?

놀란 옥자가 월풀 욕조 안을 빠져나가려 했지만 미끄러져 나자빠졌다. 쿠당탕탕!

"기다려! 씻어야 한다고!"

태산이 살뜰히 그녀의 몸에 거품을 묻혀 구석구석의 털까지 씻겼다. 태산은 알몸이었다. 옥자의 눈이 더 휘둥그레졌다.

옥자는 이 순간이 빨리 지나가기만을 바라며 눈을 질끈 감았다.

지옥 같은 목욕의 시간이 지나가고 완벽하게 힘을 소진한 호랑이는 태산의 신호에 욕조 밖으로 나왔다. 샤워기를 든 태산이 거품이 난 호랑이의 몸을 씻겨 내렸다.

"자아. 이제 말릴 시간. 눈 떠."

태산은 커다란 수건을 들고 옥자를 감싸려 하고 있었다. 눈을 뜬 옥자는 기겁했다.

앉은 호랑이의 눈높이에 잘 보이는 남자의 탄탄한 바디라인을 타고 물방울들이 잘도 흘러내렸다. 오랜 산악 생활로 흠잡을 데 없이 단련된 근육은 누가 봐도 감탄할 만했다.

그 역삼각형의 떡 벌어진 어깨를 타고 내려온 그 중심, 옥자의 눈높이에 무척이나 잘 보이는 코끼리만 없다면! 태산은 알몸이었다!

"우어어어?"

호랑이가 된 옥자의 눈이 튀어나갈 뻔했다. 각인을 할 때도 태산의 남성은 제대로 본 기억이 없었다. 심지어 저것은 호랑이의 시선으로 보기에도 너무 컸고 흔들리고 있다!

각인을 당했지만 몸과 정신 모두 아직 순결한 옥자는 그 충격을 감당하지 못했다.

옷 좀 입으란 말이야! 거기가 너무 커!

"우어어엉!"

옥자는 사색이 되어 욕실 문을 그대로 부수고 돌파했다.

"야, 옥자! 말려야 돼! 어디 가!"

태산이 알몸으로 전속력으로 쫓아오고 있다. 그의 코끼리가 중심부에서 신나게 진자 운동을 하고 있었다!

으아아아! 저게 움직이고 있어! 왕복하고 있다고!

옥자는 신나게 달렸다. 제 발에 걷어차이는 것들이 일제히 파괴된다는 것도 몰랐다.

"어디 가! 당장 서!"

고성을 지르는 태산의 노기가 프레지던트 룸을 지배했다.

잡히면 죽일 거야! 아니, 저 코끼리 싫어어어어!

우당탕쾅쾅! 옥자가 침실을 뛰어넘어 응접실로 달려 나갔다. 막 뒤돌아보았을 때 인간의 형상을 하고 있지만 씩씩거리는 알몸의 난폭한 맹수가 보였다.

"김옥자! 거기 안 서!"

옥자는 태산이 무섭고, 그의 중심에 달린 게 무서웠다!

옷 좀 입어줘! 팬티라도 걸치란 말이야!

갑작스런 빈혈로 옥자의 머리가 지잉, 울렸다. 하지만 정신을 가다듬기도 전에 태산이 알몸으로 수건을 든 채 쫓아왔다. 그는 수소를 모는 투우사 같았다. 옥자는 빠르게 꼬리로 방향 전환을 한 뒤 옆으로 튕겨 나갔다.

사, 사람 살려! 옥자 살려줘! 누가 이태산에게 옷 입혀줘!

그렇게 한참을 펄쩍거리며 술래잡기를 하고 있을 때였다.

"대체 이게 무슨 일입니까?"

ESU의 신사호가 프레지던트 룸에 멋대로 침입했다.

신사호는 제 눈앞에 펼쳐진 광경에 입을 떡하니 벌렸다. 젖은 채로 펄쩍펄쩍 날뛰는 호랑이와 대형수건을 흔들며 알몸으로 호랑이를 모는 이태산이라니! 이 민망한 광경을 누가 보기라도 하면 끔찍했다!

문을 닫은 사호가 외쳤다.

"이, 이 호랑이는 뭡니까!"

"애완용이니까 붙잡아!"

어쨌든 신사호의 눈 앞에 있는 호랑이는 진짜였고, 그것이 응접실을 휘젓고 파괴한 것 또한 사실이었다. 물어줘야 할 프레지던트 룸의 소품과 가구 비용들을 계산해보던 신사호의 몸이 어느새 총알처럼 튕겨나갔다.

"저 호랑이 막아요! 무조건 막아!"

두 남자가 호랑이의 앞뒤를 가로막으러 달려가자 호랑이의 눈이 더 휘둥그레졌다. 커다란 호박색 눈을 굴리던 호랑이가 갑자기 몸을 돌려 문 쪽으로 도주했다.

"나가지 못하게 막아!"

태산의 말인지 신사호의 말인지도 구분이 가지 않았다. 어쨌든 태산이 제 커다란 알몸으로 문 앞을 가로막으며 두 팔을 활짝 벌렸다.

끼이이이익.

호랑이가 놀라 멈춰 섰다. 다시 턴을 하려 하는 순간 신사호가 비호처럼 날아들어 호랑이의 꼬리를 낚아챘다.

"잡았습니다!"

네 개의 꼬리를 꺼낸 신사호의 힘은 자신이 낼 수 있는 최대치를 끌어내고 있었다.

반항하지도 못하고 뒤로 끌려가는 호랑이의 눈이 휘둥그레졌다.

"신사호, 잘했어! 어딜 도망가!"

태산이 또 호랑이의 앞에 태산처럼 버티고 섰다. 실오라기 하나 걸치지 않은 건장한 자연인인 그를 살피며 호랑이는 입을 뻐끔뻐끔거렸다. 태산이 수건을 씌우기도 전, 호랑이는 본능적으로 제 몸을 탈탈 털었다.

아니, 탈탈 터는 척하다 냅다 사호의 머리 위로 몸을 날렸다.

사호는 멍청하게 생각했다. 암컷이네?

"도망치지 못하게 잡아!"

태산의 말에 사호의 몸이 본능적으로 움직였다. 사호는 저도 모르게 호랑이의 목덜미를 잡았고 태산이 호랑이의 양 어깻죽지를 잡아오며 몸을 날려 왔다.

우당탕쾅쾅.

세 존재가 한데 뒤엉켜 엉망진창으로 바닥을 굴렀다.

그리고 펴엉!

요란한 소리가 울렸다.

신사호는 뭔가 이상하다는 걸 느꼈다. 제 손끝에 와 닿는 뭉클한 감촉이 이상하다.

그의 시선이 저절로 아래로 돌아갔다.

어깨를 조금 넘는 금발을 한 고운 얼굴의 옥자가 신사호의 아래 나신으로 누워 있었다. 정확히는 그의 손이 그녀의 풍만한 가슴을 짓누르고 있는 상태.

옥자의 양팔을 결박하는 태산이 그 모습을 보며 영혼이 나간 얼굴이었다. 덕분에 사호는 옥자의 알몸을 고스란히 눈에 새기고 말았다.

맙소사. 태산이 김옥자에게 반한 이유를 알 것 같았다. 이건 비너스다! 왕가슴이다!

신사호의 코에서 쌍코피가 터질 뻔했다.

영원 같은 시간이 흘렀다고 생각했지만 고작 1, 2초.

사호가 주춤주춤 손을 떼며 뒤로 물러났다. 옥자의 눈에 금세 분노가 서렸다. 그녀는 제 가슴을 가린 채 괴성을 질렀다.

"까아아악!"

그녀가 물러나던 사호를 그대로 올려쳤다. 턱 아래를 얻어맞은

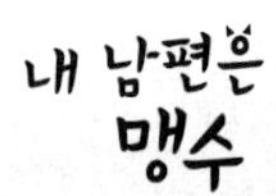

신사호의 몸이 가볍게 날아 5미터쯤 떨어진 벽에 쿵 하고 그대로 박혔다.

벽에 박히는 순간까지도 사호는 고민했다.

저는 분명 호랑이를 잡았는데 왜 김옥자가 된 거지? 게다가 이 괴력은 무엇인가.

태산이 뒤늦게 정신을 차렸다.

"오, 옥자? 도, 돌아왔어? 어째서?"

혼란스러워하는 태산을 흘겨보며 옥자는 수건으로 제 몸을 감싸 고정했다. 반가움에 두 팔을 벌려 다가오는 태산을 향해 옥자는 소파를 가볍게 들었다.

"오, 옥자?"

그녀의 시선이 그의 중앙에 곤두선 코끼리에게로 향했다. 태산은 아직도 알몸이었다.

"빌어먹을 이 야만인아! 옷 좀 입어!"

이번엔 소파가 그를 향해 날아갔다.

태산의 몸이 출입문을 뚫고 내던져졌다. 태산은 그 충격을 고스란히 느끼며 생각했다. 아, 옷 좀 입을걸.

분노한 옥자는 강했다.

"두 사람 다 죽여버리겠어요!"

그녀가 욕설을 뿜어내는 소리에 태산과 신사호 모두 움찔했다.

5. 거래

모든 나라에는 세계 반인반수협회 WWHF가 깊숙이 자리한다.

멸종위기종 연맹은 반인반수협회의 부속 부서에 속하지만 그 영향력은 반인반수협회보다 월등했고, 때론 협회와 독립적으로 활동하기도 했다. 멸종위기종 연맹은 기부자나 후원자들에 의해 움직이는 게 다반사였다.

한국 ESU 지부는 서울에 자리했다. 반인반수협회와 따로 독립된 형태이긴 했으나 정작 ESU 지부가 자리한 곳은 WWHF 소유의 건물 꼭대기 30층으로 그들은 그 층 전부를 사용하고 있었다.

사무실 직원들은 서른 명, 그중 3대 멸종위기종을 담당하는 사무실 직원들은 십여 명 정도였다. 그들은 전국 각지에서 활동하는 현지 관리조와 수색조들과 긴밀한 연락을 취하고 있었다.

그리고 ESU 한국 지부는 창립 이래 최대의 위기에 봉착했다.

“일을 이따위로 해서 내 피 같은 돈을 받아먹겠어?”

하얀 모피를 두른 백호파의 보스가 사무실을 돌아다녔다. 그가 모피와 깔맞춤을 한 백구두로 바닥을 긁었다.

가볍고 경박하긴 하지만 출생만큼은 고귀한 호랑이족. 그것도 희귀한 백호 사내였다. 동시에 그는 서울을 지배하는 반인반수의 우두머리, 백호파의 보스였다.

"내 돈을 사무실 인테리어에만 처발랐냐고?"

음산한 백호파 보스의 뒤로 그가 끌고 온 덩치들이 잔뜩 대기해 있었다. 반인반수 출신의 덩치들은 강철도 부순다는 날카로운 이빨과 무엇이든 절단 내는 발톱을 가졌다. 난폭한 육식계로만 구성된 백호파의 부하들이 내뿜는 포스는 압도적이었다.

그 덩치들 십여 명에게 장악당한 ESU 사무실의 직원들은 식은 땀을 뻘뻘 흘렸다.

하필이면 백호파의 습격이라니!

심지어 백호파의 보스는 자신의 맞선녀를 찾으러 왔다!

그가 백발의 머리카락을 들이밀며 직원들을 협박했다.

"내 맞선녀는 어디에 있어?"

"저, 저희도 잘 모릅니다. 담당직원 분은 계속 외근 중이시라."

"그딴 말 내가 들을 것 같아?"

백호파 보스의 고갯짓에 그의 부하들 몇몇이 ESU 직원들의 책상을 쓸어 엎었다.

계속되는 소음에 접견실에서 나온 여자가 난장의 현장으로 발을 디뎠다. 장신의 여자는 높은 힐 덕분에 180센티미터를 넘는 백호파 보스보다 더 컸다. 직원들을 굽어보는 여자의 얼굴은 사나운 인상이었으나 미인이었고 몸매는 육감적인 8등신이었다.

여자의 이름은 써니 정. 그녀는 호랑이족들 중 가장 유명한 패션모델이었다.

그녀가 백호파의 보스를 보며 코웃음을 쳤다.

"며칠 전에도 생각했지만 당신 패션 센스는 테러리스트 수준이야."

그녀는 백발을 뒤로 가지런히 넘긴 남자의 흰 모피와 흰 양복을 살폈다. 써니 정의 입장에선 정말 밥맛 같은 패션이었다.

"입이 뚫려 있다고 말을 막 하네. 써니 정."

사내는 자신의 백색 모피를 흔들어댔다. 그 가벼운 손짓에 써니 정은 잠시 그가 게이가 아닌가 의심했다.

"당신은 그럼 강말봉이라 불러줄까?"

"그 이름으로 날 부른다면 이곳뿐 아니라 써니 정의 거처 역시 살뜰하게 파괴해주지."

"화를 내보시든가."

둘은 얼굴을 맞대며 으르렁거렸다. 이미 공항에서 조우한 그들은 소동을 일으켜 ESU 직원들을 초토화시킨 적이 있었다. ESU 직원들은 강말봉이라는 사내의 본명에 웃지도 못한 채 숨을 죽였다.

써니 정은 ESU 사무실을 휙 둘러보았다.

"백호파의 보스 씨도 맞선녀가 바뀌었다면서? 나도 맞선남을 누가 먼저 만난 것 같은데. 내 맞선남이 만나는 암컷이 당신 거였나 봐."

백호파의 보스는 가볍게 고개를 까딱였다. 그는 써니 정이 마음에 들진 않았지만 그들의 맞선 상대가 바뀌었다는 것에 동질감을 느꼈다.

"그렇다더군."

적의 적은 아군. 써니 정은 그와 같은 상위 포식자 호랑이족이었다. ESU 사무실에서 이제 거칠 것이 없었다.

"수컷을 빼앗겼으니 열이 받았나?"

"그건 댁도 마찬가지 아냐?"

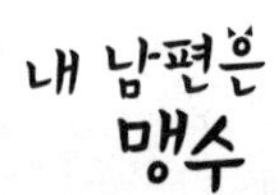

백호파의 보스는 진중함이 없었다. 하지만 써니 정과 함께 사무실을 돌아보며 살벌하게 웃었다. ESU 직원들은 두 손을 싹싹 모아 빌기 직전이었다.

"지, 진정하십시오, 두 호랑이족 여러분."

그들이 고개를 돌렸다.

"일처리를 어떻게 하는 거야, 대체!"

"저기, 저, 그러니까 미국 뉴욕 사무실에서 전산 착오로 인해 상대가 뒤바뀐 것 같습니다. 저희도 지금 긴밀하게 사태 파악 중입니다."

"ESU는 슈퍼컴퓨터를 갖고 있다며? 지금 그게 말이 돼?"

"당연히 말이 안 되지. 안 그래, 자기?"

"자기란 말은 마음에 안 들지만 당연히 맘에 안 들어."

맞장구를 쳐대던 호랑이족 남녀는 서로 마주 보며 콧방귀를 뀌었다.

"뭐 백호파 보스 씨. 이참에 이 사무실 손 좀 대보는 건 어때? 스트레스 해소도 할 겸. 당신 같은 짠돌이가 이곳에 기부한 돈이 엄청나잖아."

"써니 정은 마음에 안 들지만 그 제안은 제법 마음에 드네."

두 호랑이족 남녀는 슬그머니 발톱을 세웠다. 그 두 존재가 휩쓸고 지나간 ESU 사무실은 채 십 분이 지나기도 전에 초토화되었다.

옥자와 태산이 머물고 있는 프레지던트 룸은 고요하고 살벌했다.

사람으로 돌아온 옥자는 대화를 거부한 채 구석 객실에 숨어 나오지 않았다. 태산은 그 앞에서 그녀가 나오기만을 기다렸다.

얼떨결에 그들 사이에 휘말린 신사호의 심경은 아주 복잡했다.

반인반수가 짐승으로 변하다니! 심지어 김옥자의 변신은 처음이 아닌 듯 했다. 그의 상식으로는 도저히 말이 되지 않는 상황이었다.

순혈의 반인반수들이 짐승으로 변화하는 능력은 퇴화된 지 오래였다. 오직 음기 충만한 음력대보름에 늑대인간들 일부나 순혈 중의 순혈만이 가능했다.

신사호는 프레지던트 룸의 응접실에 갇혀 휴대전화만 만지작거렸다. 태산은 등 뒤에 버티고 선 신사호를 힐끔거렸다.

"이봐, 너 왜 안 나가?"

"저기. 그러니까."

신사호가 말을 더듬을 무렵이었다.

옥자가 객실 안에서 겨우 목소리를 냈다.

"이태산 씨, 그만 떠들어요. 나 머리도 아프고 배고파요."

그 가는 목소리에 태산은 마냥 반색했다. 그가 옥자가 스스로를 셀프 감금한 객실 문 쪽으로 쫄래쫄래 다가갔다.

"뭐, 뭐 시켜줄까? 먹고 싶은 거 다 말해!"

"샌드위치면 돼요."

"정말 그거면 돼? 다른 건?"

"필요 없어요."

태산은 얼마 후 룸서비스로 온 샌드위치 접시를 들고 그녀의 방으로 들어갔다.

옥자는 청바지와 셔츠 차림에 화장기 없는 얼굴이었다. 머리를 바싹 뒤로 묶어서일까, 꾸밈없는 모습이 더 앳되어 보였다.

"이거면 돼?"

태산은 테이블 위로 샌드위치 접시를 내려놓았다. 그녀가 말없이 의자를 가져와 앉아 샌드위치와 물을 먹기 시작하자 그는 마음이 놓였다.

그녀가 물 컵을 들어 태산에게 물었다.

"목말라 보이는데 한 잔 드려요?"

옥자가 물을 따라주자 태산은 지독한 갈증을 느끼며 그 잔을 모조리 비웠다. 그녀가 한 컵을 더 따라주자 두 번째 잔도 말끔하게 비웠다.

옥자는 얌전히 샌드위치를 먹고 있다가 제가 먹던 것을 내려놓았다. 그녀가 슬그머니 태산을 응시했다. 태산도 그녀의 수줍은 시선과 마주했다.

"이제 우린 어떻게 되는 거야?"

"미안해요."

"무슨 말이야?"

그 순간 태산의 머리가 빙빙 돌았다.

"정말, 미안해요."

태산이 곧 정신을 잃고 바닥으로 곤두박질쳤다. 그는 곧 의식을 잃었다.

그의 몸이 쿵, 하며 바닥에 쓰러지는 것과 동시에 그녀의 방문이 열렸다. 신사호가 다가와 기절한 이태산의 몸을 일으켜 지탱했다.

신사호가 옥자에게 말했다.

"잘 생각하셨습니다. 약까지 쓰실 줄은 몰랐지만. 이태산 씨도 깨어나게 되면 이것이 최선이라는 걸 알게 될 겁니다."

"이태산 씨의 진짜 맞선녀는 어떤 분이신가요?"

"강하고, 아름다운 분이시죠. 돈과 미모, 그 어느 것도 모자란 것도 없고요."

"그렇군요. 저보단 나은 순혈일 테죠."

말투가 저도 모르게 자조적이었다. 이렇게 되었어야 했지만, 그녀의 마음이 시렸다.

"가실 겁니까?"

"네."

"이태산 씨가 당신을 미워할 수도 있습니다."

그녀는 대답하지 않았다. 신사호는 다시 질문했다.

"헌데 어떻게 호랑이로 변할 수 있는 겁니까?"

힘없이 웃어 보이는 옥자는 증발할 것처럼 희미해 보였다.

사라지는 건 이토록 쉬운데 왜 몰랐을까.

옥자는 호텔 로비를 바라보았다. 선글라스를 끼고 있어서인지 시야는 조금 어두웠다.

태산은 아마 몇 시간 이상, 하루 정도는 일어나지 못할 터였다. 그가 일어난다 한들 체향으로 그녀를 찾아내지는 못한다. 그녀는 태산이 각인했던 체향도, 호랑이족의 기백도 풍기지 않았다.

"하아."

거울 같은 쇼윈도 유리창에 비치는 그녀의 모습은 평소와는 달랐다. 검은 직모의 단발 가발, 딱 붙는 티셔츠에 스키니 진, 굽이 높은 부츠. 옥자는 언제든 도망칠 수 있게 변장에 익숙했다. 냄새를 지우기 위해 뿌린 향수의 독한 잔향이 코를 자극했다.

검은색 트렁크 가방은 그녀가 걸친 검은 숏 재킷과 시크하게 어울렸다. 그녀는 트렁크 가방을 끌며 호텔 로비를 가로질렀다. 로비에는 이미 그녀가 부른 택시가 대기 중이었다.

호텔 로비의 자동문 쪽으로 향하던 옥자는 막 제 옆을 스치는 장신의 여자와 마주했다. 여자 역시 옥자가 풍기는 짙은 향수 냄새 때문인지 옥자를 눈여겨보는 듯했다.

하지만 그것이 전부였다. 여자는 옥자를 무시하고 호텔 로비로 들어섰다.

장신의 여자는 키가 크고 육감적인 몸매에 화려한 미인이었다. 거기에 탄력 있는 가슴골을 드러내는 회색 저지 드레스는 그녀의 굴곡을 고스란히 타고 흘렀고 한쪽 허벅지의 아슬아슬한 부분까지 슬릿으로 파여 있었다. 그 아래로 미끈하고 섹시한 갈색 다리가 도드라졌다. 여자는 호텔 로비가 런웨이라도 되는 듯 완벽한 모델 워킹을 선사했다.

짙은 화장이 더해지긴 했지만 이국적이고 인상적인 미인. 옥자는 이내 그녀가 호랑이족이라는 걸 깨달았다. 태산에게 뒤지지 않을 정도의 순혈.

아마도 태산의 새 맞선녀일 터였다.

호랑이족의 여자들은 강인하고 아름답다. 그들은 상위 세계의 포식자들로, 덜떨어진 옥자와는 차원이 달랐다. 그리고 어쩌면 저 여자는…….

옥자는 그녀의 뒷모습에 한없이 시선을 고정하다 몸을 돌려 밖으로 나갔다.

호랑이족 여자 역시 옥자가 나간 자동문 쪽을 바라보다 느리게 고개를 돌렸다.

6. 두 번째 맞선

어디선가 희미한 아리랑 가락이 들려온다.

옥자는 제 앞에 활짝 핀 자운영을 바라보았다. 그 옆으로 자리한 장독대들이 한가롭게 햇볕을 쬐고 있었다.

"예약 확인되었습니다. 따라오십시오."

무채색 개량한복을 곱게 차려입은 종업원이 자운채라는 한자가 휘갈겨진 으리으리한 한옥 안으로 그녀를 안내했다.

궁중요리 한식당으로 예약제로만 손님을 받는다는 이곳은, 옥자가 두 번째 맞선을 보기로 한 장소였다. 이곳을 약속 장소로 정한 것은 정체불명의 맞선남이었다. 옥자는 그가 차를 보내준다는 제안을 거절하고 혼자 왔다.

고풍스런 복도를 따라 걸으며 옥자는 종업원들의 고운 한복과 제 촌스러운 복장을 살피며 속으로 키득거렸다. 허리선이 없는 플란넬 소재의 원피스에 녹색 카디건. 제법 오래 입다 보니 낡고 해져 보풀이 일어난 것이 보였다.

"아무려면 어때."

옥자는 어떤 기대도 하지 않았다.

심지어 그녀의 뇌리를 채운 건 오늘 아침 도착한 메일 한 통이었다.

그녀가 수시로 변경하는 전자 메일에 레온 레오파드의 짤막한 메시지가 도착해 있었다.

[곧 데리러 갈게. 만날 수 있을 거야.]

찜찜한 메일을 털어낸 그녀가 제 앞의 풍경을 응시했다.

종업원이 별실의 장지문을 열었다. 너른 나무 테이블을 사이에 두고 두 자리가 나란히 세팅되어 있었다.

"여기 앉으십시오."

옥자는 종업원의 색이 고운 개량한복을 멀뚱히 바라보다 자리에 앉았다. 옥자가 착석한 지 얼마 지나지 않아 곧 한 사내가 별실로 따라 들어왔다.

"먼저 와 계시군요."

사내는 인상적인 백발의 미남으로 연그레이 색의 수제 양복을 걸쳤다. 사내치고는 얼굴이 고왔고 체격은 근육질이지만 태산에 비하면 마른 편이었다. 조금 가벼운 인상을 주었지만 첫눈에 나쁜 사람이라는 생각은 들지 않았다.

호랑이족의 기운을 거리낌 없이 발산하는 그가 옥자를 향해 흐뭇한 미소를 날려 보냈다.

"김옥자 씨, 너무 반가워요."

옥자는 대뜸 손부터 내미는 그를 보며 꽤나 당혹스러워했다.

"저기."

"일단 악수부터 하시죠."

"네에."

사내가 옥자의 손을 붙잡고 신나게 흔들어댔다. 사내의 잘생긴 얼굴에는 흐뭇한 미소가 번져 나왔다.

"기다렸습니다."

"기, 기다리시다니? 절 아세요?"

옥자가 땀에 젖은 손을 빼내자 남자는 그제야 정신을 차린 모양이었다.

"아, 내 정신 좀 봐. 소개부터 해야지. 내 이름은 강백호라고 해요."

옥자는 남자의 백발을 멍하니 바라보았다. 체모의 색으로 보자면 남자는 백호 계통이었다. 헌데 진짜 백호라서 이름도 백호인가?

"제 이름이 믿기지 않으시나 보군요."

남자는 테이블 위로 명함을 내밀었다. 로펌 이름이 박힌 검은 명함에는 흰색 고딕체로 강백호라는 이름이 새겨져 있었다.

"일단 여기 요리 주문해놓았습니다. 옥자 씨."

옥자는 한참이나 명함을 노려보았다.

"저기 그러니까, 강백호라면 그 일본 농구 만화의 주인공이지 않았나요?"

"백호족이라 백호로 개명한 것은 맞습니다. 하지만 그 뒤 농구만화를 보며 강백호로 개명한 것을 선견지명으로 여겼죠. 어감이 좋은 이름이니까요."

남자의 태도는 부드러웠지만 쉬워 보이지 않았다. 심지어 옥자는 그가 자신을 오래전부터 알고 있는 듯 이름을 친숙하게 부르는 상황이 거슬렸다.

"옥자 씨는 명함 안 주십니까?"

"아, 죄송해요. 제가 명함이 없어서요."

"괜찮아요, 옥자 씨. 저는 옥자 씨만 있으면 아무래도 좋아요."

강백호는 옥자의 손을 이끌어 그녀의 손등에 키스했다. 순간 옥자의 몸에 닭털이 오소소 솟았다.

"아주 오랜 인연이겠지요."

"네?"

"돌아가신 제 부친께서는 당신을 찾느라 고생했었습니다. 당신을 찾아내긴 했지만 아버님이 얼마 지나지 않아 돌아가시고 당신의 행방이 묘연해졌었죠. 저는 아주 오랫동안 당신을 필요로 했습니다. 이렇게 맞선의 상대자로 만나게 될 줄이야. 오랫동안 기다린 보람이 있군요."

깍지를 낀 채 옥자를 보며 그는 생글생글 웃었다. 옥자는 강백호의 간드러지는 말 중 이상한 단어 하나를 의식했다.

오랜 인연? 나를 필요로 했다니? 그의 아버지가 왜 날 찾은 거지?

옥자의 머리가 혼란스러워졌다. 마침 종업원들이 요리를 내오는 통에 대화가 끊겼다. 음식들이 세팅되고 종업원들이 빠져나간 뒤에야 둘만 남았다.

강백호는 느긋했다.

"일단 요리부터 드시고 천천히 질문하세요. 어차피 시간은 많으니까요."

뭔가 이상하고 깔끄러웠다. 목에 가시가 걸린 듯했다.

옥자는 대화하는 대신 테이블 위에 차려진 요리에 눈을 고정했다.

깔끔한 도자기 접시에 놓인 요리들은 양이나 가짓수는 많지 않앉지만 그 하나하나가 산수화나 예술 작품을 보는 듯한 느낌이었다.

"드세요, 여기 깔끔합니다."

강백호의 재촉에 맛을 보니 깔끔한 맛도 일품이었다. 하지만 식욕이 돌지 않아 옥자는 젓가락을 내려놓았다.

"음식이 별로입니까?"

강백호가 그녀에게 관심을 보였다.

"저기, ESU에선 강백호 씨에게 짝과 자식이 있다고 하던데요."

그가 빙그레 웃었다.

"있지만 그건 중요한 의미가 아니에요, 옥자 씨."

이게 중요하지 않다면 뭐가 중요하단 말인가. 옥자는 인상을 썼다.

"절 첩으로 들이신다는 뜻 아닌가요?"

그가 손을 휘휘 저었다.

"첩이라니, 그런 경박한 말을 할 리가. 정말 세간의 눈대로, 노골적으로 말한다면 그리 이해할 수도 있겠지요."

그의 눈이 음험하게 빛났다.

"제 부인과 자식들은 따로 살고 있고 옥자 씨와 만날 일도 없지요. 실상 내 아내는 보지 않은 지 오래되어서 상관없어요. 우리 둘만 행복하게 살 수 있어요."

간드러지는 음성의 사내는 이제 모사꾼으로 변신해 있었다.

부인과는 사랑해서 결혼했고 쌍둥이를 얻었지만 애정이 사라져 별거한 지 오래다. 아이들의 양육도 그녀가 도맡았으니 옥자가 마주칠 일은 전혀 없다.

너무 매끄러운 이야기에 옥자는 인상을 썼다.

"이혼하실 건가요?"

"마음만 먹으면 당장이라도 할 수 있지만 그녀가 키우는 아이들이 제 후계자인 데다 이런저런 법률적 문제로 인해 합의가 오래 걸릴 겁니다. 허나 제 이혼과는 상관없이 전 옥자 씨를 옆에 둘 겁니다. 그대가 원한다면 언제든 호적 상 제 부인이 될 수도 있지요."

느물거리며 웃는 남자를 보자 옥자는 할 말이 없어졌다.

대체 이런 상황에선 무어라 대꾸해야 하는 것일까. 그가 묵직한 금반지를 낀 손을 테이블 위에서 가볍게 두드렸다.

"인간들이 바라는 결혼식도, 이 강백호란 가짜 신분의 주민등록상 호적에 같이 부인으로 올라가길 원하는 거라면 해드릴 수 있습니다. 뭐 옥자 씨나 저 같이 긴 생을 사는 반인반수들에겐 인간들의 법적 혼인신고는 별 효력이 없긴 하지만. 옥자 씨가 걱정하고 예상하는 모든 것들을 약속드릴 수 있죠."

사내는 여전히 자신만만했다.

"어떤 것 말인가요?"

"옥자 씨가 필요하다고 생각하는 것 전부, 나 강백호는 지원해드릴 수 있습니다. 필요한 돈과 신분 세탁에 필요한 서류 문제, 미스터 레오파드와의 대치 시 필요한 지원. 옥자 씨가 평화롭게 살 수 있는 땅과 거처, 남들의 눈을 피할 수 있는 완벽한 안전장치들. 당신이 원하는 모든 것을 허락하는 한 사드릴 수 있습니다."

멍해진 옥자 앞에 강백호는 두툼한 파일 첩을 꺼내 보여주었다. 파일 첩에는 기묘한 모양의 섬 사진들이 여러 장 나왔다.

"기지개를 켜는 호랑이를 닮았다 해서 백호 섬이라 붙인 무인도지요. 나와 같이 살아준다면 결혼선물로 이 섬을 옥자 씨에게 드리겠습니다."

"하아."

강백호는 오래전부터 준비해왔다며 많은 것들을 이야기했다.

서해의 백호 섬과 남해의 토끼 섬, 서울 근교의 별장. 세 곳 모두 자연친화적 환경의 안전가옥으로 수영장이나 미니 영화관과 헬스장 같은 편의시설이 있다. 백호 섬의 별장에는 지하 벙커와 레이더 망에 잡히지 않는 위성교란 장치까지 준비되어 있다.

"백호 섬에서는 완벽하게 숨을 수 있지요. 이 세상에서 지워진 것처럼 그렇게 옥자 씨의 존재를 지워드릴 수 있지요. 음. 별채의 모습을 옥자 씨가 가진 애리조나의 집과 비슷하게 꾸며놓았으니 더 마음에 드실 겁니다."

옥자는 남자의 말을 들으며 어지러웠다. 모든 게 너무 갑작스러웠다. 게다가 남자는 자신에 대해 너무 많은 것을 알고 있었다.

"저, 저기요. 잠깐만. 너무 혼란스러워요."

"아아, 생각할 여유가 필요하신가요? 일단 제가 준비한 거처로 옮기시고 천천히 생각해보세요."

남자는 웃었지만 빈틈이 없었다. 처음엔 허술하게만 보였던 사내에겐 빠져나갈 수 없는 교활함이 넘쳐났다.

"이, 이보세요. 강백호 씨."

"왜요, 자기?"

"마, 만약 제가 이 맞선 건을 받아들이지 않는다면, 어, 어떻게 되는 건가요?"

"만약이란 말은 제가 싫어하는 것이죠. 옥자 씨가 맞선 건을 거절하고 도망치신다면 저는 ESU의 수배 명단에 거리낌 없이 옥자 씨를 올릴 겁니다. 이 작은 나라에서 그 정도쯤의 조작은 어렵지 않습니다. 자기는 어리석은 짓을 하진 않겠죠?"

강백호의 말은 거침이 없었다. 그의 입가에 비열한 웃음이 더해지자 그녀의 몸이 그대로 굳었다.

수배, 전 세계 사냥꾼들의 추적. 이것은 협박이다.

"대체 왜? 나, 나를?"

그녀는 놀라 말을 더듬었다.

"김옥자 씨가 꼭 필요했어요. 당신을 소유하기 위해서라면 난 뭐든지 할 겁니다. 당신은 내 아버지 때부터 지금까지 쭉 기다려온 호랑이족의 꿈이었지요."

강백호가 손을 뻗어 옥자의 금발을 매만졌다.

"옥자 씨가 이런 사랑스런 미인이라는 것이 더욱 기쁘군요. 이젠 모든 걸 손에 쥘 수 있을 것 같습니다."

옥자는 강백호의 말을 이해할 수 없었지만 그의 옅은 홍채 안에서 묘한 야욕을 느꼈다. 그녀의 몸이 더 싸늘하게 얼어붙었다.

태산은 몸을 일으키다 지독한 현기증을 느꼈다. 그가 다시 눈을 떴을 때 세상은 안정되어 있었다. 다만 머리는 여전히 어지럽고 띵했다. 그는 제가 누운 킹사이즈의 침대와 감청색 이불을 살폈다. 이곳에선 호텔 냄새가 전혀 나지 않았다.

"일어났어요?"

문을 열며 키가 큰 여자가 낭창낭창한 몸매를 흔들며 들어왔다.

옥자의 이미지와는 정반대의 긴 갈색머리를 한 도발적인 미녀는 어깨를 과감히 드러낸 톱 드레스 차림이었다. 짙은 화장, 쭉 잡아 찢어진 여자의 눈매를 보자 태산은 이내 그녀를 알아보았다.

이름이 기억나지 않는, 그의 맞선녀다.

"내가 왜 여기 있지?"

"기억 안 나요?"

여자의 목소리는 명쾌했다. 태산은 마지막 기억을 떠올리려 했다. 옥자와 대화를 청하자 그녀는 미안하다는 말을 했다. 그리고 그는 물을 마시다 쓰러졌다. 설마?

그의 진짜 맞선녀는 아무렇지도 않게 말했다.

"그 여자가 당신에게 마취제까지 먹일 줄은 몰랐네요. 약이 세긴 했나 보네요. 당신 같은 강골이 하루 넘게 기절해 있었다니."

"하루 넘게?"

여자가 그의 옆으로 의자를 끌고 와 앉았다. 그녀가 긴 치맛단을 정리하며 다리를 꼬자 트임 사이로 그녀의 늘씬한 다리가 드러났다. 태산을 내려다보는 여자의 표정은 대단히 자신만만했다.

"이태산 씨 나 몰라요?"

"뭐? 넌 뭔데?"

태산이 되받아치자 여자는 어처구니없다는 표정을 지었다.

"하여간 뭐 그런 점이 매력일 수도 있겠네요. 너무 쉬우면 재미없으니까. 난 당신 오래전부터 알고 있긴 했어요."

턱을 괸 여자의 시선이 태산의 알몸 위를 배회했다. 송두리째 여자에게 잡아먹히는 느낌이랄까, 그의 속이 거북스러워졌다.

"여긴 어디지?"

"내 숙소. 펜트하우스예요. 높아서 전망은 좋죠. 급매로 구하긴 했는데 태산 씨 마음에 들지 모르겠네요."

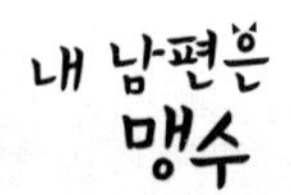

"왜 내 마음에 들어야 하지?"

태산은 전부 다 이해할 수 없었다.

"내 옷은?"

그가 이불을 걷고 팬티만 입은 제 몸을 살폈다. 주변을 살펴도 자신의 트렁크나 옷은 보이지 않았다. 그 태산의 탄탄하고 굵은 허벅지와 왕 자가 깊게 새겨진 복부를 살피며 여자는 더욱 만족스러워했다.

"이봐요. 이태산 씨. 나한테는 뭐 궁금한 거 없어요?"

돌아본 태산이 인상을 써댔다.

"뭐가 궁금해야 하는데?"

"나에 대해서라든가. 아, 내 이름은 써니 정이죠. 제법 잘나가는 모델이고. 당신은 유인정과의 일로 몇몇 호랑이족들에겐 꽤 유명하죠. 여자를 피해서 도망친 등신으로. 아, 제 오빠가 허울뿐이긴 하지만 호랑이족 수장 대리를 맡고 있어서 정보를 모으는 덴 제법 쓸 만하죠."

호랑이족 대리 수장이 누군지 태산은 기억나지도 않았다. 지난 백 년간 호랑이족 수장이든 대리든 나타날 일은 없었으니까. 게다가 이름조차 가물가물한 유인정이라면 아마 오십 년 전을 말하는 것일 터였다.

그는 오십 년 전 ESU가 주선한 여든 살 연상의 맞선녀를 거부하며 도주했다. 덕분에 오랜 수배 생활을 하느라 꽤나 오랫동안 숨어 지냈었다. 태산은 몰려드는 기억에 인상을 썼다.

"여자 하나 잘못 만나서 고생한 건 그때로도 족해. 혹시 계집 너도 그 유인정인가 하는 계집의 사주를 받았나? 그 여자가 시켰나?"

"그런 늙은 여자 따위 알 게 뭐예요? ESU도 멍청하지. 그 여자가 정말 좋은 아이들을 생산해줄 것 같았을까."

여자는 태산을 향해 손을 내밀었다.

"정식으로 인사하죠. 이런 모습으로 만나게 된 건 조금 당신에게 어색할 수도 있지만 그 모습도 나쁘진 않아요. 난 써니 정이라고 해요. 톱모델이고 당신과 결혼이 처음은 아니에요. 남편이 있었지만 이빨 빠진 늙은 호랑이였던 터라 아직 자식도 없죠."

써니 정. 한국 이름은 정선연.

나이는 이백오십 살로 백 년 전쯤 나이가 많은 호랑이족 남편과 결혼했다. 그가 죽은 지 사십 년. 둘 사이에는 아이가 없다. 실제 그녀의 남편은 종이 다른 첩을 총애해 오랜 별거 생활을 해왔다고 했다.

"남편이랄 것도 없었죠. 그 노인네는."

써니 정은 신랄했다.

"난 ESU를 믿지 않아요. ESU가 주선하는 맞선은 더더욱. 그래서 이번만큼은, 나와 평생을 함께할 남편은 내가 직접 고르길 원했어요. 국적 가리지 않고 남아 있는 전 세계의 호랑이족들 중 선택한 것이 당신이에요."

써니 정은 제 매력과 제 무기를 확실히 알았다. 그녀는 섹시했고 아름다웠다. 제 매력을 무기로 사내들을 굴복시키는 것도 익숙했다.

하지만 태산과는 별개의 문제였다. 그는 제 앞에 내밀어진 그녀의 손을 빤히 무시한 채 되물었다.

"그래서 내 옷은?"

"……."

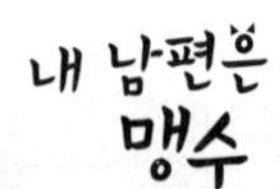

써니 정은 어이없어하며 침대 너머 자리한 미닫이문을 가리켰다.

"드레스 룸에요. 저기 당신 트렁크 있어."

태산은 돌아보지도 않고 유유히 옷 방으로 들어갔다. 얌전히 저를 따라온 제 트렁크를 뒤져 그는 금방 셔츠와 바지를 꺼냈다. 맨몸 위에 티셔츠와 바지를 껴입을 무렵이었다.

"다 입었어요?"

여자가 드레스 룸의 문을 노크하며 문에 슬쩍 기댔다.

"당신이 날 보고 별 반응을 보이지 않는 것, 이해할 수는 있는데 설마 나 대신 그 맞선녀에게 빠졌단 소린 아니죠?"

"그렇다면?"

여자의 얼굴에 조소가 어렸다. 써니 정의 키는 180센티미터에 가까웠지만 힐을 신지 않아 문을 열고 나오는 태산과 마주 보기도 어려웠다.

"당신은 그 여자를 만날 수 없을 거예요. 이미 그 여잔 강백호와 만나고 있을 테니까."

"강백호?"

"백호파의 두목 몰라요?"

태산은 이맛살을 찌푸렸다. 한국산 백호를 알고 있긴 했지만 백호파의 강백호란 이름은 처음 듣는 것이었다.

"자기가 서울을 지배하겠다며 깝죽대던 흰색 호랑이 새끼는 기억나는데 백호란 이름은 몰라. 하여간 그녀가 백호파의 손에 들어갔단 거군."

"강백호가 손에 넣은 이상, 누구도 손댈 수 없어요. 그는 소유욕이 강한 사내니까. 왜인진 모르겠지만 필사적으로 그녀를 손에 넣고 싶어 했으니까."

비웃듯이 말하는 여자를 보며 태산은 딱히 굴하지 않았다.

"그럼 그 강백호 놈은 어디에 사는데?"

태산은 써니 정을 보고 있었지만 그녀의 외모엔 무관심했다. 사내들의 찬탄 어린 시선에 익숙한 써니 정으로선 당혹스런 상황이었다.

"이봐요, 이태산 씨. 지금 그 가짜가 아니라 날 신경 써야 하는 거 아닌가요? 내가 당신을 선택했어요. 누군지도 모를 열등한 계집이 아니라! 내 아이의 아버지로 선택한 당신은 날 봐야 한다고!"

"왜? 왜 그래야 하는데?"

태산의 질문에 써니 정은 답답해졌다. 분명 그녀가 조사한 이태산의 성적 취향은 정상이었다. 그래서, 이태산이 자신을 원하지 않는다는 이 상황을 납득할 수 없었다!

"부와 명예, 미모까지 갖춘 이 써니 정이 당신을 원한다고! 완벽한 내게 없는 건 나의 아이를 같이 낳아 기를 남편이야! 내가 당신을 선택했다면 영광스럽게 여겨!"

써니 정의 괴팍한 논리에 이태산은 실소했다. 그는 제가 가지지 않은 것에 딱히 욕심을 내거나 마음에도 맞지 않는 여자의 남편이 될 생각은 없었다. 그럴 거라면 이미 사백 년 동안 혼자 살지도 않았다.

"이봐, 써니 정인지 뭔지. 난 네 종마가 될 생각 없는데."

"뭐? 지금 나 무시하는 거야?"

태산은 써니 정과의 대화에 집중하는 대신 트렁크 가방 앞 포켓에 찔러져 있던 휴대전화를 꺼내들었다. 꺼져 있던 전화기를 켜자 곧 전원이 들어왔다.

"이만 나 간다."

"야! 어딜 가!"

써니 정이 태산의 팔을 잡고 매달렸다.

"날 감히 이 꼴로 만들 거야? 이봐요, 나 당신 진짜 맞선녀라고! 당신을 위해 뭐든 해줄 수 있다고!"

"미안한데 다른 놈 찾아봐."

"당장 거기 서요! 얼른!"

태산은 돌아선 채 핏발이 선 눈을 매섭게 치떴다. 거기에 호랑이 족의 기운을 약간만 방출했을 뿐인데 써니 정은 그대로 압도당했다.

"이만 간다."

그녀는 끝끝내 태산을 붙잡지 못했다.

강백호가 옥자를 데려온 곳은 그가 거주하는 주택이었다.

상류층 주택들이 모인 부촌에 떡하니 자리 잡은 남자의 저택은 위압적이고 거대했다. 높은 담과 너른 마당을 품기도 했지만 정원의 나무들이 없는 것도 희한했다.

그러나 보안에 있어서도 말 그대로 철옹성이었다.

옥자가 주변을 훑어보았을 뿐인데도 사각지대를 허용하지 않는 수많은 CCTV와 보안장치들이 작동 중이었다. 장애물 없이 시야가 트인 정원에는 늘 서너 명 이상의 경비들이 오갔다.

강백호가 그녀에게 내준 방은 2층 동편에 자리한 큰 방이었다. 화장실과 드레스룸이 딸려 있었다. 헌데 방이 꾸며진 모양새는 지독한 핑크 레이스 일색이라 옥자의 취향과는 거리가 멀었다.

핑크색 캐노피가 달린 공주풍의 원형 침대와 핫핑크 색 소품들이 난무하며 창에는 하얀 레이스 커튼이 매달려 있다. 화장대에는 명품 화장품들이 즐비했고 언뜻 들여다본 드레스 룸 안에는 값비싼 옷과 신발, 가방들이 가득 들어차 있었다.

강백호는 옥자에게 방을 안내하며 자신만만했다.

"이곳은 옥자 씨만을 위해 꾸민 공간입니다. 만약 마음에 들지 않으신다면 인테리어를 바꿔도 됩니다."

옥자는 지독한 핑크색을 질린 듯이 바라보았다. 강백호가 문 옆의 전화와 벨을 설명했다.

"쇼핑을 하고 싶다면 언제든 아이들을 호출하세요. 여기가 호출벨, 이쪽이 내부 인터폰입니다."

옥자는 강백호가 자신의 부하들을 아이들이라 지칭한 것을 깨달았다. 강백호는 로펌 변호사보단 마피나아 갱이 훨씬 자연스럽게 어울린다는 걸 알았다.

"강백호씨의 정체는 뭔가요?"

"호랑이족 수장이 될 거라면 대답이 될까요? 당신은 내 옆에서 모든 호랑이족들을 내려다보고 있을 겁니다."

강백호의 손끝이 옥자의 볼과 턱을 천천히 쓸고 지나갔다. 그녀의 몸이 드드드, 떨려 그의 말을 제대로 곱씹지 못했다.

"상상만으로도 기쁘지 않으신가요, 옥자 씨?"

그의 시선이 닿은 곳은 그녀의 펑퍼짐한 원피스와 올이 풀린 낡은 카디건이었다.

"김옥자 씨. 그런 편한 옷도 좋지만, 내 취향의 옷도 입어줬으면 좋겠습니다. 당신의 몸매를 볼 수 없는 게 안타까우니."

강백호의 손이 그녀의 턱에서 다시 목을 타고 내려가 쇄골에서 멈췄다. 그녀의 몸은 사시나무처럼 달달 떨렸다.

강백호는 옥자의 커다란 호박색 눈과 옅은 금발을 보며 피식 웃었다. 호랑이족 암컷 치곤 키와 체격조건이 형편없고 호랑이족 특유의 체향도 나지 않는 괴상한 암컷이다. 허나 이 계집은 그에게 놀라움 전리품이 될 터였다.

"그대에겐 어떤 돈도 아깝지 않답니다. 내게 그 이상의 부를 가져다줄 승리의 표식이 될 테니까요."

"피, 피곤한 데 쉬어도 될까요?"

"그러십시오. 아참, 저녁식사는 일곱 시입니다. 드레스 룸에서 갈아입고 시간 맞춰 내려오세요."

강백호는 다음의 기회를 기약하며 물러났다. 옥자는 단단히 문을 잠그고 나서야 문에 기대어 주르륵 미끄러져 내렸다. 문을 잠가도 안전하지 않다. 저택의 주인인 강백호가 마스터키를 갖고 있을 테니까.

사자를 피해 도망친 곳이 호랑이 굴이라니. 옥자는 헛웃음이 나왔다. 벌써부터 태산이 보고 싶었다.

"도망치고 싶어."

하지만 그녀는 이제 갈 곳도 없었다. 여기에 갇힌 신세니까.

옥자는 고민하는 대신 방 탐색에 나섰다. 파티션으로 나눠진 방 한쪽에는 소녀 취향의 방과 어울리지 않는 최신 사양의 컴퓨터와 대형 모니터가 있었다. 욕실에는 온갖 목욕용품들이 가득했고 욕실 벽장 안에도 핑크색 욕실 소품들이 가득했다. 드레스 룸에는 시스

루나 망사, 야한 원피스와 여성스런 힐과 샌들이 진열되었다.

"맙소사."

옥자는 드레스 룸의 속옷 서랍에서 야사시한 속옷들을 다량으로 찾아내자 머리가 어지러웠다. 게다가 그것들 전부 옥자의 신체사이즈와 동일했다.

옥자를 상대로 강백호는 인형놀이라도 하고 싶었나.

이태산과 만나기 전, 강백호를 만났다면 순응했을지도 모른다. 허나, 그녀는 태산과 각인했다.

"내 마음은 여기에 없어."

그녀는 스스로 되뇌었다.

이미 심장은 그에게 각인당해 뽑힌 채였다.

"아아."

지금은 태산이 보고 싶었다. 옥자는 소리 없이 흐느껴 울었다.

저녁식사 시간이었다.

옥자는 드레스 룸의 의상들 중 가장 얌전해 보이는 니트 원피스를 꺼내 입었다. 그 위로 레이스 조끼를 받쳐 입었지만 가슴은 여전히 노골적으로 도드라졌다. 갈아입을까 망설이던 찰나, 바깥에서 노크 소리가 들렸다.

"김옥자 씨! 어서 내려오십시오! 강백호 님께서 기다리고 계십니다."

옥자는 망설이다 그대로 내려갔다. 원형의 층계를 따라 내려간 1층에서, 강백호는 연미복을 입고 그녀를 기다리고 있었다. 옥자는 화장을 거의 생략한 채였지만 그 말간 얼굴이 강백호를 더 흡족하게 만족시켰다는 사실은 알지 못했다.

커다란 식당에는 그들 뿐이었다. 눈부신 하얀 벽 아래 웅장하고 검은 오크 목의 식탁이 자리했다.

"도, 독특한 흑백 인테리어네요."

"백호를 드러내기엔 검은색이 가장 좋죠. 흑과 백, 아름답지 않습니까?"

옥자는 할 말을 잃었다. 강백호는 그것을 달리 해석했다.

"감동받으셨나 보군요. 그대는 아까보다 지금이 훨씬 더 사랑스러워요."

강백호의 시선이 옥자의 가슴에 한참이나 머물렀다.

"이리 앉으십시오."

남자는 매너 있게 의자를 빼내주었다. 옥자가 착석하자 그녀의 맞은편으로 가 앉았다.

"가져와."

강백호의 명령에 곧 호랑이족을 위한 만찬이 준비되었다.

애피타이저로 향긋한 스프가, 두툼한 스테이크에선 육즙이 흘러 후각을 자극했다. 일류 호텔 주방장이 한껏 솜씨를 발휘했다는 요리를 강백호는 그녀의 앞으로 내밀었다.

옥자는 한참이나 깨작거렸다.

그녀와 마주 보며 빠르게 고기를 흡입하던 강백호가 물었다.

"이 자리가 불편한 겁니까? 아니면 몸매 관리를 하는 겁니까? 다이어트?"

옥자는 따로 변명하기 귀찮아 고개를 끄덕였다.

"당장 다이어트에 도움이 될 만한 식단을 준비하지요. 개인적으로는 살이 조금 더 붙어 있어도 상관없다고 생각하지만."

느물거리는 강백호의 시선이 옥자의 몸을 스캔하듯 훑어 내렸다.

"난 이대로가 좋아요."

"뭐, 그대가 원한다면. 좋아하는 음식 있습니까? 다이어트 식단으로 따로 선호하는 거라든가."

옥자가 대답을 회피하자 강백호는 도우미를 불렀다.

"조식 메뉴로 다시 세팅해. 가볍게 먹을 수 있도록."

그녀의 앞으로 다시 새 요리가 놓였다. 부드러운 빵과 고기가 들어가지 않은 스프, 간단한 샐러드. 고기 일색이었던 아까완 천양지차여서 옥자는 그것들을 조금씩 먹고 샐러드를 깨작거렸다.

"빵이 입맛에 맞나 보군요. 더 드십시오."

강백호는 빵이 놓인 바스켓을 그녀의 앞으로 내밀어주었다. 옥자보다 먼저 식사를 마친 그가 턱을 괸 채로 빵을 오물거리는 옥자를 흡족하게 바라보았다.

"어차피 옥자 씨는 나와 함께 있어야 합니다. 내 여자가 되어준다고 하세요. 그럼 뭐든 해드릴 수 있습니다. 복수든 무엇이든 그대가 원하는 건 전부 다. 살인을 원한다면 그 누군가를 죽여다 목을 가져다줄 수도 있어요. 내 옆에 있기만 해준다면 뭐든지 다."

옥자는 먹던 것을 멈췄다.

강백호는 곱상하고 아름다운 외모의 소유자였지만 그 안엔 교활함을 감추고 있다.

"그대가 나를 좋아해주기만 한다면, 난 뭐든 할 수 있습니다."

"하지만."

"하지만 뭐?"

"저, 좋아하는 사람 있어요."

옥자는 저도 모를 거부감에 선을 그어버렸다.

"뭐?"

강백호의 얼굴과 몸이 그대로 굳었다. 악어의 눈물 같은 강백호의 가짜 웃음이 가면처럼 부서졌다. 그녀가 상대를 언급하진 않았지만 강백호는 그게 누구인지 금방 알아차렸다.

"이태산 그 새끼. 죽어버렸어야 했는데."

그녀의 몸이 움찔했다. 강백호가 정말 이태산을 죽여버린다 할지도 몰랐기에 몸이 떨렸다. 겁을 집어먹은 옥자를 살피며 강백호가 유유히 깍지를 꼈다. 인상은 일그러져 있지만 여유는 되찾은 참이었다.

"그놈을 좋아하든 말든 옥자 씨는 여기서 못 나가요. 내가 화를 내지 않게 해주세요. 그놈을 좋아한단 생각도 고쳐먹으세요. 어차피 이태산 역시 다른 계집의 소유일 테니까."

강백호가 하얀 이를 드러내며 웃었다.

그 말이 옥자의 심장에 직격했다.

"내가 옥자 씨에게 허용하는 시간이 그리 많지 않다는 걸 유념하세요. 철저히 그대를 내 것으로 길들일 테니 기대하셔도 좋습니다. 어차피 난 그대를 놓아줄 생각 따위는 전혀 없으니까."

강백호의 소유욕은 놀랍지 않았다. 허나 옥자는 이태산이 다른 호랑이족 암컷과 결혼해 자신을 잊어버릴 것이라는 게 더 슬펐다.

그녀는 순혈이 아닌 돌연변이다.

심지어 그녀는 강백호의 아내를 밀어내어야 누군가의 아내가 될 수 있었다. 누군가의 두 번째, 불륜의 대상, 후처. 이런 단어들을 자연스레 연상한 옥자의 몸이 비틀거렸다.

"모, 몸이 좋지 아, 않아요. 오, 올라가볼게요."

"그러십시오. 심기가 불편하실 테니 따라가진 않겠습니다. 하지만 옥자 씨. 내가 당신에게 허락할 유예는 짧아요. 유념하세요."

싸늘한 강백호의 눈이 붉었다. 옥자는 누군가의 부축도 거절한 채 원형 계단의 난간을 붙든 채 겨우 2층으로 올라갔다. 제 방에 도착해선 계속 호흡을 골라야 했다.

울음이 터져 나오려는 걸 겨우 참아냈다.

옥자는 제 트렁크 속에서 오래된 사진 한 장을 꺼냈다. 그 너덜너덜해진 사진의 감촉을 손끝으로 느끼며 그녀는 한숨을 더했다.

그녀와 반세기를 같이 보낸 인간. 그가 세상을 떠난 뒤 옥자는 혼자 남아 고독을 배웠다. 갈망하던 어른이 되었어도 마음 둘 곳 없이 늘 외롭기만 했다. 저를 원한다는 놈들이 무서워 저를 숨기고 도망치기에 급급했다.

다시 오십 년을 혼자 살며 이제 겨우 같이 살고 싶은 존재를 만났는데.

이태산.

"그는 내 것이 아냐."

옥자는 인간과 반생을 살았지만 인간이 아니었다.

그녀의 주인과는 무려 사십 년을 살았지만 그녀가 인간이 아니란 것만 뼈저리게 깨달았다. 그녀의 존재를 숨기기 위해 제 주인은 평생 불행한 삶을 살았다.

호랑이와 어린 소녀의 모습을 오가며 늙지 않는 존재. 그 존재를

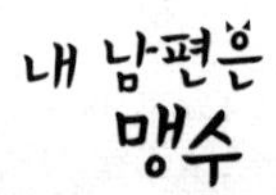

거두어준 제 주인이 참으로 용했다. 적어도 그는 그녀를 버리지는 않았다.

그가 죽은 뒤에야 그녀는 제 정체를 깨달았다.

반인반수, 호랑이족.

하지만 그녀는 반인반수들의 정상적인 범주에도 들어갈 수 없었다. 한국 호랑이족들 중 금색의 머리칼을 가진 이들은 없다. 호랑이로 변신할 수 있는 개체 또한 없다.

머리색이 특이해서, 눈동자가 옅어서 아비를 모르는 사생아. 어미는 그래서 자신을 버렸다. 제 형제들은 그녀를 존재하지 않는 것으로 취급했었다.

"나는 돌연변이야. 어디서도 받아들이기 힘든 돌연변이."

그래서 그녀는 더욱 슬펐다.

옥자는 설핏 잠이 들었다가 묘하게 웅성대는 소리에 귀를 기울였다. 그녀가 창문을 슬쩍 열고 정원의 동태를 살폈다. 주변이 소란스러웠다.

"뭔가 이상해."

정원을 오가는 저택 경호원들의 움직임이 경계 태세에 접어든 듯 심상치 않았다. 누가 침입하기라도 한 건가? 태산? 이태산이 설마, 자신을 찾아서?

"그럴 리 없잖아."

부정하면서도 옥자의 가슴이 멋대로 쿵쾅쿵쾅 널뛰기했다. 태산이 아닐 수도 있다. 그녀는 제 마음을 진정시키며 머리를 굴렸다. 그러다 망각하고 있던 사실 하나를 깨달았다.

"나는 호랑이족이야."

옥자는 태산만큼은 아니었지만 점프나 도약력은 충분했다. 체취를 풍기지도 않고 기운을 숨기고 갈무리할 수도 있었다. CCTV들을 무력화시킬 수만 있다면 잡히지 않을 자신도 있다!

옥자는 거추장스런 니트 원피스를 벗고 검은 티셔츠와 신축성이 좋은 레깅스로 갈아입었다. 금발을 대충 동여맨 옥자는 제 노트북을 꺼내며 눈을 빛냈다.

"이 정도쯤은 아무래도 좋아."

그녀의 손이 컴퓨터의 부팅 버튼을 눌렀다. 그녀는 제가 할 수 있는 일을 하기로 했다.

옥자의 방에 설치된 컴퓨터는 최고급 사양이었다. 그녀는 바탕화면에 깔린 게임 몇 개를 지우고 제가 개발한 프로그램 하나를 컴퓨터에 설치하고 빠르게 명령어를 쳤다. 시스템을 뚫자, 저택의 내부였기에 CCTV 화면과 컴퓨터가 연결되는 것은 쉬웠다. 옥자가 회심의 미소를 지었다. 해킹이랄 것도 없이 성공.

CCTV가 그녀가 보고 있는 모니터로 영상을 전송했다. 그럼 이번엔 파괴.

빠르게 손가락을 놀리던 그녀가 회심의 미소를 지었다.

이젠 어떻게 한다?

7. 도망치다

태산은 고개를 갸웃거렸다.

"흐음?"

강백호의 집에 강력한 보안장치가 있다는 이야길 들었지만 작동하지 않았다. 태산은 제 머리 위로 설치된 카메라를 바라보았다. 빛이 꺼져 작동하지 않는 듯했다.

강백호의 집은 푸른 잔디밭을 낀 웅장한 2층 저택이었다. 그 저택 가장자리에 세워진 가로등들이 멋대로 켜졌다 꺼지기를 반복했다.

태산은 정원을 가로질렀다. 저택 안에서 기운을 한껏 방출하는 호랑이족이 느껴졌다.

태산은 초대를 거절하지 않는 성격이었다.

"네놈이 내가 기억하는 놈이라면 더더욱 피할 이유가 없지."

태산은 제 앞의 커다란 문짝을 손수 뜯어내었다. 종잇장처럼 일그러진 철문을 뜯어내고 침투한 응접실을 보며 잠시 그는 눈을 깜빡거렸다. 산에서만 살던 태산이 보기에도 완벽한 흑백의 인테리어는 꽤 이상했다.

백색의 벽, 가구들은 모두 검었다. 거실 한가운데 검은 암체어의 팔걸이에 나른하게 제 팔로 턱을 괸 하얀 남자가 있었다. 비열한 인상을 가진 미남자가 태산을 바라보았다. 그의 옷 역시 하얀 셔츠에 하얀 바지, 하얀 여우목도리를 둘러 괴이했다.

"오랜만이군."

태산은 삼백 년 만에 만난 자신의 라이벌을 향해 입을 열었다. 강백호가 웃었다.

"망할 황호 놈이 내 집을 침입했군."

"너 였구나, 백호 새끼. 강말봉."

옅은 머리색의 강백호가 여우 목도리를 휘두르며 천천히 일어났다.

"그딴 이름 버린 지 오래야. 지금은 강백호다."

하얗고 고른 치열을 드러내며 으르렁거리던 강말봉은 삼백 년 전 이태산과 자웅을 겨루던 라이벌이었다.

"네 놈은 아직도 이태산이란 이름이냐?"

강백호는 이태산을 올려다보았다. 마주 보아도 태산의 눈높이가 훨씬 위다. 허나 강백호는 태산에게 패했던 삼백 년 전의 풋내기가 아니었다.

태산이 산사나이 놀이를 하는 동안 강백호는 교활하고 노련하게 살아남았다. 서울 최대의 반인반수 깡패 조직 백호파를 이끄는 보스로, 대한민국의 검은 돈을 쥐락펴락하는 권력의 핵심부로! 곧 호랑이족의 수장이 될 사내였다!

강백호가 김옥자를 만나기 위해 오랜 시간을 들여 준비해왔거늘, 이놈이 그것을 무위로 돌렸다. 김옥자는 무식한 황호 놈에게 마음을 줬다고 했다. 허나 강백호에겐 옥자가 필요했다. 김옥자가 있어야 그가 목표로 한 권력을 손에 넣고 호랑이족 수장이 될 수 있었다!

이 황호 놈이 모든 걸 망치게 할 수 없었다! 뻐저린 분노 덕에 강백호의 잇새로 들끓는 음성이 새어 나왔다.

"이태산 네놈은 어떻게 들어온 거지?"

"담을 넘고 문짝을 뜯어내서 들어왔다!"

태산은 멀뚱히 백호를 응시했다. 태연한 대답에 백호의 부아가 치밀었다.

"이태산! 네놈에게 손해배상 청구를 하겠어! 내 집에 무단으로 침입하고 기물 파손한 죄를 톡톡히 치르게 될 거다!"

"마음대로 해. 헌데 내가 알던 강말봉은 일대 일 싸움을 선호했는 데 말이야. 비겁하게 육식계로 깡패들을 이룰 줄은 몰랐는데."

어느새 거실과 정원에 포진된 백호파들이 이태산을 에워싸며 접근해왔다. 강백호는 손짓 하나로 그들의 움직임을 저지시켰다.

"얘들아, 아직은 아니다. 헌데 난 이태산, 네가 김옥자를 왜 데리러 왔는지가 궁금한데."

"뭐가?"

태산은 멀뚱히 강백호를 바라보았다.

"이태산 네놈의 맞선녀는 써니 정이잖아. 유명한 호랑이족 여신이 네놈을 찍었다는데 황송해해야 하지 않아?"

강백호의 한마디에 백호파 사내들의 표정이 일그러졌다. 이태산을 향한 묘한 복수심에 서로들 불타오르는 것 같았다. 태산도 지지 않았다.

"그러는 강말봉은 유부남인데 왜 옥자 씨의 맞선남이 된 거지?

네 자식 낳아준 멀쩡한 아내는 놔두고 왜? 너 삼백 년 전에 네 아내랑 결혼하겠다 온갖 소동 일으켰던 게 기억나지도 않는 거냐?"

이번엔 강백호의 얼굴에서 부르르, 가는 경련이 일었다.

"이태산, 난 예전의 그 강말봉이 아니다. 네 놈이 물러나면 해를 끼치진 않겠어. 좋은 말 할 때 그만두자고."

"자기 아내도 헌신짝처럼 버리고 새 여자를 탐하려는 놈에게 자비 따윈 없지. 여자를 갖고 싶으면 차라리 이혼을 해! 강말봉!"

"그 이름 부르지 마! 그 이름을 버린 지 오래다!"

"말봉이 귀찮으니까 덤벼!"

태산은 계속해서 백호를 도발했다.

"왜 강백호 겁나냐? 삼백 년 전에 나한테 진 게 억울해?"

백호의 가면에 커다란 금이 갔다. 해묵은 분노와 당시 삼백 년 전의 기억이 백호의 뇌리를 잠식했다. 강백호에겐 기억하고 싶지도 않은 과거였다.

강백호는 한때 이태산을 증오했다. 동시에 그들은 가장 가까운 동족이기도 했다. 같은 영역을 공유했고 그 영역을 차지하려는 젊은 혈기의 수컷들이었다.

삼백 년 전, 그들은 북한산 어딘가에서 싸웠고 이태산이 승리했다. 허나 태산은 싸움의 결과와 상관없이 강말봉에게 모든 걸 양보했다. 강백호의 당시 연인이 태산의 사촌 누이 이남숙이었기 때문이다. 남숙은 싸움의 승패와 상관없이 강백호를 원했다.

결국 태산은 영역과 사촌누이를 강백호에게 내어주고 주저 없이 떠났다. 그렇게 삼백 년이 지났다. 우습게도 그렇게 태어난 강백호의 자식들은 태산의 먼 조카들이기도 했다.

강백호는 이후 패배를 몰랐다. 강백호는 자신을 이기고도 모든 걸 포기한 이태산에게 치욕감을 느꼈고 아직도 그때의 패배감을 잊지 않았다.

"이태산. 네놈은 영역을 버리고 떠났다고. 내가 삼백 년간 그걸 접수하고 키웠고 차지했지. 난 옥자 씨에게 뭐든 다 해줄 수 있어! 돈과 권력이 내게 모자랄 것이 없지. 헌데 쥐뿔도 없는 놈이 감히 내 맞선녀를 들먹여? 네놈은 그녀에게 뭘 해줄 수 있지?"

그 말에 태산은 문득 옥자를 떠올렸다. 어리고 순진한 옥자 씨가 자신의 상대가 아니라 해도, 적어도 강말봉의 짝이어선 안 됐다!

이태산의 눈에 불길이 일었다.

"네놈이 돈과 권력으로 지금 옥자 씨를 행복하게 해줄 수 있다는 거냐?"

"그렇다면?"

"네가 데려갔던 내 사촌누이는 어찌된 거냐! 그러고도 네가 자격이 있다는 거냐?"

"그건 내 아내와 내 문제야! 이태산이 끼어들 자리는 없어!"

그 말도 틀린 말은 아니었다. 하지만, 이태산은 말했다.

"그럼 여자와 영역 중 하나만을 택해!"

강백호는 더 듣고 싶지 않다는 듯 고갯짓을 했다. 거실에 포진되어 있던 그의 부하들이 우람한 덩치를 뽐내며 앞으로 나섰다. 태산의 입매가 삐뚜름해졌다.

"천박하게 남의 손을 빌리냐? 아참, 남숙이는 잘 있냐?"

태산이 대답을 듣기도 전, 한 덩치가 태산을 향해 우악스럽게 주먹을 휘둘러댔다. 쏜살같이 뒤로 몸을 빼는 태산은 그의 덩치에 비하면 참으로 날렵하고 잽쌌다.

"어이쿠!"

덩치가 다시 주먹을 쥐고 팔을 뻗어 왔다. 킥복싱으로 다져진 듯한 반인반수의 주먹이 휘둘러질 때마다 강한 바람 소리가 났다.

태산은 그 주먹을 아슬아슬하게 피해 다니다 스트레이트로 날아오는 덩치의 주먹을 제 손으로 막아냈다. 손바닥이 불이 나는 듯 따가웠다.

"오호. 제법 하는데?"

태산은 녀석의 주먹을 쥐고 야구 배팅하듯 멀리 던져버렸다.

쿠당탕탕!

거실 저 너머까지 날아간 놈이 커다란 화병을 깨고 부엌과 거실을 가르는 나무 장식대에 꽂혔다.

"이 자식!"

화가 난 백호파 조직원들 두 명이 태산을 향해 덤벼들었다.

"우아아아!"

태산은 산악 활동으로 단련된 강철 같은 다리로 발차기를 시도했다. 쿠당탕탕. 그의 발에 차여 창문을 뚫고 정원까지 날아간 놈은 이미 보이지도 않았다. 또 한 놈은 벽의 일부를 무너뜨린 채 벽에 박힌 모양이었다.

태산은 자신의 기운을 발산했다. 이글이글거리는 상 호랑이족의 기운. 히말라야의 설산에서 십 년 넘게 단련한 기백에 쉽게 누구도 접근하지 못했다.

"히익!"

백호파의 양복을 입은 덩치들은 저도 모르게 뒷걸음질 쳤다. 거

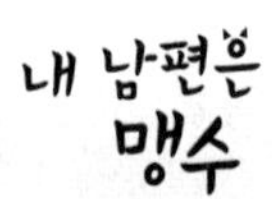

대한 아우라가 태산의 주변에서 피어오르는 것 같았다.

순혈 호랑이족. 그중에서도 태산은 넘을 수 없는 거대한 벽이었다. 급이 다르다. 말 그대로 저건 괴물이다!

백호파들의 눈에 묘한 공포가 서렸다.

"더 덤빌 놈 없나? 시시하잖아."

오라며 손짓하는 태산의 유유한 몸짓에 백호파들은 머뭇거리며 기회를 엿보았다. 누구도 쉬이 접근하려 들지 않자 팔짱을 끼고 있던 강백호가 짜증을 내었다.

"백호파의 명예를 걸고 저놈을 처단한다! 저놈을 제압시키는 놈에게 후한 상을 주겠다고! 이 빌어먹을 새끼들아!"

"예 써!"

눈치를 살피던 백호파들은 제 품에서 사시미 칼이나 각목, 망치, 쇠파이프 같은 것들을 주섬주섬 잡아 쥐었다. 원래 무기 따위 사용하지 않는 백호파들이었지만 그들의 철칙을 어길 만큼 이태산은 괴물이었다.

"가, 가자!"

"저놈은 한 놈이라고!"

떼로 덤비면 아무리 강한 놈이라도 쉽게 굴복시킬 수 있다! 단조로운 흑백의 응접실이 격투장으로 변했다.

"으아아악!"

콰앙! 쿠웅! 굉음이 계속 잇달았다. 백호파의 부하들이 창 너머로 계속해서 내던져지고 있었다.

옥자는 마음이 급해졌다.

그녀는 CCTV를 무력화시키고 시스템을 멋대로 망가뜨린 터라 상황을 알 수 없는 것이 아쉬웠다. CCTV의 영상을 훔쳐보고 싶은 마음이 굴뚝같았지만 지금은 일분일초라도 빨리 도망쳐야만 했다.

그녀는 미국에서 가져온 트렁크에 구겨 넣은 작은 배낭을 꺼냈다. 거기에 손때 묻은 노트북을 구겨 넣고 꼭 필요한 현금과 물건 몇 개를 넣었다.

정원으로 향한 창문을 열었을 때 그녀를 지켜보는 이는 없었다. 아래층에서 뭔가 싸우는 소리가 격하게 들려왔다.

와장창창. 끄아아아! 묘한 소음과 괴성이 난무했다. 반인반수들의 움직임이 아래층과 정원 곳곳에서 느껴졌다.

싸우는 소리는 아래층에서 계속해서 들려왔다.

침입자는 누구지? 누구와 싸우는 거지?

옥자는 침입자가 이태산일 가능성에 대해 생각하지 않았다. 아래층에서 풍기는 체향은 수십 개가 뒤얽혀 태산의 냄새를 구분해내는 것도 쉽지 않았다. 그녀는 제가 도망치는 것에만 집중하기로 했다.

"후."

옥자는 창밖을 훔쳐보았다.

정원에는 나무나 제 몸을 숨길 구조물이 없다. 눈에 띄면 큰일이다. 옥자는 검은 머플러로 자신의 금발을 가리려 친친 감았다.

제가 입은 옷은 검고 긴 티셔츠와 레깅스 한 벌. 이것이면 충분했다.

그녀는 문을 잠그고 그 방문 앞을 가구로 막아두었다. 방에는 불을 켜고 커튼으로 입구를 가린 뒤 몸만 빠져나왔다. 벽을 타고 내려온 그녀가 조마조마한 마음으로 정원을 바르게 가로질렀다.

저택 안은 누가 싸우기라도 하는지 소리가 요란했다. 아직은 다행히도 누군가의 눈에 들키지 않았다. 담을 넘기만 한다면 손쉬울 텐데. 혼잣말을 하던 그녀가 저택의 정원과 높은 담의 경계선에 다다랐을 때였다.

“아아아악!”

쨍그랑! 퍼억!

요란한 소음과 함께 한 남자가 저택의 유리 창문을 깨며 정원으로 내던져졌다. 곧 괴성을 지르는 검은 그림자 하나가 그 뒤를 이어 정원으로 날아들었다.

“거기 서!”

SF 영화나 무협 영화를 연출하듯 놀라운 점프력을 지닌 이들이 스피드를 이용해 저택 곳곳에서 튀쳐나와 정원에 내려앉았다. 나무가 없는 정원의 상황은 옥자의 눈에 고스란히 잘 들어왔다. 이대로 담을 넘게 되면 금방이라도 들킬 터였다.

옥자는 담 그림자 아래로 몸을 넙죽 엎드리며 상황을 지켜보기로 했다.

그녀가 코를 벌름거렸다. 이상하게도 낯익은 냄새가 났다.

뒤를 이어 하얀 인영 하나가 정원으로 튀쳐나왔다. 그의 불쾌한 냄새가 더해지자 옥자는 더 넙죽 몸을 낮췄다.

맙소사, 강백호다.

강백호가 누군가에게 자연스레 말을 걸고 있었다.

“빌어먹을 황호 새끼! 왜 지금 나타나서 옥자 씨를 줘라 마라 하는 거냐! 차라리 지금이라도 나랑 서울을 걸고 맞장을 떠볼 거라면 상대해주지!"

강백호가 황호 새끼라 부른 쪽이 우뚝 선 채 목뼈를 우둑우둑 움직이며 제 움직임을 가다듬었다. 옥자는 제 눈을 의심했다.

그녀의 후각이 점점 더 예민해졌다.

태산인 걸까? 정말, 태산이 여기 온 건가. 그의 냄새가 더욱 강해졌다.

태산이 올 거라곤 생각하지 않았는데. 그가 여기에 올 이유는, 자신밖엔 없는데.

"부하들을 시켜 날 대신 상대할 만큼 전투력이 떨어진 거냐, 강말봉."

강말봉은 또 누구지? 옥자가 잔뜩 엎드려 상황을 주시할 때였다.

"털 색깔로 제 이름을 쓰는 미친놈이 여기 있을 줄이야!"

호쾌한 이태산의 도발에 강백호의 부하들이 일제히 태산에게 덤벼들었다. 하지만 떼로 덤빈 반인반수들은 금방 태산의 엄청난 괴력에 비명을 지르며 일제히 날아가곤 했다.

"우아아아아!"

또 한 무리의 사내들이 일제히 휙휙 날아갔다.

옥자의 눈이 휘둥그레졌다. 저건 전투가 아니라 날려버리는 수준이다.

이태산은 의기양양하게 외쳤다.

"부하들은 시시하잖아, 강말봉! 네가 상대해보라고. 전투력이 떨어진 거냐."

"하하."

강백호의 도발에 태산은 강백호의 부하들을 때려눕히며 호쾌하게 대꾸했다.

"호랑이족 한 마리가 지배하는 구역은 현재의 서울보다 훨씬 좁을 텐데?"

"내가 서울을 총괄하는 지역의 보스다. 그리고 네놈이 막지 않는다면 호랑이족 수장이 될 몸이라 이거다!"

"헛소리 하고 자빠졌네! 무슨 수장이야!"

옥자는 저도 모르게 헉, 하고 소리를 낼 뻔했다. 잽싸게 입을 틀어막아 눈에 띄지 않을 거라 여겼지만 동물족 반인반수들을 얕본 게 문제였을까. 옥자는 저를 빤히 노려보는 백호파 사내와 시선이 마주쳤다. 그녀의 몸이 움찔했다.

들켰다!

"백호 님! 데려오신 계집이!"

강백호가 빠르게 고개를 돌려 그녀를 포착했다.

"붙잡아!"

옥자도 순간 달아나려 벽을 향해 몸을 날렸지만 잔뜩 움츠려 있던 몸이 말을 듣지 않았다. 그녀가 움직이는 속도보다 백호파의 거구가 움직인 속도가 더 빨랐다.

쿠웅, 그녀는 납작하게 거구의 사내에게 눌렸다.

정신을 차릴 새도 없이 일으켜 세워져 거구의 두 팔로 포박 당했다. 대롱대롱 들린 다리, 그녀의 팔과 온몸을 옥죄어 오는 힘은 너무 강해 숨조차 쉬기 힘들었다. 옥자의 얼굴에 공포감이 어렸다.

"이, 이거 놔!"

태산이 그녀를 발견하고 외쳤다.

"김옥자!"

강백호는 고갯짓만으로 제 부하들로 하여금 태산을 떼어놓았고 유유히 그녀의 앞으로 다가왔다. 덩치의 팔에 옭아매어진 그녀는 아무리 몸부림쳐도 벗어날 수 없었다.

강백호는 유유하지만 빠른 걸음으로 그녀의 앞에 도달했다. 하지만 그 얼굴엔 억눌린 분노가 깊게 새겨져 있었다.

"지금 이게 무슨 짓입니까? 옥자 씨! 난 당신을 위해 뭐든 할 수 있단 말입니다."

숨쉬기 곤란했기에 옥자의 낯빛은 순식간에 노랗게 변했다. 그녀의 이상을 눈치 챈 백호가 거구에게 눈짓을 하자 옥자는 겨우 풀려났다.

아니, 제대로 숨을 쉬기도 전에 강백호가 그녀를 끌어당겼다. 키가 작은 옥자는 바싹 들어 올려져 강백호의 눈과 마주 보았다. 강백호의 핏발이 선 눈은 거의 주황색에 가까워져 있었다.

"힘이 상대적으로 약한 암컷을 다루는 것은 아주 쉽지요. 이럴 줄 알았으면 빨리 제압시켜 내 것으로 만들었어야 했습니다."

옥자는 제게 내려오는 강백호의 얼굴을 바라보며 하얗게 질렸다. 태산이 보는 앞에서 키스해 제 것임을 표시하려는 것이다.

이태산보다 잘생기긴 했지만 흥분한 강백호의 얼굴을 보는 순간 끔찍했다.

이건 사랑이 아닌 미친 소유욕에 불과했다!

흥분한 강백호의 눈에 벌겋게 핏발이 섰다. 남자의 몸에서 이글거리는 살기가 피어올랐다.

"싫어!"

옥자는 필사적으로 고개를 돌렸다. 강백호가 입술을 억지로 그녀에게 밀어붙이려 했다. 옥자가 거세게 몸부림을 치는 바람에 강백호의 입술이 그녀의 턱 아래 닿았다.

싫다. 강백호를 원하지 않았다. 모두가 보는 자리에서 강제적으로 누군가의 소유물인 양 각인당하고 싶지 않았다!

싫어!

그녀는 돌연변이였지만 호랑이족이다. 외모와 혈통이 열성이라 해도 그녀 또한 호랑이족이었다!

"넌 내 거야."

"싫어, 제발 꺼지란 말이야!"

그녀가 단번에 강백호를 밀어냈다. 그러곤 제 다리로 그의 다리 사이를 걷어찼다. 방금 전부터 멋대로 부풀어 올라 제 다리를 눌러오던 그의 남성이 끔찍했으니까!

퍼억!

"허어억!"

사색이 된 남자가 쓰러졌다. 옥자는 제 몸에서 미끄러져 내린 남자의 손이 제 가슴을 훑어 내리자 더 눈을 부라렸다. 그 감각 또한 소스라치게 끔찍했다!

그녀가 강백호의 멱살을 잡았다.

"내 몸에 멋대로 손대지 말란 말이야!"

말 그대로의 본능이었다. 옥자는 쥐고 있던 사내를 그대로 날려버렸다. 콰아앙! 정신이 들고 보니 그녀의 손엔 강백호의 여우 목도리 일부만이 들려 있었다.

시원하게 날아간 남자가 말 그대로 벽을 뚫고 날아가 벽 더미에 처박혀 있었다. 강백호의 부하들이 입을 떡 벌린 채 눈물을 그렁대는 옥자를 바라보았다.

"우와."

짝짝짝. 태산이 놀라워하며 박수를 쳤다.

"보스. 괜찮으십니까?"

"두목!"

검은 양복의 덩치들이 다급히 강백호를 무너진 벽 사이에서 끌어내었다. 벽은 사람 하나가 가볍게 통과할 정도의 구멍이 생겨 있었다.

"하아."

강백호는 부하들의 부축을 받아 일어났지만 쇼크에서 쉽게 정신을 차리지 못했다. 눈부시도록 하얀 그의 복장 또한 어느새 회백색으로 변해 있었다.

"하아. 어지럽군."

강백호가 제 이마를 짚으며 휘청거리고 있을 때였다.

"아, 깜빡하고 있었군."

태산이 소리 없이 옥자 옆으로 다가와 그녀를 달랑 들어 옆구리에 꿰찼다.

어? 어? 어?

태산의 움직임이 너무 자연스러워 당하는 옥자도, 보던 백호파 사내들도 말릴 생각을 하지 못했다. 태산이 밝고 명랑하게 외쳤다.

"강백호야! 옥자 씨 챙겨갈게."

정신이 퍼뜩 든 강백호가 놀라 외쳤다.

"내 맞선녀를 왜 데려가는 거냐!"

이태산이 으스댔다.

"내 거야. 냄새는 안 나지만 내가 각인을 끝냈으니까."

"이태산, 이 새끼! 거기 서! 내가 찜해놓은 암컷을 왜 데려가겠다는 거야!"

크르르르르. 강백호가 이와 잇몸 전부를 드러내며 짐승 울음소리를 내었다. 그러다 그는 느닷없는 두통에 뒤로 넘어갈 뻔했다.

"어이, 많이 허약해졌나 보네. 그 정도 충격이라면 아무렇지 않아야 하는 거 아니야?"

"저 괴물 자식!"

휘청거리는 강백호가 뭐라 하든 말든 태산은 제 옆구리에서 늘어진 옥자를 살폈다. 태산이 그녀를 다시 고쳐 안아들며 물었다.

"옥자 씨, 업어줘?"

옥자는 고개를 들었다가 강백호의 무시무시한 살기를 느끼고 그대로 몸이 굳었다.

"아무래도 이쪽은 도망가는 데 불편할 것 같아."

한껏 여유를 부리던 태산이 이번엔 옥자를 제 어깨에 둘러메었다. 시체마냥 그의 등에 거꾸로 매달린 옥자는 벌써부터 속이 울렁거렸다.

강백호가 살기를 흩뿌리며 태산의 앞으로 접근해왔다. 태산은 무슨 생각인지 여전히 여유로웠다.

"아참, 웅녀파와 백호파는 라이벌 관계라며? 너희들 서울을 놓고 싸운다고 들은 것 같은데."

"그래서 뭐?"

강백호는 제 눈을 가리며 흘러내리는 붉은 피를 훔쳐내었다.

태산은 상황을 관조했다. 옥자의 괴력은 놀라웠지만 강백호에겐 큰 타격은 주지 못했다. 자신은 혼자에, 옥자를 데리고 나가야 했다.

강백호와 그의 부하들과 대적하는 건 문제가 없었지만 옥자와 함께 빠른 시간 내에 탈출할 수 있을지는 자신이 없었다. 강백호는 무조건적으로 옥자를 손에 넣으려 하고 있다.

태산은 겨우 손에 넣은 옥자를 다시 뺏길 생각은 없었다.

"아참. 강백호! 나 혼자론 곤란할 것 같아서 머릿수 채우려고 웅녀파 불렀어. 웅녀파 두목이 너랑 서울을 차지하기 위해 자웅을 겨룬다며?"

"뭐? 웅녀파?"

해맑은 이태산의 미소에 강백호는 놈을 갈아 들이마시고 싶었다. 백호파와 웅녀파, 곰과 호랑이는 말 그대로 서울을 놓고 전쟁 중이었다. 헌데 백호파의 본거지로 웅녀파를 유인해? 그것이 사실이든 아니든 저 이태산이는 미친 호랑이 새끼다!

"이태산! 너 이 자식! 이 비겁한 놈아!"

"사돈 남 말 하네."

옥자는 강백호가 시퍼렇게 질리는 광경을 목도했다. 그 와중에 이태산은 그들이 빠져나갈 구멍을 찾으며 강백호의 부하들과 대치 중이었다. 옥자는 귀신에 홀린 기분이었다.

순간 코를 벌름거리며 귀를 쫑긋대던 태산이 머리를 들었다.

"아, 왔네."

순간 철 대문을 들이받는 자동차가 있었다. 앞에 철판을 두른 검은 SVU 자동차였다. 연이어 한 대가 더 추가되었다. 차 안에선 곰 냄새를 풍기는 무식한 덩치의 사내들이 쏟아져 나왔다.

이미 한 차례 태산에게 깨진 백호파의 일원들이 뒤늦게 깨어나 우왕좌왕했다.

"웅녀파다! 웅녀파가 습격했다!"

"저, 저기, 백호 님!"

"이태산! 잡히면 너 죽여버릴 테다!"

찢어지는 강백호의 괴성과 함께 태산은 이미 신나게 달리고 있었다.

태산의 등 한쪽에 거꾸로 매달린 옥자는 괴로워 미칠 것 같았다. 가까스로 머리를 들면 어지러울 정도로 풍경이 빠르게 지나갔다. 태산이 남의 집 지붕을 빠르게 넘고 도약해 삼 미터 이상을 가볍게 점프하는 순간 내내, 그녀의 상체가 그의 등에 푹푹 부딪혔다.

옥자는 그에게서 내려와 함께 달리려던 생각을 멈췄다. 아니, 제가 정상이라도 태산의 속도를 쫓아 따라가기엔 불가능해 보였다. 차라리 죽은 듯 시늉하며 매달려 있는 게 나았다!

한참이나 신나게 달리던 태산은 그 동네를 완전히 벗어났다고 생각할 즈음, 멈췄다.

신나게 달리던 태산은 옥자가 축 늘어진 것을 깨달았다.

"괜찮아?"

옥자는 기력 없이 고개만 까딱였다. 태산은 못내 미안한 얼굴이었다.

"미안하지만 지체할 시간이 없어."

그들의 앞에 검은 승용차 한 대가 멈춰 섰다. 태산은 아무렇지 않게 뒷문을 벌컥 열어 옥자를 밀어 넣고 저도 빠르게 탑승했다. 태산이 문을 닫기도 전, 날카로운 소음과 함께 차가 출발했다.

"탈출에 성공하셨군요."

앞좌석에서 ESU 신사호의 목소리가 들렸다. 옥자는 떨떠름한 얼굴로 운전을 하는 신사호의 뒷모습을 응시했다.

"어떻게 된 거죠?"

"이태산 씨를 위해 옥자 씨의 탈출을 도운 것뿐입니다. 저도 돌아가는 상황이 마음에 안 들어서 말이죠."

옥자는 여전히 혼란스러웠다. 이래도 되는 건가? 왜 자신을 구출해낸 거지? 놀라운 미모를 뽐내던 이태산의 진짜 맞선녀가 떠올랐다. 그 여자는 어쩌고? 이해 못 할 일들이 한두 가지가 아니었다.

백미러로 옥자의 표정을 살피던 신사호가 말했다.

"옥자 씨는 지금 혼란스러우실 겁니다. 시간이 없긴 하지만 몇 가지 질문에는 대답해드릴 수 있습니다."

옥자는 입을 열었다가 잠시 망설였다. 뭐부터 질문을 해야 할지 감이 오질 않았다.

"웅녀파는 뭐죠?"

혼란스러워하는 옥자를 향해 신사호가 말했다.

"강백호가 백호파의 보스란 건 아십니까?"

그녀가 도리질을 치자 이태산과 신사호 모두 한숨을 쉬었다.

"강백호는 백호파란 이름으로 맹수족들을 규합했습니다. 주로 늑대과의 부하들을 거느리고 있고 그 상위 몇 명의 오른팔들은 고양이과의 맹수족으로 구성되어 있습니다. 백호파는 서울을 담당하는 반인반수족의 최강 조직입니다."

"그럼 웅녀파는 곰이라는 건가요?"

"맞습니다. 서울의 두 번째로 큰 반인반수 조직이죠. 두목인 최웅녀를 중심으로 해서 결성되어 있는데, 단군 이래 한국인들의 시조가 자신들이라 주장하며 한국과 한국인들 전부를 자신들의 노예로 삼겠다 포부가 컸죠. 헌데 곰족인 이상 겨울잠을 자야 한다는 단점 때문에 천하 평정에는 실패했습니다."

"원래 호랑이와 곰들은 사이가 나빠. 아마 이 나라에선 단군 이후로 죽 그래왔을걸."

신사호와 이태산의 설명에도 옥자는 어리둥절한 상태였다. 범상치 않은 강백호가 서울을 담당하는 조직폭력배의 보스였다니.

"저한테 강백호 씨는 변호사라고 했어요."

"사법고시를 통과했으니 변호사라고 말해도 됩니다. 물론 강백호는 변호사라기보단 폭력배 두목이 주업이지만요."

"설명은 그만하고 이제 운전해."

이태산이 핀잔을 주자 신사호는 투덜거렸다.

"알겠습니다. 이태산 씨. 제가 도움을 줬다는 것이나 잊지 마십시오. 망할 호랑이족 같으니라고."

신사호가 입을 닫자 차 안에는 한동안 침묵이 감돌았다. 옥자는 제 배낭만을 생명줄처럼 껴안았다.

삼십 분쯤 신나게 차가 달렸을 때였다. 차가 한강을 두어 차례 지나쳤다고 생각했다. 추격자를 따돌리려는 듯 서울 안을 뱅글뱅글 돌며 시간을 허비하던 신사호의 차가 어느새 어둑어둑한 한강 근교의 한 그늘 아래 멈춰 섰다.

"여기서 내리십시오."

옥자는 비틀거리며 차에서 내렸다. 차 안에서의 시간이 길다 보니 눈앞의 다리가 한강을 지나는 많은 다리들 중 어느 것인지 가늠할 수 없었다.

한강을 바라보며 네 개의 검은 꼬리를 꺼낸 신사호가 태산을 돌아보았다. 태산이 그를 향해 으르렁거렸다.

"꼬리는 왜 꺼낸 거냐? 망할 여우 놈."

"이태산 씨가 날 때릴 것 같아서 반격하려고 그럽니다."

"네놈이 옥자 가슴 만진 거 알고 있거든? 그것만으로 내 불구대천의 원수다."

"옥자 씨가 진짜 호랑이로 변한 건지 내가 알 게 뭡니까. 게다가 애초에 이태산 씨가 수건만 둘렀어도 옥자 씨가 안 놀랐을 겁니다. 이 무식한 호랑이 새끼야."

"망할 여우 새끼."

태산이 손톱을 잔뜩 세우고 허공을 할퀴었다. 사호는 피하지 않았기에 태산의 손이 아슬아슬하게 사호의 앞에서 멈췄다.

살기가 실리지 않은 몸짓에 입술을 비죽거린 사호가 말했다.

"제가 도운 건 ESU와는 상관없는 일입니다. 그러니까 알아서 도망치라고, 이 무식한 호랑이 새끼야. 들키면 나도 징계감이라고!"

신사호는 제 호주머니에서 자동차 키 하나를 꺼내 태산에게 던졌다.

"운전하는 법이나 알고 있는지 모르겠네. 하여튼 내 할 일은 끝났습니다."

신사호는 제 차의 앞뒤에서 위장용 번호판들을 떼어낸 후 홀가분한 얼굴이 되었다. 그가 마지막으로 제 트렁크에서 커다란 스포츠 가방을 꺼내 태산에게 건넸다.

"두 사람이 입을 만한 옷입니다. 대충 사이즈 가늠해서 넣었으니 알아서 입으십시오. 그리고 아래, 도주 자금으로 쓸 만한 현금 넉넉하게 넣어두었으니까 맘대로 쓰시죠. 당분간은 충분할 겁니다."

"아, 고마워."

"별말씀을. 이게 다 이태산 씨 돈이잖아요? 자기 통장에 있는 돈도 신용카드로 못 쓰는 인간이 있을 줄이야."

"뭐 어쨌든 내 돈이라도 고마워. 그리고 일러줄 말이 있는데."

"뭡니까?"

이태산의 얼굴에 장난기가 어렸다. 그가 일러바치듯 말했다.

"강백호인가 하는 놈이 여우 목도리 하고 있더라고. 하여간 흰색. 광택이 죽이던데."

"뭐?"

가는 실눈을 하고 있던 신사호가 눈을 부릅떴다.

"여우 목도리라니, 구미호들이 강백호에게 이 가는 소리가 들리는군요."

문득 이태산은 강백호를 떠올리며 그가 했던 이상한 말에 신경이 쓰였다.

"아참. 그놈이 호랑이족 수장이 될 거라는 말을 하던데 아는 거 있냐?"

"모릅니다. 그 망할 백호 새끼 따위."

신사호가 강백호에 대한 복수심을 키우며 이를 가는 사이 태산은 혀를 차기만 했다.

그는 한강을 바라보며 선 옥자를 이끌어 그들 앞에 자리한 승용차로 데려갔다.

"타."

태산은 운전대를 잡고 그녀를 뒷좌석에 태웠다.

"서울 빠져나갈 때까지만 좀 참아."

옥자는 여전히 멍했다.

"나 데리고 어디로 가는 거예요?"

"글쎄?"

옥자는 계속 꿈을 꾸고 있는 듯했다. 이 꿈이 언제 깨어질까, 그녀는 불안했다. 하지만 풀려 오는 긴장감에 그녀는 천천히 의식을 놓았다.

아아, 이제야 쉴 수 있을 것 같았다.

8. 바다와 여행, 그리고 무인모텔

옥자는 꿈을 꾸었다.

그녀의 첫 번째 주인은 크고 화려한 전각에 살던 사람이었다. 그는 고민이 있을 때마다 그녀를 무릎 위에 올려두고 한참을 쓰다듬었다. 옥자는 그의 손에 제 머리를 부드럽게 비벼 올렸다. 주인의 얼굴에 희미하지만 기력 없는 웃음이 걸렸다.

「선옥아, 기분이 좋니?」

그때만 해도 옥자의 이름은 선옥이었다.

선할 선에 보배 옥. 선하고 보배로운 존재.

당시 선옥은 의식이 없는 털 짐승이었다. 새끼고양이 정도의 사이즈였지만 고양이치고는 호랑이를 연상시키는 특이한 모양이라 누군가에게 선물로 바쳐져 주인의 곁에 있게 되었다.

빈궁해서 다들 굶주리고 굶어 죽어가던 시절에도 선옥은 배를 곯지도 구박받지도 않았다. 그곳에서 선옥은 저를 낳은 어미와 형제들이 자신을 끔찍해하며 죽이라느니, 갖다버리라느니 하던 말들을 까맣게 잊었다. 그 어미가 끝내 자신을 겨울 산에 버렸단 것도 떠올리지 않았다.

그녀는 주인의 옆에서 행복했다.

주인은 많은 사람들에게 명령을 내리며 살았다. 선옥은 늘 주인의 곁에서 맛있는 고기를 얻어먹으며 모자란 것이 없이 살았다. 하지만 그의 얼굴은 늘 피곤해 보였다.

선옥이 아는 한, 그는 늘 혼자였다.

그래봤자 고작해야 삼 년도 채 되지 않는 시간, 시대는 격변을 맞이했다. 사내는 다른 이들을 구할 수 없음에, 마냥 괴로워했다.

바깥세상에선 그를 시기하는 이들도 너무 많았던 모양이다. 한 번씩 외유를 하고 돌아온 그는 한숨을 자주 쉬었고 점점 더 말라갔다.

그는 어느 날 피를 토했다. 마지막을 예감한 듯 선옥이 몇 번 본 적 있었던 그의 배다른 동생을 불러내었다.

나이가 너무 어려, 먼 조카뻘에 가깝던 동생은 어린 태가 났다. 같은 호적에도 올라 있지 않아 말 그대로 사생아라던 말을 얼핏 들은 적이 있었다. 사내는 그 동생에게 선옥을 맡겼다.

가기 싫어. 가기 싫어. 선옥은 떼를 쓰며 그에게 매달렸다.

그때 옥자는 새끼 호랑이의 모습 대신 어린 여자아이로 변해 있었다. 사내와 소년의 눈이 휘둥그레졌다.

그리고 며칠 뒤 사내는 반대파에 의해 제거 당했다.

옥자는 작은 여자아이의 모습으로 소년의 손을 잡고 그곳을 떠났다.

소년의 이름은 김휼이라고 했다. 어린 나이에도 참으로 올곧았던 그는 형이 맡긴 정체 모를 보물을 애지중지 아끼기로 마음을 먹었던 모양이다.

그들은 이름을 바꾼 채 그 땅을 떠났다. 그리고 나라의 주인이

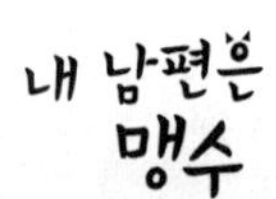

바뀌었다.

긴 방랑의 시작이었다.

옥자가 눈을 떴을 때 그녀를 태운 차는 어딘가를 향해 질주하고 있었다. 뒷좌석에 드러누운 그녀의 몸이 진동으로 흔들렸다.

이마를 짚으며 일어나자 그녀의 몸에 덮어져 있던 카키색 재킷 하나가 바닥으로 떨어졌다.

막 꿈에서 깨어난 상황이라 그녀는 어리둥절했다.

"아아."

그녀가 작은 목소리를 내자 태산의 눈이 룸미러를 통해 그녀와 마주쳤다.

"깼어?"

상냥한 태산의 목소리다.

옥자는 꿈의 여운에 젖어 바깥을 응시했다. 가로등이 켜진 무한히 쭉 뻗은 도로를 달리고 있었다.

너른 8차선 도로와 함께 달리고 있는 고가도로를 응시하던 옥자는 이곳이 고속도로 위란 걸 깨달았다. 태산은 무서울 정도로 속도를 높인 상태였다.

"어디로, 가는 거죠?"

"숨을 곳."

옥자는 갑자기 싸늘한 현실로 돌아온 기분이었다.

도망치는 건 옥자 하나면 충분했다. 헌데 이젠 태산까지 함께 제 빌어먹을 운명에 끼워 넣었단 말인가. 태산이 난동을 피워 그녀를 강백호네에서 빼낸 것이 고작 이런 결말이란 말인가.

문득 옥자는 울고 싶었다. 태산과 함께 있는데 행복하지 않았다. 아니, 그를 이렇게 만들고 싶지 않았다!

"멈춰요."

"옥자."

"멈추라니까! 제발!"

새된 비명 소리에 태산이 말했다.

"알았어. 기다려."

태산은 천천히 속도를 줄이며 갓길에 차를 댔다. 그는 잠시 차를 멈추긴 했지만 핸들을 잡은 손에 힘을 놓지 않았다.

"옥자 씨. 내가 운전이 서툴러. 백호파 놈들이 쫓아오지 않는다는 보장이 없어. 이 앞에 조금만 더 가면 휴게소 있으니까. 거기서 요기를 하고 옷을 갈아입으면서."

"쫓아온다면서 뭘 휴게소에서 쉰다는 거예요?"

"그럼?"

옥자는 말문이 막혔다. 태산에게 신경질을 부리려는 제가 싫었다. 그가 반가워서 좋아 죽을 것 같으면서도 한편으론 그에게 너무 미안했다.

지체할 시간이 없는 건 안다. 강백호가 그녀를 쉽게 포기하지 않으리란 것도 알았다. 그래서 태산에게 미안했다.

옥자만 아니라면 그는 맞선녀와 별문제 없이 정을 붙일 수 있었을 텐데. 서먹하더라도 부부가 되면 달라질 수 있었을 텐데!

태산에겐 고마운 것들이 너무 많았다. 그가 제게 품은 감정이 동정이라 해도 각인을 해준 것, 호랑이인 자신을 숨겨준 것 모두 감사할 일이었다. 강백호에게 붙잡힌 자신을 구출하러 와준 것도 빼저리게 고마웠다.

우스운 일이지만 그가 진짜 맞선녀와 결혼해 살다가 그녀가 죽은 뒤, 제게로 올 수 있겠다 생각도 했다. 그러려면 옥자는 오래 살아야 했다. 하지만 자신이 돌연변이고 일반 호랑이족과는 태생적으로 달랐기에 수명조차 자신할 수 없었다.

그녀는 순혈인 그의 손을 잡을 수도 없었다. 그의 짝이 될 자격도, 그의 아이를 낳아줄 암컷도 되지 못한다.

"나는."

"허튼 생각 하지 마."

옥자는 여전히 뒷좌석에 앉은 자신을 발견했다. 태산은 차에서 내리려는 대신 고개를 돌려 옥자를 응시했다.

"무슨 생각을 한다는 거예요?"

"지금 머릿속에 있는 생각들 몽땅. 쓸모없는 걸 테니까."

태산은 지나칠 정도로 감이 좋았다. 옥자는 제 부정적인 생각들을 흩트렸다. 태산의 얼굴이 제대로 보이지 않아 더 약해지는 느낌이었다.

"피곤하다면 좀 더 자둬."

그가 멈춰 있던 차의 사이드 브레이크를 풀고 다시 페달을 밟았다.

차가 다시 갓길에서 움직이기 시작했다. 도로는 어두워 마치 영원 속을 달리는 기분이었다.

"어디 가는 거예요?"

"바다 보러 갈 거야."

"바다?"

너무 오랫동안 바다를 보지 않았기에 옥자의 귀가 솔깃했다.

"바다 요 근래 본 적 있어?"

"아니요."

"왜? 난 히말라야에 산다고 못 봤다지만."

"히말라야?"

"정확히는 네팔 쪽. 게다가 내가 있던 쪽은 히말라야의 높은 고원 지대라서 바다와 접한 곳이 없었어. 옥자는?"

"저도 내륙에서 살았고 숨어 지냈으니까."

"주로 어디에 있었는데?"

"미국이요. 가끔 한국을 온 적도 있었지만 여행을 할 만큼 여유가 있진 않았어요."

옥자는 한국에 십 년에 한 번 정도 부정기적으로 방문했다. 여행이나 관광 목적이 아닌 신분 갱신이나 새 신분을 등록하기 위한 절차였다.

운전석 옆 내비게이션이 꺼져 있었기에 지명은 알 수 없었다. 대신 그녀는 태산의 커다란 밀리터리 재킷을 이불 삼아 껴안고 창밖을 바라보았다. 단조로운 밤의 고속도로가 무한히 뻗어 있었다.

"운전은 할 줄 아네요?"

"어. 이건 잘해. 내비게이션은 모르지만 차는 백 년 전부터 몰았어."

그나마 다행이었다. 옥자는 뒷좌석에 기대며 하품을 했다. 머리를 완전히 비웠기 때문인지 그저 졸리기만 했다.

"나 바다 가면 깨워줘요."

이 여행이 언제 끝날지 모른다. 그래서 그냥 지금은 아무 생각도 하지 않기로 했다.

바다를 보고 이야기해도 될 일이니까.

아니, 태산과는 함께 꼭 바다를 보고 싶었다.

옥자가 눈을 떴을 때는 다음 날 새벽이었다.

철썩이는 파도 소리와 짠 내음, 새벽 바다의 서늘한 감각이 전신으로 내달렸다.

옥자는 자동차 뒷좌석에 비스듬히 누워 잠든 자신을 발견했다. 제 몸 위에 덮인 태산의 커다란 재킷을 내려놓자 살짝 한기가 돌았다. 고민하던 그녀는 태산의 재킷을 걸친 채 밖으로 나갔다.

주차장에서 바로 이어진 작은 해변, 태산은 모래사장 위에 오도카니 앉아 바다를 보고 있었다.

어둠이 내리깔린 해변. 거친 모래사장을 밟는 기분은 묘했다.

태산이 그녀를 돌아보았다.

"깼어?"

졸음이 밀려드는지 태산의 목소리는 꽤나 나른했다. 옥자는 그의 옆에 다가가 방금 전까지 그가 보던 바다를 함께 바라보았다.

어둡고 황량한 느낌의 바다. 하지만 수평선 너머까지 이어진 광활함은 모든 것을 압도하고도 남았다. 태산이 옆에 있어서 그 바다가 무섭지 않았다. 다만 새벽바람은 굉장해 날려갈 것만 같았다.

"여긴 어디예요?"

옥자의 목소리가 바람 소리에 흩어졌다. 태산은 가볍게 어깻짓을 했다.

"잘 모르겠는데. 그냥 차를 몰고 오느라 표지판을 주의 깊게 보지 않았어."

"잠은 잤어요?"

"잠깐."

하지만 태산의 목소리엔 졸음이 잔뜩 묻어났다. 그가 옥자의 어깨에 제 머리를 툭 하고 기댔다.

"잠깐만 이대로 있자."

얼마를 그렇게 기대어 있었을까. 바다 위로 천천히 붉은 해가 떠올랐다. 어슴푸레하던 해변이 점점 밝아져 왔다. 바다의 잔물결 위로 진주황색의 빛이 느리게 번져 나갔다.

인상적인 풍경이었다. 무채색에 가깝던 해변과 바다 전부에 선명하게 색이 차올랐다.

세상이 격변했다. 모든 것이 풍요로워지는 기분이었다.

옥자는 그 풍경을 목도하다 태산을 빤히 돌아보았다.

시선을 느낀 그가 되물었다.

"왜?"

옥자가 대답도 없이 시선을 두자, 그는 제 거뭇해진 턱을 쓰다듬었다. 뭐가 묻었나, 하는 표정이었다.

확실히 잘생기기보단 험상궂고 강한 인상. 한국인이지만 북방계 혼혈 같기도 한 뚜렷하고 날카로운 이목구비와 얼굴선. 그를 처음 보았을 때 옥자가 무서워했던 이유는 뻔했다. 하지만 지금은 오히려 친숙해진 그 얼굴. 옥자는 빤히 그에게 시선을 맞췄다.

"그 말 했던가요, 이태산 씨?"

"뭐?"

"보고 싶었어요."

하지만 고백의 여운을 즐길 사이도 없이 옥자는 발딱 일어나 뒤로 물러났다. 태산이 뒤늦게 정신을 차렸다.

"옥자, 이리 와."

"싫어요."

태산의 의도는 빤히 보였다. 키스를 하려는 것이다.

"여기서 키스는 안 해요."

"쳇."

속내를 읽힌 탓인지 그가 투덜거렸다.

옥자는 해변 쪽 건물에 시선을 고정했다. 그녀가 해변을 가로질러 빠르게 걸어가자 당황한 태산이 그녀의 뒤를 쫓아왔다.

"어, 어디 가? 키스하는 게 그렇게 싫었어?"

옥자는 길 건너편 건물 1층에 자리한 편의점을 가리켰다.

"나 저기서 따뜻한 거 먹고 싶어요."

식당이 있다 한들 아직 열기 전의 시간. 그들은 느릿느릿 편의점으로 향했다.

마침 허기가 느껴졌기에 그들은 편의점을 구경했다. 외진 곳에 자리해 편의점의 음식 가짓수는 많지 않았지만 옥자에겐 마냥 신기했다. 미국에선 한인 슈퍼도 너무 멀었고 물건들도 비쌌기에 먹고 싶은 것들을 제대로 먹어본 적도 없었다.

태산은 한참을 컵라면 코너 앞에서 머물러 구경했다.

"뭐 먹을 거야? 커피?"

옥자가 따스한 캔 커피를 꺼낸 뒤 말했다.

"먹고 싶은 거 먹어요. 나도 배고파요."

"알았어."

옥자의 말이 끝나기 무섭게 태산은 컵라면 몇 개와 김밥 몇 줄을 쓸어 담아 왔다. 옥자도 야채김밥과 우동 하나를 골라 계산했다.

편의점 구석에는 바깥 풍경을 바라보며 먹을 수 있는 작은 바도 있었다. 의자가 없었기에 그들은 나란히 서서 먹어야 했다. 태산이 저보다 한참이나 작은 옥자를 내려다보며 너털웃음을 지었다.

"맙소사. 식사를 이런 데서 할 줄이야. 우리 며칠 전까지 어디 있었는지 기억해?"

"비싼 곳이요."

옥자는 호텔 프레지던트 룸의 기억들을 떠올리며 웃었다.

마침 옥자의 배에서 꼬르륵 소리가 났다. 태산이 그녀의 앞으로 김밥을 내밀었다.

"어서 먹어."

"태산 씨도 먹어요."

그들은 나란히 선 채 음식들을 하나씩 뜯었다. 그들은 허기를 채우기 위해서인지 어느새 말이 없어졌다.

소식을 하는 옥자도 우동의 면을 다 건져먹고 김밥의 반절을 해치웠다. 태산은 급탕기에서 두 번째 컵라면에 뜨거운 물을 부어 왔다. 태산의 몫으로 가져온 김밥은 이미 다 먹은 상태라 그는 옥자가 더 먹지 않고 밀쳐둔 김밥을 하나씩 입에 털어 넣었다.

옥자는 식욕이 왕성한 태산을 살피며 신기해했다.

"배 많이 고팠어요?"

"응."

태산은 배가 고파서인지 꽤나 과묵했다. 그가 두 번째의 컵라면을 해치우고 김밥을 하나 더 먹었다. 옥자가 놀랄 만큼 음식을 조용히 흡입한 그의 앞에는 어느새 수북한 빈 껍질만이 남았다.

그 뒤 태산은 몇 개의 컵라면과 즉석 식품들을 골라 현금으로 계산했다. 옥자가 보기엔 태산의 손에 들린 묵직한 봉지들은 족히 며칠분의 식량 정도는 될 것 같았다. 태산이 많이 먹는다는 걸 생각하면 자신할 수 없는 일이었다.

계산을 마친 그들은 다시 해변 주차장으로 돌아왔다.

“바다, 더 구경할 거야?”

태산이 물었다.

“아니, 충분히 본 것 같아요.”

“바닷물에 손이라도 담가보든지.”

해가 떠오른 바다에는 완연한 색이 차올라 있었다. 신비감이 사라진 느낌이었지만 그것 또한 바다를 볼 수 있어서 좋았다.

“사실 초조해져서 편하게는 구경하지 못할 것 같아요.”

배가 차오르자 옥자의 정신도 천천히 돌아왔다. 여유롭게 바다를 감상할 여력 따위 남아 있지도 않았다.

다만 태산은 꽤나 아쉬운 듯 보였다.

“느긋하게 여행 다니고 싶었는데 곤란하게 됐네.”

“여행을 다닌다고요?”

태산의 느긋한 태도가 옥자는 이해가 가질 않았다.

그들은 쫓기는 입장이다. 분노한 강백호와 자존심 강한 ESU가 규칙과 규율을 위반한 그들을 가만히 둘 리 없었다.

순혈들의 맞선 결과는 두 가지뿐이다. 쌍방 간에 의한 결합 혹은 파기. 한쪽이 거부한다면 그에 합당한 사유가 있어야 했다. 순혈 암컷 대신 열성 암컷을 선택한다는 선택지 따위는 없었다.

옥자는 누가 봐도 열성, 혹은 돌연변이였다. 다른 호랑이족 암컷처럼 키가 크지도 않고 체격이 좋은 것도 아니다. 더구나 한국계이면서도 눈에 띄는 금빛 머리와 호박색 눈이라니. 제 어머니와 형제들에게서도 없었던 돌연변이가 아닌가.

"오, 맙소사."

제 머리와 눈을 만지작거리던 옥자가 겁에 질렸다.

"왜 그래?"

"태산 씨. 나, 머리 안 가렸어요. 얼굴도."

"그래서?"

"편의점 CCTV에 찍혔을지도 몰라요."

"그게 뭐야?"

옥자는 태산의 상식이 부족하다는 걸 떠올렸다.

"도둑이 들지 않게 손님들을 찍어대는 카메라가 가게 안에 있었을 거라고요. 우리들의 모습이 찍혔을 거예요."

"아아."

옥자는 그 모든 게 께름칙했다. 편의점 CCTV에 제 모습이 노출되었다면? 미국에 비해 한국은 턱없이 좁다. 만약 손쉽게 그 백호파에게 들키기라도 한다면?

"강백호 씨는 쉽게 포기하지 않을 거예요. 날 쫓아올지도 몰라요."

새파랗게 질려가는 옥자에게 태산이 입을 열었다.

"아직은 괜찮아."

"아직은?"

그 모호한 대답에 옥자는 갑갑해져 제 가슴을 두드렸다.

"쫓아오면 어떻게 해요? 잡히는 거잖아요."

"죽이기야 하겠어? 설마, 그것 때문에 나랑 도망치는 걸 후회하는 건 아니겠지?"

태산은 아무렇지도 않아 보였다. 오히려 발을 동동 구르는 옥자가 더 이상해 보였다.

"그런 게 아니라, 태산 씨!"

"그럼 됐어. 일단 출발하자고."

옥자의 말을 자른 태산이 앞좌석에 올라 시동을 걸었다. 그가 편의점에서 사 온 것들을 보조석에 실었기에 옥자는 뒷좌석에 올라야 했다.

"이제 어디로 갈 거예요?"

"당장 필요한 걸 사고 쉴 곳을 찾아야겠어. 너무 많이 변해서 길을 제대로 모르겠군."

옥자는 투덜거리는 태산의 뒤통수를 보며 맞선 때 만났던 그가 전화나 엘리베이터 등을 제대로 사용할 수 없었던 것을 떠올렸다. 지금의 그는 문명과 너무 오래 떨어져 지내온 사람치고는 적응 속도가 꽤나 빨랐다.

"피곤하지 않아요? 나 운전해도 되는데."

"어디로 갈지 아직 안 정했어."

해변과 이어진 도로를 한참이나 달리던 태산이 핸들을 돌렸다.

그들이 한참은 낡은 국도를 달려 산 쪽으로 한 시간쯤 그렇게 달렸을 때였다.

인적 드문 산길의 도로에는 점점 차가 뜸해졌다.

태산은 산 중턱의 끊긴 인적 드문 도로 쪽에 잠시 차를 대었다.

운전석에서 내린 그가 트렁크에서 커다란 스포츠 가방을 꺼내 옥자에게 넘겨주었다.

"여기 변장 도구들이 들어 있을 거야."

옥자는 그 안에서 가발과 염색약, 두 남녀의 커플 티와 바지 등을 찾아냈다. 그리고 가방의 가장 밑바닥에는 오만 원짜리 두툼한 현금 뭉치들 몇 개가 빼곡히 들어 있었다.

"요즘 신혼부부들은 같은 모양의 커플 티를 입는 모양이지? 일단 급한 대로 갈아입자고."

"그래요."

미국에서 살던 옥자로선 사뭇 이해하기 힘들었지만 같은 모양의 옷을 태산과 나눠 입는다 생각하니 오히려 설레었다.

"신혼여행 콘셉트로 마련했다더니 그런 모양이네. 일단 급한 대로 갈아입어."

옥자는 커플 티셔츠 중 하나를 뒤집어썼다. 밝은 머리색이 신경 쓰일까 검은 가발과 도수 없는 안경을 쓰는 것도 잊지 않았다.

그새 차의 번호판을 교체하고 돌아온 태산이 그녀와 같은 티셔츠를 걸쳤다. 듬직하고 험상궂은 인상의 그가 귀여운 티셔츠 때문인지 제법 유한 얼굴로 보였다. 그는 제가 입은 유치한 프린트 티셔츠가 마음에 들지 않는지 인상을 썼다.

"뭐 임시방편이긴 하겠지만 일단 은신처로 가기 전까지는 이렇게 해야겠네."

"갈 곳은 있어요?"

"아직은 비밀. 하고 싶은 말은 많겠지만 김옥자 씨. 나도 피곤하고 쇼핑도 해야 한다고. 속옷 같은 것도 없잖아."

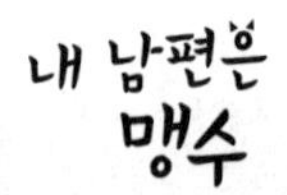

"저기요, 이태산 씨."

"하고 싶은 말은 나중에 하자고. 지금은 좀 피곤해."

옥자는 태산의 눈에 선 핏발을 살피며 말을 아꼈다.

"그럼 잠깐 차에서라도 눈 붙이는 건 어때요? 내가 운전해도 되는데. 필요한 거 사고 쉬어도 되니까요."

태산은 좋은 생각이라 여겼는지 좌석에 몸을 기대었다가 인상을 썼다. 팔과 다리가 길다 보니 좌석이 꽤나 불편해 보였다.

"별로 안 편하군. 차라리 바깥에 눕는 게 낫겠어. 구겨지는 건 딱 질색이야."

"그럼 일단 이동한 뒤에 필요한 걸 사든가."

"물이 없어."

옥자는 보조석에 있던 짐을 뒤로 옮긴 뒤 차체에 휴대용으로 붙어 있는 내비게이션을 켜보았다. 꺼져 있던 내비게이션이 가동을 하며 위치를 잡아내었다. 그들이 있는 지명을 살피던 옥자가 인상을 썼다.

"여기 경상남도라는데요?"

"음? 강원도 아냐?"

태산은 머리를 긁적이며 겸연쩍어했다. 옥자는 대한민국 지도에서 강원도와 경상남도가 얼마나 먼지 대충 떠올려보았다. 아무리 생각해봐도 정반대였다.

"태산씨 운전 실력은 인정하지만 방향치인가 보네요. 내비게이션 조작도 못 하는데 어딜 가요? 이젠 내가 운전할게요."

옥자는 한숨을 쉬며 태산을 운전석에서 끌어내었다. 그리곤 내비게이션을 검색해 근처의 시골 읍내로 차를 몰았다. 읍내의 작은 마트와 가게에서 그들이 당분간 입을 속옷과 물을 구입한 뒤 다시 그곳을 떠났다.

국도에서 나와 접어든 비포장도로의 상태는 그리 좋지 않았다. 태산은 보조석에 몸을 구겨 넣은 채 불편하게 졸고 있었다. 옥자는 피곤해 보이는 그를 살피다 황량한 시골길과 논밭 사이에 우뚝 선 핑크색 성 하나를 발견했다.

낮임에도 그 성의 꼭대기에 걸린 간판이 번쩍거리며 빛을 발하고 있었다.

러브 무인 모텔이었다.

옥자는 핫핑크 색으로 뒤덮인 성 모양의 건물 앞에 차를 대고 태산을 깨웠다. 게슴츠레 눈을 뜬 그가 강렬한 색의 성과 모텔이란 단어를 보며 입을 벌렸다.

"잠은 잘 수 있겠지만, 분위기가 별론데?"

태산은 옥자의 눈치를 살폈다.

"난 괜찮아요."

겉모양이 제법 유치하게 요란했지만 옥자는 아무래도 좋았다. 태산과 쉴 수 있는 곳이라면 어디든 상관없었다. 무인 모텔에는 사람이 없이 기계로 이뤄졌다. 현금을 넣자 나온 번호 키를 들고 그들은 3층 객실로 향했다.

객실의 인테리어는 싸구려였지만 천박하게 화려했다. 옥자가 먼저 들어와 방 안을 살피는 동안 뒤를 따라온 태산이 가방을 객실 입구 쪽에 내려놓았다.

"태산 씨, 얼른 쉬어요. 피곤하잖아요."

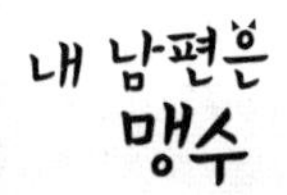

옥자가 객실을 체크하는 동안 태산은 코를 킁킁거리며 얼굴을 슬쩍 찌푸렸다. 객실 안에 남아 있는 끈적끈적한 공기가 그의 마음에는 영 내키지 않았다.

태산은 극도로 피곤했고 잠자리를 가리지 않았다. 실제 써니 정의 아파트를 나온 뒤부터 줄곧 깨어 있는 그였다. 허나 이 모텔 방에서 풍기는 음란한 짝짓기의 잔향에 코가 멀 지경이었다. 청소나 환기조차 제대로 하지 않은 것 같았다.

태산은 커다란 침대에 시선을 고정한 채 그 침대 위에 털썩 누웠다.

옥자가 태산이 하는 양을 빤히 쳐다보고 있었다. 잠이 오지 않는지 그녀의 눈이 동그랬다.

"먼저 씻어. 난 잠부터 잘게."

태산의 말에 옥자가 머뭇거렸다.

"정말 잘 거예요?"

"정말 잘 거야."

"알았어요."

태산은 눈을 감고 반응하지 않았다.

옥자는 그가 잠이 들고 고운 숨소리를 낼 때까지 한참을 지켜보았다. 그러다 그가 정말로 잠이 들었다는 것을 확인하자 한숨을 내쉬며 샤워를 하러 갔다.

태산은 잠깐 잠이 들었다. 잠결에 그는 희미한 물소리를 들었다.

그 물소리가 한참이나 이어지다 끊겼다. 드라이기 소리가 욕실에서 희미하게 난 것 같기도 했다. 부스럭대는 소음을 내며 돌아온 상대의 혼잣말이 그의 귀에 들린 것 같았다.

"자나 보네."

태산은 무거운 눈꺼풀을 들어 올리려 했다가 참았다.

옥자는 태산을 바라보았다. 침대를 차지하고 대자로 누운 태산의 외모는 확실히 강백호보단 곱지 않았다. 강백호가 곱상한 미인과라면 태산은 사내답고 용맹해 보였다. 잘못 보면 험악했다. 처음 이태산을 보았을 때 그 위압감에 그녀는 울고 싶었었다.

옥자는 그의 커다란 몸과 큰 손발을 바라보았다. 제가 여자치고는 손과 발이 작은 편이 아닌데도 태산과 비교하자면 한참이나 아이 같았다. 태산이 너무 큰 거다.

"잠이나 자야 하나."

태산은 한참이나 깰 것 같지 않았다. 옥자는 싱숭생숭해져 그의 옆에 나란히 누웠다. 침대 위의 붉고 야시시한 벽 때문에 정신이 산란했다. 그녀는 제 옆의 태산에게 말을 걸었다.

"안 불편해요? 정말 자요?"

"……."

"나 심심해요."

"……."

"태산 씨. 나 가운 안에 뭐 입은 것 같아요? 나 팬티만 입었는데?"

"……."

"정말 이대로 자요? 손도 안 잡고?"

끊임없이 재잘거리는 옥자의 목소리에 태산은 눈을 떴다.

"왜?"

잠이 잔뜩 묻어나는 태산의 목소리에 옥자는 엎드린 채 그의 얼굴을 빤히 바라보았다.

"태산 씨, 피곤하죠?"

"엉."

"하지만 이대로 자기 싫어요."

"응."

"태산 씨 왜 나 데리고 온 거예요? 나 순혈도 아니고 보시다시피 이런 모습이라 열성에 호랑이로 변하기까지 하는 희대의 호랑이족 돌연변이라고요."

"……."

"게다가 나 돈도 없는데."

"뭐?"

옥자는 그의 반응에 신이 나 이야기를 시작했다.

"반인반수들, 특히 맹수족들은 돈이 많다잖아요. 난 내가 반인반수라는 걸 오십 년 전에야 알았어요. 돈을 많이 모아야 하는데 누가 적이고 아군인지도 몰라서 숨고 도망치느라 돈을 모을 기회가 적었고요. 나를 길러준 양아버지가 물려준 유산이 있었지만 주기적으로 신분을 갱신하고 살 집을 마련하다 보니 이젠 얼마 안 남았어요."

태산은 참으로 진지한 그녀의 말에 눈을 떴다. 그리고 그녀의 말이 참으로 쓸데없다 생각했다.

"옥자 씨가 돈이 있든 없든 나한테는 상관없어."

하지만 옥자는 금방이라도 울 것 같았다.

"하, 하지만 순혈도 아니니 돈이라도 많아야 할 거잖아요. 그래야 태산 씨 옆에라도 있을 수 있는데."

"상관없어."

"하, 하지만 당신 맞선녀는 어쩌고요. 써니 정이란 여자 말이에요."

써니 정이란 이름에 태산이 눈을 부릅떴다. 잠시 졸음이 다 달아나버렸다.

"그 여자 이름도 알아?"

"들었어요."

옥자는 그녀의 정보를 검색해서 알아냈다는 이야기까진 하지 않았다. 하지만 태산의 맞선녀라 궁금했던 건 사실이었다. 최소한 저보다 못한 곳이 있길 바라며 찾아본 써니 정의 정보에 옥자는 자괴감만 들었다.

최고의 모델. 돈과 미모, 명예를 모두 가진 호랑이족의 순혈 암컷이자 호랑이족의 여신으로 칭해지는 여자. 한 번의 결혼 이력이 있긴 했지만 그 사소한 단점은 모든 조건을 상쇄하고도 남았다. 어느 것 하나 모자랄 것 없는 여신을 뿌리치고 태산이 옥자를 찾아와 그녀를 데리고 탈출했다는 게 믿기지 않았다.

옥자는 지금도 태산이 써니 정에게 갈까 봐 두려웠다.

갈 거면 차라리 그녀를 데리고 나오지 말았어야 했다. 미련이 남지 않게 그대로 강백호의 곁에 두었어야 했다.

"태산 씨. 그 여잔."

태산의 눈동자에 힘이 실렸다.

"옥자. 그 여자 얘긴 하지 마. 우리 둘의 이야기가 더 중요해. 그 여자는 나 말고도 가진 것이 너무 많으니 나 말고도 다른 신랑감은 손쉽게 구할 수 있을 거야."

"하지만."

"그 여자에게 모자란 건 남편과 아이뿐이지. 그게 내가 아닌 누구든 상관없어."

써니 정은 가진 것이 너무 많았다. 그러니 태산 하나만큼은 옥자가 가져도 되지 않을까? 옥자는 태산의 말을 믿고 싶었다.

"그만 종알거리고 자."

태산은 그녀의 손을 잡아주었다.

"어제부터 길 몰라서 계속 헤맸어. 이만 자자. 나, 당신이 기절시킨 약에 취해 있다가 깨어난 지 스물네 시간도 안 지났어."

"어, 어떻게 해요? 약이 너무 독했나?"

재잘거리는 그녀의 목소리가 자장가처럼 들려왔다. 태산은 입이 찢어져라 하품을 했다. 이젠 정말 쉬어야 했다.

"그러니까 지금은 안 덮쳐. 그냥 자."

옥자는 머뭇거리다 되물었다.

"그럼 팔베개 해줄 수 있어요?"

태산은 말없이 제 오른팔을 내어 펼쳤다. 머뭇거리던 옥자가 제 머리를 살짝 기대어 왔다. 그녀의 가는 몸이 도르르, 그의 품에 안겼다. 그 체온이 무척이나 따스했다.

옥자도, 태산도 이젠 잘 수 있을 것 같았다.

한낮, 정오에 가까워진 한 줄기 햇살이 객실 안을 비집고 들어왔다. 침대 위의 두 남녀는 고운 숨소리를 내며 잠들었다.

「에밀리, 강해지렴.」

하나의 목소리가 반복해서 들려왔다.

「너는, 내가 없으면 혼자란다. 그러니 강해져야 한단다.」

녹이 슬어 있긴 하지만 분명, 양아버지의 목소리다.

그의 늙은 얼굴이 아른거리다 사라졌다. 너무 많은 시간들을 함께해 추억도 많이 남을 줄 알았는데, 그가 죽은 지 오십 년.

그녀는 너무 많은 기억들을 망각했다.

이젠 가물가물한 그의 얼굴이 아른거리다 사라졌다.

옥자는 그를 향해 손을 뻗었다.

"옥자? 옥자."

누군가 그녀를 흔들어 깨웠다. 태산의 굵은 손가락이 그녀의 눈 밑에서 눈물을 훔쳐냈다.

"울지 마."

제가 울었던가? 옥자가 눈을 뜨자 태산의 흐려진 형상이 보였다.

"왜 울어?"

"그냥."

그녀는 태산의 가슴팍에 머리를 묻었다. 그가 듬직한 손으로 그녀의 등을 토닥였다.

옥자는 태산이 좋았다. 그의 든든한 가슴팍도, 힘찬 심장 소리도, 손끝에 와 닿는 그의 뜨거운 체온과 향기 그 전부가 좋았다.

"태산 씨."

아직은 해가 남아 있는 오후, 세상으로부터 차단된 방. 누구도 신경 쓸 필요 없는 공간. 이곳에서 그들을 방해할 이들은 아무도 없다.

그래서 옥자는 용기를 냈다.

"태산 씨, 나 안아줄 수 있어요?"

"안고 있잖아."

옥자는 빠끔, 고개를 들어 반듯하게 누워 있는 태산을 흘겨보았다.

"각인해줘요."

"싫어."

눈을 감은 그의 얼굴은 뻔뻔했다. 옥자는 그를 원망하며 그의 하반신을 노려보았다. 잔뜩 기립한 그의 남성이 제 존재감을 뚜렷하게 드러내고 있었다.

"왜? 왜 안 해줘요?"

옥자는 그의 대답을 듣지도 않고 태산의 몸 위로 타고 올랐다. 예전 같으면 부끄러워 시도조차 하지 못하겠지만 지금은 달랐다. 태산이 험악하게 눈을 부릅떠도 그녀를 해치지 않는다는 걸 알아서일까. 그의 기립한 페니스만이 그녀의 다리 사이를 맹렬히 찔러 왔다.

그의 체향이 점점 짙어지자 옥자 역시 반응했다. 그녀의 팬티가 촉촉하게 젖어들었다. 가슴이 뭉치게 아려 왔다. 태산은 언제든 그녀를 가지기만 하면 되었다. 하지만 그는 고집스러웠다.

"난 이런 곳에서 당신, 안기 싫어."

"그럼?"

"이런 곳은 내 취향이 아니야."

태산의 목소리에 괴로움이 잔뜩 실렸다. 옥자는 그곳을 돌아보았다.

타인들이 정사를 위해 머물렀을 장소. 후각 능력이 괴물 같은 태산에겐 타인들의 체액과 페로몬이 잔뜩 묻어 나오는 이곳이 괴로울 터였다.

태산은 정작 제 몸 위에 있는 옥자 때문에 미쳐가고 있었다.

옥자의 몽롱한 눈빛과 헝클어진 머리카락이 그의 야한 상상을 불러일으켰다. 그녀가 위태롭게 걸치고 있는 가운이 어깨에서 흘러내려 하얗고 봉긋한 젖무덤을 고스란히 드러내었다. 그 가슴이 제 가슴을 슬쩍슬쩍 누르고 있었다!

너무나 순진한 그녀는 유혹도 제대로 할 줄 모르는 주제에, 애교를 부렸다.

"태산 씨, 나 각인해줘요."

그녀의 여린 목소리에 태산은 정신이 반쯤 날아간 채였다.

미치겠군.

첫날의 각인보다 이건 더했다. 가운만 입은 옥자가 그의 몸 위에서 육탄전이라니! 심지어 그녀는 날뛰는 그의 심장 위에서 손가락으로 하트를 그려댔다.

이걸 왜 덮치지 않아야 하는 거지? 왜?

그의 정신은 점점 혼미해졌다. 하지만 타인들이 질편한 정사를 벌인 이곳에서 옥자와의 첫 섹스를 하는 건 제가 용납할 수 없었다!

"안 돼. 여기는……."

"왜 안 돼요? 왜?"

"옥자, 내려가!"

옥자는 그의 거부에 오기가 났다. 그의 몸이 저를 원한다 말하는데 대체 왜!

"써니 정에 대한 의리를 지키려는 거예요?"

"그 여자……, 이름은……, 왜 나와?"

태산의 목소리가 가뭄에 시달리는 논바닥처럼 갈라졌다. 눈빛은 이미 맛이 간 지 오래였다. 옥자는 제 앞의 위험을 제대로 인지하지 못했다.

"그 여자, 태산 씨 맞선녀잖아요. 돈도 많고 호랑이족 여신이라고 불리는 여자요."

"내 앞에는……, 너뿐인데?"

태산이 이글거리는 눈이 옥자를 응시했다. 옥자를 만지지 않겠다, 생각한 맹세는 날아간 지 오래였다. 그의 손이 옥자의 발그레한 볼을 쓸었다. 예쁜 반달을 그리는 눈과 오물거리는 분홍빛 입술에 그는 시선을 빼앗겼다.

이것은 제 것이다. 그 누구에게도 주고 싶지 않다.

지독한 독점욕이 그의 머리를 지배했다. 태산이 그녀와 입술을 겹쳤다.

"읍!"

그는 한 마리의 짐승이 되었다.

과격한 키스였다. 입술이 맞닿은 것과 동시에 그의 혀가 그녀의 입안으로 침투했다. 휘젓고 빨아 당겨지는 키스. 그의 욕망은 너무 과격했다. 마치 흡입 당하듯 멋대로 휘저어지고 있다. 옥자는 그와 보조를 맞출 수 없었다. 그저 휩쓸리고 있었다.

그저 입술이 맞닿고 키스를 하는 것뿐인데 몸 전체에 불이 옮겨 붙었다. 그의 욕망은 거대했다. 옥자마저도 혼미해졌다.

단지 키스일 뿐인데, 아니, 키스 한 번에 함락당하기 일보직전이었다.

태산의 손이 그녀의 가운을 들치며 침범해 맨살의 엉덩이를 움켜쥐었다. 놀라 다리를 버둥거리자 어느새 다리가 더 벌어졌다. 오므리지 못한 엉덩이 골 사이로 그의 손이 습격해왔다. 거침없이 진전하는 태산의 커다란 손을 방해할 것은 아무것도 없었다.

그녀를 보호할 것 또한 없었다. 이미 헐거워진 가운 아래, 그녀가 걸친 것은 헐렁한 팬티뿐이었다. 그 작은 천 조각은 그녀의 엉덩이를 겨우 가렸다.

태산의 손이 그녀의 팬티라인을 따라 흘러내렸다. 작은 천과 그녀의 살의 경계선을 훑던 그의 손이 달콤한 체액과 향을 내뿜는 둔덕 위를 더듬었다. 팬티를 젖힌 그의 손가락이 그녀의 젖은 여성 사이를 문질렀다.

그 가벼운 터치에 그녀의 허리가 휘었다. 옥자의 손이 태산의 목을 껴안고 매달렸다.

"흐읏!"

"젖어 있어."

촉촉하게 젖어 왈칵, 흘러내리는 샘. 그녀의 중심부를 가볍게 건드린 것뿐인데 벌써 그녀는 흥건히 젖어 있었다.

지독하게 예민해진 옥자의 몸은 가볍게 건드리는 것만으로도 뜨겁게 달아올랐다.

"하아, 하아."

그녀와 몸을 맞대고 있는 태산은 미칠 것 같았다. 단지 키스를 하고 그녀의 비부를 가볍게 희롱한 것뿐인데. 그녀의 몸은 이미 절정을 경험하고 있었으니까.

"아직 넣지도 않았어."

억울한 듯 그가 혼잣말을 했다.

옥자는 힘없이 그의 가슴 위에 널브러져 손도 까딱하지 못했다. 머리가 어질어질했다. 한껏 달아오른 몸을 제대로 가누는 방법이나 식히는 방법 따위 몰랐다. 아니, 응어리져 풀어내지 못한 욕망이 그녀의 안에서 뱅글뱅글 돌았다.

더 원했다. 더, 더! 더 많은 것을 원했다.

태산은 그것을 줄 수 있을 터였다.

하지만, 힘이 모일 때까지 그녀는 기다려야 했다.

"하아, 하아."

그녀의 뜨거운 숨소리가 태산의 가슴을 간질였다. 그는 제 몸 위에 기댄 그녀를 맨살로 느끼고 싶었다. 제게 걸쳐진 옷가지들을 찢어내어 그녀를 가져야 한다는 생각이 솟구쳤다.

남성이 팽창할 대로 팽창해 지독하게 고통스러웠다. 몸을 움직일 때마다 제 페니스에 가해지는 압박감에 그는 인상만 써댔다.

"젠장, 아직이란 말이야."

태산은 제 위에 무방비 상태로 엎드린 옥자를 응시했다. 가운이 흘러내려 그녀의 상반신을 훤히 드러냈다. 풍만한 가슴이 수줍은 꽃망울마냥 아래로 둔덕을 이루고 있다. 그 정점에 먹음직스런 분홍색 정점이 자리했다. 태산의 입안에 군침이 돌았다.

태산은 반라의 옥자를 안은 채 몸을 굴렸다.

"하아."

탄식의 신음이 붉은 방 안을 울렸다.

순결하지만, 지독하게 요염한 암호랑이 옥자. 그녀가 단 숨소리를 내었다.

"하아, 태산 씨. 하아."

옥자가 그의 이름을 부른다. 이름이 불리자 태산은 그녀에게 지배당하는 느낌이었다.

태산의 키스로 부어오른 입술과 달아오른 상아색의 몸. 보드라운 피부와 완벽하게 풍만한 육체. 저로 인해 잔뜩 흐트러져 전라를 거의 다 노출한 옥자의 몸. 그녀의 모든 것이 미치도록 야했다.

그녀의 풍만한 젖가슴과 촉촉하게 젖어 있는 그녀의 다리 사이. 무엇부터 손을 대고 먹어야 할지 태산은 혼란스러워했다.

하지만 고민의 시간은 오래가지 않았다. 그는 제 시야에 들어온 핑크색으로 영근 가슴을 허겁지겁 베어 물었다.

"태, 태산 씨!"

옥자가 그의 이름을 불러댔지만 허기가 진 태산의 귀에는 들리지 않았다.

욕망이 무르익어 터지기 직전. 그녀의 가슴은 미치도록 달았다. 허기가 진 그가 그녀의 가슴을 깨물고 짓누르며 제 손안에서 마구 굴려댔다.

"태, 태산 씨! 아아! 하아앗!"

옥자의 허리가 멋대로 휘어 튕겼다. 그녀의 신음 소리가 그들이 머무는 무인 모텔의 방을 한껏 메아리쳐 울렸다.

그 메아리에 태산의 몸이 굳었다. 그가 제 몸 아래에서 몸부림치는 옥자를 보았다. 찬물을 뒤집어쓴 느낌이었다.

어째서? 옥자의 예쁜 가슴엔 제 잇자국과 제 체액이 선명하게 묻어 있었다.

이성을 잃고 그녀를 유린할 뻔했다.

천천히 그가 옥자에게서 떨어져 나왔다.

"태산 씨?"

태산은 침대에서 멀어졌다. 옥자는 영문도 모르고 제 가슴을 팔로 가린 채 태산을 응시했다. 그녀의 팔에 짓눌린 그녀의 가슴이 더 봉긋하게 눌렸고 드러난 다리 사이에도 깊은 그늘이 머물러 있었다. 옥자는 무방비 상태였다.

다가가면, 태산은 다시 욕망에 먹힐 터였다.

"왜 그래요?"

"가까이 오지 마. 옥자."

태산은 초인적 인내심을 발휘하며 으르렁거렸다. 머릿속에서는 3차 대전이라도 일어난 듯 시끄러웠다. 다른 한쪽에선 멈추라고 외치고 있다.

"태산 씨, 왜 그래요?"

"여기선 안 돼. 나, 옥자 소중하게 다루고 싶어."

"하지만 태산 씨라면 난폭해도 좋아요. 나 각인해줘요."

그 말에 그는 코피를 쏟을 뻔했다. 동시에 강말봉을 떠올렸다.

삼백 년 전 태산의 맞수. 그때의 승자는 태산이었다. 백호는 그 뒤 현재, 인간세상에서 완벽하게 적응해 자신의 세계에서 제왕으로 군림했다. 태산은 가진 게 없지만 강백호는 옥자가 원하는 모든 금전적인 것들을 지원할 수 있을 터였다. 강백호의 호언장담처럼 정말 놈은 호랑이족의 수장이 될 수도 있을 터였다.

헌데 자신은 그 강백호가 자신을 쫓아올까 도망치는 데다, 타인의 페로몬들이 넘실대는 이곳에서 그녀를 범하듯 안으려 하고 있다. 저는 한 마리 짐승이다.

옥자는 처음이다. 이건 그들의 첫 교합이다. 적어도 그녀를 소중하게 다뤄주고 싶었다.

하지만, 현실은.

태산의 말이 퉁명스럽게 흘러나왔다.

"일어나 김옥자. 내가 씻을 동안 나갈 준비해."

"하, 하지만."

그녀는 어리둥절한 표정이었다.

"밤을 새워서라도 이동할 거야."

"어디로요?"

"묻지 마."

옥자는 가운을 여민 채 침대 위에 웅크렸다. 그 모습이 너무 작아 보여 안쓰러웠지만 태산은 제 결심을 바꾸지 않았다. 그녀는 더 소중하게 다뤄질 필요가 있었다.

태산이 욕실로 들어간 뒤 옥자는 제 다리 사이의 체액을 훔쳐냈다. 태산에게 물어뜯긴 가슴이 저릿저릿했다.

그녀는 오늘이 가기 전, 다시 태산에게 안기리라고 확신했다.

태산은 꽤 오랫동안 몸을 식히기 위해 찬물 샤워를 해야만 했다. 그사이 옥자는 이것저것 짐을 다 꾸린 참이었다.

"나가자."

태산은 지독할 정도로 과묵해졌다. 옥자는 변장용 가발과 안경을 뒤집어쓰고 묵묵히 그의 뒤를 따랐다. 태산은 그녀가 조수석에 오르려 하자 가방을 안겨주며 뒷좌석을 가리켰다.

무인텔을 출발하기 전, 태산은 어딘가로 전화를 걸고 돌아왔다. 통화 시간은 짤막했고 그 상대가 누구인지는 알 수 없었다. 얼마 전

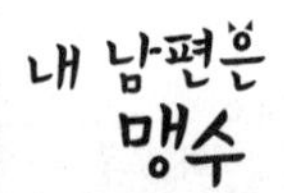

만 해도 전화를 거는 것에 서툴렀는데 지금은 제법 능숙해진 모양이었다.

옥자는 조심스럽게 용기를 내어, 온몸이 잔뜩 경직된 그에게 말을 걸었다.

"화 풀어요. 태산 씨."

"화나지 않았어."

정작 대답하는 태산의 표정은 무시무시했다.

목적도 없이 마구 운전해 가다 그가 멈춘 것은 전화를 받기 위해서였다. 역시 발신자를 알 수 없는 짤막한 전화. 그 전화를 끊은 직후 그는 옥자에게 내비게이션의 주소 입력을 부탁했다.

목적지는 경주의 한 호텔이었다.

태산은 운전에만 무시무시한 집중력을 발휘했다. 차는 중간 휴게소에 들르는 일조차 없이 두 시간을 쉼 없이 달려 목적지에 도착했다.

옥자는 뒷좌석에 앉아 룸미러로 보이는 태산의 무시무시한 얼굴을 보며 움찔거린 것이 전부였다.

밀폐된 차 안은 태산이 내뿜는 지독한 남성 페로몬에 지배당하고 있다. 그녀는 쉽게 입을 열 수도, 숨소리를 낼 수도 없었다.

다만, 옥자는 이것만은 알았다.

그녀의 온몸이 저릿저릿했다. 차 안, 그의 향기를 인지할수록 그녀의 몸은 달아올랐다.

그에게 안기고 싶어 하는 것은 본능.

옥자도 그가 자신을 미치도록 원한다는 것을 알았다.

이변이 없는 한, 옥자는 그에게 안겨 순결을 잃을 터였다.

옥자는 문득, 제 꿈속에 나타난 양아버지를 떠올렸다. 그는 웃고 있었다.

태산 씨라면 괜찮다고 말하고 싶은 거였어? 그러면 태산 씨와 잘 살아볼게. 그러니까 이젠 내 걱정 하지 마.

차창 밖의 풍경이 빠르게 그들을 스쳐 지나갔다. 벌써 그들은 경주 시내에 다다랐다.

태산은 빠르게 목적지를 향해 차를 몰았다.

어느새 거리엔 짙은 어둠이 내리깔려 있었다.

9. 첫날밤, 첫경험

경주 시내를 가로지른 차는 경주 보문단지 방향으로 머리를 틀었다.

내비게이션이 목적지에 도착해 꺼질 즈음, 그들의 눈앞엔 제법 웅장한 한옥이 자리해 있었다. 태산은 시동을 끄고 콘솔박스에서 가짜 신분증을 꺼냈다.

"내려."

"여긴 어디예요?"

옥자가 목을 빼고 주변을 둘러보았지만 고요한 대지 위에 제법 큰 규모의 한옥밖에 보이지 않았다.

"한옥 호텔이야. 예약해뒀어."

태산은 무뚝뚝하게 대꾸했다. 그가 뒷문을 벌컥 열고 옥자가 안고 있던 스포츠 가방을 빼앗아 들었다. 가방 안의 현금 뭉치를 떠올리며 옥자도 그의 뒤를 따랐다. 그녀와 함께 있던 태산이 언제 이곳을 예약했는지도 궁금해졌다. 그들은 쫓기는 입장이 아니던가.

벌써 해가 저물었다. 정원을 밝히는 가로등과 불빛들이 점등되었다.

"따라와."

태산이 그녀의 손목을 낚아채고 호텔 안으로 들어갔다. 태산의 너른 보폭을 좇기 버거워 옥자의 숨이 목까지 차올랐다.

"저기, 태산 씨."

"말하지 마."

태산은 과묵했다. 누가 보면 그가 잔뜩 화가 났다고 생각하겠지.

옥자는 그의 페로몬에 질식해 죽을 것 같았다. 차 안에서 그의 욕망을 고스란히 느꼈다. 이곳까지 오는 내내 그녀는 그가 자신을 덮칠 순간만을 상상했다. 그의 페로몬에 동조하고 동요했다.

태산이 호텔 데스크에서 예약자명을 대고 확인하는 동안 그는 그녀의 손목을 놓지 않았다. 마주 잡힌 손이 뜨거워 땀이 흘렀다. 옥자는 지독한 긴장감에 주변을 인식하지도 못했다.

전통 의상을 입은 호텔리어가 인사하며 옥자의 배낭을 들어주었다.

"이쪽입니다. 따라오십시오."

넓은 부지 위에 한옥 객실들은 독채로 지어져 있었다. 긴 회랑을 따라 가는 내내 옥자는 긴장감에 입술이 바짝 말라갔다. 그녀만큼이나 태산도 어깨가 잔뜩 굳어 있었다.

호텔 직원은 그들의 방 앞에 멈췄다. 키를 건넨 직원이 해맑게 웃었다.

"이곳입니다. 즐거운 시간 되십시오."

직원마저 사라지자 태산과 옥자는 침묵했다. 쭈뼛거리던 태산이 입을 열었다.

"저녁 먹고 들어갈까?"

벌써 어둠이 진 저녁 시간이었지만 옥자는 배고픔을 느끼지 못

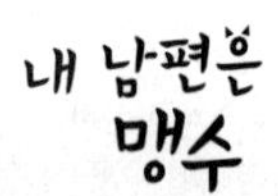

했다. 아니, 먹는다 한들 소화될 것 같지 않았다.

"넘어갈 것 같지 않아요."

"나도 마찬가지야."

태산의 목소리가 낮고 무시무시했다.

"이 방문을 넘어가면 다시 못 돌아와. 난 옥자가 멈춰달라고 해도 멈추는 일 따위 없을 거야."

두근두근. 옥자의 심장이 멋대로 두방망이질했다.

그녀는 태산의 듬직한 그림자를 수줍게 내려다보았다. 그림자를 보며 그의 뜨거운 시선을 느낄 뿐인데도 그가 제 몸 안을 은밀하게 휘젓고 애무하는 감각이 있었다. 옥자의 몸이 금방 달아올랐다.

"나, 방에 들어갈 거예요."

"무슨 뜻인지 아는 거지? 다신 못 돌아온다는 것도."

"알아요. 한 가지만 알아둬요. 난 강백호 씨에게 갈 생각 없어요."

"알았어."

태산은 뜻 모를 시선을 던졌다.

"청사초롱이라도 나중에 근사하게 걸어줄게."

옥자는 그 청사초롱이 무엇인지 물어보려 했다. 헌데 객실의 문을 연 그가 그녀를 잡아끌었다. 중심을 잃은 그녀가 태산의 가슴에 머리를 박았다. 태산은 그녀의 몸을 끌어 삽시간에 문지방을 넘었다.

계(界)를 넘는 것은 너무나 쉬웠다.

나무 냄새가 짙었다. 창호지의 문살이 언뜻 눈에 보였다. 안은 그녀가 생각한 것보다 훨씬 전통 한옥에 가까웠으나 한데로 트여 있었다.

신발을 벗고 들어가, 마주한 거실.

옥자는 제 등 뒤에서 문을 잠근 태산이 짐을 쿵, 하고 떨어뜨리는 소리에 움찔했다. 그녀는 거실 너머로 보이는 마당, 물이 차 있지 않은 노천탕을 멍하니 바라보았다.

"옥자 씨."

그의 뜨거운 숨이 그녀의 목덜미를 간질였다. 어느새 태산이 그녀의 등 뒤에 있었다.

옥자의 머리카락을 걷어낸 그가 그녀의 목덜미를 핥고 살짝 깨물었다. 그것만으로도 옥자의 몸이 파르르, 떨렸다.

각인이 시작되었다.

"태, 태산 씨."

옥자의 목소리뿐 아니라 온몸이 떨려 와 경련했다. 그녀는 돌아보는 게 무서워졌다.

분명 옷을 다 입고 있는데 제 등 뒤에 바싹 달라붙은 그에게 낱낱이 해부당하는 기분이었다.

"나 먼저 씻을까요? 아니면."

태산이 그녀의 가슴 아래로 팔을 감아 그녀의 어깨와 목덜미 사이에 머리를 파묻었다. 그의 키와 덩치가 크다 보니 조금 기이한 모양이었지만 아무래도 좋았다.

"보여줘."

혼탁한 남자의 음성이 억눌려 있다.

"옥자의 몸, 다른 놈들이 보지 못하고 덤비지도 못하게 각인해줄게."

"하지만 아직 씻지도 않았는데."

"벗어서 보여줘. 아까 내가 묻힌 냄새 그대로인 지금이 좋아."

환하게 켜진 거실의 불을 보며 옥자는 생각을 지웠다. 그녀는 천천히 티셔츠를 벗었다. 헐렁한 커플 티셔츠 아래 받쳐 입은 검은색 이너를 벗어내는데도 손이 떨렸다. 바지를 벗는 것도 쉽지 않았다.

가까스로 속옷만 걸친 채 균형을 잡아 섰다. 짝이 맞지 않는 브래지어와 팬티가 마냥 부끄러웠다.

"속옷도 전부 다 벗어."

그녀의 등 뒤에 있던 태산은 소리 없이 움직여 비단 방석이 깔린 의자에 앉아 그녀를 바라보고 있었다.

그의 앞에서 로맨틱하지 않은 스트립쇼를 보여주려니 손이 떨렸다. 태산의 눈은 진지했다.

옥자는 제 몸보다 짝이 맞지 않는 할머니 같은 속옷이 부끄러워 잽싸게 벗었다. 순식간에 알몸이 되긴 했지만 정작 그것을 보여주려니 저항감이 앞섰다. 그녀가 고개를 축 늘어뜨린 채 제 양팔로 사타구니와 가슴을 가리려 했다.

"부끄러워?"

태산이 옥자를 향해 손을 내밀었다.

"이리 와."

옥자에게 팔을 뻗어 그가 잡아당겼다.

태산이 사백 년간 기다려온 반려.

알몸이 된 그녀는 누구보다 아름다웠다. 앳된 얼굴, 그 얼굴 주변에서 하늘거리며 헝클어진 금발과 티 한 점 없는 흰 속살. 군살 하나 없는 알몸이 그의 눈에 들어왔다. 가슴과 허벅지 사이에 드리워진 그늘이 더 유혹적이었다.

양손으로 가려지지 않는 풍만한 가슴을 가려보려는 옥자의 노력이 애처롭기만 했다.

"내 옷 벗는 거 도와줘, 불편해."

태산은 그녀의 양손을 붙잡아 내렸다. 앉은 그의 시야에 풍만한 가슴이 직통으로 보였다. 살내가 향긋했다.

발그레해진 옥자가 어떻게 할까 고민하다 태산을 도왔다. 그가 팔을 들어 보조를 맞췄다. 그녀는 그의 티셔츠를 벗겨내고 바지 허리띠를 푸는 것에 동참했다.

태산의 몸에서 허물처럼 벗겨진 옷들이 바닥에 멋대로 던져졌다. 옥자의 앞에서 그도 나신이 되었다. 그녀가 시선을 어디로 돌려야 할지 난감할 정도로 잔뜩 솟아오른 남성이 위협적일 정도였다.

태산의 커다란 손이 옥자의 얼굴을 소중하게 감싸 안았다.

"돌아갈 수 없어, 이젠 돌려보내지 않아."

옥자는 태산의 강인하고 튼튼한 가슴 위에 제 손을 갖다 대었다. 험난한 생활로 호랑이족의 재생력조차 이겨내지 못할 정도로 흉터들이 남은 그의 몸. 그의 심장 박동이 그녀의 것보다 더 빨리 뛰었다.

"뜨거워요."

태산의 몽롱해진 눈이 옥자의 얼굴을 마주 보았다. 그의 손 하나가 그녀의 등줄기를 쓸어내렸다.

무인텔에서 미처 샤워를 하지 못해 그의 향기가 고스란히 남아 있는 옥자의 몸.

이것은 제 것이다. 태산의 얼굴이 그녀에게로 내려왔다.

태산은 그녀를 안은 채 맨바닥으로 쓰러졌다. 격한 호흡 소리만이 높다란 나무 천장을 울렸다. 다시 입술이 이어졌다. 몇 번이고 몇 번이고 그녀의 입술을 머금으며 태산은 그녀에게 애원했다. 자신을 받아들여달라고, 자신을 위해 몸을 열어달라고.

“하아, 하아.”

옥자의 하얀 몸이 그에게 납작하게 눌렸다. 그녀의 예쁜 가슴에는 아직도 태산이 깨문 흔적들이 남아 있었다. 태산은 허겁지겁 그녀의 가슴에 탐닉했다.

“하아, 하!”

누구의 것인지 모를 알몸이 서로 엉켜들었다. 태산은 그녀의 얼굴, 입술, 가슴, 그녀의 온몸을 맛보았다. 네 개의 팔과 다리가 다시 엉켰다. 얽힌 다리의 시작과 끝을 알 수 없다. 체온이 섭씨 100도로 달아올랐다.

침대? 이불?

그런 것 따위! 욕구가 먼저였다.

옥자는 열성적으로 제 몸을 깨물고 핥으며 각인하는 남자의 듬직한 몸을 쓸었다. 손과 발, 어깨와 탄탄한 날갯죽지. 찔러도 바늘 하나 들어갈 것 같지 않은 탄탄하고 단단한 허벅지. 남자는 말 그대로 힘이 센 순혈종의 수컷이었다.

“하아, 태산 씨.”

옥자는 제가 인형이 되어버린 것 같았다. 몸을 가눌 수 없다. 태산이 움직이는 대로 움직이며 그를 껴안는 것이 전부였다. 그의 손과 입술이 그녀의 전부를 흡입하고 애무했다.

남자는 특히 그녀의 풍만한 가슴을 좋아했다. 그 가슴이 빨리고 그의 입안에서 굴려지는 것만으로도 온몸이 뒤틀렸고 비명을 질러야 했다.

처음은 격했다. 하지만 시간이 지날수록 그 행동은 조심스러워졌다. 특히 그녀의 여성에 그는 공을 들였다.

그녀의 안으로 들어가기엔 그의 페니스는 너무 컸다.

한껏 벌어진 그녀의 다리 사이로 그의 손이 머물렀다. 옥자의 허리가 들썩거렸다. 질척거리며 잔뜩 꿀물을 흘리는 그녀의 여성을 자극하기만 할 뿐 제대로 가져주질 않았다. 옥자는 괴로움에 몸부림쳤다.

"태산 씨. 제발!"

"아직, 아직이야."

그의 팔에 잔뜩 힘줄이 돋았다. 그의 몸에서 땀이 비 오듯 쏟아졌다.

그의 손가락 하나가 힘껏 맞물려 있는 그녀의 동굴 사이를 비집고 들어왔다. 괴로웠다. 하지만 옥자는 제가 괴로운 것 따위 아무렇지도 않았다.

"나, 호랑이족이에요. 부서지지 않아요. 난폭하게 굴어도 좋아."

"제발."

태산은 제 몸 아래에서 한껏 피어난 옥자를 바라보았다. 쾌락으로 혼몽해진 그녀의 얼굴. 그 입술에 그는 반복하며 키스했다. 너무 소중해서 안타까울 정도였다. 하지만 그녀를 안고 침실까지 가는 시간과 거리가 버거웠다.

욕망은 만개하기 일보직전. 그는 욕망에 침몰했다. 그녀의 꿀물에 흠뻑 젖은 제 손가락을 꺼내며 태산은 그녀의 다리를 활짝 벌려 머리를 내렸다. 그의 앞에 그녀의 은밀한 부분이 적나라하게 보였다.

그곳은 소중한 그만의 꽃. 그를 보듬고 품어줄 소중한 여성이다.

태산은 그 꽃에 키스하며 입술을 벌렸다. 그녀의 꽃물은 지독하게 달았다. 계속 흐르는 꽃물을 마시던 그가 제 혀를 그녀의 안으로 깊숙이 찔러 넣었다.

"아악, 태산 씨."

옥자는 저도 모르게 그의 머리통을 손으로 누르며 다리를 들썩거렸다. 그녀의 은밀한 부분이 그의 입술과 혀에 농락당한다. 몸이 들떴다. 그녀의 낮은 흐느낌이 거실과 창호지로 된 나무 문살을 울려대었다.

태산은 그녀의 여성에 취했다. 보드랍고 따스한 분홍색 꽃잎과 둔덕. 살덩어리에 불과한 그곳은 태산이 희롱하면 희롱할수록 수줍게 경련했다. 그의 혀가 핵과 동굴 안쪽의 주름을 휘저으며 훑어대자 그녀의 교성이 더 높아졌다.

"태, 태산 씨이이! 그, 그만! 하, 하아아!"

내밀한 처녀지와 동굴 안쪽을 휘저으면 휘저을수록 그녀는 더 높이 소리를 질렀다.

"태산 씨! 아아아아!"

옥자의 허리가 높이 들렸다. 욕망은 폭발하기 직전이었다.

태산의 페니스는 너무 컸다. 그녀의 좁은 통로로 들어가기엔 너무 컸다.

그 순결한 습지가 너무 향긋하다. 하지만 충분히 더 넓혀야 했다.

"하아, 하아."

옥자는 제 뜨거워진 몸을 주체하지 못하고 뒤척였다.

하반신에서 열이 났다. 아니 열이 나다 못해 잔뜩 달아오른 하반신의 감각은 지독하게 예민해져 그의 사소한 움직임에도 예민하게 반응했다.

"하아, 태산 씨."

그를 조르는 것일까. 말리는 것일까. 그녀도 가늠할 수 없었다.

옥자의 뜨거운 단전을 누르던 그의 손이 가볍게 음모를 가르며 처녀지에 다다랐다. 태산은 그 뜨거운 감촉을 느끼며 미소 지었다.

"옥자 씨. 여기 느껴져? 뜨겁게 젖어 있는데."

그의 손가락이 은밀한 꽃잎의 이음새를 탐색한다. 음순을 거머쥐고 희롱하는 손길에 옥자의 허리가 더 휘었다.

"더 바라? 더?"

"제, 제발!"

"해달라고 해. 그럼 더 진하게 만져줄 테니까."

꽃잎을 벌린 그의 손가락이 어느새 불쑥 그녀의 안으로 침입해 그녀를 휘저었다.

옥자는 반사적으로 몸을 죄었다. 그녀의 내밀한 주름을 탐색하며 멋대로 드나들던 손가락이 한 점을 찔러 올렸다.

"헉. 하아아."

불꽃이 튀었다. 손가락의 움직임이 더욱 빨라졌다. 발견한 스팟을 자극하는 손길이 빨라졌다. 그녀의 신음도 더욱 격정적으로 흘렀다.

그 손가락들이 두 개로 늘어난 듯했으나 옥자는 여전히 제 몸

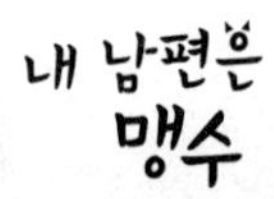

안으로 침범한 것들을 죄며 밀어내기에 바빴다. 또 한편으론 나머지 손가락들이 빠르게 클리토리스를 반복해서 건드렸다.

"미안. 더는 못 참겠어."

태산은 그녀를 더 길들여야 한다는 걸 알았지만 더 참을 수 없었다. 그녀의 몸을 느끼는 것만으로도 미칠 것 같은데 그 신음 소리라니!

"아아. 하아아아."

달아오른 몸을 마구 뒤틀어대던 옥자가 그의 손 하나를 끌어 제 가슴 위에 가져다 댔다. 그녀의 눈에 눈물이 송송 맺혀 있었다.

"와요, 태산 씨."

그것은 명령. 태산은 더는 거역할 수 없었다.

옥자는 그를 유혹하는 치명적인 요부였다.

태산은 그녀의 양 발목을 잡아 한껏 벌렸다. 한번 길을 들이면 그녀도 제 남성에 익숙해질 것이다. 그는 그렇게 생각하며 제 우람한 남성 입구를 그녀의 좁은 동굴 사이로 밀어 넣었다.

"헉!"

입구만이 맞물렸을 뿐인데 옥자는 몸이 찢어질 것만 같았다.

"하지 말까."

"와요."

몸은 고통스러웠지만 태산이 없는 건 싫었다. 태산이 입술을 깨물며 저를 내려다보며 인내하는 모습에 그녀는 눈이 시렸다. 아프고 뜨거웠다. 하지만 태산을 위해서라면 뭐든 참을 수 있었다!

"들어와요, 나 참을 수 있어. 제발."

"미안해 옥자. 일단 들어가면 괜찮아질 거야."

태산은 억지로 그녀의 몸 안에 그의 거대한 페니스를 밀어 넣었다. 도망치려는 여체를 더 강하게 끌어와 밀어붙였다.

"하아아아!"

옥자는 제 몸 안으로 밀려든 불덩이를 느끼며 괴로워했다. 생살이 찢기는 듯했다. 상상했던 것보다 그는 너무 거대했다.

태산은 반도 채 들어가지 못한 채였다. 입구에 단단히 박힌 채 진입도 후퇴도 할 수 없는 상황이었다. 하지만 그녀가 저를 죄어 오는 감각이 미치도록 좋아서 천국에 다다른 기분이었다.

들어간 제 일부가 너무 죄어 와 제 남성이 끊어질 것 같은 기분이었다.

"하아. 태산 씨. 나 괴로워요."

옥자는 그를 품은 채 몸부림쳤다. 그녀와 단단히 맞물린 태산의 몸에서도 식은땀이 비처럼 쏟아졌다.

"옥자, 괜찮아."

태산은 괴로워하는 그녀를 달랬다.

"힘 빼, 괜찮아. 괜찮아."

그녀의 경직된 허리를 붙잡아 계속 쓰다듬었다. 눈을 부릅뜬 옥자가 자신을 달래는 태산을 멍하니 올려다보았다.

"나, 나!"

"긴장 풀어."

그녀가 길게 심호흡을 하자 그의 남성을 죄던 압박감은 조금 느슨해졌다. 태산은 제 남성과 그 남성을 바짝 물고 있는 그녀의 분홍색 속살을 바라보았다. 너무 야하고 지독하게 사랑스러운 부분이었다.

태산이 그 결합 부분의 보드라운 속살을 쓰다듬고 간질였다.

"뺄 거야. 괜찮지?"

태산은 그녀를 달래며 제 남성을 빼냈다. 방금 전까지 자신의 안으로 밀려들어 온 불쏘시개가 사라지자 허전함에 옥자가 한숨을 쉴 무렵이었다. 태산은 그녀의 허리를 붙잡은 채 다시 그녀의 허리를 쳐올렸다.

"헉!"

그녀의 몸 안으로 거대한 해일이 밀려들었다. 고통을 단번에 끊어주겠다며 태산이 그녀의 안으로 제 남성을 단번에 찔러 넣었다. 옥자는 허리를 휘며 비명을 제 입안으로 삼켰다.

"하아, 하아."

"아파?"

태산은 너무나 단단하게 맞물린 그들의 결합 부분을 내려다보았다. 단번에 들어갔다. 한데 맞물렸다. 아까보다 더 좋은 감각이었다.

태산은 그녀의 엉덩이를 제게 더 가까이 밀착하게 하며 한계까지 저를 밀어 넣었다.

"태산 씨, 거, 거짓말쟁이!"

"괜찮아……질 거야……."

"아파. 아파! 뜨거워!"

그녀가 몸부림치고 있다. 제 몸도 그녀의 몸도 달아오른 뜨거운 용광로 같았다. 그녀가 다시 그를 한계까지 맞물려 죄어 오고 있다. 그녀는 이완하는 법을 몰랐다.

"너무 조여……. 옥자."

태산도 느릿느릿 말을 꺼내야 했다. 그의 머리가 욕망에 쓸려 날아가기 직전이었다.

제 몸을 가누지 못하는 옥자가 상체를 들썩였다. 열기에 들뜬 눈동자가 흐릿해져 울음을 터트리기 직전이었다. 그녀가 아기처럼 두 팔을 벌렸다. 태산이 머리를 숙이자 옥자는 그의 머리를 소중하게 감싸 안았다. 봉긋한 그녀의 가슴이 그의 얼굴을 눌러댔다.

"알아, 알아. 미안해. 천천히 해야 했어."

"태, 태산 씨. 나, 나!"

"알아. 아프지 않게 해줄게."

"응, 응."

한 줄기 이성을 부여잡은 그가 그녀의 다리를 제 허리에 감은 채 느리게 움직이기 시작했다.

"하아."

분명 허릿짓은 부드러웠던 것 같다.

"하아, 하아! 태, 태산 씨!"

태산이 제 남성을 빼내어 다시 그녀의 안으로 찔러 들어갔다. 찰싹찰싹 살과 살이 음란하게 부딪치는 소리가 거실을 울렸다.

옥자의 몸이 밀려 나갔다가 그의 손에 밀려 들어왔다. 결합한 부분이 마냥 뜨거웠다.

미쳐버릴 것 같은 극한의 쾌감이 태산을 지배했다. 욕망만이 그의 몸을 내달렸다.

태산은 머리를 하얗게 비운 채 격한 구애의 춤을 추었다. 지독한 아픔에서 시작해 아랫도리가 불덩어리로 화했던 옥자는 그 빠른 템포의 허리 춤에 그저 매달리고 신음하는 수밖에 없었다.

"아아!"

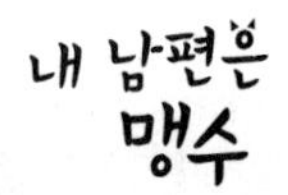

지독한 아픔은 쉽게 쾌락으로 변하지 않았다. 하지만 하반신에서 불이 나는 듯한 고통에도 조금은 익숙해진 듯하다, 라고 생각했다.

"여긴가?"

태산이 그녀의 한 점을 찔러 공략했다. 옥자의 허리가 튀었다.

"하앗!"

타닥타닥. 옥자의 눈앞에서 불꽃이 튀었다. 그는 그녀의 반응을 살피며 다시 그녀의 클리토리스를 공략했다. 타닥타닥 그녀의 시야에서 불꽃들이 단체로 터지는 듯했다.

철퍽철퍽. 살과 살이 음란하게 맞부딪친다. 태산이 다시 거친 피스톤 운동을 시작했다.

"아아아!"

고통을 동반한 쾌락이 점점 더 가까워졌다.

"하아, 하아, 태, 태산 씨!"

옥자는 손톱을 세워 그의 어깨에 박아 넣었다. 어딘가에 매달리지 않으면 쓸려가버릴 것 같았다. 끝날 것 같지 않은 정사에 그녀는 괴로워하며 그의 등판을 할퀴었다. 제 손끝에서 태산의 피 냄새가 흐릿하게 풍겼다.

욕망의 전차가 그들을 태우며 달리고 있다. 제 안에서 분출하는 남자의 욕망을 느끼며 옥자는 축 늘어지고 말았다.

온몸의 땀이 식어 차가워졌다. 씻어야 한다고 생각했지만 옥자는 태산의 옆에 널브러진 채였다.

두 사람은 실오라기 하나 걸치지 않은 알몸이었다.

그들이 격한 정사를 벌이는 동안 흐트러진 거실이 눈에 들어와 옥자는 키득거렸다.

"하하하."

이제 자신은 처녀가 아니다. 태산에게 각인되었다.

충만감만이 가득해 옥자는 제 다리 사이에서 흐르는 그의 흔적을 닦을 생각조차 하지 않았다. 그의 흔적들을 제 안에 담아, 태산을 닮은 아이를 낳고 싶었다.

아아, 자신은 돌연변이이니 후사는 잠시 생각하지 말자. 옥자는 그것을 지워냈다.

"너무 격해서 싫은가?"

태산의 물음에 옥자는 그의 나신을 곁눈질 했다. 그의 몸은 강인했지만 방금 전까지 자신이 할퀸 그의 등판은 걸레짝이 되어 아직도 피를 흘리고 있었다.

"미안해요."

"뭐가?"

"등에 상처."

"금방 아물어. 순혈이니까. 아무렇지도 않아."

태산은 엎드린 채 늘어져 있었다. 표정은 만족스러운 데다 본인은 휘파람까지 불어댔다. 곡조를 알 수는 없지만 어쩐지 신난 음색. 심지어 태산은 제 엉덩이에서 뽑아낸 긴 줄무늬 꼬리로 바닥을 찰싹찰싹 때리다 제 옆에 누운 그녀의 몸을 슬쩍슬쩍 건드렸다.

음란한 꼬리가 그녀의 젖가슴 쪽으로 이동하려 하자 옥자는 불쑥, 그의 꼬리를 잡았다.

"힘이 넘치나 봐요. 난 죽을 것 같은데."

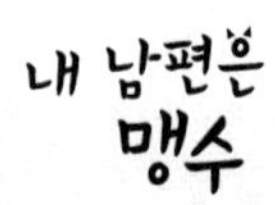

"옥자는 너무 힘이 없어."

태산이 꼬리를 걷어내고 몸을 굴리더니 그녀를 제 몸 위로 끌어당겼다. 옥자는 힘없이 그의 몸을 침대 삼아 늘어졌다.

태산의 손이 그녀의 엉덩이와 풍만한 가슴을 번갈아 애무하며 빠르게 오르내렸다. 반면 이태산이란 침대는 딱딱하고 바윗덩이 같은 근육이 잔뜩 달린 음란한 침대였다.

가슴에 집착하던 그의 양손이 그녀의 보드라운 엉덩이 살집을 움켜쥐자 옥자는 신음했다.

"또 할 거예요?"

"하고 싶은데."

옥자는 한숨을 쉬며 그의 몸 위에서 늘어졌다. 태산은 툴툴거렸다.

"안 되겠네."

옥자는 그에게 멋대로 하라고 말하고 싶었지만 기운이 없었다.

한 번의 교합이 이토록 에너지를 앗아갈 줄은 몰랐다. 격한 섹스의 여파로 그녀의 아랫도리가 얼얼했다. 무엇보다, 몸이 끈적끈적해서 신경 쓰였다.

"태산 씨. 나 씻고 싶어요. 욕실은 어디 있어요?"

"이쪽인가?"

태산이 머리를 들어 한옥을 두리번거리며 살펴보더니 냉큼 그녀를 안아들었다.

"같이 씻자."

태산은 즐거웠다. 제게 매달리는 옥자의 행동은 아이 같았지만 육체는 농염한 여인의 것 그 자체. 그 상반된 매력이 좋았다. 씻기는 동안 그녀의 몸을 또 멋대로 만지고 애무할 수 있다는 건 더욱 좋은 장점이었다.

"씻어내야지. 구석구석."

태산은 그녀와 다시 교합하고 싶었지만 기절 직전인 옥자를 보며 샤워로 참기로 했다. 뜨거운 물줄기 아래 몸을 맡긴 채 거품을 낸 그가 그녀의 온몸 구석구석 거품을 묻혀 씻겼다. 특히 그의 손이 집중적으로 머문 곳은 그녀의 여성이었다.

"태산 씨, 그, 그만!"

그녀의 안을 휘저으며 자신이 남긴 체액을 흘려보내는 작업은 꽤나 좋았다. 욕실은 울림이 있어서 더욱 좋았다. 그에게 매달리며 자신의 이름을 애타게 부르는 옥자가 너무 사랑스러워 손을 대지 않을 수 없었다.

머리에서 떠오르는 야한 상상 전부를 실현하려면 아주 오랜 시간이 걸릴 터였다. 그러니 지금은 여기까지만.

제 욕구는 끓어 넘쳤으므로 태산은 그녀에게 제 남성을 곱게 쥐여주었다. 옥자가 어리둥절한 채 자신의 손안에서 부풀어 오르는 그의 거대한 남성과 마주하고 눈이 휘둥그레졌다.

"태, 태산 씨!"

"문질러줘. 당신의 애정이 필요해."

옥자는 태산의 남성을 버리지도 놓지도 못한 채 울상이었다. 그가 시키는 대로 그의 남성을 문질러주며 그의 욕구 해소를 도왔다. 태산이 그녀의 손안에서 파정했다. 덕분에 그 흔적들을 다시 뒤집어쓴 그들은 다시 헹궈내야 했고 아까의 일들이 되풀이되었다.

옥자는 기진해서 태산의 손에 들려 나왔고 그가 머리를 말려주

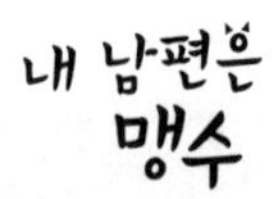

는 내내 반쯤 기절한 채였다.

"흐음. 너무 했나."

태산은 가운을 입힌 그녀를 침대 방으로 데려갔다. 비단 요와 비단 이불이 깔린 위에 옥자는 축 늘어졌다. 태산도 하품을 했다. 배가 고픈 것 같았지만 그녀와 함께 단잠을 자다 다시 깨어난 뒤에 생각해도 늦지 않으리라.

그는 옥자와 함께 잠을 청했다.

두 사람이 깨어난 것은 그로부터 몇 시간 뒤.

타이밍을 일부러 잰 것도 아니었지만 거의 엇비슷한 시간에 눈을 떴다.

태산의 뱃속에서 우렁찬 뱃고동 소리가 울렸다. 옥자의 뱃속에서도 꼬르륵 소리가 소심하게 들려왔다.

"배고파?"

"당신도 배고프잖아요."

하지만 나른해서일까. 태산은 희미한 어둠 속에서 눈을 빛내며 일어나지 않았다. 옥자에게 팔베개를 해주고 누워 있는 지금이 너무 만족스러워 움직이는 게 귀찮아졌다. 하지만 먹을 것을 먹긴 해야 하니 슬슬 움직이긴 해야 했다.

"옥자, 뭐 먹고 싶은 거 있어?"

"아무거나."

"아무거나 뭐?"

태산은 멍하니 지금의 시간을 가늠해보았다. 식사 때만 연다던 한옥 호텔의 한식당은 문을 닫았을 터였다. 지금은 밤이 꽤 늦었다.

주변 가게들은 한참 나가야 있는데다 어디까지 나가야 할지 번거로웠다. 고민하던 그는 편의점에서 쇼핑한 것들이 차 안에 있다는 걸 깨달았다.

"잠시 차에 갔다올게."

태산이 일어나 불을 켜고 활보했다. 옥자의 시선이 군신 같은 그의 늠름한 나신을 훑었다.

태산의 커다란 몸도, 근육이 잔뜩 붙어서 돌 같은 나신도 모두 제 것이었다. 그녀는 그의 몸에 제 향기를 가득 묻혔다. 저 호랑이족은 자신의 것이다. 먹지 않아도 포만감에 저절로 배가 부른 느낌이었다. 옥자는 행복해졌다.

"태산 씨, 나도 따라가요?"

"금방 갔다 올 거야. 쉬고 있어, 옥자."

태산이 가볍게 목운동을 하며 문과 정원을 번갈아 바라보더니 정원 쪽으로 나갔다.

옥자는 여전히 침대 위에 늘어져 귀만 쫑긋거렸다. 문을 놔두고 월담하는 그의 뒷모습을 보며 피식 웃었다. 어쨌든 그의 이동 속도는 빠를 터였다.

"갔다 와요."

태산은 그녀의 웅얼거리는 소리를 뒤로 한 채 정원을 둘러보았다. 비어 있는 탕을 중심으로 벽이 세워져 시야를 차단했다. 태산은 그 담 위에 올라선 채 사방을 경계했다. 아직 이 주변으로 느껴지는 반인반수는 없다.

태산이 높은 도약력으로 날듯이 이동했다.

그가 차에 다다른 것은 순식간이었다. 편의점에서 사 온 것들을 꺼낸 그가 다시 사방을 둘러보았다. 주차장의 어둠 속에서 자박자박 소리를 내는 사람이 있긴 했지만 뒤늦게 도착한 손님들인 듯 그들이 무심히 떠드는 소리가 고요하던 주차장을 울렸다.

태산은 다시 바람처럼 뛰어올라 사라졌다.

그가 그들의 한옥 독채로 돌아온 건 순식간이었다.

정원을 향해 귀를 쫑긋거리던 옥자가 멍한 얼굴로 그를 맞았다.

"금방 왔네요."

가운을 여민 그녀는 태산이 가져온 것들을 살폈다. 그러곤 막무가내로 방으로 들어오려던 태산을 타박했다.

"맨발로 나갔잖아요. 어딜 들어오려고 그래요? 안 그래도 거실 엉망인데."

옥자는 아픈 허리를 부여잡고 잔소리를 늘어놓으며 태산이 가져온 레토르트 식품들을 꺼냈다. 태산이 욕실에서 발을 씻고 돌아오자 옥자는 무얼 먹을지 고민했다.

음식을 종류별로 골라낸 옥자가 객실에 비치된 커피포트와 전자레인지로 음식을 데웠다. 그녀는 얼마 후 김이 모락 나는 즉석 식품들을 툇마루의 다과 테이블로 옮기며 키득거렸다.

창을 여니 작은 연못을 낀 운치 있는 바깥 정원이 보였다. 그 아득한 너머 드리워진 수양버들의 그림자가 한가로워 보였다.

"좋다."

고풍스런 나무 좌상 위에 일회용 밥과 일회용 용기에 담긴 식품들을 늘어놓고 비단 방석을 깔고 앉아 먹으려는 풍경이 우스웠다.

"하하."

"왜 웃지?"

태산은 편한 옥자의 웃음에 고개를 갸웃거렸다. 옥자는 즐거워 보였다.

"그냥 어제까지만 해도 나 정말 죽을 것 같았는데. 하루 만에 이렇게 인생이 급변할 수 있구나 싶어서요."

"옥자가 기분이 좋다면 나도 좋아. 다음 번엔 더 좋은 거 사줄게. 편의점 음식 같은 거 말고."

"전 이런 곳도 좋아요. 나가면 쫓길지도 모르잖아요."

"그럼 내일 먹을 건 객실로 주문하자."

"그건 좋아요."

옥자가 호박색 눈을 빛내며 환하게 웃었다. 태산도 행복해졌다.

시장이 반찬이어서일까, 그들은 조금 과한 양이다 싶은 음식들을 모조리 해치웠다. 대부분은 태산이 먹었지만 옥자도 과식했다. 그들은 나란히 부른 배를 두드리며 창밖을 내다보았다.

늦은 봄의 바람이 그들이 앉은 툇마루로 슬쩍 불어들었다. 태산이 정원의 빈 탕을 떠올렸다.

"아, 여기 아까 온천이 유명하다고 했는데 하겠어?"

"어디서?"

"정원에 비어 있는 탕이 있었잖아. 그 앞에 담 때문에 아무도 우릴 못 볼 거야."

옥자는 신이 나서 고개를 끄덕였다.

태산이 비어 있는 탕에 물을 채우는 데는 무려 한 시간이 넘게 걸렸다. 옥자는 그동안 침실에서 까무룩 잠이 들었다.

태산은 잠이 든 그녀를 안고 정원으로 나왔다. 차가운 밤공기가 볼에 닿자 옥자는 눈을 떴다. 그리곤 김이 모락모락 피어오르는 탕을 보자 뛰어들고 싶어 태산의 품에서 바동거렸다.

"나, 내려가고 싶어요."

태산이 그녀를 내려주자마자 그녀는 탕가로 달려갔다. 물속에 손을 넣고 휘휘 저어보던 그녀가 해맑게 웃었다.

"물 온도 딱 좋다."

그녀는 물놀이를 좋아하는 호랑이족답게 가운을 훌훌 벗고 탕 속으로 뛰어들었다.

"반신욕 하기 좋아요. 태산 씨. 너무 좋아."

태산은 형용하기 어려운 심경으로 순진해 보이는 그녀에게 빤히 질문했다.

"온천이 좋다고? 아니면 내가 좋은 거야?"

옥자는 한참을 망설이다 그를 보며 웃었다.

"둘 다 좋다고 하면 안 돼요?"

그런데 왜 옥자는 가운 아래 옷을 하나도 입지 않은 걸까. 태산은 심각해졌다. 따스한 물을 찰방이며 기뻐하는 옥자를 보며 그의 중심부가 뻐근해졌다.

"진짜 좋아요. 태산 씨도 들어와요. 하아."

탕가에 기대어 고개를 젖혀 토해내는 그녀의 신음이, 꼭 절정에 달하던 순간의 신음을 연상시켰다.

태산은 물속을 뚫어져라 바라봤다. 물속으로 스며든 옥자의 몸 나머지 부분이 일렁이는 물 아래로 비쳐 유혹적이다. 그녀는 제 풍만한 가슴이 물 밖으로 드러났는데도 눈치 채지 못했다. 태산은 그 풍만한 가슴에 입이 달았다.

"당신 꼭지는 예쁜 분홍빛이네."

"태산 씨도 들어와요."

"그럼 사양하지 않겠어."

태산은 저도 옷을 다 벗고 풍덩, 탕 속으로 뛰어들었다. 예기치 않은 물보라에 옥자가 눈을 가렸다.

"태, 태산 씨! 살살 좀!"

촤악, 촤악. 가볍게 물살을 때리는 태산의 움직임이 경쾌했다. 옥자는 까르르, 웃었다. 태산은 또 그 웃음에 홀렸다.

태산이 튀긴 물방울들을 뒤집어쓴 옥자는 물기에 잔뜩 젖은 모습이었다. 태산은 그녀의 반대쪽에 기대어 그녀의 나신을 감상했다. 옥자의 몸에 새겨진 키스 마크들이 조금씩 색이 옅어져 있었다. 그가 입맛을 다시자 옥자는 황급히 자신의 가슴을 가렸다. 허나 풍만한 가슴은 팔로 감싸도 도저히 가려지지 않았다.

파인 쇄골과 우아한 목, 가녀린 몸매에 붙은 지독하게 풍만한 가슴. 태산은 그녀의 굴곡이 그려내는 라인을 눈으로 훑으며 흡족해했다. 저건 다 내 거다.

태산은 쉰 목소리로 말했다.

"이미 다 봤어."

태산은 민망해하는 그녀의 움직임을 관찰했다. 아니, 바싹 얼어붙은 그녀가 움직이지 않았다. 다만 그녀의 얼굴에서 타고 흘러내린 물방울 하나가 주룩 턱으로 떨어지더니, 이내 목에서 쇄골을 타고 흘렀다.

태산은 시력이 너무 좋았다. 그의 동공이 가늘게 변해 그 야한 물방울의 탐험을 예의 주시했다. 저 물방울을 죽여야 할 것 같았다.

그사이 그의 가늘게 변한 동공이 그녀의 발개진 몸을 노려보았다. 그의 시선을 받자 그녀의 가슴이 부풀어 올랐다.

"저, 저기 태산 씨. 내 가슴 좀 그만 봐요."

"왜, 좋은데?"

태산이 그녀를 끌어당겨 제 몸 위에 앉혔다. 태산을 의자 삼아 탕 안에 자리한 옥자는 제 봉긋한 엉덩이 사이를 찔러 오는 그의 성기에 민망해했다. 그녀의 등과 그의 가슴이 맞닿았다. 돌아온 그의 양손이 그녀의 두 가슴을 미어터지도록 붙잡아 으깼다.

"헉."

터질 듯이, 즙이 나올 정도로.

탕을 ㄷ자로 둘러싼 한옥. 그리고 탕 앞에 자리한 담 때문에 그들의 모습이 바깥에 보일 리 없다. 옥자는 태산에게 기댄 채 머리를 젖혀 하늘을 올려다보았다. 아찔한 밤하늘이 보였다.

서울과 달리 이곳의 고요한 하늘에선 별들이 쏟아질 것 같았다.

하지만 그녀는 마음 놓고 감상할 수 없었다. 몸이 후끈하게 달아올랐다. 태산의 애무는 집요하고 노골적이다. 몸을 붙잡힌 채 상체가 뒤틀려 이어지는 끈적끈적한 키스.

시야가 흐릿해질 때까지 이어진 농염한 키스에 제 몸을 녹이는 온천탕까지. 그녀의 방어벽은 순식간에 함락당했다. 애초에 그를 거절할 생각이 있었던가?

그것조차 모르겠다.

"하아, 하아."

물속에서 한데 이어진 몸. 태산이 제 위에 올라앉은 옥자의 허리를 부여잡고 그녀를 들었다 내리꽂았다. 태산의 남성 위로 주저앉은 옥자의 눈이 흐려졌다. 결합이 너무 깊었다.

"태, 태산 씨!"

태산의 남성이 이미 그녀의 자궁 끝까지 차지한 뒤였다. 등 뒤에서 압박해 오는 그 압박감에 그녀는 숨이 달았다. 그녀의 예민하고 뾰족해진 가슴이 그의 두 손 안에서 뭉개져 그 꼭지만이 솟아올라 그의 손바닥과 마찰했다.

옥자는 그저 매달렸다. 태산이 격하게 그녀를 가지는 동안 그녀의 몸을 따스한 온천수가 간지럽혔다. 태산이 등 뒤에서 그녀를 공략해 오는 바람에 그의 얼굴이 뵈지 않는다. 제가 그에게 공략 당하는지 물에 희롱 당하는지, 감각조차 아릿하다.

도망치기 위해 탕가의 차가운 돌을 붙잡았지만 그 묘한 자세 그대로 겹쳐진 채였다. 그의 허릿짓이 더 요란해져 옥자는 쉬이 끌려가고 말았다.

한 차례의 방사가 끝난 뒤에도 그들의 포즈는 딱히 변함이 없었다.

아니 변한 게 있다면, 그녀의 몸이 결합한 채 그와 마주 보고 있다는 점일까. 그녀의 가슴이 그의 탄탄한 가슴에 짓눌리고 있었다. 제 한계까지 맞닿아 있는 그의 남성은 여전히 뜨거웠다.

"하아. 풀어줘요."

"싫어."

태산은 여전히 옥자의 안에 머물러 그 따스함을 만끽했다. 여운이 만족스러워 떨어지고 싶지 않았다.

옥자는 불편해하며 허리를 움직였다. 물속이 어째 부옇게 변한 것은 착각이려나.

너무 오래 머물렀기 때문일까. 태산이 다시 뜨거운 물을 틀어 탕 안의 온도 조절을 했다.

탕 바깥으로 아슬아슬하게 흘러넘치는 물에서 다시 김이 났다. 그사이 태산의 품을 몇 번이고 벗어나려 했지만 그는 요지부동이었다.

"태산 씨는 힘이 너무 세요."

옥자의 투정에도 그는 꿈쩍도 하지 않았다. 옥자는 그의 품으로 다시 미끄러졌다.

"게다가 몸은 왜 이리도 돌 같아요?"

옥자는 투정부리며 그의 단단한 육체를 건드리고 밀어내었다.

옷을 입었을 때도 덩치가 크다고 언뜻 생각했지만 이건 몸이 흉기고 돌이었다. 태산의 힘줄은 질긴 데다 부드러운 맛이 하나도 없고 그의 뼈는 강철 같았다.

여성스럽고 섬세한 취향을 즐기는 옥자에게 태산은 존재 자체가 날벼락 같았다. 옥자는 제 시야에 언뜻언뜻 보이는 태산의 젖꼭지를 노려보다 마구 꼬집어 비틀었다.

"오, 옥자, 아, 아파!"

"난 더 아팠다니까!"

저를 괴롭히는 그가 미웠다. 왜 군살이 없대? 어깨는 또 왜 이리도 떡 벌어진 거야? 등을 마구 할퀴어놨는데 또 언제 재생했대?

"하아, 옥자. 하아아아."

그의 가공할 만한 회복력도 문제고, 군살 없는 돌덩어리 같은 몸도 마음에 안 들고, 배에 새겨진 단단한 8자 복근은 더 싫고. 그녀의 허리보다는 조금 가늘 것 같은 그의 허벅지도 밉고. 무엇보다 저를 괴롭혀대는 주범, 그의 성기가 악의 원흉이었다.

"옥자."

그녀는 태산의 유두를 괴롭히고 꼬집기에 바빠 그의 변화를 늦게 캐치했다. 헌데 그새 태산이 그녀의 몸속에서 또 쑥쑥 자라고 있다.

"헉. 태산 씨, 빨리 빼줘요."

그 차오르는 압박감에 옥자는 허리를 슬쩍 돌려보았다.

"조르는 목소리가 너무 좋아."

태산이 그녀의 허리를 붙잡고 탕 안에서 움직였다. 헉! 그녀의 몸이 반질한 그의 몸에서 더 미끄러져 내리꽂혔다. 결합이 너무 깊다.

게다가 저를 품고 있는 태산의 시선이 멋대로 변화하고 있었다.

아니, 눈이 맛이 갔다.

"한 번 더 하자."

옥자의 안색이 변했다. 그가 더 커졌다.

심지어 태산은 이렇게 느물거렸다.

"옥자 씨도 호랑이족이지. 체력은 보통 인간의 배 이상이지 않나?"

옥자의 시야에서 불꽃이 튀었다. 그와 단단히 맞물린 데다 태산의 손가락이 그녀의 연결 부분을 더 자극하며 희롱했다. 그녀의 몸이 태산의 다리 위에서 들썩거렸다. 아니, 일방적으로 그녀를 움직이는 건 태산이었다.

들어 올려지고 더 강하게 내리꽂힌다. 물소리가 찰박거리며 그녀의 온몸을 감싸고 휘돌렸다. 온천에 담가져 몽롱하게 늘어진 머리와 몸이 말을 듣지 않았다.

"태, 태산 씨! 나."

그의 눈빛이 위협적이었다.

"날 흥분시켜놓고 도망치는 거 용서 못 해."

옥자는 제가 괴롭힌 그의 젖꼭지를 응시했다. 남자도 꼭지를 만지면 흥분하나? 아까보다 더 위협적인 것 같은데?

그녀의 몸 안에서 다시 그가 석순처럼 자라기 시작했다. 태산이 그녀의 몸을 붙잡아 더 강하게 내리꽂았다.

"아아악!"

그녀의 몸이 다시 가열되었다. 그녀의 허리가 들썩거려 본능적으로 제 쾌락을 찾아 달렸다.

커다란 남성이 이젠 자연스럽게 그녀의 안에 먹히고 결합한다.

그 결합이 너무 깊고 그녀의 안을 멋대로 휘저어대었다.

그녀는 제 가슴을 그의 상체에 비벼 올리다 그의 머리를 붙잡아 제 가슴에게로 인도했다.

"제발!"

"제발 어떻게 해달라는 거지?"

그녀의 가슴골 사이에서 태산의 뜨거운 숨이 머물러 간질였다. 옥자는 다시 함락당하고 말았다. 그녀를 바라보는 태산의 듬직하고 남성다운 얼굴이 일그러져 있다. 그녀가 사랑하는 얼굴이었다.

"원해요, 당신을. 태산 씨."

태산이 다시 웃었다.

그러고 얼마나 시간이 흘렀을까. 노곤해진 채 탕을 빠져나온 두 사람은 탕가에 앉아 아직 미지근한 탕에 서로의 발을 담그고 있었다.

구겨진 가운을 걸친 채였지만 아직 두 사람의 몸엔 격한 정사의 기운이 머물러 있었다.

“나 여기 좋아요. 여긴 어떻게 알고 왔어요?”

“누구한테 부탁했지. 불행히도 신분 위조한 건 이번밖엔 쓰지 못할 테지만. 여긴 이틀 예약되어 있어.”

옥자는 따스한 물을 휘휘 저어댔다. 비도 오지 않는 밤, 한가로운 늦봄. 온천을 즐기기엔 딱 좋은 날씨였다.

“우리, 도망 다니는 거 맞죠?”

탕 옆의 정원에 아무렇게나 기대어 있던 태산이 피식거렸다.

“지금이라도 싫으면 강백호한테 가.”

“싫어요.”

옥자는 단호했다. 그녀가 뭔가를 생각하다 되물었다.

“그럼 내가 신분 위조 같은 거 해도 돼요? 할 수 있을 것 같은데. 갖고 있는 노트북으로 WWHF 쪽 신분 위조 시스템을 해킹하면.”

태산은 알아들은 것 같지 않았다. 그저 가능하다면, 마음대로라고 하는 듯했다. 옥자는 한숨을 쉬며 태산의 어깨에 기댔다.

“아참, 강백호 씨가 백호 섬 준다던데요. 위성 추적도 피할 수 있고 핵폭탄도 피할 수 있는 벙커가 마련된 멋진 별장도 딸린 무인도래요.”

“뭐야, 그건.”

옥자는 그와 함께 키득거렸다. 멋진 무인도를 소유하는 것도 좋겠지만, 지금의 충족감과는 바꾸기 싫었다.

"이태산 씨 나 좋아하는 거예요?"

"응."

"남은 평생을 함께할 만큼?"

"응."

그 대답에 옥자는 싱긋 웃었다.

"옥자와 함께 하려고 쫓아왔지."

"도망치는 거 싫지 않아요?"

"솔직히 말하자면 번거롭지. 하지만 난 옥자를 내 짝으로 생각했어. 만난 그 순간 필이 왔지."

태산의 확답에 옥자는 머리를 까딱이다 서글퍼졌다. 태산도 나중엔 제가 귀찮아지는 게 아닐까. 그래서 그녀를 버리고 싶어지면 어쩌지? 옥자는 제 어머니에게조차 버림받았다. 그녀를 사랑해준 이는 너무 오래전에 죽었다.

그러나, 버려질 때 버려지더라도 아직은 그것에 대해 생각하고 싶지 않았다.

"태산 씨. 나 태산 씨에 대해 더 알고 싶어요."

"흐음. 뭐가 알고 싶은데?"

"태산 씨는 사백 년간 뭘 하면서 지냈어요?"

"글쎄."

태산은 옥자를 제 품에 기대게 하며 제 인생을 문득 돌아보았다.

오랜 삶은 기억을 망각케 한다. 그는 기억하는 것보다 잊어버린 것이 더 많았다.

그가 어렸던 시절은 신분고하가 확실하던 시절이었다. 당시의 반인반수들은 사람과 섞여 사는 것을 달가워하지 않았다. 인간들에 비해 늙지 않는 반인반수들이 노예로 부려먹히는 것은 골치 아픈 일이었으리라.

태산은 애초에 사람과 섞여 살지 않는 쪽을 택했지만 다른 반인반수들은 달랐다. 그들 중 일부는 산에 있거나 또 일부는 신분을 사기도 했다. 또 일부는 사당패나 보부상이 되어 청국을 유람하기도 했었다.

태산의 삶은 길었지만 꽤나 단순했다.

"난 대부분 산에 있었지."

"어떤 산이요?"

옥자는 귀를 쫑긋 세웠다. 태산은 언뜻 제가 다닌 산들을 떠올려보았다.

"너무 많아 손꼽기가 애매한데."

"우와."

"하여간 전국 명산은 두루두루 돌았지. 아, 한번은 중국의 명산들을 돌며 한 이십 년간 여행하기도 했고."

"중국의 산들은 어때요?"

"크고 웅장하지. 끝이 없을 정도로. 거긴 스케일로 승부하는 나라니까. 하지만 거긴 고향이 아니니까 눌러 살고 싶을 정도로 정이 들진 않더라고. 어쨌든 나중엔 다시 여기로 돌아왔고. 그 뒤 다시 사람들 사이에서 섞여 살기도 했었지만, 내 인생에서 산에 살았던 시간이 사람들과 함께 보냈던 시간들보다 월등히 길었어."

"심심하진 않았어요?"

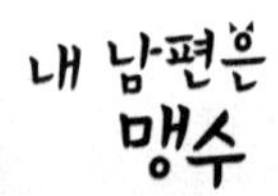

"아아. 할 일도 있었고 나름 바빴거든. 가는 산마다 잔소리꾼들이 왜 그리도 많은지."

옥자는 고개를 갸웃거렸다.

"잔소리꾼? 그건 누구예요?"

"있어. 그런 것들이. 귀찮긴 하지만 가끔은 아주 도움이 되지. 여길 구해준 것도 그 잔소리꾼들 중 하나거든."

"혹시 그럼 조력자 같은 분들인가요?"

"아, 그렇게 되나."

"어떤 분들이세요?"

옥자의 눈이 호기심으로 반짝였다.

"음. 나중에 소개해줄게. 일단은 노코멘트?"

태산은 거뭇해진 턱을 쓸었다. 사실 그는 제 삶보다 옥자의 백년 인생이 훨씬 더 스펙터클할 것 같다고 생각했다.

"그럼 이번엔 옥자가 대답할 차례 아니야?"

"으음."

"옥자는 어떻게 살았지? 왜 호랑이로 변할 수 있는 거고?"

"어떻게 말해야 하나요. 나 사실은 말하기 싫은데."

"그래도 알고 싶어."

태산의 고백에 옥자는 고개를 젖혀 새벽하늘을 올려다보았다.

어쩌면, 태산에게는 말할 수 있을 것 같았다.

"나 어릴 때부터 털빛이 금색이었어요. 아마 태어날 때부터 열성이었던 것 같은데 나 말고도 형제들은 여럿 있었어요. 그들은 전부 날 싫어했던 것 같아요. 계속 나는 골방에서 길러지다가 보릿고개 때 어머니가 날 산에 버렸어요."

너무 어렸지만 죽어가던 그 순간의 기억은 옥자에게 강렬했다. 회색의 하늘, 야윈 어머니의 한 마디. 그녀가 저를 겨울 산에 버리는 기억. 버려져 올려다본 하늘에서 떨어지던 하얀 눈. 그 지독한 추위에 몸을 떨며 도망치고 싶었었다.

옥자는 그때의 기억에 감화해 저도 모르게 몸을 떨었다.

"나는 굶어 죽어가고 있었어요. 아마, 살기 위해 인간의 형상이 아닌 무언가로 변했던 것 같아요. 아마 털을 가지면 따뜻할 거라고 생각했던가. 그런 나를 누가 새끼고양이로 착각해 거둬주었어요. 그 뒤엔 인간 주인이 생겼죠. 나는 그들과 오십 년 가까이 함께 살았어요. 그들과 함께 사는 동안엔 내가 반인반수인 걸 몰랐죠."

"주인들?"

"첫 번째 주인이 죽고 그의 동생이 나를 거두었어요. 나의 양아버지가 되어주었죠."

양아버지 김휼. 아주 오랜만에 옥자는 그를 떠올렸다.

"양아버지라. 그것도 인간. 질투 나네."

옥자는 태산의 몸을 슬쩍 장난치듯 밀어냈다.

"양아버지 정말, 정말 착한 사람이었다고요! 날 기르느라 얼마나 애썼는데. 그분 때문에 내가 여기 있는데."

옥자는 울음을 터트리기 직전이었다. 태산은 그녀를 다독이며 달랬다.

"미안, 미안. 질투 나서 그랬어. 그 양아버지를 떠올린 옥자의 표정이 너무 달콤해서, 부러웠어. 그나저나 정말, 반인반수란 자신의 정체를 몰랐던 거야?"

옥자는 한숨을 더했다.

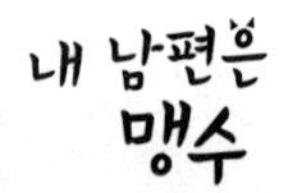

"전 사람과 짐승의 모습을 주기적으로 오고갔어요. 사람일 때는 괜찮은데 짐승이 되면 본능만 남아 사람일 때를 기억하지 못했어요. 말 그대로 짐승이었던 거죠."

"하아. 정말 특이하네. 보통 인간에게서 정체를 모르고 길러져도 이삼십 년 안에 자신의 정체를 자연스럽게 깨닫고 반인반수들과 어울리게 되거든."

"으음. 전 반인반수들이 내뿜는 체향도 없었거든요. 혹여 그런 도드라진 체향을 가진 반인반수들을 만나면 의식적으로 피했던 것 같아요."

저를 버렸던 엄마의 기억 때문이라고, 옥자는 말하지 못했다. 다만 그 반인반수들이 자신을 사랑해주거나 친절하게 대해주지 않을 거라고 본능적으로 생각했었다.

옥자가 제 모양이 이상하다는 걸 깨달은 건 두 번째 주인에게 길러진 지 십 년이 지나서였다.

두 번째 주인, 그녀의 양부는 옥자의 변화를 잘 알고 있었다. 허나 왜 변이하는지, 왜 인간과 짐승의 모습을 오가는지는 그 역시도 몰랐다. 양부는 철저한 인간이었고 주변에 반인반수를 두지 않아 반인반수들에 대한 개념이나 지식 따위는 없었다. 옥자 역시 제 상태에 무지하기는 마찬가지였다. 심지어 옥자는 호랑이족의 체취도 거의 풍기지 않아, 평소 짐승의 상태라면 짐승과, 인간의 모습이라면 인간과 거의 차이가 없었다.

"실제 반인반수들이 있었다 해도 사람과 짐승을 오가는 제 정체에 대해 딱히 조언할 순 없었을 거예요."

"뭐 그렇긴 하지. 그 옥자의 양부란 분이 인간이라고 했지. 참 대단하네.”

“그래요. 정말 좋은 분이셨어요.”

옥자는 흐릿하게 미소 지었다.

그와 작별한 지 오십 년. 하지만 제 반생을 함께한 사람. 추억은 깊었다.

“너무 좋은 사람이었어요. 날 버려주지 않아서 슬펐어요. 내 첫 번째 주인은 아니었지만 내가 동물 모습일 때도 내가 어린 소녀의 모습일 때도 나랑 같이 있었어요.”

“그는 지금 어디 있는데?”

옥자는 말을 하려다 잠시 목이 메었다. 옥자가 그의 팔을 붙들고 빤히 태산을 바라보았다.

“할 말 있어?”

“그분의 이름은 김휼이에요. 백 년 전 이곳을 일본에 빼앗겼을 때 저와 함께 이곳을 떠나 다른 나라들을 전전했죠. 돌아오고 싶었지만 나중엔 너무 시간이 지나서, 돈이 없어서, 나중엔 자신을 기억하는 사람이 없어서, 내가 걸려서. 이런저런 이유로 한 번도 고국을 밟지 못했어요. 그는 지금, 미국에 있어요. 이런 날 위해 평생 돈을 모아서 재산까지 남겨줬어요.”

옥자는 눈물을 그렁그렁 흘려댔다.

“태산 씨. 내 양아버지는 한국에 돌아오고 싶었지만 그러질 못했어요. 나중에, 아주 나중에 쫓기지 않게 되면 나랑 같이 가서 그를 데려올 수 있을까요?”

“죽은 거 아니었어?”

함께한 오십 년. 그 뒤 옥자는 오십 년을 더 홀로 흘려보냈다고 했다. 그러니 태산이 생각하기에도 김휼이 살아 있을 가능성은 없었다.

"죽었어요. 화장해서 납골당에 모셨다가 따로 보관해뒀어요. 한국에 오면 수목장을 해주고 싶어서. 양아버지는 늘 여기 오고 싶다고 말했으니까."

태산이 묻지 않았는데도 옥자는 선선히 대답했다. 어쩌면, 김휼에 대한 기억을 누군가와 추억하고 싶었는지도 몰랐다.

"그거 알아요? 양아버지에 대해 얘기한 건 태산 씨가 유일해요."

태산은 그녀가 더 많은 이야기를 하고 싶어 한다는 걸 알았다. 하지만 지금은 김휼이란 인간을 회상하며 상기된 그녀의 얼굴을 보자 속 좁게도 질투가 났다. 태산이 모르는 옥자와의 시간들을 공유한 존재에 대한 질투.

"나중에, 나중에 얘기해."

태산은 그 말과 함께 옥자를 정원에 쓰러뜨렸다. 그의 손이 그녀의 몸에 걸쳐진 가운을 빠르게 벗겨내었다.

"태, 태산 씨? 또?"

"벌을 줘야겠어. 내 앞에서 다른 남자 얘기 자꾸 하게 된 벌이야."

태산이 그녀의 젖가슴을 깨물며 이를 세워 잘근잘근 씹었다.

"하아, 하아아."

옥자의 몸이 다시 쾌락으로 달아올랐다. 올려다본 검은 하늘이 그녀를 어지럽게 했다. 비명이 새어 나가지 않게 입을 막았지만 그에게 반응하는 몸과 이성은 별개의 존재였다.

옥자는 제 다리 사이를 파고들며 찔러 오는 그의 페니스를 느꼈다. 태산의 군살 없는 단단한 어깨에 매달린 채 그녀가 그와 입술을 맞췄다. 그의 입술을 머금고 혀를 받아들였다. 제 몸을 짓뭉개어 오는 그의 무게가 무척 무거웠다.

"여기는 또 날 환영하고 있네."

한껏 부어오른 여성을 지분거리는 그의 손놀림이 바빴다.

그 모든 게 흐릿해진다. 제 우위를 차지한 이태산이 그녀의 다리를 제 허리에 감으며 움직임을 유도했다. 그녀의 몸은 태산에게 지배당했다.

"하아."

하늘은 어둡고 별들은 밝았다. 다시 흥분한 남자를 제 온몸으로 받아들이며 그녀는 천천히 의식을 놓았다.

태산은 옥자를 침대 위에 뉘고 정원으로 나왔다. 그녀는 혼절해 쓰러진 채였기에 적어도 오늘 밤은 깨지 않을 듯했다.

식어가는 탕 위로 그림자를 드리운 존재를 보며 태산이 고개를 까딱거렸다.

"오셨습니까? 정사를 훔쳐보는 게 취미인 줄은 몰랐습니다."

빙그레 웃는 존재는 남자인지 여자인지 모를 묘한 색기를 풍기는 미인이었다. 긴 머리를 반으로 올려 묶고 화사한 비단 옷을 걸쳤다. 그가 빙그레 웃으며 부채를 좍 펼쳐 얼굴을 가렸다.

"너무 난폭하지 않았어? 나 그 암호랑이 죽는 줄 알았다고."

"하아."

"시끄러웠다고. 게다가 궁금하잖아."

태산은 하, 깊게 한숨을 내쉬었다.

"여길 예약하고 먼저 비용까지 결제해주신 것은 감사합니다만."

"알았어. 암호랑이가 깨기 전에 가란 소리지? 쫓기는 주제에 말이 많아. 알았어, 알았다고. 색시 잘 얻었어."

"감사합니다. 남산 산신령님."

산신령이란 말에 그 존재는 입술을 삐죽거렸다.

"체엣. 나 산신령으로 부르는 거 싫어한댔지. 차라리 남산이라고 불러. 남이라든가. 제법 입에 붙는 애칭이잖아?"

"하아."

"젊은 놈이 왜 한숨이야? 뭐 취직하러 오고 싶으면 연락해. 태산이라면 언제든 환영이야. 혹시 강원도에 갈 일 있으면 그쪽 산신령들에게도 안부 전해줘."

"전화해도 되지 않습니까?"

"전국 산신령들이 화상통화나 메신저를 하는 게 더 웃기지 않아?"

남산 산신령은 잠시 말이 없었다. 그러다 태산에게 몸을 돌렸다.

"이제 어떻게 할 거지?"

"당분간 사태를 파악하며 도주해야겠지요."

"그 다음엔?"

태산이 다시 망설였다. 아직 진행 중인 사태이니 그도 섣불리 말할 수는 없겠지만 이것 하나만은 분명했다.

"쫓아오는 자들이 있으니 일단 숨어야겠지요."

"그 뒤엔?"

"글쎄요? 역공을 준비해야 할까요?"

"하하하. 너답군. 이태산 씨."

호탕하게 웃어젖히던 남산 산신령이 점점 흐릿하게 모습을 감추었다. 바람 사이로 태산에게 건네는 은밀한 몇 마디의 말들이 있었지만, 그것조차 곧 흩어져 사라졌다.

이틀 뒤, 한 무리의 사내들이 경주의 한옥 호텔의 마당에 나타났다.

그들은 누가 가르쳐준 것도 아닌데 크지 않은 주차장을 포위하듯 에워쌌고 곧장 그들의 목적지로 정해진 한 객실을 향해 이동했다. 우르르, 한데 나타난 검은 양복의 사내들을 보며 남아 있던 호텔 직원들과 일부 손님들의 눈이 휘둥그레졌다.

사내들은 날듯이 움직여 옥자와 태산이 머물렀던 방을 급습했다.

"여기다. 열어!"

객실 키를 가져오지 않았음에도 그들은 몇 번 문을 걷어차는 것만으로도 문짝을 망가뜨렸다. 놀라 그 뒤를 쫓아온 호텔 종업원들의 눈이 커졌다.

"이, 이봐요! 지금 뭘 하시는 겁니까!"

신도 벗지 않은 사내들이 우르르, 방 안으로 급습했다.

"찾아! 주변을 샅샅이 뒤져!"

하지만 그들의 예상과는 달리 방 안은 텅 비어 있었다. 욕실이나 좌식 방과 침대 방에도 어떤 흔적도 없었다. 심지어 청소마저 마친 듯 방은 흐트러짐 없이 깔끔했다.

"이봐, 이 방 커플 언제 체크아웃했지?"

"저, 저희도 잘 모릅니다."

멱살을 잡힌 여종업원이 캑캑거렸다. 강백호는 여자 종업원을 밀쳐낸 뒤 사방을 훑었다.

청소와 환기까지 마친 객실은 누가 봐도 깔끔했지만 반인반수들의 예리한 후각까지는 속이지 못했다.

강백호는 옥자의 체향을 기억하진 못했다. 하지만 이태산이 내뿜은 페로몬만큼은 분명 남아 있었다. 그놈의 체향을 사냥개마냥 집요하게 맡은 그가 욕실과 탕 일부에서 풍기는 이태산의 지독한 페로몬에 인상을 써댔다. 페로몬뿐인가, 그 사이로 와 닿는 비릿한 사내놈의 체액 냄새까지.

강백호뿐 아니라 백호파 사내들 역시 그 진하게 남은 체향을 인지하고 화르르, 얼굴을 붉혔다. 이 정도의 뒤얽힌 체향이라면 그 두 존재가 무엇을 하고 있었는지는 상상하지 않아도 뻔했다.

지독한 정사. 끝나지 않는 교미.

둘은 몸을 섞었다. 그리고 태산은 자신을 뒤쫓아 올 강백호를 위해 냄새를 지우지도 않고 고스란히 남겨두었다. 마치, 강백호가 열 받아 죽으라는 듯!

“그 이태산 놈! 왜 돈도 없는 놈이 왜! 돈은 내가 더 많다고! 그런데 왜 김옥자를 채어가서 그녀를 차지해! 왜!”

“저, 저기 보스!”

“야! 너희들! 내가 이태산보다 잘나지 못한 게 대체 뭐야!”

이글거리는 그의 분노에 백호파 녀석들이 슬그머니 한 보 뒤로 물러났다. 그들은 대체 무어라 대답할지 고심했다.

빌어먹을, 이태산이 계집을 차지했단 말이다! 그것도 김옥자의 처녀를 날름! 이태산이 김옥자와 교미했다! 그것을 곱씹다 강백호는 뒤로 넘어갈 뻔했다.

"보, 보스. 괘, 괜찮으십니까?"

"내가 괜찮아 보이냐?"

"하, 하지만 보스. 그 계집은 호랑이족 치고도 돌연변이라고요. 그 계집보다 예쁜 계집들은 인간이든 반인반수든 널리고 널렸습니다."

"다른 계집들은 필요 없어! 내가 필요한 건 바로 김옥자뿐이야!"

강백호에게 여자들은 많았고 그는 종족도 가리지 않았다. 하지만 김옥자는 달랐다. 그의 아비가 그토록 찾아 헤맨 금호, 권력의 상징이었다! 돌연변이 계집을 손에 넣는 다면 모든 게 그의 것이 될 수 있었다. 이태산만 없다면 가능한 일이었다!

"시팔! 그 망할 이태산! 죽여버리겠어! 사십 년의 노력을 이태산 놈이 무위로 돌렸다고!"

"보, 보스! 무슨 일인지 모르겠지만 진정하십시오!"

"무슨 짓을 해서라도 찾아! 사람 최대한으로 풀어. 아니, 이태산에게 몸을 줬든 아니든 김옥자는 내 곁에 두어야 해! 무조건 데려와! 그 발칙한 계집을!"

"하, 하지만."

이태산의 죄는 분명 문제가 될 정도는 되었다. 하지만 강백호의 이런 분노가 수하들은 쉬이 이해가 가질 않았다. 삼백 년 전 강백호가 이태산에게 굴욕을 당했다는 것을 떠올린다 해도 굳이 이태산의 계집이 된 김옥자를 데려오라는 강백호의 명령은 이해가 힘들었다.

무엇보다 이태산은 순혈의 희귀 맹수로, 호랑이족들 중에서도 최강의 전력을 자랑했다. 그에게 상해라도 입히는 날엔 어쩌면 ESU

가 백호파에 보복하려 날뛸지도 몰랐다.

"김옥자를 반드시 돌려받아야 해! 무조건!"

"하, 하지만 이태산은 어쩌고?"

"일단 행방을 쫓아! 나머지는 그 뒤에 생각하자고!"

강백호는 이를 갈았다.

지금은 김옥자 그 계집을 손에 넣는 게 중요했다. 계집이 누구와 몸을 섞었던 누굴 좋아하든 상관없었다. 그저 트로피나 인형처럼 그의 곁에 서 있기만 하면 되는 것이다. 헌데 빌어먹을 방 안에서 풍기는 이태산의 페로몬이 백호를 조롱하는 듯 했다.

"이, 이봐요. 당, 당신들 신고할 거예요!"

잠시 잊고 있었던 호텔 여직원이 전화기를 들고 반항하고 있었다. 귀찮아하던 늑대족 한 사람이 그녀의 목덜미를 내려쳐 가볍게 기절시켰다.

"철수한다. 그리고 여기 CCTV 수색해. 이태산이 어디 있는지 찾아내!"

강백호는 쳇, 하고 작은 마당에 침을 뱉었다. 그 마당 언저리에서 이태산의 체향이 감지되었다. 그의 하얀 얼굴이 노기로 형편없이 일그러졌다.

"찾아. 무슨 짓을 해서라도 찾아내! ESU보다 먼저!"

10. 그들만의 낙원

태산과 옥자는 추적을 피하기 위해 한 달 가까이 전국일주를 했다.

사람들이 많은 관광지들로 이동하긴 했지만 정작 관광을 한 기억은 드물었다. 그들은 숙소를 잡으면 방 안에 틀어박혔고 밤이 되어야 호젓하고 한산해진 거리를 거닐곤 했다. 때로는 늦은 밤이나 새벽 시간을 통해 이동했다.

이동하는 루트는 제멋대로였고 규칙성도 없었다.

경주를 지나, 다시 남해, 전라도, 다시 경상남도에서 부산, 다시 강원도.

돈은 현금으로만 지불했고 숙소를 예약하지도 않았다. 호텔에서 낡은 민가까지 이용한 숙소도 천차만별이었다. 때론 주인 없는 폐가에서 무단으로 취식할 때도 있었고 잘 곳이 없으면 차에서 자기도 했다.

한 장소에서 사흘 이상은 머물지 않았고 어느 땐 체크인 한 지 십 분도 되지 않아 도망치기도 했다. 태산은 보초를 자처하며 지독히 예민하게 굴었다. 누군가 조금이라도 의심스러운 낌새가 있으면 옥자를 데리고 도망쳤다.

간발의 차로 백호파들에게서 도망친 것도 여러 번이다. 그 와중에 태산의 조력자들에게서 몇 번이나 도움을 받아 그들의 정체가 궁금해지기도 했다.

옥자와 태산은 강원도의 A 리조트로 향하고 있었다. 남쪽은 더웠지만 이 리조트는 꽤 선선했다. 그들은 콘도를 잡고 그곳에서 짐을 풀었다.

"태산 씨 은신처로 바로 가는 거 아니었어요?"

"아아, 여기 머물렀다가 은신처로 이동할 거야. 여기 별론가?"

"괜찮은데 여길 추천해준 분도 조력자세요? 대체 그분들은 누구에요?"

"그건 노코멘트."

옥자는 입을 삐죽이다 콘도 주변을 돌아보았다. 숙소는 쾌적했고 풍경도 좋았다.

"그런데 왜 은신처 말고 이곳에 온 거죠?"

"거기 가면 문명다운 생활을 못 할 테니까. 그러니 쉬어야지."

옥자는 소파에 기대어 고개를 까닥이다 그대로 잠이 들었다. 굉장히 피곤한 듯 눈 밑엔 그늘이 심했다. 처음 보다 마른 얼굴에 여행의 피로감이 그녀의 얼굴에 쌓인 채였다.

태산은 검은 단발로 변한 옥자의 머리카락을 만지작거렸다. 그가 그녀의 옆에 무릎을 꿇었다. 그녀의 귀밑머리를 넘겨주는 그의 표정은 복잡했다.

"미안해."

이런 고생을 시키려던 건 아니었다. 강백호가 치밀하고 집요하게 그들을 쫓으리란 건 예상도 못 했다. 태산은 옥자가 도주생활에 질려 그를 떠나버릴 까 두려워했다.

"하아."

걸어온 길이 순탄치 않았지만 앞으로 가게 될 은신처에서의 생활 역시 쉽지는 않을 터였다.그녀를 굳이 제 옆에 두어도 될까. 옥자의 편한 미래와 안정된 삶을 위해서 강백호에게 보내주는 것이 낫지 않을까.

"잘 자네."

태산은 태아처럼 몸을 구부린 그녀의 자세가 불편해 보여 그녀를 안아들었다. 침실로 옮기는 와중에도 그녀는 깨는 일 없이 곤히 잠들어 있었다.

추적을 피하기 위해 그들은 차를 버리고 배낭을 메고 돌아다녔다. 맹수족의 이동 속도는 빠르지만 차보단 느렸고 옥자는 계속된 이동으로 컨디션이 좋지 않았다. 이 리조트까지 오는데 무려 사흘이 걸렸으니 체력이 바닥날 대로 바닥난 상태일 터였다.

"나를 버리지 않는 게 용해."

태산은 꽃잠이 든 옥자의 머리를 쓰다듬었다. 그녀는 미동도 없었다.

태산은 다시 바깥으로 나가 침입자들의 기척이 없는 지 살폈다. 그리곤 안심이 되자 옥자의 옆에 길게 몸을 뉘었다. 태산이 팔을 뻗자 그녀는 그의 팔을 베고 잠을 청했다.

두 시간 숙면을 취한 그들은 배를 채우고 전망대로 가보기로 했다.

아직 해가 높은 오후였다. 추격자도 없기에 그들은 꽤나 느긋하게 관광을 즐기기로 했다.

"아, 여기 좋다."

옥자는 전망대에서 내려다본 풍경을 보며 기뻐했다.

고산 지대의 전망대 위에선 가슴이 뚫릴 정도로 시원한 풍경이 눈에 들어왔다. 이곳까지 오는 내내 보았던 야생화들도 싱그러웠었다.

"마음에 들어?"

"좋아요."

"왜?"

"혼자가 아니니까?"

태산은 그녀의 옆에서 기둥처럼 그녀를 지키고 섰다. 옥자는 그런 그가 마냥 든든했다.

"태산 씨와 함께해서 더 좋은 것 같아요."

같은 풍경이라도 의미를 부여하기에 따라 달랐다. 태산과 함께하기에 이곳은 더 특별한 풍경이 되었다.

"태산 씨 나, 겨울에도 다시 왔으면 좋겠어요."

눈이 가득 쌓인 겨울. 태산과 이곳에 함께 둘이서 서 있는 풍경을 상상만 해도 옥자의 기분은 들떠 올랐다.

"스키는 탈 줄 알아?"

"배우면 되지 않을까요?"

"추운 건 좋아해?"

"별로 좋아하진 않아요. 요 몇 년은 애리조나에서만 살아서. 하지만 추운 곳에서도 있었어요. 캐나다 쪽 국경 마을은 겨울엔 눈이 많이 쌓여요. 호랑이는 눈도 좋아하잖아요. 난 물놀이도 흙장난도 좋아해요."

옥자는 태산과 놀 생각에 잔뜩 들떠 올랐다. 그런 옥자를 보는 태산의 심경은 꽤나 복잡했다.

"왜요, 기분이 나쁜 거예요? 태산 씨"

태산은 옥자와 손에 깍지를 끼고 키를 맞추기 위해 그녀를 구부정하게 내려다보았다.

"지금 이게 어쩌면 마지막 사치가 될 거야."

"흐음."

"은신처로 바로 안 가고 여기 온 이유가 그것 때문이에요? 언제까지 돌아다닐 수만은 없잖아요."

"여행을 끝내고 싶지 않아서 그래."

옥자는 고개를 젖혀 그를 올려다보며 발그레하게 웃었다.

"난 태산 씨랑 있으면 어디라도 괜찮은데."

태산의 심경이 꽤나 복잡했다. 그녀는 저를 유혹하고 있었지만 눈빛은 순수했다. 태산이 이글거리는 성적 열기를 발산했지만 옥자는 눈치 챈 것 같지도 않았다.

"하아."

옥자가 다시 예쁜 눈웃음을 쳤다.

"왜 한숨을 쉬어요?"

태산의 남성이 또 불끈 솟아올랐다. 그걸 아는지 모르는지 옥자는 예쁜 웃음을 흘리고 다녔다. 그녀의 영롱한 목소리에 몇몇 사내들의 고개가 저절로 돌아갔다.

이건 내 거야. 내 여자라고.

태산은 보호본능을 앞세워 옥자를 껴안았다. 그녀는 제 품에 하나의 부속처럼 쏙 들어와 안겼다.

옥자는 너무 예뻤다. 머리부터 발끝까지 예쁘지 않은 곳이 없다. 발그레한 웃음도 그 봉긋한 둔덕을 이루는 가슴과 엉덩이도. 그녀의 하얀 피부와 제법 날씬하지만 풍만한 곡선을 그리는 그녀의 몸매의 선은 더더욱 예뻤다.

태산의 이름을 부르는 신음 소리, 하얀 손, 입술과 반짝이는 눈. 태산은 그 모든 것을 귀애하고 싶었다.

태산은 콘도로 느릿느릿 걸어가는 옥자의 뒷모습을 빤히 훔쳐보았다. 그는 콘도로 돌아와 신발을 벗으려 허리를 굽힌 그녀를 뒤에서 껴안았다.

"태, 태산 씨."

딱 붙는 청바지의 엉덩이가 유난히도 탐스러웠다. 태산은 더는 참을 수 없었다. 그대로 현관에서 신을 신은 채 까꾸러져도 좋았다. 그녀의 벌어진 엉덩이 사이로 그의 불룩해진 남성이 파고들었다. 옷과 옷이 그들을 방해했다.

"버, 벌써 왜 이래요!"

"안고 싶어 죽겠어."

옥자는 등 뒤에서 제게 찰거머리처럼 달라붙은 태산을 밀어내기에 바빴다.

"태, 태산 씨. 나 신발 좀. 그리고 나 다시 씻어야 하는데."

"괜찮아. 이동하느라 사흘이나 참았어."

"저, 저기."

"한 번만. 한 번만. 응?"

옥자는 고민하다 태산의 손을 잡았다.

"그럼 샤워 같이 해요."

이래서 옥자가 더더욱 그를 미치게 하는 거다. 태산은 그녀를 번쩍 안아 올렸다.

"가자!"

"시, 신발은 좀 벗고!"

옥자의 신발이 내던져진 것은 욕실 앞에서였다.

옥자의 몸이 차가운 욕실 타일 벽에 부딪혔다. 태산의 입술이 그녀의 입술을 가르며 들어왔고 그의 손길이 분주하게 그녀의 옷 속으로 파고들어 가슴을 움켜쥐었다.

"태, 태산 씨!"

그녀의 옷을 찢어내려는 그의 손길에 옥자는 화들짝 놀랐다. 이번 옷과 속옷까지 찢기면 정말 옥자는 입을 만한 옷이 없다. 이러다 돌려 입는 것도 불가능해질 터였다! 그녀의 가슴에 맞는 속옷 찾기가 얼마나 어려운데!

상의를 들춰내 태산이 브래지어째 그녀의 가슴을 흡입하려 들었다. 이미 그의 눈이 맛이 가기 몇 초전이었다.

"태, 태산 씨! 내, 내가 벗을게요!"

옥자는 그를 걷어내고 빛의 속도로 훌훌 제 옷을 벗었다. 이게 제 속옷과 옷을 보호하기 위한 방법이었으나 그 행동이 더욱 태산을 자극한 줄은 몰랐다. 그녀의 알몸과 조우한 맹수 한 마리가 그녀를 무거운 무게로 깔아뭉개고 있었다.

그를 받아내며 옥자는 그의 이름이 왜 태산인지 알 것 같았다. 적어도 이 반인반수의 성욕은 '태산' 같다. 이름 한번 기똥차게 잘 지었다.

아, 죽을 것 같다. 정말 세상이 노오랗다.

그녀의 아득한 탄성이 태산의 것과 뒤섞여 욕실을 메아리쳤다.

다행히 아직, 이곳에는 추격자가 없다. 태산은 이 기회를 마음껏 즐기기로 작정했다.

이틀 후, 그들은 강원도 화천에 있다는 태산의 은신처로 향했다.

화천은 요 근래 산천어 축제로 유명해진, 군부대 지역이었다. 태산의 집은 그 화천군에서도 한참을 들어가야 했고 차로도 갈 수 없는 오지에 자리했다. 정확한 행정구역 자체는 태산도 잘 몰랐다.

그들이 화천에 도착한 건 저녁 무렵이었다.

거대한 산이 이어져 있고 그 앞으로 강이 굽이쳐 흘렀다. 강폭은 옥자가 생각한 것보다 꽤 깊고 널렀다.

"어느 쪽으로 가야 해요?"

"가장 빠른 쪽은 강을 건너가 가로지르는 쪽이지."

강폭이 너르긴 했지만 누군가의 배를 빌려 타기에도, 헤엄쳐 건너가기에도 애매해 보이는 넓이였다. 맘을 먹고 헤엄친다면 금방 갈 수야 있겠지만 문제는 옥자의 배낭이었다. 배낭 안엔 그녀가 애지중지하며 끌고 온 노트북이 들어 있었다.

"태산 씨. 이거 젖으면 안 돼요."

"알았어. 그럼 빙 둘러갈 수밖에. 그게 더 안전해."

"고마워요."

아직은 초저녁이니 강을 헤엄친다면 오히려 더 눈에 띌 수도 있었다. 밤눈이 밝은 호랑이족에게 빙 둘러가는 야간 산행은 큰 문제도 아니었다.

"가자고."

태산은 강을 등진 채 앞장섰다.

개발로 지형이 많이 바뀌었지만 군부대를 지척에 낀 태산의 은신처 부근은 변함이 없었다. 꽤 우회하긴 했지만 그들은 결국 은신처에 도착했다.

하지만 도착했을 때 이미 옥자의 몸은 한계에 다다라 있었다. 그녀는 하품을 계속 하며 씻을 여력도 없이 침대에 머리를 대자마자 곯아떨어졌다. 태산도 그녀의 옆에서 잠을 청했다.

옥자는 다음 날 정오가 되어 눈을 떴다. 그리곤 눈이 휘둥그레졌다.

"여긴 어디야?"

그녀가 누운 침실은 동굴을 파서 만든 거친 흙벽과 서늘한 기운이 느껴졌다. 그 한가운데 푹신하고 큰 침대만이 있었다.

옥자가 침실을 나오자 탁 트인 거실과 마주하게 되었다. 가로로 긴 형태의 거실 한쪽엔 조리 공간이 붙어 있었고 태산은 식사 준비에 바쁜 참이었다.

"태산씨?"

"옥자, 깼어?"

태산이 뒤를 돌아보았다.

"여기가 은신처에요?"

태산이 긍정하자 옥자는 조심스레 사방을 살폈다. 집의 일부는 자연 동굴을 이용한 듯 그늘지고 아득했다. 거실의 일부가 동굴 밖으로 연결되어 통로와 입구 역할을 했다.

"여긴 원래 바위굴이 있었고 그 동굴을 확장해 만들었지."

"그럼 호랑이굴?"

태산이 피식 웃으며 고개를 끄덕였다.

"일단 배고플 텐데 밥부터 먹자고. 찬이 부실해도 그냥 먹어."

태산은 작은 소반 상을 펼쳐 밥그릇과 반찬들이 담긴 소박한 상을 차려내었다. 옥자는 이미 숟가락을 든 채였다.

"잘 먹겠습니다!"

옥자와 태산은 화천군으로 온 뒤 식량을 따로 구하지 않았다. 그래서 제대로 된 식사는 오랜만이었다. 옥자와 태산은 밥을 잔뜩 먹으며 휴식을 즐겼다.

옥자의 예상보다 은신처는 깔끔했다. 부엌엔 싱크대도 있었고 식재료와 통조림이 든 냉장고와 먹을거리들도 있었다.

"누가 관리했던 거예요? 먹을 것도 많고 먼지도 없어요."

"관리인 겸 조력자가 있었지."

"조력자는 대체 몇 명이나 돼요? 설마 여자라서 말해주지 않는 거예요?"

"아냐! 아저씨라고."

태산의 적극 부정에 옥자는 조금은 안도했다. 그리고 더 궁금해졌다.

"그럼 ESU의 신사호 씨와 관계있는 거예요?"

"없어. 아니, 조력자들은 신사호 따위 몰라. 신사호가 이 은신처도 모를 거고. 사실 그 신사호는 내가 이번에 맞선 건으로 한국 들어왔을 때 만났어."

"하지만 친해 보였는데요."

"내가 한국 와서 처음 만난 구미호라 그럴 수도 있고, 아마 그 신사호가 강백호에 대해 가진 반감이 컸을지도 몰라. 어쨌든 조력자는 나중에 소개시켜 줄게."

옥자는 머리를 끄덕였다.

태산은 직후 옥자를 끌고 은신처를 안내했다. 전국 산야에 흩어진 태산의 은신처들 중 이 곳의 환경이 제일 깔끔하고 안전했다. 십오년 만의 귀향이긴 했지만 은신처에 보관된 옷들은 아직 멀쩡했다.

은신처의 외관 역시 커다란 고목나무와 담쟁이덩굴에 은폐된 상태였고 입구마저 고목나무에 가려져 잘 보이지 않았다.

태산은 은신처를 보여주며 노심초사했다. 은신처 앞의 작은 텃밭 겸 공터엔 잡초만이 무성했다. 은신처에선 통신도 되지 않았다. 옥자가 입을 만한 옷도 없었다. 태산은 옥자에게 미안한 것이 한두 가지가 아니었다.

"나중에 악산 노인에게 볼모로 잡힌 재산 돌려받으면 호강시켜 줄게."

"그 악산 노인이란 분도 태산씨가 산 생활할 때 만나신 분이에요?"

"맞아."

"다른 조력자들도?"

"다 산에서 만났지. 그래서 제법 오래되었고."

옥자는 그의 말을 흥미롭게 경청하다 다시 집 주변을 살폈다. 주변에는 사람이든 반인반수들의 냄새 또한 거의 나지 않았다. 옥자는 태산의 조력자들이 어쩌면 사람도, 반인반수도 아닐 수 있다는 걸 깨달았다.

“이 주변엔 사람도 안 오나봐요. 냄새도 안 나요.”

“군 경계선이라 민간인 접근 통제구역이었던가. 어쨌든 사람이 온다 치면 우리가 피하면 돼.”

은신처의 마을 조차도 산을 한참 내려가야 있었다. 그곳 역시 노인들이 대부분이라 이곳까지 올라오지도 않았다. 은신처에는 사람들이나 반인반수들 조차 인식하기 힘든 결계가 쳐진 상태였다.

은신처와 은신처 주변의 산야와 계곡을 전부 꼼꼼히 확인한 옥자는 태산을 보며 활짝 웃었다. 작고 소박한 은신처에서 부유하게 살 순 없겠지만, 이곳은 옥자의 마음엔 쏙 들었다.

옥자는 태산을 보며 활짝 웃었다.

“태산 씨. 나 여기가 좋아요.”

“정말?”

태산은 그제야 안도하듯 가슴을 쓸어내렸다.

“다행이네. 정말 다행이야.”

태산은 산 중턱에 멋대로 자라난 산나물을 캐내며 산 아래를 죽 훑어보았다. 그의 눈이 치열하게 아득한 산 너머를 훑어보았다.

며칠 전, 이 근방을 백호파의 추격자들이 왔다 갔다. 그들은 산신령이 쳐놓은 결계 속의 은신처를 알지 못했다. 한두 달에 한 번씩 이곳을 방문할 ESU의 수색조들이 곧 오게 될 터였다.

“걱정되냐?”

태산의 옆으로 그림자 하나가 드리워졌다. 그는 그림자의 주인, 군화를 신은 중년 사내를 올려다보았다.

"오셨습니까? 뭐로 불러드릴까요?"

"아무거나."

검은 티셔츠에 카키색 바지, 군화를 신은 중년 남자의 얼굴은 험악했지만 입에는 강아지풀 줄기가 물려 있었다.

"봉화라 부르겠습니다."

"화천군이라고 해도 돼."

중년 남자는 정확히 화천군의 산신령이었다. 산신령은 해방 이후 오랫동안 군부대와 지내온 탓인지 밀리터리 룩을 선호했다. 화천군이 마냥 툴툴거렸다.

"하여간 산신령들 부려먹는 호랑이 놈은 네놈이 최초일 거다."

"적들의 동태나 알려주십시오. 아직 절 찾아다니느라 혈안이 된 것 같은데."

"잘 아는구먼. 하긴 저 아랫마을에도 사냥꾼들이 왔다갔는데도 너 아슬아슬하게 수색을 잘도 피해 다니더라. 백호 놈은 네놈에게 현상금 더 올렸지. 그 수전노 같은 놈이 너 하나 잡으면 현금 수십억 준다는 말에 온 나라가 들썩일 지경이야. 국내외 사냥꾼들이 아주 신이 나서 입국 중이라고."

"하아."

태산은 삼백 년 전 잠깐 피우다 만 담배를 다시 피우고 싶어졌다.

"말봉이 놈이 화가 많이 난 모양이군요."

"그런데 너 그놈과 뭔 척을 진 적 있냐? 그놈 여자를 데리고 도주했다는 게 참말이냐?"

"다 아시면서 무슨 말이 듣고 싶으신 겁니까?"

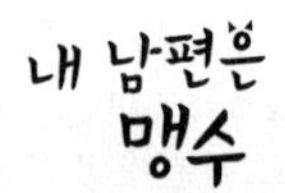

화천군 산신령이 말했다.

"ESU 놈들은 공식적으로 움직이진 않겠지만 백호파 놈들이 고용한 것들은 다르지. 그 수가 꽤 많은 것 같던데. 들키지 않으려면 넙죽 숨어 있어야 될 거다. 네 계집을 찾아내려는 듯 백호파에게 총동원령을 내려서 전국의 산들을 이 잡듯이 쑤시고 있어서 산신령들의 읍소가 장난이 아니야. 벌써 백호파 놈들 죽여버리겠다고 이를 가는 산신령들이 열 손가락을 넘어섰어. 등산객들의 등쌀도 모자라 이젠 반인반수 사냥꾼들까지 헤집고 다니는 데 좋아할 리가 있나."

"하아. 송구합니다."

"가지산 놈이 산불 난다고 늑대 새끼들 쫓아냈다고 하더라고. 그래서인지 이태산 네놈에게 다들 협조하겠다더군."

하지만 태산이 보기에도 강백호의 움직임은 지독하게 부자연스러웠다. 수전노 기질이 다분한 강백호가 여자 하나를 뺏긴 것치고는 너무 유난스럽게 굴었다. 수색에만 몇십억 이상, 심지어 이태산의 현상수배 액수에 또 몇십억 단위를 걸 줄이야.

"강백호 놈이 널 죽이겠다며 칼을 가는 모양이더라. 각지의 산신령들이 포착한 강백호나 백호파의 움직임이 심상치 않다더군. 아직 ESU는 움직이지 않고 있고. 그 백호파의 목표는 정확히 네놈이 아니라 네 아가씨인 것 같지만 말이야."

"저도 강백호가 옥자 씨를 왜 포기 못 하는지가 궁금합니다."

강백호가 이태산에 대해 앙금을 품고 있는데 여자를 강탈당한 것까지 겹쳐졌다 해도 이건 너무 지나쳤다.

"네 암컷이 호랑이족에서 서열 일 위라거나 출생의 비밀이라도 숨겨져 있는 거야? 아니면 마성의 여인이라든가."

"옥자 씨는 전혀 호랑이족답지 않게 생겼고, 자신이 호랑이족의 돌연변이라고 생각하죠. 생긴 것도 호랑이족 암컷 표준은 아닙니다. 그녀의 보안등급이 높단 얘긴 들었는데?"

"그건 왜?"

"잘 모릅니다."

"전산착오인가? 하여간 먼발치에서 보긴 했지만 지금도 네 여친 김옥자가 호랑이족이라는 생각은 안 들 지경이지. 근데 힘이 센 것도 아니고 호랑이족 순혈도 아니고 대체 왜 그러는 거냐. 네 암호랑이, 정말 마성의 여인인 거 아닐까?"

"글쎄요."

태산은 말을 흐렸다. 태산이 직접 적극적으로 움직일 수 없는 상황에선 산신령들의 도움밖에 기대할 수 있는 게 없었다.

"그때까지 외부 상황 파악 잘 부탁드립니다. 저는 움직일 수 없으니까요."

"뭐 임마. 너 산신령들하고 친분 있는 걸로 이렇게 부려먹어도 되는 거야?"

"산신령들께서 자발적으로 움직이시는 거잖습니까."

"뭐야?"

성을 낸 화천군 산신령이 다시 목소리를 죽였다.

"그래서 이다음엔 뭘 어떻게 할 거지? 도망치거나 숨어 지내는 것에도 한계가 있을 텐데. 게다가 넌 혼자도 아니라고."

"생각 중입니다. 방법은 아마 정면 돌파 하나뿐이라고 생각하지만 그것도 쉽지 않겠죠."

그들의 목소리가 나무들 사이로 흩어졌다. 태산의 목소리는 꽤나 씁쓸했다.

시간은 빠르게 흘렀다.

여름은 어느새 한창이었다. 태산은 찬바람이 나면 더 안전한 은신처로 옮겨갈 생각이었다.

옥자는 이곳에 빠르게 적응해 집 앞에 작은 텃밭을 만들었다. 때로 태산에게 약초를 배워 약술을 만들기도 했다.

산 위의 하루는 짧았지만 하루하루는 평화로웠다. 태산은 옥자가 심심할까 걱정했지만 그녀는 참으로 잘 지냈다. 게다가 여름, 사방에 풀들이 마구 자라나 먹을 것을 걱정하진 않았다. 태산은 며칠에 한번은 고기를 사왔고 때로는 계곡이나 강에서 물고기들을 잡아오곤 했다.

그날도 태산은 고기가 떨어져 시장에 내려가려던 참이었다. 텁수룩한 수염과 장발이 된 머리카락, 빛바랜 운동화, 낡은 옷가지를 입은 태산은 허리를 구부정하게 숙였다. 이태산임을 알아볼 수 없는 덩치가 크고 촌스런 시골총각으로 변해 있었다.

"태산씨. 조금 위험하다 싶으면 바로 도망쳐 오는 거예요, 알았죠?"

"알았어. 옥자도 조심해."

"네. 헌데 추격자들도 우리 둘 다 못 알아볼 것 같은데요?"

옥자는 키득거리며 말했다. 그녀는 태산이 사온 큰 반팔티에 꽃무늬 고쟁이를 입은 참이었다. 거기에 검게 염색하고 단발로 쳐낸 머리카락이 옥자의 귀 옆에서 짧게 구불거렸다.

"산 위라고 안심하지 말고 조심해, 멀리 가지 말고."

"그럼 계곡에서 놀아도 돼요?"

"그건 괜찮아."

계곡은 산의 집에서 그리 멀지 않았다. 태산은 안도하며 집을 나섰다.

그 뒤 옥자는 얼마 안 되는 빨랫감을 해치웠다. 빨래를 넌 뒤 그녀는 바구니를 끼고 계곡으로 향했다.

옥자는 산의 이름은 몰랐지만 험한 산세 사이로 흐르는 계곡은 완만했고 커다란 웅덩이들도 많았다. 산 너머에 군부대가 있어 민간인들은 거의 오지도 않았다. 옥자가 놀기엔 정말 좋은 환경이었다.

옥자는 주변을 경계한 뒤 침입자가 없다는 걸 알고서야 손으로 물장난을 쳤다. 물은 차고 맑아, 놀기엔 딱 좋았다.

그녀는 지나칠 정도로 유혹적인 계곡물을 노려보았다. 갑자기 무슨 생각 하나가 떠올랐다.

"그게 될까?"

보는 눈이 없으니 실행해도 나쁘진 않았다. 옥자는 고민하다 말고 천천히 옷을 벗었다. 실오라기 하나 걸치지 않은 알몸이 되어선 제가 벗은 옷들을 마른 돌 아래 괴어두었다.

"흡!"

기합을 넣자 그녀의 풍만하고 아름다운 나신이 이내 다른 형태로 변화했다. 뼈와 살이 변형되었고 팽창하고 변형되는 소리가 그녀의 안에서 울렸다. 옥자의 몸 위로 순식간에 줄무늬와 금빛의 털이 생겨났다.

옥자는 호랑이가 된 제 모습을 계곡 물 위에 비춰보았다.

"후어어."

될 수 있을 거라 생각했지만 이렇게 빨리 변할 줄은 몰랐다.

"쿠어쿠어."

말은 할 수 없었지만, 옥자는 자신이 마음만 먹으면 언제든 호랑이로 변신할 수 있음을 알게되었다. 그러니 사람으로 돌아가기 전에 놀아두는 게 좋았다.

금빛의 호랑이가 계곡을 오르내리며 물장구를 치고 놀았다. 첨벙 첨벙! 처엄벙!

고여 있는 물속에 폭 몸을 담그기도 하고 위에서 쏟아지는 작은 폭포 아래 드러누워 쏟아지는 물에 자동 샤워를 하기도 했다. 물속의 작은 물고기들을 놀라운 시력으로 발견하고 발톱으로 후려쳐보기도 했다. 첨벙, 좌라락! 물이 사방으로 튀었다.

옥자는 계속해서 물속을 뛰어다니며 뒹굴고 겅중겅중 돌을 밟으며 뛰어다니기도 했다. 그리고 얼마 지나지 않아 그녀는 흠뻑 젖은 호랑이 물귀신이 되었다.

"크르크르르. 크르르르."

기분 좋은 콧소리를 내뿜으며 옥자는 즐거워했다.

태산이 저를 예뻐해주고 사랑해주어서일까. 이 호랑이의 모습을 태산에게 한 번 더 보여줘도 괜찮을 것 같았다. 그가 놀라 기겁하겠지. 자연스럽게 호랑이로 변신할 수 있다고 말하면 더 기함할 거야.

혼자만의 여유를 만끽하고 물장구를 치고 놀던 호랑이가 귀를 쫑긋 세웠다.

태산의 기척이 산 아래에서 느껴졌다. 이대로라면 그가 삼십 분 안에 은신처로 돌아올 터였다.

"하아."

조금 아쉽지만 다음을 기약해야 할 모양이었다.

"크르크르."

옥자는 다시 사람의 모습으로 돌아왔다.

그녀의 내부에서 뼈와 살이 이동하는 소리가 울려 퍼졌다. 하지만 그 변화는 지독하게 짧았고 고통스럽지도 않았다.

옥자는 제가 돌로 괴어둔 옷을 입기 위해 다가갔다. 헌데 바람이 심해선지 옷들이 흐트러져있고 브래지어와 팬티만이 보이지 않았다.

"어디 갔지?"

속옷에 발이 달리진 않았을 테고 누가 훔쳐갔을 리도 없다. 주변에서 사람의 냄새도 전연 나지 않았다. 누가 있었던 걸까?

멀리서 들리는 태산의 목소리에 옥자는 슬리퍼를 신고 바구니를 옆구리에 꿰었다. 그리고 문득 계곡 쪽을 돌아보았다. 속옷을 입지 않아 잔뜩 민망한 가운데, 의문만이 들었다.

내 속옷 도둑은 누구지?

계곡에선 물 소리 외엔 아무런 기척도 나지 않았다.

11. 다가오는 위협

서울, 백호파의 사무실.

백호파에서도 보스인 강백호의 사무실은 검은색 가죽 일색으로 꾸며져 있다. 그 어두운 흑백의 사무실 안에서 가장 어울리지 않는 건 늙은 백호 노인을 그려놓은 낡은 족자였다.

전대 백호파의 두목 강찬봉.

강백호는 제 부친 강찬봉이 그려진 족자를 올려다보았다.

"아버지."

강백호가 이를 갈았다.

"사사건건 그 이태산 그놈이 말썽이군요."

강찬봉은 천수를 누리다 오십 년 전에 타계했다. 허나 부친의 임종 때까지도 강백호, 아니 원래 이름인 강말봉은 그의 기대에 미치지 못하는 아들이었다.

강찬봉은 많은 자식을 얻고 싶어 많은 여인들을 거느렸다. 허나 손이 귀한 탓에 강말봉 하나밖에 두지 못했다. 말봉 또한 정실 자식도 아니었다.

출생부터 환영받지 못했고 커가면서 강찬봉을 만족시키지 못했다. 성인이 되어선 아비에게 반발하듯 황호들과 어울렸고 끝내 젊은 황호족의 서열 1위인 이태산과 싸워 패했다. 패했지만 그에게 승리를 양보 받아 영역과 여인을 차지했다.

졌지만 결과는 그의 승리였다.

부친이 반대하는 황호 암컷과 결혼을 했다. 삼백 년 전의 그때 부친 강찬봉은 뭐라 했던가.

「네놈은 백호족의 수치다!」

강찬봉의 악담과 패악은 거기서 그치지 않았다. 황호인 이남숙과의 결혼 또한 순탄치 않았다. 결혼해서 행복하게 살며 많은 아이들을 낳았다면 그나마 좋았을 테지만 좀처럼 아이가 생기지 않았다. 강찬봉은 며느리를 구박했다.

「네년이 낳은 아이가 백호가 아니라면 어쩌라는 게냐!」

부친은 백호의 아이가 태어나지 않을까 두려워했다. 결국 남숙은 아이를 유산했다. 그 뒤엔 좀처럼 임신이 되지 않았다. 강찬봉은 욕을 퍼부으며 남숙을 구박했다.

몇십 년 씩이나 계속된 싸움에 말봉도 지쳤다. 남숙은 우울증이 심해졌고 말봉은 밖으로 나돌았다. 혈기왕성한 호랑이족 수컷이 날뛰기엔 좋은 세상이었기에 그는 영역을 확장하고 돈을 끌어 모았다. 남숙이 있는 집으로 가는 대신 여자를 만들었다.

부부 사이는 더욱 냉랭해졌다.

그리고 이백 년이 지난 어느 날, 말봉은 남숙과의 우연한 관계에서 아이를 얻었다. 후계자가 될 백호의 아이들을 얻었지만 이미 남숙에게서 마음이 떠난 뒤였다. 그는 부인과의 별거를 선언했다.

제법 정정했던 부친 강찬봉은 후계자가 생겼음을 기뻐했지만, 황호에게서 태어난 후계자들을 탐탁지 않게 여겼다.

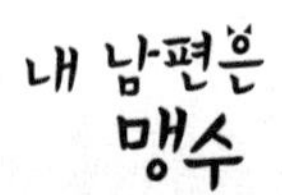

그 사이 강말봉은 강백호로 이름을 바꾸었다. 그의 사업은 순조로웠고 그는 백호파를 만들었다. 백호파의 아래로 늑대족과 살쾡이, 잡스런 육식종들이 모여 거대한 조직을 형성했다.

이제 그는 땅과 돈, 권력을 모두 쥐었다. 그를 귀찮게 하는 건 멍청한 웅녀족 정도뿐이었다.

정확히 오십 년 전쯤이었다.

강찬봉이 임종을 앞두고 아들을 불러냈다. 강백호는 부친의 부름에도 응답하지 않다가 부친의 마지막을 보기 위해 걸음했다.

바싹 마른 나무 같은 노인의 눈이 광기로 형형하게 빛났다.

「금호 계집을 찾아냈다! 그것이 태어나 멀쩡하니 살아 있었어! 그 계집을 손에 넣어야 한다!」

강백호는 어이가 없었다.

「그 계집만 손에 넣으면 된다! 어긋나 있던 모든 것을 바로 잡을 기회란 말이다! 그 계집만 손에 넣으면 백호들이 호랑이족 전체에 군림할 것이다! 말봉이 네놈이 갖고 싶어 하는 돈과 권력과 권위 그 모든 것이 네 것이 될 거란 말이다!」

백 년 전에도 강찬봉의 상태는 이상했었다. 그놈의 금호, 금호, 금호.

허나 단순히 노망난 노인의 말로 치부하기엔 그 내용이 일관적이고 명확했다. 심지어 아버지의 심복이 미국을 오랫동안 오가며 무언가를 교묘하게 손을 썼다는 건 강말봉도 알고 있었다.

눈을 버럭 뜬 강찬봉이 외쳤다.

「그 계집은 아직 어리지. 그래서 누구도 그 계집을 손에 넣지 못하도록 손을 써놓았다. 누구도 그 계집의 정체를 알지 못할 거다! 쿠하하하! 그 계집을 극비 인물로 만들었지! 누구도 그 계집의 정보를 쉽게 열람하지 못할 게다! 쿠하하! 쿨럭!」

「아버지.」

「그 계집은, 그 계집의 정체는……!」

쿨럭. 그대로 강찬봉은 피를 토하며 마지막 유언을 남기지 못한 채 죽었다.

허나 강말봉은 아비의 말을 오랫동안 기억했다. 그리고 그 계집만 손에 넣는다면 모든 권력을 손에 넣을 수 있다는 말의 뜻을 얼마 전에야 알았다.

그 계집을 드디어 만날 수 있게 되었는데! 사십 년이 넘는 시간만에 그 아버지의 유언에 따라 이제야 아비를 만날 수 있게 되었는데!

원하던 모든 것이 눈 앞에 있었다! 돌연변이로 지정된 계집을 호랑이족의 누구도 건드리지 않았다! 그래서 그 멍청한 계집만이 제 옆에 있으면 되는 간단한 문제였는데!

왜!

그 멍청한 계집은 자신이 무엇인지도 모른단 말이다! 이태산 또한 그것을 알 리 없지 않은가!

"이태산 그 새끼."

왜 하필, 김옥자를 데려간 것이 이태산인가. 그 신출귀몰한 놈을 대체 어디서 잡으라고! 그 자식이 작정하고 숨으면 찾아낼 가능성이 없단 말이다!

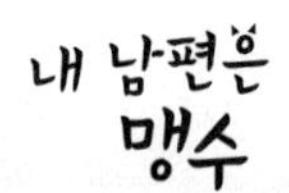

“아직도 못 찾았어?”

강백호의 말에 부하들이 고개를 숙이며 대답하지 못했다.

“지금 네놈들이 낭비한 돈이 얼만 줄이나 알아? 이 수색에 얼마나 돈이 들어갔는지 아냐고! 벌써 강남의 빌딩 몇 채 사고도 남을 돈이 날아가고 있다고!”

이미 들어간 돈은 환산불가였고 앞으로 들어갈 돈 또한 천문학적이었다.

그렇게 돈을 들여 실마리라도 잡았으면 좋으련만. 한 달이 넘게 이미 수색은 제자리걸음을 하고 있었다.

마치 두 사람이 지상에서 사라져버린 것처럼, 흔적도 없어진 지 한 달. 이태산이 김옥자를 데리고 도주한 지 두 달이 경과한 시점이었다.

“어째서 백호파가 아니면, 백호파가 고용한 반인반수 사냥꾼들도 왜 둘을 못 잡아? 함께 도주하고 있을 텐데, 왜!”

“그만 고정하세요, 두목!”

“그 계집이 있어야 한다고!”

“진정하십시오. 왜 하필 그 계집입니까? 계집은 많습니다. 그 호랑이 암컷이 돌연변이라서 마음에 드신 거라면 그년과 비슷한 돌연변이 반인반수들로 찾아 올릴 수도 있습니다.”

“김옥자는 흔하디흔한 계집이 아니란 말이다.”

강백호는 피곤해진 미간을 짓눌렀다. 백호파의 부하들은 백호의 비위 하나 맞추지 못했다. 매일 매일이 살얼음판이라 백호파들도 지난 석 달 가까이 누적된 피로도가 임계점에 다다른 상태였다.

“다른 곳에서 연락 들어온 게 없나 살펴봐.”

"저기, 두목님."

"또 왜?"

"저희가 이태산과 김옥자를 쫓는 사이, 자꾸 웅녀파가 싸움을 걸어오고 있습니다. 아무래도 놈들의 주요 활동기인 여름이라."

"알아서 처리해. 내가 나설 필요까지 있어?"

"아, 아닙니다."

마침 전화벨 소리가 울려 정적을 깼다. 백호의 주의가 흩어져 백호파의 일원들은 그나마 한숨을 쉬었다.

잠시 후 강백호의 비서 역을 하는 오른팔, 송만춘이 백호에게 알렸다.

"써니 정이십니다. 내일 ESU 사무실에서 뵙자고 하십니다."

강백호는 콧방귀를 뀌었다.

이게 다 그 멍청한 써니 정 때문이었다. 허울뿐인 호랑이족 수장을 오라비로 두고 그것으로 권리를 주장하며 이태산 하나 제대로 잡지 못한 계집! 호랑이족 여신이면 뭐하나. 하등 쓸데없는 명칭이 아니던가.

"간다고 해."

강백호는 퉁명스럽게 말했다.

"써니 정 그 계집도 이용할 땐 이용해야지. 김옥자만 돌려받으면 이 고귀한 몸은 호랑이족 전부를 다스릴 수 있을 터. 그러니 그 망할 계집도 어르고 달래놔야지."

강백호는 야망에 불타올랐다. 그러기 위해선 김옥자를 손에 넣어야 했다. 무슨 수를 쓰든. 그 계집의 의중 따위는 상관없었다.

왜냐?

그 계집은 어리고 유순해서 그에게 쉽게 길들여질 수 있을 테니까.

"푸에취!"

옥자는 저도 모르게 재채기를 했다. 날도 지독하게 맑고 볕도 좋은데 왜 재채기가 나오는 걸까? 오늘은 아직 물놀이도 하지 않았다.

"감기야?"

"아뇨."

옥자는 태산이 던져놓은 옷가지들이 양동이 가득 모인 걸 보며 한숨을 쉬었다. 지하수를 길어 와 하기엔 제법 양이 많아 보였다.

"계곡이나 가서 빨리 빨래나 해야겠어요."

산야는 해가 나는 시간이 짧다. 해가 지기 전에 빨래를 하고 바싹 말려야 했다. 옥자가 수북이 쌓인 빨랫감을 고민하는 사이, 건장한 상체를 드러내며 활보하던 태산이 저를 봐주지 않는다는 데 항의의 목소리를 냈다.

"그전에 나 등목이나 쳐달라고. 불량한 마누라."

"알아서 좀 치면 안 돼요?"

"섹시한 남편 앞에 두고 무슨 소리야? 내가 이 근육들 키우느라 사백 년 걸린 거 알지?"

옥자는 한숨을 쉬며 물이 든 양동이와 박 바가지를 들었다.

"엎드려 봐요. 태산 씨. 등목 쳐줄 테니까."

태산은 팔과 다리를 뻗고 엎드렸다. 그의 맨등을 보며 옥자는 차가운 물을 바가지에 담아 그의 등을 벅벅 씻겨주었다. 옥자는 태산의 등과 물결치듯 움직이는 근육들을 응시하며 투덜거렸다.

"왜 이렇게 가죽이 질긴 거예요? 밀어도 벗겨지질 않네. 이건 몸이 흉기라고요."

"뭐?"

"흥."

태산이 고개를 들어 항의하려 하자 옥자는 다시 그에게 물을 끼얹었다.

"차가워!"

동시에 옥자는 온 힘을 실어 그의 등을 철썩 내려쳤다.

"헉!"

그의 등에 벌겋게 옥자의 손바닥 모양이 생겨났다.

"옥자 힘세니까 힘 조절해서 때리라고 했지?"

"몰라요. 순혈이니까 빨리 낫는다면서요. 나 빨리 빨래하러 가야 한다니까."

옥자는 쉰내가 나는 태산의 옷 뭉치를 보며 작게 코를 막았다. 계곡에 가려 서두르려던 그녀가 말장난 같은 대화를 하다 말고 멀뚱히 선 태산을 바라보았다. 등목을 치다 일어났으니 그의 건장한 몸을 타고 흘러내린 물방울들이 그의 바지를 잔뜩 적시고 있었다.

"태산 씨?"

태산은 먼 산야 너머의 세계를 보고 있었다.

"태산 씨, 왜 그래요?"

"아, 아니. 아무것도 아니야."

태산은 눈살을 찌푸린 채였다. 옥자는 그가 심각한 고민에 사로잡혔을 때의 표정이라는 걸 깨달았다.

무슨 일이 일어나려는 거지? 그녀는 불길함을 느꼈다.

서울, 반인반수협회 30층 ESU 한국 지부.

반인반수협회의 꼭대기 30층. 그 ESU의 사무실은 여름이 가까웠음에도 불구하고 살얼음판이었다.

직원들 모두가 숨을 죽인 채 두 남녀를 응시했다.

강백호와 써니 정. 희귀 맹수 한국 호랑이족이었다.

써니 정은 아찔한 미니 원피스를 입고 다리를 꼬았다. 브이넥으로 깊게 팬 원피스가 그녀의 몸에 피부처럼 달라붙어 풍만한 가슴 둔덕과 황금빛으로 그을린 긴 다리를 강조했다.

강백호는 슬림한 검은 셔츠에 검은 팬츠 차림이었지만 검은 복장 때문에 그의 백발이 더욱 도드라져 보였다.

"저, 저기, 차라도 한잔 하시겠습니까?"

접객을 담당하는 ESU 말단 여직원이 쟁반을 든 채 물었지만 두 반인반수들은 살기만 흩뿌렸다.

"저, 저기 커피나 주스 같은 거라도 드, 드릴까요?"

"됐어, 꺼져."

써니 정의 말에 황송하다는 표정을 지으며 여직원이 부리나케 도망쳤다.

두 반인반수들이 험악한 분위기를 풍기며 ESU 사무실을 장악한 지 삼십 분째.

ESU가 그들 남녀에게 해줄 말은 없었다. 이태산과 김옥자의 행방은 되려 ESU가 그들에게 묻고 싶은 것이었다.

원래라면 ESU가 이태산과 김옥자를 현상수배 해야 했다. 하지만 김옥자의 정보가 기밀등급이라 열람도 불가능한 탓에 수배 대상에서 제외되었다. 왜 그것이 기밀인지는 ESU의 직원들 전부가 몰랐다.

김옥자가 수배대상이 아니니 그녀와 도주한 이태산도 붙잡을 근거가 없었다.

"그래서 ESU는 단서조차 못 잡고 있다는 거군. 왜지?"

씹어 죽일 듯이 강백호가 중얼거렸다. 써니 정도 화답하듯 길게 뽑아낸 손톱으로 테이블을 톡톡톡 두드리다 찌이익, 날카로운 소음을 내며 긁었다.

"아직도 찾아내지 못했나요?"

써니 정이 툭툭거리며 강백호에게 말을 내뱉었다. 그녀와 마주한 강백호의 흰 피부가 유리처럼 일그러졌다. ESU 직원들은 마지못해 고개를 끄덕거렸다. 사실 백호파가 전국을 샅샅이 들쑤시며 다닌 지 두 달을 지나 석 달째. 그들조차 찾아내지 못한 두 남녀를, ESU가 찾아낼 리 만무했다.

이태산의 도주 실력은 호랑이족 최강이었다.

"아시다시피 그들의 흔적을 쫓는 건 처음 한두 달 정도는 가능했습니다. 그들이 사용한 카드 내역과 그들의 인상착의와 비슷한 이들을 전국 유명 관광지에서 찾아다녔으니까요. 하지만 그들은 붙잡히지 않았습니다. 지금은 아예 종적을 감췄고요."

"어딘가에 몸을 잘 숨기고 있단 얘기겠지."

이태산이 작정하고 숨었다면 찾아내긴 힘들다. 제보와 수색에 의존할 수 밖엔 없는데, 그 제보조차 뜸해진 것이 한 달이 넘었다. 그 사이 강백호의 백호파와 써니 정이 고용한 사냥꾼들도 가만히

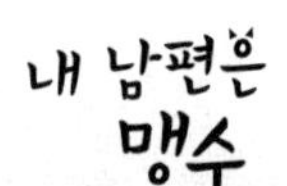

있지 않았다. 물론 그 양측 전부 수확은 없었고, ESU가 보기엔 둘 다 골칫덩어리였다.

강백호는 유명한 반인반수 조직폭력배를 이끌고 있었다. 써니 정은 호랑이족의 여신으로 칭송받다가 저보다 혈통이 미덥지 못한 암컷이 제 남편감과 눈이 맞아 도망쳤다는 걸 용납하지 못했다!

"지금 ESU보다 이태산의 행방을 더 찾아내고 근접한 건 백호파라고 봅니다. 백호파가 정보 하나 내놓지 못하면서 저희를 닦달하는 상황은 우습지 않습니까?"

"맞습니다. 그들은 현상수배 상태도 아닌데 백호파의 움직임은 너무 지나칩니다. 백호파가 전국을 쑤신 탓에 정작 ESU가 나서기엔 곤란한 상황 아닙니까?"

강백호가 허를 찔린 듯 입을 다물었다. 써니 정 역시 강백호를 쏘아보았다.

"이봐요, 강백호 씨. 당신이 이태산과 그 계집을 잡으려고 푼 숫자가 만 명을 넘어간다면서요? 그런데도 그놈들 하나 못 잡아? 계집 하나 단속하지 못해서 내 남자를 빼앗아가다니 이게 말이 돼요? 지금 ESU가 왜 수수방관하고 있는데! 내 오라비가 허울뿐이라고 해도 호랑이족 수장인데 왜 내가 이런 취급을 받아야 하느냐고!"

써니 정의 울분에 찬 목소리에 강백호 역시 불쾌해졌다. 주인 없는 호랑이족 수장의 자리를 제 놈들이 멋대로 차지해놓곤 이제 와서 뭐라?

"원래 이태산은 신출귀몰한 놈이지. 놈이 작정하고 사라지면 못 찾아. 오십 년 전에도 마찬가지였고."

"그땐 지금하고 다를 텐데요? 컴퓨터도 휴대전화도 없었을 그 시절과 지금을 같다고 생각하는 건 아니겠죠? 게다가 그 김옥자 년 대체 누군가요?"

"함부로 말하지 마. 내가 찍은 여자다."

강백호가 으르렁거렸고 써니 정은 콧방귀를 뀌며 다리를 꼬았다.

"어수룩하고 멍청한 계집이라고 하지 않았나요? 돌연변이에 부적격자. 남의 남자 꼬드긴 그 계집의 마음 하나 못 잡아서!"

"멍청한 계집이라고 하지 마! 내가 오랫동안 노린 암컷이라고! 그 암컷이 자라기만을 바라며 사십 년을 기다려왔다고! 그것보다 호랑이족의 여신이라고 하는 네가 제대로 이태산을 유혹해 붙잡았다면 그놈이 내 집으로 곰 새끼들을 선동해 쳐들어오는 일 따위 없었을 거잖아!"

두 호랑이족의 언성이 잔뜩 높아졌다.

"지금 누굴 탓하는 거예요? 그 망할 계집 하나 찾아내지 못하는 등신인 주제에! 게다가 뭐 사십 년을 기다려? 이 자식이 지금 무슨 헛소리야?"

"뭐?"

"진정들 하십시오."

동석한 ESU 직원이 끼어들어 그들을 제지시켰다.

"넌 꺼져!"

두 호랑이족의 마음이 일치한 순간이었다. 이태산과 김옥자의 행방을 좇는 데 ESU는 하등 도움이 되질 않았다.

결국 어떤 수확도 얻지 못한 채 반인반수협회를 빠져나가려던 그녀가 지하 주차장에서 머뭇거렸다. 부하들을 잔뜩 대동하고 온 백

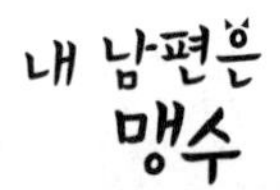

호파의 백색 차량이 난폭하게 주차장을 빠져나가고 있었다. 강백호는 화가 많이 난 모양이었다.

호랑이족 중에서도 수가 얼마 안 되는 백호파는 권력 지향적이기로 유명했다. 특히 강백호의 부친 강찬봉을 따라올 이는 없었다. 한때 강찬봉은 아들의 결혼을 파토 낸 것으로도 유명했다.

"이상해. 왜 강백호가 저렇게 집착하는 거지?"

생각해 보면 김옥자의 존재가 이상한 것이 한두 가지가 아니었다.

게다가 ESU는 왜 그녀를 수배할 수 없는가. 여자를 하찮게 여긴다던 강백호가 왜 집착하는 것인가. 써니 정이 김옥자에 대해 알아보려 해도 그녀의 보안등급이 높아 알아볼 수 없었다. 그 계집의 정체에 대해 제대로 아는 이도 전무했다.

사실 써니 정이 아는 호랑이족 계집들의 수준은 거기서 거기였다. 호전적이고 당돌한 제 잘난 맛에 사는 암컷들. 그 계집들 중 연약한 초식계처럼 생긴 이들은 없다. 그런 외모는 혼혈이 아니고선 불가능했는데 ESU의 호랑이족 등급에 선별되려면 혼혈 따위는 명단에 오를 자격도 되지 않았다. 그 명단에 오른 김옥자는 돌연변이라 제대로 된 맞선 대상이 아니었다니.

이런 경우가 가능은 한 건가. 게다가 뭔가 걸리는 것이 있는데 그게 뭐였지?

써니 정은 곰곰이 생각하다 ESU의 말단 사무실 직원을 불러내었다. 그녀의 미모에 감탄한 직원은 그녀를 우러러보았다.

"김옥자, 그 계집에 대해 아는 거 있으면 읊어."

써니 정의 차가운 목소리에 정신을 차린 ESU의 직원이 더듬거리며 읊었다.

"잘은 모릅니다만, 그리 나이는 많지 않은 것 같습니다. 부모 대신 인간의 손에서 자란 케이스로 반인반수협회 쪽에 등록된 지는 사십 년이 넘는 정도입니다."

"그 계집의 정보가 시스템 안에 있겠네. 보여줘."

"안 됩니다. 아예 접근조차 안 돼요. 팀장이나 전무님조차도 김옥자에 대한 정보는 접근 불가능하니 저 같은 말단 인물은 접근조차 안 돼요. 저 정보도 귀동냥한 거고 언뜻 듣기로 최고 보안등급인가 그렇다던데요."

"말이 돼? 그깟 호랑이 계집이 뭐라고? 나이도 많지 않은 게? 아니면 해킹이라도 해!"

"ESU의 시스템이 강력하고, 해킹이 불법이라고요. 들키게 되면 목이 잘리는 것만으로도 끝나지 않아요. 웬만한 해커들로는 뚫을 수 없는 시스템이기도 하고요."

써니 정은 할 말을 잃었다. 그녀의 상식으로 김옥자는 전연 이해할 수 없는 존재였다. 게다가 그녀는 김옥자의 생김새조차 모르고 있었다.

"대체 어떻게 그 계집이 최고 보안등급인 거지? 넌 알아?"

"처음 전산화가 이루어지거나 그 개체의 정보가 등록 될 때 그렇게 된 것 같아요. 최초의 등급이나 최초의 기록 내용이 수정되지는 않았으니까요. 아마, 누군가 김옥자 씨가 최초로 전산등록 될 때 보안등급을 최고로 높여 달라 손을 쓴 건지도 몰라요. 그러면 그녀의 정보를 누구도 열람하기 힘드니까요. 심지어 최초로 전산등록이 될 때는 허점이 많아서."

"그럼 김옥자의 정보를 보기 어렵게 손 쓴 누군가가 있다 그거지?"

"그게 아니고선 이런 상황이 설명이 안 되죠."

"그럼 손 쓴 사람은 누구야?"

"그것도 모르죠."

첩첩산중이었다. 써니 정은 저도 모르게 한숨이 나왔다.

"그 계집애는 어떻게 생긴 거야?"

"아, 그거라면."

직원이 제 휴대전화에서 김옥자가 등장하는 CCTV의 영상을 재생했다. 애초 강백호가 김옥자를 수배해달라며 요청한 백호파의 저택 CCTV화면이었다. 화질은 선명하지 않았지만 써니 정이 김옥자의 분위기를 파악하기엔 충분했다.

앳된 인상과 왜소한 체구, 선명한 금발. 보통 호랑이족 계집들과는 천양지차의 분위기였다. 그 옆에 선 강백호와 키를 가늠해봐도 김옥자는 성인 여성의 평균 키에 해당하는 것 같았다.

"하지만 이 계집 아무리 봐도 초식계잖아."

"호랑이족입니다. 그건 분명합니다."

"하아."

다시 화면을 정지한 써니 정이 인상을 써댔다. 뭔가 알 듯 말 듯한 기분인데 대체 그건 뭐지? 써니 정은 김옥자의 옅은 금발을 가리켰다.

"이 계집 염색한 거야?"

"원래 그렇다고 들었는데요."

써니 정은 제가 알고 있는 김옥자에 대한 정보를 취합했다.

서울 출생, 나이 백여 살. 부모 미정. 혈통 미정.

생각해보면 백 년 전 써니 정은 혼인을 앞둔 시기였다. 그 시절 서울 경기 주변에서 젊은 호랑이 부부나 회임한 암컷호랑이가 있었다면 그녀가 알지도 몰랐다. 호랑이족들은 그 수가 지극히 적었으니까, 그 시절에 태어난 금빛 체모의 암컷호랑이족이라면?

무언가 써니 정의 머리를 직격했다. 차에 오른 그녀가 다급히 자신의 첫째 오빠에게 전화를 걸었다.

"오, 오라버니!"

- 다섯째? 무슨 일이야?

"혹시 여섯째 기억해? 그것의 털색깔이 뭐였는지 기억나?"

써니 정의 목소리가 떨렸다. 전화기 너머에서 그녀의 오라비는 한참이나 침묵했다.

- 그걸……, 왜 묻는 거지?

그녀의 오라비가 호랑이족 임시 수장이 된 지는 몇십 년에 불과했다. 호랑이족 수장 대리를 맡은 것은 그들의 모친이었다.

- 왜 이제 와서 그 이야기를 꺼내는 거지? 선연아. 혹시, 여섯째를 찾은 거니?

오라비의 목소리는 다급했다.

써니 정은 머리가 띵해져 왔다.

써니 정의 모친과 부친은 어릴 적 정혼해 다섯의 호랑이족을 낳았다. 써니 정은 그 사이좋은 다섯 남매들 중 막내였다. 부친은 써니 정이 성인이 되기 전 사고사 했다.

미망인이 되었던 모친은 어느 날 배가 불러와 괴상한 것을 낳았다. 그리고 호랑이족의 수장 대리가 되었다.

왜, 어떻게, 어떤 거래로 인해 수장 대리가 되었는지, 써니 정은 알고 싶어 하지 않았다. 다만 중요한 것은 어머니가 제게 주어진 권력을 제대로 활용하지 못했다는 것, 자신의 아버지가 아닌 다른 사내와 정을 통해 다른 새끼를 낳았다는 것이다.

"설마, 그건 아니겠지? 그 괴물은 아닐 거야."

써니 정은 매니큐어가 곱게 발린 제 손톱을 물어뜯었다. 하지만 머리에선 자꾸 무시무시한 생각이 들었다.

"그럴 리 없어. 그건 아니어야 해."

호랑이족의 임신 기간은 길다. 하지만 부친이 죽고 삼십 년이 지난 뒤 태어난 것은 아비의 자식이라고 주장할 수 없었다. 심지어 노산의 어미가 낳은 것은 황호였으나 털이 금빛인 괴상한 것이었다.

여섯째는 금기의 대상이었다. 어느 날 어미는 그것을 죽이고 돌아왔다. 그녀에게 주어졌던 권력은 여전했고, 여섯째라는 괴물이 사라지자 다섯 남매들은 평화를 되찾았다. 해피엔딩이라면 좋았겠지만 현실은 달랐다.

"하아."

어미는 새끼를 버렸다는 괴로움에 괴물 새끼를 찾아다니다 죽었다. 어머니가 죽자 수장 대리의 지위는 첫째 오라버니에게로 계승되었다. 비록 호랑이족들이 인정하지 못하는 가짜 수장 대리라 해도!

써니 정은 백 년 전 마지막으로 본 여섯째를 떠올리며 이를 갈았다.

불길한 금발, 제가 본 황호 누구도 가지지 않은 호박색의 눈을 가진 괴물. 그것은 부정의 증거였다.

어미가 죽은 아비를 배신한 증거! 그래서 어미는 괴물을 낳았다!

그 괴물이 사라지기 전까지 그녀의 인생은 고달팠다. 원치 않는 결혼을 강요당해야 했다. 저보다 훨씬 늙은 호랑이족 사내를 남편으로 맞아 독수공방해야 했다.

그 괴물이 사라지고 몇 년 뒤에서야 써니 정은 남편을 허울로 두고 자립해야 한다는 걸 깨달았다. 그 뒤는 탄탄대로였다. 허울뿐인 남편이 비천한 혼혈의 품에서 죽자 이제 그녀를 막을 수 있는 것은 아무것도 없었다.

최고의 남편감을 찍었다고 생각했는데 뭐? 감히 그딴 계집이 채어가? 여섯째 못지않은 돌연변이가! 생각만 해도 소름끼치는 그것이!

하지만 써니 정은 인정해야만 했다. 순혈과 비순혈을 전부 포함하더라도 호랑이족으로 정식 인정된 개체의 수는 기껏 해야 몇백이다.

그런데 그런 한국 희귀 호랑이족 중에 같은 나이, 같은 조건의, 부모가 미상인 금발 암컷이 있다고? 우연 따윈 없다.

"오라버니. 그 망할 것이 아직, 살아 있는지도 몰라."

- 뭐? 분명 어머니는 그것을 찾아내지 못했어!

"아니, 그것이 살아 돌아와 내 남편을 빼앗았어! 난 도저히 용서할 수 없어!"

- 다, 다섯째야. 어, 어떻게 할 생각이니? 걘 네 동생이야!

"알 게 뭐야."

써니 정의 입가에 스산한 미소가 어렸다. 수화기 너머로 첫째 오빠가 뭐라고 말하는 것 같았지만 그녀의 귀엔 이미 들리지 않았다.

정체불명의 여섯째가 제 어미를 병들게 했고 그녀의 인생을 망가

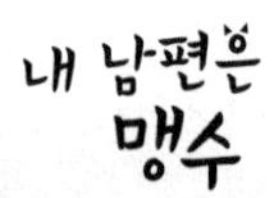

뜨렸다. 그런 괴물은 애초에 존재하지 않았어야 했다. 처음부터 태어나지 않는 쪽이 좋았다. 제 어미는 그것을 확실히 죽여버렸어야 했다. 그걸 버려놓고 죄책감에 괴로워하다 죽는 것 따위 하지 않았어야 했다!

그것은 모든 불행의 씨앗이었다.

"그딴 건 사라져버려야 해!"

- 선연아!

써니 정은 난폭하게 전화를 끊었다. 그녀는 이태산을 떠올리며 이를 바득바득 갈았다.

빌어먹을 여섯째! 제 끔찍한 남편과의 결혼은 어미가 결정한 것이었다. 그 끔찍한 결혼에서 빠져나왔나 했더니 다시 금발의 괴물이 나타났다. 이태산도 그 괴물에 이용당한 것이다.

"그 망할 것이 내 남편감을 빼앗아갔어."

써니 정은 복수심에 이를 갈았다. 그녀는 제 오라비와 어미가 누린 권력이 여섯째와 관련한 거래의 결과라는 걸 생각하지 않았다.

권력이란 건 그들이 누려야 할 것이었다. 거기에 금색 괴물이 포함되는 일은 없어야 했다!

평화로운 아침이었다. 옥자는 침대에서 누워 바깥의 소리에 귀를 기울였다. 여름이 다가와서인지 유난히도 새 소리가 시끄러웠다.

묘하게 노곤해진 옥자는 침대 위에서 한참이나 뒹굴거렸다. 태산과의 격한 섹스 때문인지 일어날 기운이 없었다. 게다가 간밤 짧게 꾼 꿈의 내용이 떠올랐다.

양아버지인 김휼과의 마지막 순간이었던 것 같다.

옥자는 그와 오십 년 정도의 시간을 함께했다. 그는 자신의 형에게서 그녀를 물려받고 형이 죽자 나라를 등졌다. 나라가 다른 이들의 손에 들어가자 먼 타국을 떠돌았다. 오랜 시간이 지나 나라가 다른 이름으로 독립을 하고 그 땅에 전쟁이 벌어졌을 때 그는 이미 노년이 되어 있었다.

그를 기억하는 사람도 나라도 없다. 김휼은 돌아갈 곳이 없다 생각했고 뿌리마저 잃은 그에게 남은 건 옥자뿐이었다. 그의 형이 주었고, 그와 함께 평생을 살아온 동지. 그의 죽음마저 함께하게 된 벗.

김휼은 인간치고는 오래 살았다. 그리고 인간도 짐승도 아닌 괴물인 그녀를 거두었다. 그가 칠십 세에 사망했을 당시 옥자는 겨우 십대 초반, 소녀의 모습이었다.

김휼을 좀먹은 것은 이름조차 난해했던 암.

칠십 세의 생일을 맞이했을 때 그는 투병으로 잔뜩 늙어 주름진 모습이었다.

- 에밀리.

낡고 녹슨 목소리로 그는, 나중엔 바싹 마른 손가락을 들어 옥자의 금발을 헝클어주었다. 그것이 애정의 표현.

옥자는 침대에 누워 있던 그를 껴안았다.

- 내 재산을 네 앞으로 돌려놓았다.

다가오는 죽음을 맞이하는 그의 모습은 의연했다.

- 너는 내가 없어도 강해져야 해. 다만, 바라는 것이 있다면 네 옆에 기댈 수 있는 누군가가 있었으면 좋겠구나. 혼자는 너무 외로우니까.

그의 마지막 말은 너무 슬펐다. 옥자는 그의 유언을 떠올리며 이불로 제 몸을 감쌌다.

혼자이고 싶지 않았다. 태산이 보고 싶었다.

어두운 동굴 침실 너머로 누군가 움직이는 소리가 들려왔다. 옥자는 재빠르게 거실로 나갔다. 햇살이 느리게 비쳐드는 작은 부엌. 커다란 덩치의 남자가 무언가를 만드느라 계속 움직이고 있었다.

옥자는 태산의 듬직한 허리를 껴안고 매달렸다. 그의 몸은 열이 많아 뜨거웠다.

"옥자, 감기야?"

"그냥 꿈을 꿨어요."

태산이 그녀를 떼어내고 앉혔다. 모포를 덮어준 그가 차를 끓이느라 부산하게 움직였다. 약초향이 나는 조금은 어둑어둑한 암굴. 옥자는 태산의 내음을 들이마시며 천천히 안정을 되찾았다.

여기는, 내가 있을 곳이다.

태산이 조금 미지근하게 차를 타 와 그녀와 마주 앉았다. 옥자는 그가 건넨 차를 멍하니 바라보며 입을 열었다.

"양아버지가 죽고 나 혼자 장례를 치렀어요. 그리고 너무 슬퍼서 오랫동안 잠을 잔 것 같아요. 다시 깨어났을 때의 난, 호랑이가 되어 있었죠. 그때의 꿈을 꾸었어요."

옥자가 깨어났을 때, 그녀는 성체호랑이가 되어 있었다. 그 전까지는 어린 호랑이였지만 김휼의 죽음이 그녀를 변화시켰다. 옥자는 자신의 모습에 적응하지 못하고 미쳐 날뛰었고, 인간으로 돌아오지 못했다. 이웃에서 신고를 한 탓인지 옥자는 동물원으로 끌려갔다.

옥자는 몸을 돌리기에도 힘든 좁은 우리에 오랜 시간을 갇혀 지냈다.

"굵은 쇠창살이 보이는데 앞발로 밀어내려 해도 밀리지 않았어요. 호랑이의 몸으론 서거나 뛸 수도 없는 굉장히 좁은 우리였거든요."

그 시절을 생각하자 입 안이 씁쓸해졌다. 옥자는 문득 취해 있고 싶었다.

"태산 씨, 우리 술 마실까요? 나, 마시고 싶어요."

옥자의 허한 마음을 알았는지 태산도 동의했다.

"점심 준비 중이었는 데 점심과 반주 어때?"

옥자는 자신이 정오를 지나서까지 잠을 잤다는 데 놀랐다. 미열은 없었고 딱히 감기에 걸린 것 같지도 않았다.

"아직 약술들은 개봉할 때가 안 됐어. 가볍게 맥주나 마시자고."

더덕주로 향하던 옥자의 시선을 느끼며 태산이 말했다. 옥자도 웃으며 고개를 끄덕였다.

호랑이족은 술을 좋아한다. 술이라면 종류를 가리지도 않았다. 퍼마시는 것도 좋아하고 식사에 곁들이는 반주도 즐겼다.

늦은 오후에서야 옥자는 태산과 함께 차가운 맥주를 맛볼 수 있었다. 오후 내내 맥주용 안주를 만든다며 재료를 찾으려 했던 탓이었다. 닭과 튀긴 고구마를 잔뜩 쌓은 그들은 맥주를 마시기 시작했다.

"언제 호랑이가 된 거지?"

태산의 갑작스런 물음에 옥자는 머리를 갸웃거렸다.

"정확히 언제를 말하는 거예요? 난 호랑이의 모습으로 여러 번 변해서요."

백 년을 살아왔으니 그중 변환횟수는 여러 번. 헤아린 적은 없었지만 변이 횟수는 열 손가락을 꼽을 정도였다. 물론 태산을 만나기 전까지의 십 년간은 변이를 하지 않을 정도로 안정적이었다.

옥자는 제 변이가 심리적 변화와 관련된다는 걸 깨달았다.

"아, 커다란 충격이나 스트레스를 받으면 변한 것 같아요. 환경이 극단적으로 바뀌어도 그랬고요."

한번 변이되면 짧게는 사흘, 길게는 일 년이 넘게 호랑이의 모습이 유지되곤 했다. 허나 인간 쪽이 본 모습인지라 호랑이의 형상을 유지하는 기간은 짧았다.

"가장 오래 변신해 있었을 때는?"

"양아버지가 돌아가신 뒤에. 아마 호랑이로 일 년 남짓하게 있었던 것 같아요. 사람으로 돌아왔을 땐 지금의 모습이었죠."

성장은 갑작스러웠다. 좁은 우리에 갇혀 지내던 호랑이는 인간으로 돌아왔을 때, 제 정체를 들키지 않으려 필사의 탈출을 해야 했다.

"한 가지는 분명해요. 변이가 거듭될수록 안정되고 있어요."

"안정?"

"더 편하게, 자연스러워진달까."

특히 심리 상태가 안정된 지금은 변화를 조절할 수 있게 되었다. 변신 속도도 예전보다 훨씬 빨라졌다. 옥자가 그것을 말하려던 찰나, 태산이 그녀의 손을 잡아 깍지를 꼈다.

"앞으론 호랑이로 변한다 해도 내가 있으니까 걱정 마. 함께 있어줄게. 옥자가 허락하는 한 평생, 함께."

우습게도 옥자는 할 말이 떠오르지 않았다.

참으로 우습다. 그들의 몰골은 처음 맞선 때보다 촌티가 났고 튀겨낸 모양이 우스운 닭튀김과 맥주도. 그들이 앉은 이 작은 거실도 전부 따지고 보면 형편없는데 그래도 눈물이 났다.

한번 시작된 눈물은 좀처럼 그치질 않아 옥자는 저도 모르게 그렁그렁한 눈물을 마구 쏟아내었다.

"어허어엉!"

태산이 그녀의 몸을 받아내며 등을 토닥였다.

"오, 옥자! 지, 진정해!"

"어허어어엉!"

한번 울음이 터지니 감당할 수 없었다. 눈물 콧물을 징하게 쏟아내고 세수까지 하고 나오니 옥자는 이미 탈진 직전이었다.

태산이 세수를 하고 나온 옥자를 걱정스럽게 응시했다.

"괜찮아?"

"응. 울어서 미안해요."

너무 울어서 눈이며 코가 퉁퉁 부어서 흉할 거다. 게다가 너무 울어서일까, 배도 고팠다. 옥자는 제 상태에 기막혀하며 태산에게 민망해졌다. 그래도 예쁜 모습만 보여주고 싶은데 대체 이게 뭐람. 제가 입은 꽃무늬 고쟁이도 촌스럽고 검은 반팔 티셔츠는 너무 컸다.

"괜찮아, 그래도 예뻐."

옥자는 태산의 눈에 콩깍지가 씐 것이 틀림없다고 생각했다.

그런데.

"어이. 커플 닭살은 그만 떨고. 먹을 것 있냐?"

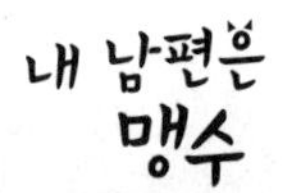

느닷없는 침입자의 목소리에 옥자는 화들짝 놀랐다.

예비군 군복을 입고 등장한 중년 남자의 괄괄한 목소리에 옥자는 화들짝 놀랐다. 남자는 검은 봉지를 바닥에 패대기치듯 내려놓았다.

"악산이 영감한테 부탁하라고! 이런 거 한 번만 더 시키면 죽여버린다! 호랑이 놈아!"

옥자는 뜬금없이 나타난 사내와 검은 봉지를 바라보았다. 태산의 지인 같은데 함부로 물어볼 수 없었다.

"태산이 네 놈이 부탁한 거다. 헌데 네 놈 짝은 가슴이 너무 커!"

갑작스레 가슴 이야기가 나왔다. 태산은 검은 봉지를 부스럭거리다 옥자의 앞으로 떠밀었다. 옥자는 그 안에서 야스럽고 천박한 레이스 뭉치를 발견했다. 브래지어와 팬티, 슬립인 것 같았다.

"이, 이건?"

예비군 남자가 자랑스레 가슴을 쳐댔다.

"아, 이놈이 간청해서 구해왔다고. 금호 색시. 맞는지 한번 입어봐. 잘 맞는지 입어서 보여주면 더 좋고."

태산의 주먹이 날아가기 직전, 예비군 남자는 황급히 말을 바꿨다.

"디자인이나 사이즈가 마음에 안 들면 바꿔야 하니까. 저놈이 신신당부를 해서 구해왔다고. 그러게 이 멍청한 호랑이 놈아. 힘 과시할 게 없어서 색시 속옷을 찢어서 이 난리냐. 저만큼 큰 젖통이에 맞는 게 없다잖아. 실물 사이즈 들고 가니까 다들 놀라잖아!"

옥자는 제가 호랑이족이 아니라 젖소 족으로 변신한 기분이었다.

"재 동양인 사이즈 아니란다."

"……."

옥자의 얼굴이 더 홧홧해졌다. 게다가 제 손에 들린 속옷들은 왜 이리도 얄궂고 민망한 모양새인가. 꺼내는 것조차 무안해졌다. 그리고 그 속옷들 속에서 익숙한 무늬와 패턴의 브래지어를 발견했다. 이삼주 전, 계곡에서 물놀이를 하다 잃어버린 속옷이었다.

"이, 이건 원래 제 거잖아요! 언제 가져간 거예요!"

옥자가 제 브래지어를 꺼내며 비난하자 예비군 사내가 턱을 긁어댔다.

"그러게 누가 계곡에서 알몸으로 물놀이하라고 했어? 내가 속옷 가져가도 몰랐잖아."

"뭐 계곡에서 알몸으로 물놀이를 해?"

이번엔 태산이 옥자를 마구 노려보기 시작했다. 옥자는 속옷을 쥔 채 그저 멍했다. 아무리 호랑이가 되어 신나게 물놀이를 했다지만 그땐 기척도 몰랐는데. 지금도 마찬가지였다.

분명 태산과 그녀의 옆에 앉은 사내는 이상했다. 말을 하고 움직이는데 살아 있다고는 느껴지지 않았다. 아니, 사람도 아닌 것이, 뭔가 이상한 존재였다.

"대체 누구세요?"

"허어. 이 호랑이 새끼, 이 얘기 안 해줬나? 나 이 지역, 화천군 산신령이다. 이 녀석은 날 봉화라 부르지."

"신령이요?"

옥자는 눈을 동그랗게 떴다. 기가 찬 얼굴로 예비군 사내가 말했다.

"금호 색시. 정말 몰라? 산신령? 저 호랑이 놈이 얘기 안 해줬어? 나 이 지역 총관리자인 산신령이라고, 금호 색시."

금호 색시란 말에 옥자는 또 의아해졌고 태산도 되물었다.

"금호 색시면 옥자 말하는 겁니까?"

"네 짝. 털빛이 금색이던데. 그럼 당연히 금호 색시지."

"털색이 금색인건 또 어떻게 아셨습니까?"

"재 호랑이로 물놀이하던데. 계곡에 웬 호랑이가 떡하니 나타나 물놀이 신나게 하고 여자로 변신해 돌아가는 게 흔한 일인 줄 알아?"

옥자는 속옷 뭉치를 껴안고 태산의 시선을 피해 고개를 돌렸다. 뭐라고 변명해야 할지 답이 서질 않았다.

호랑이로 변신해서 그냥 계곡에서 놀았을 뿐인데 왜 산신령이 나타나냐고!

"호랑이로 또 변했다고?"

"저거 자연스럽던데."

"뭐가 말입니까?"

"변신이 말이야."

어이가 없어하는 태산이 고갯짓을 했다.

"산신령님한테 속옷 부탁했었어. 들어가서 입어봐."

옥자는 도망치듯 침실로 들어와 불을 켰다. 왜 산신령이 속옷을 사 왔는지는 모르겠지만 속옷이 부족한 건 맞았기에 일단 티셔츠를 벗고 걸쳐봐야 했다. 한참을 시착해보던 옥자는 바깥에서 두런두런 속삭이는 이야기 소리가 멈추는 것 같아 신경 쓰였다.

불행히도 속옷은 맞지 않았다. 브래지어는 작았고 팬티는 너무 컸다. 옥자는 그것을 입어보다 말고 다시 봉지에 싸서 침실 밖으로 나왔다. 브래지어의 컵이 작다는 말에 산신령이 입을 떡하니 벌리며 옥자의 가슴을 노려보았다.

"그 브래지어 제일 큰 컵인가 그랬는데?"

옥자는 더욱 민망해졌다. 산신령은 옥자를 향해 화를 내지도 못하고 옥자가 내민 속옷 봉지를 싸맨 채 돌연 태산을 두들겨 패기 시작했다.

"맞아라, 이놈아! 좀 맞자!"

"왜, 왜 때립니까?"

"네놈이 찢어버렸다던 색시 속옷이 몇 갠 줄 알아? 그러니 이 사달이 난 거 아녀! 저 가슴이면 속옷 구하기 얼마나 어려운 줄 알아? 쟤 평균 한국인 사이즈 아냐!"

옥자는 더욱 민망해졌다.

모양은 형편없지만 제법 맛은 있는 닭튀김을 신나게 해치우고 맥주까지 두어 모금 얻어 마신 산신령이 일어났다.

"그럼 잘 얻어먹고 간다. 속옷은 알아보고 다시 바꿔 오마."

손을 흔들던 화천군 소재의 산신령이 말 그대로 연기처럼 증발했다. 산신령이 아니라 귀신이 아니었을까. 옥자는 두 마리를 튀겼는데 절반은 사라진 소반 위의 닭튀김들을 바라보았다.

"악산이는 또 누구예요?"

"있어. 설악산 영감."

이해하지 못할 것들투성이다. 하지만 태산이 사백 년 동안 무얼 했는지는 약간은 감이 오는 것 같았다. 그러니까 산신령들과의 친목

도모?

있다는 말을 듣기만 했지 실제로 보는 건 처음이었다. 아니, 있는 건 좋은데 왜!

고오오. 옥자의 분노가 치밀어 올랐다. 태산이 말한 그놈의 조력자들이 산신령이라는 건 알겠다. 하지만, 이 일에 대해선 분노만이 치솟았다.

"산에서 오래 지냈다고 했었죠?"

"응."

"왜 하필이면 산신령에게 속옷을 부탁해요?"

"찢어먹은 거 사이즈 찾으려니 힘들어서. 추적자가 있으니 멀리까진 이동하기 힘드니까."

"하아."

"당분간 옥자 씨 속옷 안 찢을게."

태산이 또 음흉하게 눈을 빛냈다.

"키스할래?"

옥자는 뭐라 반응해야 할지 몰라 했다. 하지만 태산이 이미 잔뜩 바지 앞을 세우고 제게 덤벼들기 직전이라는 건, 대체 뭐라고 해야 할까?

"좋아요. 대신 침실로 가요."

고작 몇 걸음도 안 되는 침실로 들어간 뒤에도 태산은 목마른 사람처럼 그녀를 마시고 또 마셨다. 단지 키스를 하는 것뿐인데 그녀의 입술을 깨물고 그녀의 안을 꼼꼼하게 휘저었다. 유연한 혀의 움직임을 따라가는 것만으로도 옥자는 버거웠다.

하아, 하아.

잔뜩 젖혀진 머리, 겹쳐진 입술. 태산은 진지하게 그녀의 안을 지배하는 데 열과 성을 다했다. 눈이 가려지고 숨이 막혀 왔다. 연약한 입안의 점막이 빨리고 유린되는 듯했다. 단지 키스일 뿐인데 격한 섹스의 행위를 연상시켰다.

"하아아."

입술이 겨우 떨어졌다. 은색의 타액이 그들의 입가에서 흘러내렸다. 놓치는 게 더 싫어서 그녀의 혀가 태산의 거친 입술을 가르고 제 혀를 조심스레 밀어 넣었다. 태산의 혀가 그녀를 환영했다.

"하아. 누가 먼저 벗을까?"

입술을 맞댄 채 그가 말하고 있다.

그의 맹수 스위치가 켜지기 직전. 옥자는 문득 생각했다. 그들이 몸을 겹친 횟수, 그리고 앞으로 겹쳐질 횟수. 그것 모두 헤아릴 수도 없고 수를 세는 의미조차 없으리라.

옥자는 저도 모르게 신음했다. 동굴의 침실 안은 그녀의 모습을 볼 순 없지만 그 울림이 너무 크다. 찰박찰박. 서로의 살과 살이 내밀하게 부딪치는 소리가 그의 귀를 울렸다.

격한 정사가 몇 차례 이어지고 그들은 혼절하듯 침실에서 몸을 겹치며 잠을 청했다.

깊은 밤, 옥자는 반짝 눈을 떴다. 불을 켜지 않은 침실은 어둑어둑했다. 조용히 귀를 기울이면 낮은 풀벌레들의 울음소리와 나무들을 스치는 바람 소리, 멀리 계곡을 따라 흐르는 물소리밖에 들려오지 않는다.

그녀가 꿈지럭대자 태산이 깨어난 모양이었다.

"왜 그래?"

그가 두꺼운 팔을 그녀에게 둘렀다.
"불안해?"
태산이 잠이 오는 목소리로 그녀의 목덜미를 간지럽혔다.
"침입자는 없어."
"알아요."
"푹 자. 아무 생각도 하지 말고. 내일 일은 내일 생각하자."
옥자는 그에게 기대어 눈을 감았다. 이어진 밤은 고요했다.

동이 터 오는 새벽, 태산이 옥자를 깨웠다.
겨우 눈을 뜨고 세수를 하기 무섭게 그는 산행을 하자며 마구 졸랐다.
옥자는 몽롱하게 태산을 따라 산길을 걸었다. 처음엔 잠이 덜 깼지만 산 공기를 마시다 보니 천천히 눈이 떠졌다. 이른 아침, 사방엔 안개가 자욱했고 발끝을 조심히 디뎌야 했지만 이슬과 안개에 젖은 흙 위를 걷는 기분은 상쾌했다.
"계곡에서 호랑이로 변했다며? 지금도 변신 가능해?"
태산의 갑작스런 질문에 옥자는 갸웃거렸다.
"지금 여기서 변신해 보라고요?"
"그냥 언제 변신할 수 있는지 알고 싶어서."
"아, 정확히 그런 기분이 들었을 때요. 변신해도 되겠다는 확신이 들 때가 있어요. 계곡 물을 봤을 땐 호랑이의 본모습으로 물놀이를 하고 싶어져서 변한 거거든요."
"지금은 아니란 거네?"
옥자는 고개를 까딱였다. 물을 본다고 해서 항상 호랑이로 변하는 건 아니었다. 그녀가 변신한 것은 이곳에 온 뒤 네 번 정도에 불과했다.

"그런데 왜 태산 씨. 새벽부터 여기 온 거예요?"

"그냥 아침 풍경을 보여주고 싶어서. 생각해 보니 어젯밤 내가 늦게까지 재우지 않았더라고. 그래서 지금 옥자의 몸이 멀쩡한지 알고 싶어."

옥자는 간밤을 떠올렸다. 간밤도 뼈와 살이 불타는 밤들 중 하나였다. 태산은 무지막지한 맹수였다. 그녀가 호랑이족이 아니라면 체력소진으로 복상사 하고도 남았으리라. 태산이 물어뜯은 목덜미는 아직도 따가웠다.

태산은 당장이라도 그녀의 탱글탱글한 가슴을 베어물고 싶었다. 야외에서의 섹스도 낭만적이겠지만 지금 시도했다간 옥자가 그를 죽이려 들 터였다. 옥자의 괴력이 만만찮다는 건 몇 번이고 경험한 적이 있다.

"일단 가자."

태산은 그녀와 함께 산을 올랐다. 평소보다 느릿느릿한 걸음. 높지 않은 봉우리건만 정상까지 오르려면 시간이 걸릴 듯했다.

"산에 올라갔다가 바로 아침 먹으면 될 것 같아요."

옥자는 재잘거렸다. 그 와중에도 태산은 주변을 경계했다. 참으로 평화로웠다.

"옥자, 우리 산꼭대기까지 누가 먼저 가나 내기할까?"

"태산 씨에게 유리하잖아요. 나보다 산에서 징글징글하게 오래 살았으면서."

"그럼 옥자는 뛰어가. 난 느긋하게 걸어갈게. 한참 뒤에."

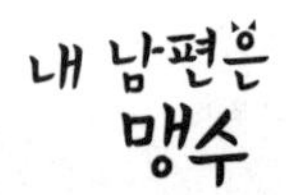

옥자는 망설였지만 태산이 그녀가 이겨보라고 도발하는 것 같았다. 옥자가 달려갈 준비를 하자 태산은 느긋하게 등짐을 선 채 그녀를 기다리고 있었다.

태산의 꿍꿍이가 무얼까. 옥자는 궁금해졌지만 묻지 않고 대신 나무 사이의 오솔길로 신나게 달려나갔다.

그러다 누군가의 인기척에 멈춰 섰다.

인적이 드물긴 했지만 사람이 아예 없는 건 아니었기에 그녀는 경계의 촉을 세웠다. 하지만 태산과 길이 엇갈리는 것을 우려해 그녀는 그들이 멋대로 정상으로 부르는 전망 좋은 포인트에 도착했다.

그곳에선 멋대로 굽이치는 강과 솟아나온 화천의 풍경 일부를 내려다볼 수 있었다.

"빨리 도착했네."

태산은 얼마 지나지 않아 포켓에 손을 찔러 넣은 채 그녀 뒤의 바위 위를 가볍게 점프해 내려왔다. 그가 옥자의 행동을 살피며 되물었다.

"왜 그래?"

옥자는 귀를 쫑긋거렸다. 소리도 들었고 시선도 느꼈다.

"분명히 누가 있어요."

"쉿, 조용."

태산은 주변을 조심스럽게 경계하며 낮게 속삭였다.

"여기가 은신처를 벗어난 영역이긴 하지만 달리 감이 느껴지는 건 없는데. 내가 느끼지 못할 정도의 실력자라면 ESU의 특수 현지 수색조나 일급 현상금 사냥꾼들이 전부……."

말을 흐리던 태산이 눈을 부릅떴다.

눈을 부릅뜬 그가 갑자기 옥자를 껴안고 몸을 날렸다. 커다란 바위 그늘 옆으로 그들이 몸을 튼 것과 동시에 무언가가 쏘아졌다.

피쉭!

"엎드려!"

옥자는 돌출된 바위 뒤로 넙죽 엎드렸다.

빌어먹을.

태산은 제 바보스러움에 이를 갈았다.

감이 무뎌진 것인가. 얼마 전 화천군 산신령에게 이미 경고를 듣지 않았던가. 평화로운 날들에 취해 경계심을 내려놓았던 게 문제였다.

이곳까지 추격자가 와 있을 줄은!

제 실책을 탓하며 태산은 제 기감을 확대했다. 그는 20미터 밖에서 기운을 완전히 숨기며 주변과 동화한 누군가의 존재를 느꼈다. 냄새마저 완전히 지운 것을 보아하니 놀라운 실력자인 것이 분명했다!

뒤꿈치에 잔뜩 힘을 실은 그의 신형이 대번에 이십 미터를 날아올랐다. 태산의 몸이 숨어 있던 추격자를 향해 단번에 내리꽂혔다!

"헉!"

녹색 위장복을 입은 사내가 태산의 공격을 피해 몸을 굴렸다. 추격자는 그와 동시에 태산을 향해 마취 총을 조준했다.

가까스로 몸을 피한 태산이 놈의 팔을 단번에 걷어차 부러뜨렸다.

퍼억! 빠악! 공기를 가르는 움직임이 살벌했다. 위장복의 사내는 이내 성한 다른 한 손으로 허리춤의 단도를 휘둘러댔지만 태산이 놈의 손목을 걷어찼다.

퍼억! 태산이 놈을 다시 돌려 차 대번에 놈을 바닥에 쓰러뜨렸다.

모든 게 순식간에 벌어진 일이었다.

"으, 으으."

부러진 손목 때문인지 위장복의 사내는 낮은 신음을 흘렸다.

"네놈은 누구지?"

태산은 녀석의 멱살을 잡고 되물었다.

코를 킁킁거리던 태산이 곧 놈의 숨겨진 체향을 맡아냈다. 고양이과의 반인반수들은 특히 개과의 체향에 예민했다.

"네놈은 견족이냐?"

견족. 늑대 출신의 개과로 온순한 성질과 뛰어난 후각을 타고 태어나 사냥견 혹은 수색견으로 불리는 이들은 그 종족의 상당수가 사냥꾼이나 ESU 하위의 탐색조로 일하고 있다.

설마, ESU 출신인가? 아니면 강백호가 고용한 사냥꾼인가?

가늘게 뜬 태산의 눈동자와 날렵하지만 위협적인 분위기에 압도당한 견족 사내가 결국 태산을 알아보았다.

"다, 당신 호, 호랑이족? 서, 설마 이태산?"

이태산의 원래 용모와 현재의 모습이 꽤 달라지긴 했지만 원래의 이목구비가 바뀐 것은 아니었다. 견족 사내가 이태산임을 확신한 순간, 태산은 주먹을 휘둘렀다. 퍼억!

태산의 주먹에 맞은 사내는 금방 기절했다.

태산은 제 얼굴을 알아본 자와 느긋하게 대화를 하고 녀석을 포로로 붙잡아둘 생각은 없었다. 게다가 사냥꾼들이나 수색조들은 보통 2인 1조가 기본이다. 주변에 놈의 파트너가 있거나 곧 그 파트너가 돌아올 터였다.

놈은 쉬이 깨어나진 않을 터였다. 하지만 태산의 마음이 조급해졌다.

"태, 태산 씨?"

옥자가 다가왔다. 태산은 허탈하게 한숨을 내쉬었다.

"이자는 누구? 설마, 추격자예요?"

태산이 고개를 끄덕였다.

"기척을 완전히 숨긴 걸 보니 노련한 전문가야. 아마 ESU 현지 수색조인 것 같군."

태산은 기절한 사내의 재킷을 젖혔다. 그 재킷 아래에는 옥자에게도 익숙한 ESU의 배지 하나가 매달린 채였다.

"혹시나 했는데 ESU 소속이 분명하군."

강백호가 보낸 추격자도 골치 아팠지만 ESU 소속의 파견조라면 더욱 곤란했다. 강백호에게 쫓기는 것도 모자라 ESU까지 끌어들이게 되다니. 예상한 바였지만 너무 빨랐다! 태산의 안색이 어두워졌다.

"옥자. 빨리 은신처로 돌아가서 짐 싸. 최대한 빨리. 챙길 수 없으면 당신 배낭이라도 챙겨."

"태산 씨."

"여길 당장 떠나야 해."

옥자는 더 캐묻고 싶었지만 태산의 심각한 표정에 입을 닫았다. 은신처의 생활이 끝났다. 아쉬움을 표현할 새도 없었다.

"태산 씨도 금방 따라와야 해요."

"알았어. 옥자, 서둘러야 해."

태산의 표정은 다급했다. 옥자도 부리나케 몸을 돌려 달렸다. 서둘러야 한다는 생각밖엔 없었다.

태산은 쓰러진 남자를 살피며 놈의 파트너가 어디에 있을지 기감을 확대했다. 기척을 숨겼다 한들 근방에서 생명체의 기운은 전혀 느껴지지 않았다.

태산은 무의식중에 옥자가 향한 은신처를 바라보았다. 은신처까지는 얼마 되지 않겠지만.

- 암컷호랑이가 걱정되는 거야?

태산은 어느새 자신의 옆에 홀연히 나타난 산신령을 바라보았다. 산신령은 태산의 발치에 쓰러진 사내를 굽어 내려다보았다.

- 그놈 죽일 거야? 아니면 내가 죽여줄까?

평소 군복을 입고 나타나던 것과 달리 지금 화천군 산신령은 희미한 그림자의 형태를 띠고 있었다. 태산이 한숨을 쉬었다.

"이 남자의 파트너가 느껴지지 않습니다."

- 산 아래 잠깐 내려갔어.

"그렇다면 다행이군요. 산신령께 사람을 죽여달라는 부탁 같은 건 드리지 않을 겁니다."

태산은 다른 수색조가 있는지 주변을 거듭 살폈다. 산신령의 말대로 느껴지는 존재감은 없었다.

- 내 도움은 필요 없나?

어린아이 같은 화천군 산신령의 조름에 태산은 한숨을 쉬었다.

"저는 옥자와 이곳을 당장 떠나야 합니다."

- 알아. 차는 산 밑에 이미 대놨어.

산신령의 그림자가 태산의 주변을 빙글빙글 돌았다.

- 좀 더 머무를 수 있었다면 좋았을 텐데. 이제야 그 암호랑이와 친해질 수 있을 거라 여겼는데 말이지. 너희를 위해 이놈을 볼모로 하루 이틀 정도 붙잡아줄게. 그 이외에는 전부 네놈이 해결해야 해.

"잘 알고 있습니다."

태산과 옥자를 쫓는 건, ESU의 현지수색조와 백호파, 써니 정이 고용한 사냥꾼까지 있었다. 태산은 옥자와 함께였고 그녀를 보호해야 했기에 행동이 마냥 조심스러워졌다.

은신처에 숨기 전인 석 달 전과는 양상이 달랐다. 그때는 추적을 피해 현금을 쓰며 도망쳤지만 그때의 ESU는 백호파의 수색에 도움을 주지 않았다. 현재, ESU의 현지수색조가 태산을 발견하고 태산이 그들을 제압했다는 건 추후, ESU가 태산을 본격적으로 추적할 거란 뜻이다.

ESU는 민간이 아닌, 반인반수들의 세계적 조직이다. 허튼 속임수 따위는 통하지 않을 거란 뜻이다.

- 애초에 ESU 놈들은 이태산을 찾으려는 건 아니었어. 이 근방에서 숨어 있는 반인반수들이 없는지 의례적 조사차 나온 길이었지.

태산은 더 자신이 한심스러워졌다.

"동기야 어쨌든 제 존재가 노출된 이상 ESU가 움직일 것이고 춘천이나 철원, 강원도 전체를 통제해 수색하려 들 겁니다."

태산은 담담하게 말했지만 속이 쓰렸다. 지체할 시간마저 부족했다. 그가 당장 해야 할 것은 도망치는 게 전부였다.

"봉화 님. 옥자에게 돌아가보겠습니다."

- 알았다. 이놈은 내가 맡지.

산신령의 그림자는 ESU 수색조 사내를 지그시 밟아 눌렀다. 태산은 그 모습을 확인하지도 않은 채 옥자가 기다리고 있을 은신처로 빠르게 움직였다.

12. 추적

멸종위기종 연맹, ESU의 한국 지부.

통칭 ESU Korea.

ESU가 부산하게 움직였다.

한국 멸종위기종 연맹은 반인반수협회 아래에 있지만 독립된 구조로 현지수색조와 서울 본사로 나뉘어 역할을 분담했다. 서울 본사 역시 수리부엉이족인 강영 총괄 전무 아래 자리한 몇 개의 팀이 업무분담과 협조를 했다.

강영 전무와 팀장들은 탁자에 앉아 전부 새파랗게 질려 있었다. 이른바 비상사태였다.

“화천군에 간 현지수색조가 발견한 게 이태산이 분명한가?”

“정확하진 않습니다.”

ESU의 현지수색조는 말 그대로 전국 각지에서 한국 멸종위기종 반인반수들을 찾아내어 파악, 기록하며 때로 현상수배 된 멸종위기종을 체포하기도 한다.

문제는 강원도 화천군에 파견된 수색조였다.

“화천군의 현지수색조가 희귀 맹수족으로 추정되는 사내를 발견했다고 보고했습니다. 어디까지나 추정이고 인간, 현지 주민일 가능성도 높다고 판단, 며칠을 더 관찰하다 그 사내를 놓쳤습니다. 다시 군 경계선 주변을 수색하던 이들은 사흘 전 행방불명이 되었습니다."

처음 행방불명된 것은 한 명이었으나 원활한 수색을 위해 다른 산을 조사 중이던 파트너도 곧 이어 실종되었다.

실종 상태에서 만 하루를 훌쩍 넘긴 뒤에야 그들은 산 아래에서 발견되었다. 그들의 위치추적기도 작동하지 않았다. 현지수색조가 차례로 실종되었다 돌아온 건 전대미문의 일이었다. 심지어 그들은 48시간 동안의 기억을 잃었다.

다행히 48시간 전의 기억을 토대로 맹수족 추정 사내의 몽타주를 작성할 순 있었다.

"그놈이 이태산인지가 문제지."

"물론 그렇습니다. 그 사내가 이태산이 맞는지는 애매합니다만, 실제 그자의 행방이 묘연해졌고 그가 반인반수라면 덩치 큰 고양이과의 맹수라고 추정됩니다. 수색조는 그 사내가 노인들이 거주하는 외진 마을을 지나 사람이 거의 가지 않는 산으로 가는 것을 목격했다고 합니다."

사내의 몽타주는 이태산과 턱이나 입매가 닮아 있었지만 분위기가 전연 달랐다.

냄새나 체취 등을 숨겨 자신을 완벽하게 은닉하는 반인반수들은 희귀했다. 그리고 화천군은 마음만 먹으면 숨어 살 곳이 많았다. 인적이 드문 철원이나 휴전선 부근에는 ESU가 파악하지 못한 반인반수들이 숨은 경우도 많았다.

"수색조들은 후각이 뛰어난 견족입니다. 그들에게 몽타주를 작성하고 이태산의 냄새를 맡게 한 결과, 그 사내가 이태산일 확률은 50퍼센트 정도 되는 것 같았습니다."

확실한 것은 아니다. 하지만 도주 중인 이태산과 그 이상의 확률로 일치한 결과는 없었다. 이태산일 가능성이 높다는 것만으로도 벌써 ESU 전체에 비상이 걸렸다.

"하아."

신사호가 깊은 한숨을 남몰래 토해냈다.

몇 달 전, 그는 ESU 몰래 이태산의 도주를 도왔던 경력이 있다. 그가 도왔다는 정황이 드러나진 않았지만 언제고 그 사실이 발각날까 봐 몸을 사려온 지 몇 달이었다. 그 사실을 알게 된다면 강백호와 써니 정이 어찌 나올지도 뻔했다.

신사호의 걱정과 달리 다른 ESU의 직원들 또한 머리가 지끈거렸다. 강백호와 써니 정은 말 그대로 미친 호랑이족이었기 때문이다.

담이 작은 직원들이 강영 전무에게 매달렸다.

"저기, 이태산이 아닐지도 모르지만, 이거 백호파에게 연락해야 할까요?"

"김옥자와 함께 있는 게 발견된 것도 아니잖아. 아직은 비교적 가능성이 높은 정황일 뿐이라고."

견족들이 작성한 몽타주가 이태산과 닮긴 했지만 분위기는 너무나 확연히 달랐다.

게다가 김옥자의 기밀등급에 관한 미스터리도 풀리지 않았다.

"무엇보다 이걸 백호파들이 알게 된다면 큰 문제지. 화천군을 떠나 강원도 전체를 대청소 하려 날뛸 테니까."

용의자가 이태산이 아닐 수도 있는 상황에서, 백호파의 움직임은 빤했다. 강백호가 이태산의 목에 현상금 삼십 억을 걸었고 지금껏 수색에 들인 돈만 몇백 억대. 강백호는 이태산을 아마 죽이려 할지도 몰랐다.

"대체 김옥자가 뭐라고 강백호는 그리 날뛴답니까?"

"모르지. 김옥자 씨가 마성의 미인이라도 되나?"

"김옥자 씨 본 반인반수 있어?"

모두들 의견들이 분분했다. 신사호가 김옥자를 본 유일한 반인반수였고 옥자가 호랑이로 변한다는 사실을 알긴 했지만 왜 그녀가 돌연변이로 지정되었는지는 몰랐다. 강영 전무의 입장에서도 김옥자의 정보 일부는 기밀이라 열람이 불가했다.

어쨌든 ESU 한국 지부의 입장상 강백호의 존재는 매우 재수 없는 쪽에 속했다.

"하여간 호랑이족 수장이 있든가 해야지. 두목도 없으니 늑대족을 이끄는 백호랑이 새끼가 호랑이족 얼굴이라고 설치는 꼬락서니란! 아오! 그놈의 수장 좀 뽑아라!"

ESU 직원들의 회의는 계속되었지만 탁상공론에 불과했다. 어쨌든 정확한 사실이 파악되기 전, 백호파에게 알려선 안 된다는 이야기들만이 우세했다. 그들이 화천군 일대의 수색팀을 더 강화하자는 결론에 다다를 즈음이었다.

"강영 전무님. 미스터 레오파드라는 분이 여길 방문하겠다고 하시는데요."

"그 새끼는 또 누구야!"

눈알이 시뻘겋게 충혈된 강영 전무가 울부짖었다. 수리부엉이족이라 야행성인 그는 낮 동안 잠 한숨 못 잔 터라 스트레스가 극에 달해 있었다.

"모르겠습니다."

"레오파드면 표범 아닌가? 그런데 왜 종족명이 사자지?"

이태산의 추적에 신경을 곤두세우던 모두가 일제히 꼬리를 꺼내며 분노의 함성을 내질렀다.

"멍청한 사자족 같으니라고! 엿 먹이는 호랑이 새끼도 모자라 사자까지 껴!"

"아오오!"

"저기, 그런데 그 사자족이신 미스터 레오파드가 김옥자의 행방을 찾고 싶다는데요. 에밀리 킴이면 김옥자 아닙니까?"

"김옥자?"

모두의 시선이 ESU의 사무실 벽에 붙은 이태산의 수배지 전단을 멍하니 바라보았다.

"내일 방문하겠다는데요."

"됐어, 방문하든가, 말든가! 우린 이쪽에나 신경 쓰자고!"

그들은 이미 급파된 천 명의 수색조에 다시 천 명을 더 급파하기로 결론내고 다급히 모든 수색조들을 강원도로 집결시켰다.

ESU의 주요 전력들이 강원도로 급파되었다. 강영 전무와 두어 명의 팀장들은 원활한 지시와 수색팀들 간의 연락을 도모하기 위해 서울 사무실을 지켰다.

그리고 그날 오후, 미스터 레오파드가 자신의 일행들과 함께 한국에 입국했다.

인천공항에 도착해 빠르게 입국수속을 마친 레오파드의 일행들은 곧장 한국 WWHF 지부, 즉 한국 반인반수협회 총 지부로 향했다.

그들은 한국 반인반수협회 지부에 도착해 로비를 둘러보았다. 주변의 반인반수들은 파리 컬렉션 신상의 표범 무늬 재킷과 보잉 선글라스, 수억대를 호가하는 명품시계 등을 요란하게 두른 미스터 레오파드와 그의 수행인들을 응시했다.

레온 레오파드의 한국 방문은 이번이 처음이 아니다. 하지만 육십 년 전 한국전에 참전한 것이 다였던 레온에게 마천루가 즐비한 서울의 모습은 지독하게 충격적이었다. 동양 최대로 손꼽히는 반인반수협회 건물도 놀랍긴 마찬가지였다.

한국의 반인반수협회는 30층 전부를 사용했고 반인반수들로 번잡했다. 로비에 들어서자 각종 종족들이 풍기는 잡스런 냄새가 뒤섞여 풍겼다. 후각 능력이 탁월한 맹수족인 레오파드에게 잡스런 체취들은 테러에 가까웠다.

그는 코를 막으며 제 통역관과 비서에게 투덜거렸다.

『왜 날 기다리게 하는 거야? 우릴 접대한다던 놈은 몇 층에 있어?』

『아, 알아보고 오겠습니다.』

에밀리 킴을 찾아야 한다는 생각 때문에 약속 시간보다 무려 일곱 시간을 앞당겨 전세기로 도착한 그들이었다. 약속 변경을 통보했건만 그들을 데리러 온 이도, 그들을 안내하는 이들조차 없다. 더운 여름날만큼이나 레오파드의 불쾌지수가 급격히 상승했다.

번잡한 로비를 그들이 차지하고 있다 보니 인포메이션 센터의 여직원이 다가와 말을 이었다.

『실례지만 어떤 용건으로 오셨는지 여쭤봐도 될까요?』

레오파드는 제 비서와 한국어 통역사를 통해 제 뜻을 전했다.

"한국에 입국한 뒤 실종된 여자 분을 찾고 계십니다. ESU 한국 지부 센터는 어디에 있습니까?"

"실종자 분 이름과 종족명을 알려주세요."

『옥자 킴. 타이거.』

지루한 인상으로 레오파드가 중얼거렸다.

인포메이션의 접수원은 옥자 킴이란 이름에 갸웃거렸다.

"김옥자?"

지독하게 촌스러운 이름에 반신반의한 접수원은 ESU에 전화 연결을 시도했다. 그녀가 레오파드에게 말했다.

『ESU 한국 지부 직원이 곧 내려올 겁니다. 안내에 따라 이동하시면 됩니다.』

ESU의 직원들은 미스터 레오파드를 만나기 위해 내려왔다.

그들은 이태산의 추적에 공을 들이며 철야를 하느라 제법 피폐해진 몰골이었다. 거기에 엎친 데 덮친 격으로 미국에서 날아온 천만장자 사자족이 올 줄은 몰랐다.

『일단 따라오십시오.』

낯빛이 좋지 않은 ESU 직원이 잠시 현기증에 몸을 휘청거렸다.

『옥자 킴은 어디 있지?』

『가보시면 아실 겁니다.』

ESU 직원은 30층에 있는 ESU 사무실 직통 엘리베이터로 그들을 안내했다.

잠시 후, ESU의 귀빈실로 안내된 레오파드 일행은 파괴의 흔적이 역력한 귀빈실을 살피며 인상을 찌푸렸다.

얼마 지나지 않아 한국 ESU의 현장간부 강영 전무와 직속팀장 신사호가 차례로 모습을 드러내었다. 그들은 계속된 철야로 인해 얼굴빛이 지독하게 나빴다.

강영 전무가 피곤해진 눈을 껌뻑이며 말했다.

『내일 아침에 도착한다고 하지 않으셨습니까? 약속 시간을 앞당겨 도착하셔서 몹시 놀랐습니다.』

『그건 그렇고 옥자 킴 어디 있지?』

레오파드는 대뜸 김옥자의 행방을 요구했다. 신사호와 강영의 수심이 더욱 깊어졌다. 강영이 신사호를 불러 쑥덕거렸다.

"지금 이걸 어떻게 처리해야 하지?"

"글쎄요? 게다가 또 왜 하필 김옥자인지."

그들은 식은땀을 훔쳐냈다.

ESU들에게 김옥자는 마성의 여인으로 불릴 정도였다. 호랑이족 돌연변이로 알려진 그녀를 찾아 한국 최대 조직인 백호파의 두목과 호랑이족 최강의 사내라는 이태산이 다투고 있으며 호랑이족 최고의 미인이 김옥자로 인해 외면당했다.

거기에 제 3의 남자, 사자족 레오파드라니!

『실례지만 미스터 레오파드와 옥자 킴은 무슨 사이십니까? 이미 그녀가 한국에서 도주 중이라는 걸 알고 오신 거 아닙니까?』

강영 전무의 말에 레오파드는 입을 한일자로 다물며 불쾌감을 표시했다.

『그걸 내 입으로 말해야 하나? 그녀가 쫓기는 상황, 설명해보라고. 그 여자가 현상수배 대상이야?』

『그, 그건 아닙니다.』

『그럼 현상금이 걸리기라도 했어? 발견 즉시 체포 대상이냐고?』

『그, 그것 또한 아닙니다.』

대답을 하면서도 ESU들은 의아해했다.

확실히 김옥자는 이상한 존재였다. 그녀를 찾고 있지만 그녀가 수배 대상은 아니었다. 반면 그녀를 데리고 도주한 이태산은 현상금 삼십 억이 걸렸다. 차라리 눈에 띄는 김옥자를 수배했다면 더 수색이 빠르지 않았을까?

아니, 지금 생각해보면 김옥자의 보안이 기밀등급이라 해도 굳이 강백호가 그녀를 수배명단에 올렸다면 찾는 게 더 빠를 수도 있었다.

김옥자는 순혈도 아니라서 반드시 강백호의 후처가 될 이유는 없었다. 강백호가 본처와 별거상태라지만 후계자 문제로 그녀와 이혼을 하지는 않을 거란 설이 파다했다. 강백호는 김옥자를 일부러 수배명단에 올리지 않았다. 그녀의 사진을 제공한 적도 없다.

설마, 김옥자가 눈에 띄지 말아야 할 이유라도 있다는 걸까?

레오파드가 다시 끼어들었다.

『그래서 김옥자의 행방은?』

다부진 체구의 사자족을 살피던 한국 ESU 직원들 모두가 식은 땀을 흘렸다.

『그것이 파악되지 않았습니다.』

『뭐라고?』

레오파드가 성을 내어도 할 수 없는 일이었다.

십 분 뒤, 별다른 수확 없이 레오파드 일행은 WWHF 건물을 나섰다.

『하여간 각 나라마다 공무원들이 제대로 하는 일이 없군요.』

레오파드의 깐깐한 비서 바니가 툴툴거렸다. 레오파드가 입을 열었다.

『화이트 타이거 보스의 행방은? 놈을 추적 중인가?』

『체크 중입니다. 아직 서울을 벗어나진 않았습니다.』

『계속 쫓아. 실종된 에밀리 킴의 행방을 좇을 단서는 아직 그놈뿐이니까. 그런데 어떻게 쫓기게 된 거지?』

바니는 어떻게 말을 꺼낼까, 소심하게 망설였다.

『에밀리 킴이 한국으로 오게 된 경위는 맞선을 보기 위해서였던 것 같습니다. 그 와중에 사건이 있었던 모양입니다만, 정확한 내막에 대해선 조사 중입니다. ESU에 따르면 확실한 것 한 가지는 그 맞선 상대가 서울 갱단인 화이트 타이거의 보스, 백호 강입니다. 백호 강을 피해 도주했다고 하는데, 그녀를 데리고 같이 도주한 호랑이족 사내에 대해서도 파악 중입니다.』

『하아.』

잠시 탄성을 토해내던 레온 레오파드가 잠시 생각에 잠기며 ESU 사무실 쪽을 올려다보았다.

『분명 이것들이 뭔가를 알려주지 않았어. ESU 쪽에도 사람 붙여. 화이트 타이거 쪽엔?』

『붙여놓았습니다. 보스.』

『알았어. 호텔로 가서 대기하자고. 뭔가 움직임이 있으면 바로 알려.』

『알겠습니다.』

태산은 옥자와 함께 은신처에서 가벼운 짐만 챙겨 산을 내려왔다. 산 아래엔 오래전부터 산신령이 준비해온 낡은 차량이 있어 그것을 타고 춘천 어귀까지 이동했다. 그 뒤 다시 변장을 하고 새로운 목적지로 이동했다.

그리고 현재, 그들은 설악산 근처에 다다라 있었다.

설악산은 넓고 산자락이 사방으로 뻗쳐 있다.

옥자와 태산은 이름 모를 산 아래, 늙은 노부부가 사는 작은 집의 방 하나를 빌렸다. 원래 민박을 하지 않는 방이었던지라 에어컨이 없어서 덥고 습했다. 그날따라 벌레도 많아 태산은 쉽게 잠을 이루지 못했다.

"언제까지고 도망칠 수만은 없겠지."

자신만이라면 괜찮다. 그는 옥자와 함께였다.

은신처에서 머문 지 석 달. 주변을 철저히 경계해야 했다. 적어도 언제고 도망칠 수 있도록 짐을 싸두었어야 했다. 지금 그들이 가져온 짐이라곤 옥자의 노트북과 배낭, 얇고 가벼운 여름 옷 두어 벌에 불과했다.

태산은 곤하게 잠든 옥자의 머리칼을 쓸었다.

"하아."

그가 들릴 듯 말 듯한 한숨을 내쉬었다.

제가 지켜야 할 암컷 하나 제대로 건사하지 못하는 이런 상황에 짜증만 일었다. 언제까지 쫓겨야 할지 기약조차 할 수 없다. 생각해 놓은 것은 있지만 과연 태산의 생각대로 될지도 미지수였다.

몸을 뒤척이던 옥자가 눈을 반짝 떴다. 그녀는 저를 내려다보며 걱정스런 표정을 짓고 있는 태산을 올려다보았다.

태산이 쫓기게 된 이유는 자신 때문이었는데. 왜 그가 모든 걸 다 떠맡아야 하는지. 이제라도 제가 떠나면 태산에게 도움이 될지, 그것조차 알 수 없었다. 하지만, 태산에겐 정말 미안하지만 그의 손을 놓고 강백호에게 돌아가는 건 죽기보다 싫었다.

"태산 씨."

옥자가 그에게 시선을 맞추며 되물었다.

"좀 잤어요?"

"그럭저럭."

옥자는 그것이 거짓말이란 걸 알았지만 모른 척했다. 태산은 잠을 못 이룬 것이 역력해 보였다.

"태산 씨, 나 때문에 이렇게 된 거죠?"

"옥자 때문이 아니야."

태산의 말에도 불구하고 옥자에겐 위로가 되지 않았다. 저만 아니라면 태산이 쫓길 이유는 전혀 없는데, 자신은 태산을 두고 혼자 떠날 용기조차 없었다. 나락까지 떨어진다 해도 그의 곁에 있고 싶었다. 그녀는 태산의 옷자락을 움켜쥐었다.

"태산 씨. 이젠 어쩔 생각이에요?"

"조력자를 찾아내야지. 미뤄온 일을 해야 해."

"조력자라면 설악산 산신령님이요? 그분이 무얼 해줄 수 있을까요?"

"해답을 찾는 데 도움은 되겠지."

"해답?"

"난 옥자를 내 신부로 만들고 싶어. 화천군의 은신처에선 둘만의 꿈의 시절에 빠져 있었지. 지금은 현실로 돌아올 시간이야."

태산의 확고한 결심에 옥자는 그에게 제 모든 걸 걸고 싶어졌다. 하지만 돌연변이인 자신이 순혈인 그의 신부가 될 수 있는 방법이라니? 그런 게 있긴 한 건가?

"난 돌연변이잖아요. 태산 씨도 알고 있잖아요."

"옥자가 돌연변이가 아니란 걸 증명하면 돼."

말은 쉽고 간단했다. 하지만 어떻게?

"증명할 수 없다면, 증명하게 만들어야겠지. 그것도 안 되면 싸워서라도 강백호를 굴복시켜 옥자에 대한 권리를 뺏어오면 될 거야."

ESU의 기준상 옥자는 생김새가 초식계였고 부모가 명확하지 않았다. 물론 부모를 알 수 있다면 가장 좋은 방법이겠지만 지금에 와서 그녀를 버린 부모가 살아 있는지 의심스러웠다. 적어도 옥자는 자신이 인간의 피가 강하게 섞인 혼혈은 아니라고 생각했다.

혼혈의 경우 인간의 피가 강해지면 손이나 발, 꼬리, 귀 등의 부분적인 변이조차 어렵다고 했다. 몸 전체가 호랑이로 변신할 수 있는 옥자라면 적어도 혼혈은 아닐 것이다.

순혈까지는 아니더라도 정상적인 호랑이족으로만 인정받을 수 있다면 태산의 신부가 되는 데 문제가 없을 것이다! 강백호의 첩으로 가란 강요 따위 받지도 않을 터였다!

옥자의 눈이 반짝 빛났다.

"태산 씨. 만약 제가 돌연변이가 아니라, 정상적인 호랑이족이라면 강백호의 첩으로 들어가지 않아도 될 거예요. 그렇죠?"

"그런 방법도 있겠지. 하지만 문제는 어떻게 그걸 증명하느냐지.

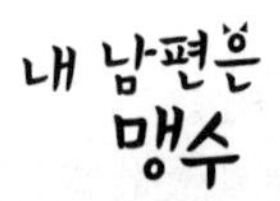

적어도 화천군 산신령께선 방법을 알지 못했어. 다른 산신령들은 옥자의 정확한 상태를 알지 못해서 뭐라 말할 수 없었고."

"그럼 설악산 산신령께선 뭔가 알고 있을까요?"

"설악 노인은 꽤 오래 살긴 했지. 굳이 증명할 방법이 없더라도 해결책을 찾아줄지도 몰라."

옥자는 낙관적인 대답에 머리만 갸웃거렸다.

"그분은 어떤 분이세요? 설악 노인요."

"글쎄, 다른 산신령보다 셈이 밝고 현명하달까. 적어도 나보단 낫겠지. 그 잔소리는 끔찍하지만."

대화를 나누다 보니 어느새 동이 터 왔다. 낡은 시골집 너머로 새벽잠이 없는 노부부가 움직이는 소리가 들려왔다.

"조금이라도 자."

태산이 옥자를 안심시켰다. 옥자는 그것이 헛된 일말의 희망이라도 뭐든 걸고 싶은 생각이었다.

그들이 잠깐 눈을 붙였을 때였다. 주인 할머니가 그들이 머물고 있는 방문을 두드렸다.

"색시, 총각. 우리 좀 있다가 일 나가야 해서 지금 아침 먹어야 해. 일어났으면 지금 먹겠나."

"네, 일어났습니다."

태산은 바깥을 향해 대꾸하고 옥자를 챙겼다.

식사를 한 뒤 그들은 가벼운 등산복 차림이 되었다. 태산은 위험할지도 모른다고 생각했고 이곳을 돌다 누군가에게 들킬 가능성을 떠올렸다. 차라리 혼자라면 옥자는 덜 위험할 수도 있었다. 이미 추적자들은 코앞까지 그들을 추격해왔을 터였다.

"옥자. 나 하루 종일 변덕스런 산신령을 찾아 다녀야 해. 어쩌면 돌아오지 못할지도 몰라. 위험하니까, 차라리 옥자는 이곳에서 기다리는 게 어때?"

"싫어요."

옥자는 단호히 거절했다.

"태산 씨가 잡혀가기라도 하면 나, 계속 기약도 없이 기다려요? 나 은신처에서도 계속 숨어 있었어요. 그리고 이 모든 게 내 돌연변이 기질 때문에 이렇게 된 거잖아요."

어미에게 버려진 것도, 선천적 모색이 금빛인 것도, 호랑이로 주기적인 변신을 하는 것도, ESU의 기밀 인물로 분류된 것도 모두 옥자가 원하지 않았다. 옥자는 자신이 순혈의 신부가 될 수 없고 기껏해야 첩으로 떠넘겨지는 존재라는 게 끔찍했다.

"나도, 나도 같이 갈래요. 태산 씨."

"하아."

"나 떼어놓고 가면 무조건 쫓아갈 거예요."

결연한 그녀의 말에 태산은 그녀의 머리를 쓰다듬으며 달랬다.

"그럼 옥자도 씻고 나갈 준비 해. 산신령을 찾아 돌아다니려면 하루 종일 걸어야 할 테니까. 마음 단단히 먹어."

옥자는 잠시 근심을 내려놓고 고개를 끄덕였다.

태산과 옥자가 화천군의 은신처에 머물렀던 것도 벌써 석 달이 지났다.

그새 여름은 절정에 다다라 있었다.

한여름이지만 고도가 높은 산 위에선 더위를 느낄 수 없었다.

대신 여름휴가를 맞이해 설악산을 찾은 이들은 많았다. 산 아래는 등산객들로 번잡하다는 느낌이 들 정도였다.

옥자는 태산과 함께 산을 올랐다. 완전 군장을 한 등산객들과 달리 옥자와 태산은 등산복을 입긴 했지만 가벼운 옷차림에 작은 배낭 하나를 든 것이 전부였다. 그래서일까. 그들은 반인반수치고는 느렸지만 등산객들보다는 훨씬 속도가 빨랐다.

태산과 옥자는 등산로가 멋대로 가리키는 방향들 중 멋대로 하나를 골라 하염없이 걸었다. 산신령을 찾기 위한 방황이니 목적지는 없었다. 기약 없이 걷다보니 그들의 몸은 어느새 땀에 흠뻑 절었다.

"태산 씨. 산신령님은 어딜 좋아하세요?"

"글쎄."

옥자와 태산은 길을 걷다가 사람들과 스치기도 했고 외진 오솔길을 만나기도 했다. 그러다 만나게 된 쉼터나 벤치에서 쉬어가기도 했고 계곡물에 발을 담가보기도 했다. 다행히 아직 수색대나 사냥꾼, 추격자들과는 마주치지 않았다.

"하아. 벌써 반나절이나 걸었어."

설악산에 익숙한 태산마저 절로 욕이 나왔다. 산신령은 코빼기도 보이지 않았다.

"그 망할 영감탱이 같으니라고."

옥자는 피곤했지만 호기심이 넘쳤다.

"그분이 영감님이세요?"

"그래, 망할 영감이지. 노망이나 안 났으면 몰라."

태산의 투덜거림을 뒤로 한 채 옥자는 아득한 푸른 하늘을 올려다보았다.

"그분은 어디서 오시는 거예요?"

"몰라. 생각해보면 원하는 순간에 극적으로 나타나겠지. 분명한 건 산신령은 이 산 자체라는 거고 우리가 온 걸 이미 알고 있다는 거야. 그 노인네는 매일 나와 치고받고 싸우는 걸 즐겼으니까. 멀리서 내가 허탕치고 있는 걸 구경하고 있을지도 모르겠네."

태산이 이를 부득부득 갈며 대청봉 쪽으로 방향을 정했다.

설악 노인은 태산과 지낸 시간이 가장 길었고 태산의 삼백 년 치 일당을 볼모로 잡은 괴팍한 노인네였다.

"영감님! 이제 나오시죠!"

태산의 으르렁거리는 목소리가 메아리쳤지만 돌아오는 답은 없었다. 태산은 어깨를 축 늘어뜨렸다.

"태산 씨."

"일단 계속 가자."

태산이 살기를 흩뿌리며 앞장섰다. 옥자는 가끔 뒤를 돌아보며 그들의 주변으로 추격자들이 없는지 세심히 살펴보곤 했다.

등산객들이 이제 제법 뜸해진 오후, 대청봉으로 향하던 중이었다.

옥자와 태산은 가져온 물로 목을 축였다. 산 아래에서 사 온 도시락은 이미 먹어치운 뒤였다. 그들은 휴식을 위해 커다란 나무 그늘 아래 자리를 잡았다. 옥자가 부어오른 다리를 통통 두드렸다. 시원한 바람이 불어왔다.

"아 살 것 같다."

온통 푸른 숲과 나무, 나뭇잎이 옥자의 시야를 가득 메웠다. 그 사이로 묘한 흰 도포 자락이 휘날렸다. 그들의 앞에 어느새 키가 작은 꼬장꼬장한 인상의 노인이 서 있었다.

"응?"

반응한 쪽은 태산이었다. 노인은 태산을 응시했다.

"망할 호랑이 놈."

태산이 피식 웃으며 노인에게 말을 건넸다.

"오랜만입니다, 신령님."

"평소처럼 영감이라고 해. 신령이라니, 네놈이 그러니 닭살 돋는다."

"그럼 악산 영감님으로 부르겠습니다."

"아깐 나 안 나오면 죽일 것처럼 굴더니. 그래서 하고 싶은 말이 뭐야."

옥자는 태산과 대화를 나누는 설악산 산신령을 살피며 할 말을 잃었다. 노인은 갓에 도포, 고무신, 흰 수염을 그럴싸하게 길러 조선 시대의 선비 그 자체로 보였다. 오래된 족자 속에서 그대로 빠져나온 모습 같기도 했다.

등짐을 진 노인이 입을 열었다.

"봉화 놈이 연락했더군."

봉화는 화천군 산신령의 애칭이었다.

"네놈이 쫓기게 되었다는 소리는 확실히 들었다. 화천에서 도망갈 곳이 없어서 여기로 온 게냐?"

태산은 피식 웃으며 설악 노인을 응시했다. 아침만 해도 머릿속이 혼란스러웠지만 자신과 가장 오랜 시간을 함께 보낸 설악 노인을 보자 여유를 되찾은 느낌이었다. 설악 노인은 괴팍하다. 하지만 저 외골수인 노인이 그를 배신할 리 없다고 생각한다.

그들이 당장 믿고 도움을 청할 수 있는 건 설악 노인이 최선이었다.

"뭐하러 날 찾아온 게냐?"

"도와주십시오."

"하아. 아까 나 보고 노망난 산신령이라고 하지 않았냐? 만나면 나 가만 안 둔다고 하지 않았냐?"

"도와주십시오, 신령님."

태산을 타박하려던 노인은 태산과 얼어붙은 옥자를 살폈다.

"도와달라면 제대로 말을 해봐. 내가 뭘 도와야 하는지 설명을 제대로 해보라고."

태산은 갑자기 무릎을 꿇고 머리까지 덥석 조아렸다. 느닷없이 절을 받게 된 산신령은 의아한 얼굴이었지만 곧 기막혀했다.

태산은 결국 처음부터 설명했다. 지금껏 벌어진 간단한 사실들만 축약하자 이야기는 그리 길지 않았다. 태산과 옥자의 잘못된 맞선, 옥자의 호랑이로의 변신, 두 사람의 새 맞선 상대들, 그리고 강백호와 짝이 되지 않으려 하던 옥자의 도주. 그리고 추격자들.

이야기들을 잠자코 듣던 설악 노인이 입을 열었다.

"그래서 네놈이 내게 원하는 건 뭐냐? 은신처를 제공하는 것? 아니면 네놈의 도주를 돕는 것?"

"모두 아닙니다."

"그러면?"

"옥자가 돌연변이가 아니라는 것을 증명 받고 싶습니다. 그녀가 돌연변이가 된 건 호랑이로 변신하는 이유 때문인데, 저는 사백 년간 이런 경우가 있다는 걸 들어보지 못했습니다. 신령님께서는 알고

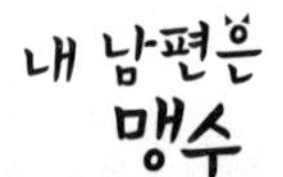

계십니까?”

흰 수염을 쓰다듬던 설악 노인이 대뜸 이렇게 물었다.

“네놈은 그걸 인정받아서 무얼 하고 싶은 것이냐.”

“옥자를 제 신부로 삼을 겁니다.”

“호오라. 사백 년간 독수공방하더니 색시가 생겨서 정신을 못 차리는구나. 그래서 네놈은 색시를 위해 무엇까지 할 수 있는데?”

“무슨 말을 듣고 싶으신 겁니까? 옥자를 위해선 목숨을 걸 수도 있고 싸우려면 싸울 수도 있습니다. 놈을 어떻게 끌어낼지가 문제지만요.”

“누구와 싸울 건데? 싸워서 이기면 이 처자가 돌연변이가 아니란 증거가 되기라도 하는 거냐?”

태산의 말문이 막혔다. 설악 노인은 뒤이어 물었다.

“옆에 있는 색시가 돌연변이란 거지? 원래 털빛은 뭐여? 머리색이 얼룩덜룩한데?”

설악 노인은 옥자의 머리카락을 가리켰다. 옥자의 머리 뿌리는 본래의 색인 금발이 드러나기 시작한 상태였지만 아직은 검은색이 더 강했다.

“원래는 금빛입니다.”

태산이 대답하자 설악 노인은 대뜸 눈을 부릅떴다.

“그럼 이 색시가 금호? 하지만 지금은 흑호로 보이는데?”

“염색한 겁니다.”

옥자의 호박색 눈과 마주한 산신령이 말을 멈췄다. 노인은 옥자의 머리와 눈동자를 빤히 바라보았다.

“잠깐만.”

태산이 뭔가 말을 하려 했지만 설악 노인은 옥자의 머리 쪽에 손을 뻗었다. 옥자의 머리카락은 순식간에 금색으로 변했다.

"흐음. 금호 맞네. 봉화 이야기로는 애가 호랑이로 변신도 한다며?"

옥자는 순간 제 머리색이 본래대로 돌아온 것을 알고 깜짝 놀랐다. 산신령이 두 사람을 향해 손짓했다.

"일단 따라와. 얘기부터 하자고."

"신령님?"

"일단 안전한 곳에서 얘기하자고. 쫓아오는 놈들 있다며?"

산신령은 설악산의 한 암자들 중 하나로 그들을 안내했다. 그곳은 태산의 눈에도 제법 낯익은 곳이었다.

경내가 공사 중이었지만 산신령은 개의치 않고 그들을 안쪽으로 안내했다. 작은 암자의 뒤쪽으로 빙 둘러 한참을 걸어가자 동굴 하나를 옆에 낀 전각 하나가 나타났다.

그 전각 안을 둘러보며 산신령은 꽤나 여유로워 보였다.

태산도 그곳이 무척이나 낯이 익었다. 그가 이곳을 떠나기 전, 설악산이 개발 붐을 타기 전에 십 년 가까이 거처했던 곳 중 하나였다. 실제로 산신령의 결계가 걸려 있어 타인의 눈에 띄지 않는 장소이기도 했다.

"기억 나냐, 호랑아. 네놈 여기서 머문 적 있었지."

"많이 변했군요. 부엌도 현대식으로 변했고."

태산은 낯익은 주변을 둘러보았다.

"어쨌든 전 사람들이 이 주변에 올 수 있어서 좋아하지 않았습니다."

"사람이 안 올 리가 없지. 이곳은 암자니까."

설악 노인은 태산과 함께한 시절을 회상했으나 태산은 그리 달갑지 않은 시절이었다. 설악 노인은 그때도 지금도 너무 잔소리가 많았다.

옥자는 마냥 신기한 듯 사방을 돌아볼 뿐이었다.

"아까 하던 얘기를 계속하자고."

설악 노인은 소맷자락에서 들고 다니던 찻잎을 꺼냈다.

노인은 그들의 앞에서 느긋하게 차를 우려냈다. 태산이 고개를 들어 항의했다.

"어르신!"

"네놈의 이야기는 충분히 이해했다고. 그래서 쫓기는 것도 알아. 뭐 마려운 것들처럼 쌍으로 난리치지 말라고."

설악 노인의 시선은 태산의 어깨 너머 옥자에게 꽂혀 있었다.

"알았다고. 금호 색시 불쌍해서 얘기 들어주마. 돌연변이가 어쨌다는 건데? 아까부터 왜 저 금호 색시가 돌연변이라서 문제라고 거듭 강조하는 건데? 도무지 이해를 못 하겠다고. 금빛 호랑이로 변신할 수 있는 건 분명 돌연변이인 것은 맞잖아. 다른 호랑이족들은 호랑이로 변신 못 해. 이태산 놈도 마찬가지고."

노인은 그 사이 미지근하게 우러나온 차를 그들의 앞에 내려놓았다. 하지만 둘은 손도 대지 못했다. 입안이 마구 깔끄러웠다. 노인이 다시 팔짱을 끼었다.

"그래서 모색이 밝고 호랑이로 변하는 특질이 있는데 그게 뭐? 다른 건?"

옥자와 태산은 얼굴을 마주 보았다. 설악 노인이 덧붙였다.

"돌연변이인데 그래서 범죄를 저지르거나 누군가를 해치고 사기를 쳐서 쫓겨 다니는 거 아니지? 그런데 왜 쫓기는 거야?"

태산은 산신령이 순수하게 그들이 쫓기는 이유를 이해하지 못했음을 깨달았다.

"서로의 맞선 상대 대신 제가 옥자 씨를 대신 선택해 사랑의 도피를 했다는 겁니다. ESU의 논리로는 옥자는 돌연변이라 순혈인 제 짝이 되어선 안 된다고 판정했습니다. 그래서 강백호의 둘째 부인으로 낙점했고요. 제가 만약, 강백호와 싸워서 이겨도, ESU의 논리대로라면 저는 옥자를 정식으로 제 아내로 삼을 수도 없습니다."

"뭐? 돌연변이라서 아내로 못 맞아들여? 게다가 첩은 뭐여? 강백호 놈은 그 강말봉인가 하는 그 삼백 년 전에 너랑 싸워서 요란하게 장가간 놈이잖어. 그놈 이혼했냐?"

"안 했습니다."

"뭐? 말이 되냐? 김옥자가 돌연변이긴 하지만 네놈들은 원래 인간이 아니라 짐승이었다고. 짐승으로 변신하는 게 뭐 어때? 털이 금색인 건 허여멀건 백호 놈들도 있는데, 그놈들은 돌연변이 아니라냐?"

산신령에겐 너무나도 당연하게 받아들여지는 일들이 옥자에겐 왜 그토록 힘들었을까. 옥자는 문득 울고 싶어졌다. 옥자는 저도 모르게 읍소하듯 털어놓았다.

"산신령님. 저는, 아이를 낳으면 안 된대요."

"뭐? 그건 또 무슨 소리여?"

"멸종위기종 연맹의 기록에서 전 돌연변이에 보안등급이 최고로 걸려 있는 상태에요. 왜 이렇게 된 건지는 모르겠지만 수정도 안되

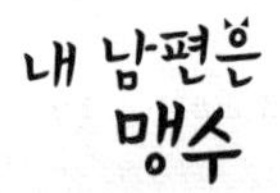

는 상태인 것 같고. 사실 전 태산씨 같은 순혈과는 맞선을 보면 안 되는 거였데요. 강백호 씨도 순혈이지만 저는 강백호 씨든 태산 씨든 순혈의 자식을 낳으면 안 돼요. 순혈의 아내도 될 수 없어서 첩이나 후처 정도만이 가능하대요. 그러니까."

옥자는 말을 흐렸다. 문득 대화를 듣던 설악 노인이 입을 열었다.

"그 백호 놈이 권력을 갖겠다느니, 호랑이족의 수장이 되겠느니 하는 허무맹랑한 얘기도 했어?"

옥자가 입을 벌렸다.

"어르신, 그거 어떻게 아세요? 저 사십 년간 기다려 왔다는 말도 한 것 같은데. 그땐 농담이라 넘겨버렸었거든요."

"잘은 모르겠지만 강백호는 권력을 가질 거라는 등의 비슷한 말을 하긴 했죠. 그래서 옥자가 있어야 한다던가."

태산이 고개를 끄덕이며 동의하자 설악 노인은 이를 갈았다.

"이런 썩을 놈의 백호 새끼들 같으니라고. 지 애비도 권력에 환장하더니 그 아들놈도 마찬가지네. 어쩌면 그 보안등급 어쩌고는 백호 놈 애비 작품일지도 모르겠네. 연맹의 초기 전산화 작업 때는 지금하고 달라서 오류가 속출했다니까."

태산과 옥자 모두 어리둥절해졌다. 설악 노인은 대뜸 일어나자마자 태산의 뒤통수를 후려갈겼다.

"이 멍청한 놈! 이 정도로 말했으면 알아차려야지! 그러게 내가 산에만 처박혀 있지 말고 두루두루 사람들 만나고 다니랬지!"

"지금 무슨 말 하시는 겁니까! 제대로 설명을 해주셔야죠! 앞도 뒤도 없이!"

태산은 산신령의 말을 이해하고 따라가기가 벅찼다. 설악 노인은 대뜸 물었다.

"그런데 강백호 놈이 금호 색시의 맞선 상대가 된 건 뭣 때문이야?"

"그건 저도 잘 모릅니다."

설악 노인과 태산의 시선이 옥자에게로 향했다. 옥자도 제 맞선 대상이 어찌 정해졌는지는 몰랐다. 제 ESU의 기록을 털어본 적이 있긴 했지만 별다른 소득은 없었다는 것만 안다. 하지만 강백호가 오랫동안 자신을 기다려왔다는 말을 한 것은 기억했다.

"ESU에서 호출이 있어서 갔더니 맞선을 보라고 한국으로 가란 통보를 받았어요. 그리고 태산 씨를 만났고 그 뒤에 맞선 상대가 바뀌었단 걸 알았고요. 강백호 씨는 저를 만나자마자 오랫동안 기다려왔고 준비해왔다고 했어요. 말하는 투가 저를 사십 년은 기다려왔다 이렇게 말했는데 이상했어요."

"어떻게?"

"전 백 살이고 제가 반인반수란 사실을 자각한 건 오십 년 전이에요. 실제 ESU나 반인반수협회에 이름이 등록된 것도 그 이후니까 호랑이족 기록이 남은 건 사십 여년 정도. 설마 그때부터 백호 부자가 절 알았을까요? 전 그 새 한국에 거의 들어온 적도 없었고 거의 미국에 있었는데."

"분명 그렇게 들었어?"

태산은 강백호가 언제부터 옥자를 알았는지 궁금해졌고 설악 노인은 거기에 한소리를 더했다.

"오랫동안 노린 거 맞구먼."

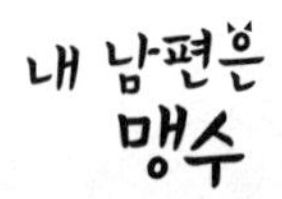

"하지만 강백호가 왜, 옥자를?"

얼이 빠진 태산의 뒤통수를 설악 노인이 후려쳤다. 따악!

"보나마나 뻔한 거 아니냐. 강백호 그놈은 몰랐어도 그 애비가 시켰겠지. 늙은 백호랭이가 죽어서도 골치구먼. 며느리 잘못 들였다 난리를 치더니 아들 세뇌해 권력욕에 쩔게 만들어놨구먼."

"하아. 남숙이가 혹독한 시집살이를 한 건 말 안 해주셔도 압니다."

"네놈은 그걸 외면했지."

"그 호랑이족 권력과 옥자가 대체 무슨 상관이냔 말입니까?"

이번엔 산신령이 날린 찻잔이 날아와 태산의 머리를 강타했다.

"잔머리 잘 굴리는 놈이 왜 이걸 이해 못 해! 너 대가리에 근육만 키웠냐! 산에서 근육 키우며 체력 단련할 때 머리 뇌세포도 좀 키웠어야지! 산신령들에게 감시 시킬 머리는 있고 판세도 읽을 줄 알면서 왜 하나를 알고 둘은 모르냐, 이놈아! 너 호랑이족 권력이 어찌 돌아가는지 아냐?"

"알 만큼은 알죠. 황호 다수파와 백호 소수파가 대립하고 호랑이족 수장이 변변치 않은데 황호 쪽의 수장 대리가 있긴 하지만 어디까지나 대물림된 대리 상태인지라 힘을 쓰지 않는 상황이고. 백호 쪽이 호시탐탐 수장 자리를 노리고 있었고."

분명 강백호는 수장 자리를 옥자와 연관시켜 이야기했다. 태산은 금발의 옥자를 빤히 바라보다가 우당탕쾅쾅, 산신령의 요란한 돌려차기 한 방에 꺼꾸러졌다.

"여기까지 말했으면 알아들어!"

태산은 그 정도의 충격은 아무렇지도 않다는 듯 벌떡 일어났다.

"그래서 싸울 겁니다."

"네놈다운 무식한 해결방식이네. 하긴, 호랑이족들에겐 그게 최선인지도 모르지. 하지만 싸운다고 해서 돌연변이 문제가 해결되는 게 아니잖아, 이 무식한 놈아."

콧방귀를 뀌던 산신령이 말했다.

"그래서 지금 어떻게 할 거냐? 추격자들이 네놈 뒤를 따라붙었다며?"

"알고 있습니다. 적어도 근방엔 없지만 이곳까지 추격해 오는 건 금방이겠지요. 며칠만 숨겨주십시오. 경계가 느슨해지면 이곳을 탈출할 겁니다."

"ESU가 아마도 총력을 다해 네놈들을 찾고 있는 모양이다. 봉화 놈이 이야기하더군. 공기가 심상치 않다더라."

태산의 한숨이 깊어졌다.

"맘대로 해. 여긴 물도 전기도 다 있어. 그리고 금호 색시는 나 따라와!"

옥자는 호박색 눈을 빤히 떴다. 태산이 일어나 산신령의 눈치를 살폈다.

"어딜 데려가시려는 겁니까?"

"밥 안 먹을 거냐? 밥 해야지!"

설악 노인은 이어진 옆방을 가리켰다. 그곳에는 작긴 했지만 제법 쓸 만한 부엌과 욕실이 딸려 있었다. 설악 노인은 쓸 만한 요리 재료들을 보여주며 옥자에게 넌지시 물었다.

"아참, 네 애비가 누군지 아냐?"

옥자가 고개를 가로저었다. 산신령은 말없이 한숨을 더했고 막 그들을 쫓아오려는 태산을 향해 소리쳤다.

"사찰이니까 고기반찬 없다, 이놈아!"

작은 암자의 밤은 고즈넉했다. 고산 지대라 그런지 휘몰아치는 바람 소리가 세게 들려왔다. 그 소리들은 아득했지만 동시에 불안감을 던져주기에 충분했다. 여름이었지만 한기도 도는 것 같아 옥자는 몸을 떨었다.

두 개의 홑이불을 겹쳐 깐 것도 모자라 옥자는 이불로 제 몸을 꽁꽁 감쌌다. 태산은 그런 그녀가 안쓰러운지 그녀의 머리칼을 쓰다듬었다. 산신령이 바꿔준 덕에 옥자의 머리색은 본래의 금발이 된 채였다.

"역시 금발이 어울려."

옥자는 그 말에 입술을 삐죽거렸다.

"난 검은색이 좋아요. 태산 씨처럼 새까만 색이면 좋겠어요. 가발을 쓰거나 염색을 하면 괜찮긴 했지만 난 내 머리색이 너무 눈에 튀는 것 같아서 싫었어요."

"시베리아 쪽 피가 섞여서 이렇게 된 걸까?"

"글쎄요? 그건 잘 모르겠어요."

태산이 긴 한숨을 쉬었다.

"옥자가 고생하며 컸으니 이젠 편히 살아도 될 텐데. 나 같은 놈 만나게 해서 미안해."

"난 태산 씨 좋은데."

"처음 만났을 땐 아저씨라며."

옥자는 처음 그와 만났던 때를 회상했다. 맨 처음엔 정말 이렇게 될 줄은 몰랐다.

"태산 씨 그거 알아요? 내가 제일 행복하고 평화로운 시절은 애리조나에서 보낸 십 년, 그리고 은신처에서 보낸 삼 개월이에요. 둘 중 하나를 택하라고 한다면 은신처 쪽이 더 좋아요. 이젠 나 혼자 있는 게 싫어요. 태산 씨가 좋아. 태산 씨와 함께 영원히 있고 싶어요."

그 아늑하고 작은 은신처는 지금쯤, ESU나 자신들의 추적자들에게 발각되었을 터였다. 옥자는 그것이 못내 아쉬웠다.

"정원에 물이나 주고 오는 건데. 심어놓은 화초들 금방 시들어버렸을지도 몰라요."

"괜찮아. 다시 심으면 돼."

"그렇긴 한데."

"옥자. 여기 와."

옥자는 태산이 그의 듬직한 가슴팍을 두드리자 그 안으로 파고들었다.

태산과 함께한 은신처에서의 삼 개월은 행복했다. 하지만 그곳에서 보낸 행복한 시간들보다 오히려 쫓기는 지금이 현실 같았다.

그때는 언제 깰지 모르는 꿈을 계속 꾸는 느낌이었다. 한정된 낙원. 그곳에서 머물며 언제 이곳을 떠나야 할지 몰라 한편으론 불안했었다. 쫓기는 지금도, 태산과 함께 있어서 오히려 안심이다.

태산 또한 옥자가 언제 자신을 떠날지 몰라 불안했었다.

"내가 태산 씨 사랑한다고 했던가요?"

"나도 사랑해."

"엎드려 절 받기네."

하고 싶은 말을 몇 번이고 달막이던 옥자가 겨우, 입을 열었다.

"태산 씨. 정말 강백호와 싸운다면 모든 게 잘 해결될까요?"

"글쎄. 우선 놈이 나와 싸울 수 있게 하는 게 더 골치 아플걸."

태산은 그녀의 걱정을 덜어주기 위해 그녀의 신경을 다른 곳으로 돌리기로 했다.

"그것보다 옥자, 일이 잘 해결된 뒤엔 어떻게 살고 싶어?"

"으음. 살고 싶은 곳이요? 살고 싶은 집 같은 곳?"

"아무거나."

옥자는 한참이나 망설이다 애리조나의 집과 태산과 함께 보낸 은신처를 떠올렸다. 애리조나의 집만큼 아름다운 정원을 꾸밀 수 있는 곳, 태산과 그렇게 안락하게 쉴 수 있는 너무 크지 않은 집이 있었으면 좋겠다.

"볕이 잘 드는 정원이 있어서 정원을 꾸밀 수 있었으면 좋겠어요."

"그 외엔?"

"작은 단층집이었으면 좋겠어요. 너무 높지도 않고 너무 낮지도 않은 그런 집. 산이나 강이 가까이 있어서 가끔은 호랑이로 변해서 놀 수 있는, 그런 인적 드물고 공기 좋은 곳. 그런 곳에서 살았으면 좋겠어……."

태산은 그녀를 다독였다. 옥자는 무언가 말을 더 하려다 그만 피곤했는지 잠이 들었다.

태산은 어둠 속에서 눈을 뜨고 그 너머의 무언가를 노려보았다.

"옥자의 소원을 들어주고 싶어."

모든 분쟁과 싸움이 다 끝나고. 옥자와 함께 평화로운 생을 사는 것. 그의 노후에 그릴 수 있는 꿈치고는 너무 평화롭고 안락한 꿈이다. 동시에 그의 이상이다.

그러기 위해선 옥자가 돌연변이가 아니란 것을 입증하고 강백호에게서 그녀의 신변을 넘겨받아야 한다는 것이다. 아니, 그놈이 옥자에게 더 이상 손대지 못하도록 모두에게 공표하고 손써야 했다.

그러기 위해선 강백호와 다시 싸우는 것이 제일 깔끔하다. 결말을 내기 위한 것이겠지만 그놈과의 싸움을 끌어내기란 쉽지 않을 터였다. 강백호는 이미 삼백 년 전, 태산과 싸워서 졌다. 이태산과 강말봉의 싸움은 비공식적이었지만 강말봉의 패배는 유명했다.

젊은 혈기와 패기가 끓어 넘치던 시절의 용맹함은 부족할지라도 지금은 나이를 먹고 노련해졌다. 강백호가 돈과 권력을 거머쥐고 반인반수 폭력배의 보스가 되었다면 더더욱 태산과 그가 일대일로 맞붙을 이유 따윈 없다.

강백호의 논리대로라면 태산은 강백호의 여자를 빼앗은 강탈자다. 태산은 ESU의 기준에서 순혈 대신 피가 인증되지 않은 돌연변이 여인을 택해 종족 번식의 임무를 저버린 터였다.

삼백 년간 권력을 누린 강백호를 링 위로 끌어올리는 건 쉽지 않다. 왜냐하면 강백호가 이겨도 얻을 이득은 적었으니까.

강백호나 산신령이 말한 권력과 옥자의 연관성을 명확하게 깨닫지는 못했고 모든 가정은 억측에 불과했다. 다만 한 가지 확실한 건 강백호가 옥자를 쉽게 포기하지 않으리란 것이었다.

다시 이틀이 지났다.

ESU의 경계는 더 강화되었다. 설악산까지 좁혀진 포위망을 느끼면서도 태산은 옥자 때문에 쉽게 움직이지 않았다.

ESU 수색조들은 설악산 주변을 샅샅이 뒤지곤 있지만 아직 별다른 소득을 얻진 못했다.

주변의 눈을 고려해 설악 노인은 거의 모습을 드러내지 않았다. 대신 그는 태산에게 상황을 알려주기도 하고 대신 눈이 되기를 자청해 상황을 귀띔했다. 강원도 전역에 퍼진 수색조들의 숫자는 무려 몇천 단위로 그중 설악산 주변에 파견된 수색조들의 수는 무려 백여 명.

태산이 쉽게 움직일 수 없는 이유는 설악산 주변의 경계가 강화되었기 때문이다. 기민한 후각을 가진 수색조들이 퍼뜨려져 있으니 태산과 옥자는 암자에서 움직일 수 없었다. 그사이 설악 노인은 그들이 임시로 먹을 식량과 그들이 입을 남녀 등산복을 가져다주었다.

낮 동안 암자에만 갇혀 잠을 자던 그들이 빠져나갈 기회를 찾았지만 그것은 좀처럼 쉽지 않았다. 암자가 언제 들킬지도 알 수 없었다.

이틀째의 저녁.

말이 없어진 두 호랑이족 남녀에게 설악 노인이 찾아왔다. 태산이 슬슬 긴 잠에서 깨고 바깥 동태를 살피기 위해 나서려던 시점이었다.

설악 노인은 대낮의 하얀 도포 대신 밤을 고려해 흑색에 가까운 도포에 여전히 갓을 쓴 차림이었다.

"태산아, 둘러볼 거라면 같이 가자."

옥자가 걱정스러운 듯 태산을 배웅하려 했다. 태산은 옥자만 남겨놓고 잠시 주변을 둘러보는 게 영 마뜩잖았다. 하지만 견족들이 호랑이족에 비해 야간 시력과 밤중 활동성이 낮다는 것을 떠올리자면 밤밖엔 시간이 없었다.

태산은 설악 노인이 뭔가 하고 싶은 말이 있음을 알아차렸다.

"옥자가 걱정되냐?"

태산이 고개를 끄덕이자 설악 노인은 그들이 머무는 암자의 결계를 더 강화했다.

"둘러볼 생각인 거지?"

"네."

"같이 가자."

태산은 설악 노인과 함께 밖으로 나왔다. 높은 지대라 한여름임을 감안할 수 없을 정도로 바람은 매섭고 밤의 공기는 차가웠다. 가로등이 없는 터라 달빛이 없으면 한 치 앞을 구분하기 힘든 어둠이 사방에 내리깔렸다.

자박 자박. 태산은 천천히 제 발소리마저 죽여 없앴다.

"그놈과 싸울 거지?"

태산은 제 등 뒤에서 따라오는 설악 노인의 말에 침묵했다.

"삼백 년 전 그놈과의 싸움에서 넌 영역을 차지했어야 했어."

어둠 속에서 들려오는 말은 과거를 떠올리게 했다. 그는 그때의 선택을 지금에 와서도 두고두고 후회했다. 삼백 년 전의 일이었는데.

"백호 놈 아내가 네 사촌여동생이었던 걸 반대했었지. 지금도 그렇고. 강백호 놈이 가정에 충실하지도 않고 네 금호를 차지하려는 것도 죄다."

"그만하시죠."

태산이 등 뒤의 어둠을 향해 말했다.

"아니, 계속해야겠다. 그 백호 애비놈의 목표가 제 아들을 호랑이족 수장으로 만들려고 하는 게지. 그러기 위해선 옥자가 꼭 필요하거든."

"왜입니까?"

"글쎄 그건 네놈이 알아봐야지."

왜. 라며 태산이 캐물으려던 순간이었다. 산신령의 몸이 어느새 반투명해져 증발하고 있었다. 가장 중요한 것을 이야기해주지 않는 산신령의 반응에 태산은 길게 한숨을 뿜어냈다.

요행히도 주변에선 수색대의 기척은 느껴지지 않았다. 야간수색이 이뤄지지 않는다면 다행이겠지만, 옥자를 데리고 무사히 하산해 빠져나갈 수 있을지는 가늠할 수 없었다.

설악산은 넓고 아득하다. 사방으로 뻗쳐 있다. 루트만 잘 잡을 수 있다면, 무사히 빠져나갈 수도 있을 텐데. 차라리 옥자에게 지금 나가자고 할까?

마음을 고쳐먹으려던 태산이 사방 1킬로미터 정도로 기감을 확대했다.

기척을 숨긴 어떤 반인반수들의 기운이 흐릿하게 느껴졌다.

"하아."

밤이 이 정도이니 낮은 더 치열할 것이다. 태산은 절로 한숨이 나왔다. 거기에 사라졌다고 생각했던 산신령의 목소리가 되돌아왔다.

- 태산아, 구해야 할 놈이 생긴 것 같다.

도망쳐도 모자랄 판국에 구조라니.

태산은 울리는 산신령의 목소리에 나직이 한숨을 쉬었다.

"어딥니까, 여기까지 와서 산악구조 하는 것도 웃기겠지만."

- 따라와라.

태산이 산신령을 쫓다가 멈춰 섰다. 짧지만 강렬하게 옥자의 기척을 느꼈기 때문이다.

"옥자?"

그가 목소리를 낮추며 반신반의했다. 걱정이 된 옥자가 태산의 뒤를 밟아 따라온 것이다.

"태산 씨."

"왜 나왔어?"

둘은 목소리를 죽였다. 태산은 저만큼이나 어둠 속에서 자유자재로 움직이는 옥자를 보며 웃었다. 그녀는 발소리조차 내지 않았다.

"태산 씨 걱정되어서 쫓아왔어요. 그런데 어디 가는 거예요?"

- 멀지 않다.

산신령의 형체는 이미 공기 중에 녹아 사라진 채였다.

태산은 다만 목소리가 이끄는 대로 암자가 숨어 있는 산봉우리를 지나, 이웃 봉우리에 다다랐다. 위태로운 절벽의 까마득한 아래의 세상은 제대로 보이지 않았다.

하지만 안력을 높여 보면 그 바닥에 추락해 있는 한 상대가 보인다. 쓰러진 것은 사람의 형상을 한 반인반수. 자신을 구해달라는 듯 잔뜩 개와 비슷한 견족의 체향을 발산했다. 구부정하게 누운 형체는 고통으로 움찔대는 듯했다.

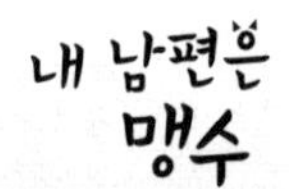

- 다리가 나뭇가지에 관통 당해서 바닥으로 추락했지.

옥자의 눈에는 잘 보이지 않았다. 태산은 그놈이 커다란 나뭇가지에 다리를 관통당한 채 기묘하게 꺾인 모습을 살폈다.

"구조대가 발견해서 오려면 멀었겠군요. 제가 데려오는 게 빠를 겁니다. 게다가."

태산은 남자를 내려다보며 한숨을 쉬었다.

"저 사람 혹시."

"사람이 아니라 아마도 수색조나 사냥꾼이겠지."

"그럼 파트너는요? 2인 1조로 움직인다고 하지 않았어요?"

"옥자는 여기서 기다려. 놈의 파트너가 보이지 않으니 일단 경계하고. 망할 영감님은 옥자 곁에 있어주십시오."

- 알겠다. 망할 놈아.

태산은 신발 끈을 단단히 고쳐 매었다. 풀어지지 않게 몇 번을 신중하게 매듭을 확인한 뒤 그는 굳은 몸을 펴기 위해 가볍게 스트레칭을 했다. 생각 같아선 몸을 한 십여 분 더 풀어야 했지만 위급상황이므로 일단 생략했다.

태산은 비호처럼 날아 바위를 거슬러 내려가기 시작했다. 순식간에 십여 미터의 기암괴석을 타고 미끄러지듯이 내려갔다. 어둠 속이었지만 그 험한 산도 그에겐 큰 문제는 되지 않았다. 태산이 산에서 몇백 년의 시간을 허투루 보낸 것은 아니었다.

사십 미터쯤 되는 절벽은 난코스는 아니었다. 클라이밍 경험이 부족한 견족이 야간에 뛰어내리거나 기어오를 수 있을 만한 녹록한 높이도 아닌 게 문제였다.

태산은 가볍게 착지해 쓰러진 견족에게로 다가갔다.

수색조원은 솜털이 제법 보송보송해 보이는 어린 청년이었다. 견족 청년은 가쁜 숨을 내쉬며 제게로 다가오는 누군가를 가늘게 노려보았다.

"하아, 하아. 당신, 누구?"

"입 닥치고 가만히 있어."

태산은 묵묵히 놈의 상처를 살폈다. 인간이라면 목숨이 위험할진 모르겠지만 반인반수라서 당장 과다출혈로 죽진 않을 터였다.

응급용 키트가 있으면 응급처치를 하고 부목 정도를 덧대면 당장 죽진 않을 터였다. 태산은 놈의 가방을 다급히 뒤져 수색조원에게 지급되는 응급용 키트를 꺼냈다.

"서, 설마 이태산?"

태산 쪽으로 고개를 돌린 젊은 견족이 창백한 달빛에 얼굴이 비친 태산을 대번에 알아보았다.

견족 청년은 바싹 마른 입술을 달싹였다.

"사, 살려, 사, 살려주세요."

"조용히 닥치고 있어."

"하, 하지만."

태산은 살기를 흩뿌리며 놈을 비웃었다.

"견족들이 점점 멍청해지는 건가. 파트너들도 없이 단독 행동에. 네놈은 자일 설치도 안 하고 여기에 떨어진 것 같은데. 개들 주제에 절벽을 제대로 탈 수 있을 것 같나?"

"지, 지금 ESU가 당신들을 찾느라 비, 비상에 거, 걸렸는데."

태산은 들은 척도 하지 않고 응급용 키트를 찾아 내려놓고 놈의 다리에 박힌 나무줄기를 살폈다. 저걸 뽑고 봉합하더라도 이 밤, 정교한 후처치는 그로선 불가능했다.

"나머지는 ESU에게 해달라고 해."

태산은 신호도 없이 놈의 다리에 박힌 나무줄기를 단번에 뽑아내었다.

"으아아악!"

견족 청년이 괴로움에 비명을 질렀다. 태산은 피가 분출하려는 상처 주변을 누른 뒤 다급히 그 위로 지혈제를 뿌렸다.

끝이 뾰족한 나무줄기는 지팡이로 삼을 만큼 가늘었고 박힌 깊이도 깊지 않았다. 견족의 힘줄이 파열되고 다리뼈가 부러지긴 했지만 생명에도 지장은 없었다.

피가 대충 멎었기에 태산은 가져온 물로 상처를 빠르게 씻어내고 소독했다. 지혈제를 다시 뿌리고 응급용 키트로 상처를 봉합, 부러진 다리를 맞춰 고정하고 부목으로 빠르게 고정했다. 이 일련의 과정들은 무척이나 빨랐다.

견족 사내는 아파 신음하면서도 태산의 행동을 유심히 관찰했다.

"저, 저기, 가, 감사합니다."

"인사는 나중에 하고."

태산은 퉁명스럽게 답했다. 태산은 놈의 상처를 붕대로 꼼꼼히 감싸고 이놈을 어떻게 데리고 위로 올라갈까 고심했다.

산 생활에 익숙한 태산마저도 밤에는 특히 조심해야 했다. 올라가다 실수해서 떨어지기라도 하면 반인반수라고 해도 황천길이었다.

"흐음."

태산은 견족 청년의 가방을 멋대로 뒤졌다. 명색이 현장수색조이니 등산장비를 제대로 갖추고 있다 여겼지만 가방에서 발견된 건 튼튼한 자일 정도였다.

“뭐 하세요?”

기절했다가 깨어난 견족 청년이 입을 달싹거렸다.

“등산할 거면 제대로 장비 갖춰.”

태산은 경고의 말을 던지며 자일이라도 챙겼다. 견족 청년을 구하러 오거나 할 반인반수들의 기척이 전혀 느껴지지 않아 태산은 다시 콧방귀만 뀌었다.

“곤란하군.”

태산은 자일로 견족 청년과 자신의 몸을 꼼꼼하게 연결했다. 그러곤 커다란 암반 위를 맨손으로 기어오르기 시작했다.

옥자는 숨죽인 채 태산이 빠른 속도로 날듯이 암벽을 타고 기어 올라오는 모습을 내려다보았다. 그가 절벽을 오르는 모습은 처음 보았지만 너무 익숙해 보였다. 짜릿한 긴장감이 손끝으로 몰려왔다. 태산은 살아 있는 것처럼 생생해 보였다.

태산은 산을 좋아했다. 산을 너무 좋아해 그는 여자가 없어도 오랫동안 산에서 기거했다. 특히 바위를 오르는 건 그의 특기였다. 사람 하나를 메고도 그는 손쉽게 몇십 미터의 절벽을 기어오를 수 있었다.

다행히 절벽은 가파르지도 않고 디딜 곳도 많아 구출은 생각보다 수월했다. 하지만 제 등에 업힌 환자를 고려해 느릿느릿 절벽을 기어 오른 태산이 정상에 다다랐다. 그는 견족 청년을 정상 위에 조심스레 내려놓았다. 옥자가 환자의 상태를 물끄러미 어깨너머로 살피는 사이, 산신령도 옥자의 옆에서 견족을 빤히 살폈다.

“어이 견족. 클라이밍 쪽은 고양이족 반인반수들에게 미뤄.”

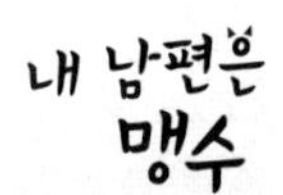

"하, 하지만 저도 수색조인데. 구해주셔서……, 감사합니다."

수색조를 다그치려던 태산은 눈물을 그렁그렁 쏟아내는 수색조의 모습에 할 말을 잃었다. 눈앞의 수색조는 앳되어 갓 소년기를 지난 듯한 어린 청년이었다.

정신이 조금 돌아온 견족 청년이 옥자와 태산을 살피며 핏기 없는 얼굴로 말했다.

"저기 두 분. 백호파가 전국에 두 분을 찾는다며 엄청난 인원을 풀었어요. 강원도 쪽에도 천여 명은 족히 깔린 걸로 알고 있습니다. 조심하시는 게 좋을 거예요."

그는 부목으로 임시 고정한 다리가 아픈지 인상을 써댔다. 태산이 한숨을 쉬었다.

산신령이 먼 능선을 바라보다 말했다.

- 저놈의 파트너가 곧 도착할 것 같군.

"이봐, 수색조. 네 파트너가 곧 올 거다."

태산이 말을 전하자 견족 청년이 감사를 표했다.

"구, 구해주시, 신 건 감사, 합니다. 하지만 이곳을 빨리, 빠져나가시는 게 좋을 것 같아요."

"그래, 충고는 고맙군."

아무래도 태산과 옥자를 찾기 위해 전국, 특히 강원도 쪽에 비상이 걸린 모양이었다. 태산은 한숨을 쉬며 이곳으로 향하는 반인반수들의 기가 감지되자 옥자에게 신호했다. 그들은 청년을 남겨둔 채 자리를 떴다.

태산과 옥자는 암자로 돌아오자마자 몸을 씻고 그들의 남은 체향을 완전히 지웠다. 산신령이 준 옷으로 갈아입은 그들은 떠날 채비를 서둘렀다.

ESU의 본격적 수색이 시작되기 전, 빨리 이곳을 떠나야 했다.

태산은 얼마 안 되는 짐을 꾸리며 계속 툴툴거렸다. 설악 노인이 꼬리를 내린 채 가만히 그의 곁에서 말을 경청했다.

"이게 다 영감님 탓입니다."

"네놈이 느긋하게 환자 인수인계를 해줘서 그래. 그것도 ESU에게 쫓긴다면서 그 파트너를 얌전히 기다려줄 건 뭐람. 쫓기는 위기감이라곤 없는 건 네 쪽이야."

피장파장인 듯싶었으니 태산은 더 추궁하지 않기로 했다. 어쩌면 쫓기는 생활에 이력이 붙어서 이젠 아무렇지 않은 건지도 스스로 알 수 없었다.

"설악 산신령 주제에 저한테 품은 앙금 이제 그만 푸시죠."

"산악구조대 오 년만 하라고 했더니 남극으로 가버린 놈의 말은 들을 필요 없다."

"그럼 내 삼백 년 치 월급 내놓으시죠?"

"그거 부동산에 투자했는데. 현금 없어."

태산은 버럭 신경질을 내려다 자신을 보며 허허실실 웃는 설악 노인을 보자 기가 막혔다.

"도주 자금은 준비라도 해두셨습니까?"

"그래. 부탁한 대로 현금. 삼백 년 치 일당 이걸로 퉁 칠까?"

태산이 묵직한 가방을 챙기며 노려보자 설악 노인은 자신의 턱을 쓰다듬었다.

"내가 네놈의 일을 도와줬으면 좋겠지만 산신령들은 이 산을 벗

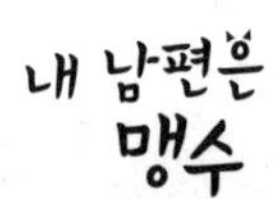

어날 수 없지. 게다가 설악산에서 네놈의 존재가 노출되었으니 최소한 이곳에서 멀리 벗어나야 할 게다. 다음 목적지는 생각한 데가 있냐?"

"아마 산신령님들과 연관된 곳에는 머물 수 없을 겁니다."

태산은 산을 근거지로 해서 움직였기에 그의 여러 은신처들은 전부 산중에 위치했고 대부분 산신령들의 관리하에 있었다. 즉, 지금은 그의 은신처들 전부를 쓸 수 없다는 말과 같았다. 산신령들 또한 감시를 받고 있을 터이니 접촉 또한 피하는 것이 좋았다.

붙잡힐 위험성이 더욱 높아진 지금, 태산은 조급해졌다. 그는 설악 노인에게 듣지 못한 말이 있었다.

"어르신, 어제 하려고 했던 말이 뭡니까? 그 호랑이 수장에 대한 거 말입니다."

입을 벙긋거리며 대답하려던 산신령의 안색이 창백해졌다. 희끗한 설악 노인의 시선이 옥자에게로 향했다.

- 웅녀를 찾아가면 확실히 알게 될 거다. 짐 챙겨! 얼른!

산신령의 호통에 다급히 옥자와 태산은 짐을 챙기고 나와 신발을 꿰어 신었다. 그들이 신을 미처 다 신기도 전에 산신령이 손과 지팡이를 뻗어 그들의 목덜미를 움켜쥐었다.

- 조금 충격이 있을 게다. 추적자들이 이곳까지 따라왔구나.

그들의 모습이 점점 희미해졌다. 산신령이 평소 쓰지 않던 신통력을 발휘하는 것일 터.

옥자와 태산이 정신을 차렸을 땐 그들은 이미 산 중턱에 다다라 있었다. 갑작스레 힘을 소진한 산신령의 모습은 그 실루엣은 있으나 손에 잡히지 않을 듯 반투명해져 있었다.

- 이 길을 따라 산 아래로 내려가면 차가 있을 게다. 추적 없이 빠져나갈 수는 있겠지. 목적지로 삼은 곳은 있나?

"찾아가야 할 사람이 있습니다."

- 누구?

"제 사촌누이 남숙이 말입니다. 다행히도 강원도에 살고 있더군요."

- 그 아이, 강원도에 있다지. 그래, 제 아이들과 함께.

산신령의 목소리가 멀어질 듯 희미해졌다가 다시 메아리처럼 태산의 귓가에 달라붙었다.

- 백호 놈과의 일이 끝나면 금호 색시와 다시 와라. 네놈과 나는 재산부터 정리할 게 너무 많으니까.

산신령의 목소리는 희미해졌다. 태산은 산신령이 그들을 이동시키느라 신통력을 무리하게 사용했다는 것을 깨닫고 한숨을 쉬었다.

산을 내려오자 반인반수들의 기척이 느껴졌지만 아직 그들의 주변엔 없었다. 마침 그들의 앞에 작별인사라도 하듯 산신령이 반투명해진 채 모습을 드러내었다.

"무리하게 힘쓰지 마십시오."

태산의 충고에도 설악 노인은 허허실실 거렸다.

- 따라갈 수 있다면 좋겠지만, 나는 땅에 속박된 영(靈)이라 움직일 수 없는 게 아쉽구나.

옥자는 산신령을 껴안기 위해 그에게 다가갔지만, 실체화하지 않은 산신령을 만질 수 없었다. 그녀가 저와 키가 비슷한 산신령을 마주한 채 희미하게 웃었다.

"어르신. 다시 뵈러 올게요. 그전에 하나만 물어봐도 돼요? 저

앞으로 태산 씨 아이 낳아도 되는 거예요?"

설악 노인은 어쩐지 기가 막힌 얼굴이었다.

"순혈이 아니라서 태산 씨 아이 낳으면 안 된다고 그랬거든요."

- 낳아도 돼. 되도록이면 많이 낳아. 저놈 젊은 나이 아니니까.

"감사합니다."

옥자는 설악 노인과 포옹했다. 실체화는 너무 짧아 그녀의 손이 금방 노인의 몸을 통과해버리고 말았지만 아무래도 좋았다.

- 가라, 추적자들이 곧 올 게다.

태산과 옥자는 산 어귀에서 결별했다. 산신령이 내려보낸 길잡이를 따라 그들은 발을 옮겼다. 옥자는 다시 한 번 더 설악산을 올려다보았다.

그녀는 이곳에 다시 오는 날이, 머지않은 날들 중 하나이기를 바랐다.

태산과 옥자가 설악산에서 발견되었다는 소식이 전해진 건 그날 저녁이었다.

소식을 흘린 쪽은 ESU의 서울 사무실. 엇비슷한 시각, 그 전화를 받은 써니 정과 강백호 쪽은 자리에서 벌떡 일어났다.

"뭐라고? 지금 이태산을 발견했다고?"

- 그, 그렇습니다.

"그놈 지금 어디에 있어!"

- 발견되었습니다만, 놓쳤습니다.

강백호는 잽싸게 그 행방을 캐물었지만 ESU는 더는 대답하지 않고 모른다는 말로 일관했다.

써니 정과 강백호들은 당장 설악산에 가고 싶어 했지만 문제는 많았다. 태산과 옥자가 설악산 어디에 있었는지, 현재도 머물고 있는지, ESU는 그들을 제대로 추격하고 포위 중인지 등등.

마침 밤이었고 설악산 부근에는 비가 내려 수색도 힘들다는 말이 덧붙었다. 야간에 눈이 밝은 반인반수들이라고 해도 비가 오는 밤에는 시야 확보가 힘들다. 그 말을 들은 강백호는 움직여야 한다는 결론을 내리고 자신의 부하들을 호출했다.

"설악산으로 간다."

써니 정의 움직임 또한 강백호와 같았다. 그들은 ESU와 다시 연락을 한 뒤 이동했다.

이제 움직여야 할 시간이었다.

설악산 산신령은 어둠 속에서 희끄무레하게 움직였다.

신통력을 무리하게 사용한 탓에 당분간 실체화를 할 수 없었지만, 그는 즐거웠다. 특히 금호의 존재를 떠올리자 산신령의 얼굴에 흐뭇한 미소가 번졌다.

- 금호가 돌아왔다. 금호가. 역시, 백호 쪽이 문제이려나. 금호 놈을 놓친 백호 놈이 애달아 미쳐가고 있겠네. 이백 년 전 강찬봉이 그랬던 것처럼.

강찬봉은 죽었다. 하지만 그 아들 강백호도 제 아비와 똑같은 전철을 밟고 있다. 무덤에 들어간 늙은이야 죽어서 끝이지만 옥자를 손에 넣지 못한 강백호는 똥줄이 탈 것이다. 판세는 태산에게 기울어져 있지만 태산은 아직 이유를 명확히 알지 못했다.

- 이태산, 그 바보 같은 놈. 그나저나 다른 산신령들이 금호의 정

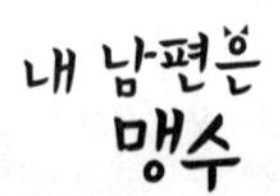

체를 눈치챘으려나?

휴대전화가 개발되기 전까지 각지의 산신령들은 이야기를 나눌 통로가 없었다. 그들은 전국의 명산을 쑤시고 다니는 이태산에게 그들의 의중을 전달하기도 했다. 우습게도 태산은 산신령들의 네크워크 구실을 했고 말벗을 했다. 모든 산신령은 독거호랑이가 짝을 찾지 못하고 홀로 늙어죽을까 걱정했었다.

헌데 그걸 금호가 구제해주었을 줄이야.

산신령은 이 사태를 관망하며 웃었다. 그의 희미해진 신형이 어둠 속으로 서서히 증발했다. ESU의 출신의 현지수색조들이 그 장소를 덮쳤지만 그들은 어떤 것도 찾아내지 못했다.

13. 그녀, 이남숙

남숙의 침실에 고요한 햇살이 쏟아졌다.

그녀는 어느 땐가부터 제가 정물처럼 조용해졌다는 사실을 자각했다.

사실 그녀가 대하는 사람은 자신의 아이들과 아이들의 보모와 도우미가 전부인지라 해야 할 말은 많지 않았다.

오늘도 그저 그런 조용한 하루가 이어질 것이다. 그녀의 늘씬한 실루엣이 자신의 침실을 나와 아이들의 놀이방으로 향했다.

2층 아이들의 방에는 쌍둥이 아이들이 곤히 낮잠을 자고 있었다. 여자는 아이들의 흰 머리카락을 쓰다듬고 아이들이 걷어찬 이불을 덮어주었다. 깨어난 아이들이 먹을 간식을 잠시 걱정했지만 그것 역시 가정부가 준비해두었을 터였다.

"내가 해야 할 일은 뭐지?"

여자는 제가 할 일이 없음을 깨닫고 무기력함을 느꼈다.

한때 그녀도 격정적인 시절이 있었다. 사랑을 위해 모든 걸 내던졌던 시절이었다.

남편이었던 남자와는 행복했다. 하지만 그의 마음이 떠난 것은 신혼 초였다. 결혼 초, 임신한 이유를 사산했다. 시아버지는 그 이후 아이를 낳지 못한다 구박했고 남편의 친척들도 그녀를 비웃기에 바빴다. 남편과는 자식을 낳기 위해 의무적인 섹스를 했고 그 뒤 자연스럽게 사이가 벌어졌다.

남편은 바람을 피웠고 몇십 년 동안 집에 들어오지 않은 적도 있었다. 그리고 아주 우연히, 술에 취한 채 관계를 했고 여자는 쌍둥이를 얻었다. 남편은 그 뒤 아예 발길을 끊었다.

끊어진 인연은, 아이가 생겨도 이어지지 않았다. 그 와중에도 늙은 시아버지의 구박은 멈추지 않았다. 남숙은 산후우울증에 걸렸다.

백호 일족은 남숙을 싫어했다. 열성종인 백호족의 대를 잇기 위해선 외국에서라도 백호 색시를 데려와 백호의 피를 이어야 한다 모두가 입을 모았다. 그나마 남숙의 아이들이 백호로 태어나 다행이었지 아니라면 인정받지도 못했을 터였다.

남숙을 발견한 가정부와 보모가 인사도 하지 않고 다시 수다를 떨었다. 남숙은 자신이 투명인간처럼 느껴졌다.

"이대로는 안 돼."

남숙은 스스로 움직이기로 했다. 그녀는 용기를 내어 도우미와 보모를 거실로 불러들였다.

"퇴직금은 후하게 쳐드릴 테니 이 집에서 나가주세요."

남숙의 한마디에 여자들은 격하게 반응했다.

"사모님, 오 맙소사. 저희가 얼마나 열심히 일했는데 자르시다니요?"

"정당한 사유 없는 해고는 노동법에 위배된다고요! 강백호 님께 이를 겁니다!"

"맞아요. 월급 사모님이 주시는 것도 아니시잖아요!"

"사모님 두 아이들도 이제 우리 없으면 안 돼요. 아무리 사모님이라도 감히 저희에게 이러시면 안 되지요!"

바락바락 대드는 두 여자, 가정부와 보모를 응시하며 남숙은 웃었다.

쉽게 보였구나. 제가 무기력해진 사이, 이 여자들이 집안을 휘젓고 지배하려 들었구나.

남숙은 하룻강아지들을 살피며 서서히 기운을 발산했다. 호랑이족의 기운을 조금 거실에 풀어놓았을 뿐인데 개과의 반인반수들이 눈치를 살피며 어깨를 움츠렸다.

"저, 저기 사모님?"

"내가 무슨 종족인지는 아시죠?"

"하, 하지만 사, 사모님!"

"남편에게 전화해보세요. 나한테 한 그대로 떠들어보세요. 퇴직금은커녕 뼈도 못 추릴 겁니다."

"나, 남편이요? 백호파 두목이?"

보모와 가정부 여인들이 목을 움츠렸다. 남숙은 웃었다.

"그럼 내 아이들이 뭐라고 생각했어? 뭐라고 생각했기에 감히 너희들을 고용해 이 외딴 시골까지 내려보냈다고 생각해?"

"하, 하지만 그 아, 아이들은."

"어리지만 영특해서 호랑이족의 기운은 갈무리할 수 있어."

"하, 하지만 아, 아이들은 저, 저희를 좋아해요."

"오늘 안에 둘 다 짐 싸서 나가. 얼른 나가주시겠어요?"

항의를 하려던 결국 남숙의 기세에 그들의 방으로 퇴각했다. 그들이 짐을 싸서 나가는 데는 두 시간이면 충분했다.

"택시 불러뒀어. 터미널까지 데려다 줄 거예요."

"사, 사모님 너무하세요."

앙알거리던 그들은 남숙에게 말이 먹히지 않자 결국 집을 나갔다. 그들이 사라지자 집안은 무덤처럼 고요해졌다. 남숙 만이 그 침묵 속에서 들뜨는 기분이었다.

오늘은 꼭 무슨 일이 있을 것만 같았다.

"엄마?"

"엄마, 엄마!"

하얀 머리카락의 쌍둥이들이 내려와 남숙의 긴 치맛자락을 붙들고 늘어졌다. 그녀는 아이들을 향해 웃어 보였다.

그녀의 놀라운 변화에 아이들은 낯설어 하면서도 신이 나 남숙의 곁을 떠나려 하지 않았다.

"엄마가 간식 만들어줄까? 뭐 먹고 싶어?"

아이들은 신나게 합창했다.

"핫케이크!"

"여기가 맞나요?"

옥자는 커다란 전원주택을 앞에 두고 머뭇거렸다. 태산도 초인종을 쉽게 누를 용기가 나지 않는 듯 머뭇거렸다.

"여기야. 하지만 남숙이 날 반가워할지 모르겠군."

"그 남숙 씨란 분 얼마 만에 보는 거예요?"

"어릴 적엔 같이 자랐는데, 결혼한 뒤로 안 봤으니 이백오십 년은 훨씬 넘은 것 같은데."

남숙과 강백호의 사이가 나쁘다 한들, 남숙이 강백호가 노리는 옥자를 반가워할 리 없다. 또한 그는 남숙이 어떻게 변했는지 가늠할 수 없었다. 그래도 남숙과는 한번 만나야 했다.

태산은 긴 한숨을 내쉰 뒤 초인종을 눌렀다.

잠시 후 누구인지도 묻지 않고 대문이 열렸다. 태산과 옥자는 너른 정원을 가로질렀다.

견고한 석조 저택에는 화사한 꽃밭과 작은 풀장, 정원 한쪽에서 잠을 자는 리트리버 한 마리가 평화롭게 자리해 있었다. 풀장의 옆으로 아이들이 떨어뜨리고 간 로봇 장난감이 흩어진 채였다.

그들은 굳게 닫힌 저택의 현관문을 두드렸다.

"기다리세요."

한참 만에 한 여자의 목소리가 들려왔다. 두 아이들을 나란히 데리고 나온 무채색 원피스의 여자가 현관문을 열었다가 태산을 보고 얼어붙었다.

"오랜만이야."

남숙은 여자치고는 꽤 큰 편이었지만 태산보단 여전히 작아 내려다봐야 했다. 헌데 그녀는 태산의 기억보다 훨씬 마르고 초췌해진 얼굴이었다.

"오라……버니?"

남숙이 마지막으로 기억하던 태산의 모습은 낡은 무명 한복을 입고 그녀를 배웅하던 남사당패의 모습이었다. 그 낡은 한복 대신 가벼운 등산 재킷에 등산 바지를 입은 태산이 그녀는 마냥 낯설었다.

남숙의 뒤를 따라 나온 아이들이 침입자에 놀라 남숙의 치맛단

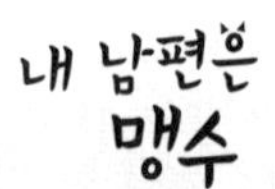

을 붙들었다. 태산은 아이들과 눈을 맞추기 위해 무릎을 꿇었다.

"이 아이들이 네 아이들이니? 귀엽구나."

하얀 머리칼, 붉은 눈의 아이들이 태산과 옥자를 발견하고 잔뜩 경계했다. 아이들의 시선을 받은 옥자가 모자를 벗어 인사했다.

"음, 난 김옥자라고 해."

아이들의 시선이 옥자의 금발에 꽂혔다. 허나 김옥자란 이름에 남숙은 동요했고 공허한 시선을 태산에게 던졌다.

"오라버니, 왜 저 여자와 함께 여기에 온 거죠?"

"들어가도 되나?"

"대체 왜!"

반박하려던 남숙은 태산의 눈 밑 그늘을 눈치 챈 듯 말을 멈췄다. 그녀가 고민하다 아이들을 매단 채 옆으로 비켜섰다.

"들어오세요."

태산과 옥자는 조심스럽게 이남숙의 집으로 들어갔다.

남숙의 집 안은 모든 것이 깔끔했다. 하지만 깔끔한 화이트 톤과 차분한 가구들은 아이들의 장난감이나 매트와 뒤섞여 묘하게 언밸런스한 분위기를 풍겼다.

"아저씨는 누구예요?"

"누구야?"

아이들은 이내 태산에게 호기심을 보였다.

"지미, 지후. 손님이 왔으니 얼른 손 씻고 와. 세수도 깨끗이 하고."

아이들은 투닥거리며 2층으로 사라졌다. 남숙은 아이들이 어지른 거실을 바라보다 태산과 옥자를 식당으로 손짓했다.

"미안해요. 오늘 도우미와 보모를 내보낸지라 정신이 없네요. 일단 앉아요."

그녀는 아이들이 먹다 남긴 핫케이크 접시들을 치웠다. 옥자는 그녀를 도와 테이블 위를 치웠지만 남숙은 여전히 떨떠름한 듯 보였다. 남숙은 애써 옥자를 쳐다보지 않으려는 듯 시선을 피해 태산을 노려보았다.

"어떻게 된 거죠?"

태산이 대답했다.

"보시다시피 쫓기고 있지. 너도 사정은 듣지 않았나."

이백여 년 만에 재회한 사촌 남매 같지 않았다. 옥자는 가만히 두 사람을 지켜보았다.

남숙은 적어도 이 상황에 대해 불쾌감을 느끼는 게 역력해 보였다. 무표정한 얼굴 사이로 사소한 짜증이 묻어났다.

"오라버니, 백호파가 오라버니를 쫓고 있다는 건 알아요. 하지만 한 가지 잊고 있는 게 있지 않아요? 난 오랜 별거 생활을 했든 아니든 아직 강백호의 아내예요."

"알아."

"그이가 김옥자란 여잘 찾기 위해 물불 가리지 않는 것도 알죠."

"백호파만이 아니야. ESU, 써니 정이 고용한 놈들에게도 쫓기고 있어."

"하아."

남숙은 피곤한 듯 관자놀이를 짓눌렀다.

"난 오라버니에게 해줄 게 아무것도 없어요. 심지어."

남숙은 옥자를 보며 긴 한숨만 뱉아냈다. 남숙의 눈에 비친 옥

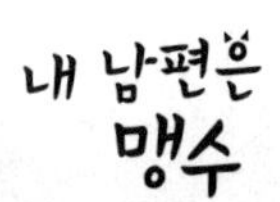

자는 초식계를 연상케 했고 얌전한 얼굴이었지만 가슴이나 몸매는 제법 육감적이었다. 일반 호랑이족과는 사뭇 다른 매력에 제 오라버니나 그이가 끌리고도 남았을 테지만 호감이 들 리 없었다.

"여기에 처박혀 있긴 하지만 소문은 듣고 있죠. 태산 오라버니가 데리고 다니는 여자가 강백호 그이가 찍은 여자란 것도."

"그래서?"

"김옥자 씨는 그이가 원하는 여자예요. 그이가 김옥자 씨를 찾기 위해 눈이 뒤집혀 들인 돈이 고작 두어 달 사이에 백억 대 라고 하더군요. 아무리 제가 그이와 사이가 나쁘다 한들, 내 남편이 원하는 여자를 내가 도울 거라고 생각해요?"

시니컬한 남숙의 말에 옥자는 더 졸아드는 기분이었다. 하지만 옥자는 강백호에게 자신을 원해달라 한 적은 없었다. 허나 이남숙의 입장에서 옥자는 가해자에 가까웠다.

"난 오라버니와 옥자 씨를 신고할 수도 있어요. 왜 날 찾아온 거죠?"

신경질적인 날선 목소리에 태산은 대꾸했다.

"알아. 남숙이 네가 무슨 말을 하든 이해해."

그 당당한 대답에 남숙은 외려 말문이 막힌 듯했다. 옥자는 아무 말도 하지 않았지만 태산은 테이블 위로 떨고 있는 옥자의 손을 붙잡아 토닥거렸다.

"괜찮을 거야."

남숙은 당당한 두 존재의 태도에 말문이 막혔다. 하지만 제 암컷을 지키려는 태산의 태도는 마냥 부러웠다.

어쩌면 이 모든 것들이 김옥자가 원하지 않았던 것일 수도 있었다. 애초에 강백호를 원했다면 그의 옆에서 부귀영화를 누릴 텐데, 지친 와중에서도 옥자는 제 오라버니 태산만을 응시하고 있었다. 그들은 몇 달째 쫓기고 있었을 텐데.

"하아."

마침 아이들이 서투른 솜씨로 내복을 입은 채 뛰어내려왔다. 그들이 태산의 옆에 나란히 선 채 눈을 깜빡였다.

"놀아줄까?"

태산이 스스럼없이 양팔로 아이들을 하나씩 붙잡아 올리자 아이들은 저도 모르게 까르르, 소리를 내어 웃었다. 아이들은 태산에 대한 경계심을 풀며 그에게 자신들의 장난감을 소개해주겠다며 그를 거실로 끌고 나갔다.

부엌에는 남숙과 옥자만이 남았다. 남숙은 당연히 옥자를 경계했다.

제 남편이 원하는 여자. 남숙이 옥자에 대해 아는 건 그것뿐이었다. 하지만 이태산과 김옥자가 서로 사랑하는 사이란 건 모를 리 없다.

"김옥자 씨. 강백호를 어떻게 생각해요?"

"저기. 솔직하게 말해도 돼요?"

"물론."

옥자는 남숙의 기가 누그러졌다는 걸 깨달았다. 아마, 태산 때문이리라.

"강백호 씨는 같이 있고 싶지 않았어요."

"그이가 왜? 그이는 여자들에겐 인기가 좋다던데."

옥자는 강백호를 떠올려봤지만 그의 좋은 점이 떠오르지 않았다.

"강백호 씨는 돈이 많더군요. 그리고 날 감금하고 협박해서 날 길들이려 하더군요. 자신의 취향에 맞는 야한 옷이나 입혀서 정부나 인형으로 만들고 싶어했어요. 그냥 그의 옆에 있고 싶진 않았어요."

남숙은 할 말을 잃었다. 그녀가 잠시 입을 멍하니 벌렸다.

"지금 그게 내 남편 강백호 이야기인지 확신이 서지 않네요. 그이는 여자들에게 무심해요. 집착하지 않아요. 아니, 너무 오래 떨어져 있어서 그의 성격이 변한 걸까."

남숙은 자신이 모르는 사이 강백호의 성격이 변했나 의심했다. 옥자에게 사내를 미치게 하는 뭔가가 있나 의심했지만 옥자는 남숙이 생각한 것보다 어리고 순진해 보였다.

"태산 오라버니와는 어떻게 만났죠?"

"맞선이요. 맞선이 꼬였는데, 저보고 합이나 맞춰보자며 호텔 방으로 끌고 가서……."

옥자는 아무 생각 없이 고백했다가 저도 모르게 얼굴을 붉혔다. 남숙은 거실을 향해 썩을 도둑놈이라고 중얼거렸다.

"옥자 씨 나이가 몇 살이죠?"

"백 살 정도?"

이태산이든 강백호든 둘 다 도둑놈이다. 남숙은 한숨을 쉬며 피곤에 찌든 옥자의 얼굴을 살폈다.

"피곤해 보이네요. 따라와요, 옥자 씨."

남숙은 옥자를 2층으로 데려가려 했다. 마침 볕이 좋은 거실에서 태산이 아이들과 함께 신나게 장난을 치고 있었다. 하얀 악동들은 태산의 양팔에 대롱대롱 매달려 까르르 웃었고 그의 몸을 타고 오르려 했다.

"목말 태워줄까?"

"오?"

"아저씨, 태워줘요!"

까르르 웃는 아이들의 웃음소리가 태산의 저음과 섞여 거실을 울렸다.

"보모들이 있었을 땐 저렇게 밝은 모습은 보인 적이 없는데. 어째서."

입술을 깨문 남숙이 곧장 2층으로 앞장섰다. 남숙이 옥자에게 내준 방은 2층에서 비어 있는 큰 방이었다. 잡다한 물건이 있었지만 볕이 좋고 탁 트여 있었다. 남숙은 빠르게 커튼을 치며 말했다.

"오라버니가 애들과 놀고 있으니 일단 가져온 짐은 여기 풀어놓도록 해요. 누가 볼 수도 있으니 창밖은 내다 보지 말아요. 커튼을 쳐두는 게 시선을 피하긴 좋아요. 이불은 태산 오라버니를 통해 올려다줄게요. 청소는."

"아, 제가 할게요."

남숙의 말투는 무심했지만 행동으로 옥자를 배려해주었다. 옥자가 남숙의 입장이라면 쫓아내고도 남을 거란 생각이 들었다. 옥자는 1층에서 청소기와 물걸레를 찾아내어 방으로 가져가려 했다.

남숙의 차분한 목소리가 등 뒤에서 들려왔다.

"지금껏 오라버니가 당신을 보호해줬겠죠."

"네."

"오라버니가 당신에게 사랑한다고 말했나요?"

옥자는 그 점에 있어선 망설이지 않았다.

"우리들은 서로 사랑해요. 부부가 되고 싶어 해요. 나는 그래서 강백호 씨에게 돌아가지 않을 거예요. 그는 내 선택이 아니었으니까."

남숙이 별로 할 말은 없었다.

"오라버니는 당신을 버리지 않을 거예요."

"알아요."

"그래서, 부럽네요."

남숙은 금방이라도 울 것 같았다. 옥자는 늘씬한 그녀가 사라진 방향을 멍하니 바라보았다.

남숙이 아이들의 잠자리를 봐주고 온 참이었다. 태산과 너무 격하게 놀았던 탓인지 아이들은 저녁을 먹고 아홉 시가 되기도 전 일찍 잠들어버렸다.

"얘기 좀 하지."

태산은 부엌에서 남숙을 향해 말을 걸어왔다. 그의 시선은 가스레인지 위에서 끓고 있는 물주전자에 꽂혀 있었다.

"원두커피 기계는 질색이야. 물 끓이는 중인데 커피 있어?"

"커피는 좋아하지 않는데. 아, 도우미가 먹던 커피믹스는 남아 있네요. 홍차도 있고."

"커피로 줘."

삼백 년 전 한국에는 홍차나 커피가 없었다. 하지만 남숙은 달달한 것을 좋아했던 태산의 입맛을 기억했다.

태산은 너른 주방과 커다란 거실을 바라보았다. 숨 막힐 듯이 큰 집엔 남숙과 두 꼬맹이들뿐이었다.

"혼자서 애들 건사하고 살림하기엔 버거워 보이는데."

"마침 보모나 도우미를 해고했어요. 덕분에 오라버니가 맘 편히 머물 수 있는 거고. 다행이지 않아요?"

그녀의 비아냥에도 태산은 묵묵히 커피믹스를 타고 달디 단 믹스커피를 들이켰다. 이제야 조금 정신이 돌아오는 듯했다.

"옥자 씨는요?"

"피곤해서 곯아떨어졌어. 그것보다 네 지금 이름은 남숙이야?"

남숙은 고개를 끄덕였다. 그녀의 원래 이름은 이남숙이었었다.

"헤아릴 수 없는 이름들이 있었죠. 결국 이남숙으로 돌아왔지만. 태산 오라버니의 이름은 여전한가 보네요."

"하나쯤은 변하지 않는 게 있어야지."

태산의 뻔뻔한 말에 남숙도 웃었다.

많은 것이 변했다. 그를 보지 않은 이백 년에 가까운 시간. 바로 지척에 있는 태산을, 남숙은 만나려 들지 않았다. 처음엔 그가 강말봉, 지금은 강백호와의 혼인을 반대했다는 이유였고 그 뒤엔 혼인에 실패한 자신의 모습을 보여주고 싶지 않은 자격지심이 이유였다.

헌데 그 모든 건 다 남숙 때문이었다.

삼백 년 전 강백호와 이태산이 영역을 두고 필사적으로 싸운 이유는 강백호가 이남숙에게 구애했기 때문이었다. 태산은 다른 백호들이 두 호랑이족을 반대하는 것처럼 반대했다. 백호는 자신의 사랑을 반대하는 모두를 힘으로 증명해 남숙을 신부로 맞고 싶어했다.

마침 태산과 백호는 혈기왕성한 나이였다. 둘은 싸웠고 태산이 이겼다. 허나 남숙은 태산에게 가 백호와 자신을 맺어주지 않는다면 죽어버리겠다고 협박했다.

태산은 결국 남숙을 위해 영역을 백호에게 양보했다. 그러곤 빈손이 되어 산으로 들어갔다. 남숙은 그 뒤로 아주 오랫동안 그와 만나지 못했다.

"오라버니가 그렇게 반대한 결혼인데, 나는 실패했어요. 그래서 이런 모습 따위 보여주기 싫었어요."

남숙의 입안이 깔끄러워졌다. 태산의 이마에 수심도 깊어졌다.

"너와 강백호 사이는 어때?"

남숙은 긴 한숨을 쉬었다.

"보는 것처럼 별거한 지 오십 년은 훨씬 지났을 거예요. 삼백 년 전, 혼인 직후 아이 하나를 잃고 오랫동안 임신하지 못했죠. 그는 바깥으로 돌며 영역 싸움을 했고 다른 여자들을 잔뜩 만들었어요."

그사이, 화해를 할 수도 있었다. 일말의 애정이 남아서일까, 아니면 격렬하게 한때 사랑했던 사이라 그랬던 걸까. 적어도 그들은 이혼을 하지는 않았다.

하지만 그것뿐이었다.

그는 집에 오지 않는 날들이 많아졌다. 남숙은 그를 기다리다 지쳤고 그의 여자들을 깨달으며 그가 곁에 있어도 그를 거부하며 무심해졌다. 그렇게 벌어진 간격이 이젠 도저히 메울 수 없는 상처로 남았다.

남숙은 아이들이 머무는 2층을 올려다보았다.

"그이와의 의무적인 잠자리에서 칠십 년 전 우연히 아이들이 생겼어요. 그때도 나는 이미 노산이었고 아이들을 낳은 뒤엔 그는 날 찾아오는 일은 없었죠. 아이들은 내 전부예요."

남편을 포기하고 얻은 아이들. 강백호는 그녀를 자신에게서 완벽히 분리해내 이곳에 가두었다. 덕분에 남숙은 꽤 오랜 시간을 무기력하게 흘려보냈다.

“한때 아이들이 귀찮아서 제대로 보려 하지 않은 적이 있었어요. 하지만 이젠, 그렇게 하지 않을 거예요. 오라버니도 언제까지 도망자만 할 수 없듯이. 어린 신부에게 미안하지도 않아요?”

태산이 길게 한숨을 뽑아냈다. 남숙은 웃었다.

“내가 옥자 씨를 하룻밤 여기 맡겨두어도 될까?”

“그렇게 하세요. 내가 옥자 씨 숨겨줄게요. 하룻밤 정도면 괜찮지 않을까요?”

“남숙아.”

“옥자 씨는 좋은 호랑이족이에요. 어리고 순진하고 미워지지 않는 듯싶고. 적어도 그이와 오라버니가 옥자 씨를 원하는 이유는 알 것 같아. 질투는 하지 않아요. 나, 오라버니에게 빚진 것도 있으니까.”

“일을 해결하고 빨리 돌아올게.”

“좋아요. 언제 돌아올지는 오라버니도 확정할 수 없겠죠? 난 지금 보안장치를 끄고 온 참이에요. 꽤 까다롭고 복잡한 모양이더라고요. 오라버니가 나가려면 지금밖엔 없어요. 돌아올 땐 참고해요. 자정 전후로 해서 한 시간 정도 꺼둘 생각이니까.”

“고마워.”

사라지려던 그가 잠시 머뭇거렸다.

“그런데 남숙아, 너 호랑이족 전대 수장 기억나니?”

“그 질문은 갑자기 왜?”

“아무것도 아냐. 갔다 올게.”

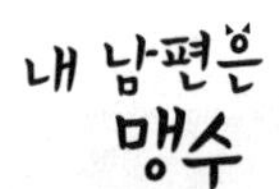

곧 그의 신형이 남숙의 시야에서 사라졌다. 열린 창을 통해 차가운 공기가 선득하니 밀려들었다.

갑자기 존재감도 딱히 없어서 기억에도 남지 않았던 호랑이족 전대 수장에 대해 묻는 건 왜였을까. 남숙은 태산의 행동에 뜬금없다 생각하며 천천히 문을 닫았다. 돌아선 그녀는 유령처럼 가만히 서서 자신을 보고 있는 옥자를 발견했다.

"태산 씨, 갔군요."

"네. 하지만 오래 걸리지 않을 거래요. 곧 옥자 씨 데리러 올 거래요."

옥자는 고개를 끄덕였다. 그녀는 확신했다.

"걱정되지 않아요?"

옥자는 웃었다.

"태산 씨는 돌아올 거예요."

"나도 그렇게 누군가를 믿을 수 있으면 좋겠군요."

남숙의 얼굴에 서글픈 그늘이 어렸다.

ESU의 수색조들과 백호파, 써니 정이 고용한 헌터들이 설악산 일대를 수색하기 시작했다.

모두는 태산과 옥자가 설악산에 잔류해 있거나 도망쳤다 한들 멀리 가진 못했을 거라 판단했다. 수색은 활기를 띠었으며 설악산 부근의 수색에 동원된 수만 수백여 명에 달했다.

오리무중이었던 그들 호랑이족 남녀의 도주 경로도 속속들이 밝혀지기 시작했다. 지난 석 달간 그들이 숨어 있던 은신처에 관한 단서도 잡혔다.

"강원도 화천에서 춘천을 경유해 설악산으로 이동했습니다. 춘천 터미널에 변장한 그들의 모습이 찍힌 CCTV가 확인되었습니다."

"최초 발견지는 강원도 화천입니다."

강백호가 듣기에 쉬이 납득할 수 있었다. 이태산은 뼛속까지 산호랑이였다. 괜히 히말라야에 십오 년간 처박혀 있던 게 아니었다. 고독을 즐기는 반인반수들 중에서도 히말라야 고산 지대에 십오 년간 은둔하는 놈은 전대미문이니까!

"ESU의 수색 정보를 백호파가 공유했으면 하는데? 수색에 백호파도 참여하겠다."

"현재 ESU의 수색조가 화천군 일대를 뒤지고 있습니다. 다시 돌아올지도 모른다 생각하고 있습니다."

ESU의 보고에도 강백호는 계속 생각하고 또 생각했다.

그의 머리에 떠오른 것은 설악산에서 발견 당시, 이태산을 도왔다는 산신령 노인이었다. 강백호는 그의 생 절반 이상을 산에서 보낸 호랑이족이었다.

"이태산은 산신령들과 막역한 사이다. 그들이 이태산의 도주를 도왔을 텐데. 차라리 전국 산신령들의 연락처를 파악하고 휴대전화 번호를 추적하는 게 빠르지."

강백호의 말에 ESU가 지시를 받은 듯 재빠르게 움직였다. 이 상황을 주시하는 ESU의 간부들은 꽤나 불쾌한 기색이 역력했지만 별다른 말은 하지 못했다.

이태산은 호락호락하지 않다. 그렇게 돈을 들이며 많은 수를 고용했어도 놈은 자신을 조롱하는 듯 잡히지 않았다.

설악산에서의 도주 이후 다시 그들의 행방은 묘연해졌다. 강백호

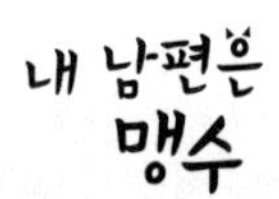

는 이태산을 떠올리며 이를 갈았다. 그는 혼자도 아니고 김옥자까지 보호하고 있다. 헌데 그놈은 어디에서 은둔해 숨어 있단 말인가.

"일단 수색조에게 맡기고 서울로 돌아가지."

그는 자신의 차에 올랐다. 강백호의 수하들이 머뭇거리다 대답했다.

"저기, 여기까지 오셨는데 사모님이나 자제분들도 보시지 않고 바로 가실 겁니까? 두 시간도 채 걸리지 않을 겁니다. 잠깐이라도 얼굴을 보시면."

고심하던 강백호가 입을 열었다.

"그럼 차 돌려."

강백호의 차를 검은 선팅이 된 차량 두 대가 따라붙었다. 하나는 ESU의 수색조였고 또 한대는 정체불명의 검은 세단, 미국에서 온 사자족 레온 레오파드의 부하들이었다.

옥자는 호박색의 눈을 불안하게 굴렸다. 그녀가 저택 밖의 상황을 예의 주시했다.

"불청객이 오네요."

"뭐?"

"수가 너무 많아서 냄새를 가늠할 수 없어요."

남숙은 코를 킁킁거렸지만 아직 냄새를 포착할 순 없었다. 하지만 멀리서 들리는 차량의 이동 소리는 분명하게 들었다. 옥자의 말처럼 족히 두 대 이상의 차량 이동 소리였다.

이 부근은 사유지다. 이쪽으로 오는 차량이 하루에 많아야 몇 대 되지도 않는다.

"차가 분명히 여기로 오는 것 같군요."

남숙의 말에 옥자는 다급해졌다. 태산이 옆에 없다는 사실이 못내 불안했다.

남숙은 옥자를 아이들의 욕실로 이끌었다. 옥자가 자신의 체향을 갈무리해 지우긴 했지만 안심할 수 없는 상황이었다. 남숙은 아이들이 반신욕을 하기 위해 받아둔 욕조의 따스한 물 속에 손을 담갔다.

"이 정도면 감기에 걸리진 않겠네요. 옥자 씨의 몸에서 냄새가 나지 않는 건 알지만 물 속에 숨어 있는 게 더 안전할 거예요."

고개를 까딱인 옥자가 욕조 안으로 몸을 숨겼고 남숙은 욕조 덮개를 완전히 덮었다. 욕실을 나온 뒤 그녀는 독한 향수를 집안 곳곳과 제 몸에 뿌려두었다. 침입자가 누구든 이 정도의 냄새라면 옥자를 눈치채진 못할 터였다.

그렇게 한참 부산을 떨다 1층으로 내려왔을 때였다.

철컥, 누군가 별장 문을 열고 들어왔다. 느닷없는 침입에 남숙이 화들짝 놀랐다.

"누구?"

"수색할까요?"

저음의 목소리를 내는 검은 양복의 사내는 ESU의 배지를 달고 있었다. 그와 함께 나란히 선 것은 양복을 입은 자신의 남편, 강백호였다.

몇십 년째 보지 않아 얼굴조차 가물해진 강백호는 남숙이 기억하던 것보다 괴상한 패션에 차가운 얼굴을 했다. 그가 장난감으로 어질러진 거실을 둘러보았다.

"들어가도 되나?"

그녀가 말을 하기도 전 ESU가 끼어들었다.

"수색해도 되겠습니까?"

강백호가 눈을 치떴다.

"됐어. 여긴 내 아내의 집이다. 감히 백호파의 영역을 수색하겠다는 건가?"

강백호의 기세에 기가 눌린 ESU들이 물러갔다. 강백호는 멋대로 불쑥 집 안으로 들어왔다. 혹여 남아 있을지도 모르는 옥자의 체취를 지우고자 남숙이 향수를 뿌린 것조차 강백호는 몰랐다.

"애들은 이 층에 있겠지?"

남숙의 얼굴을 보지도 않은 강백호가 그녀를 지나쳐 2층 계단으로 향했다. 뒤늦게 정신이 든 그녀가 그의 팔을 붙들었다.

"여보. 잠깐, 나랑 얘기 좀 해요? 갑자기 이게 웬 방문이죠? 수색은 또 뭐고?"

"이태산이 여기 왔었나?"

안부를 묻는 것도 없이 강백호는 묻기만 했다. 남숙이 멍하니 낯선 남편을 올려다보았다. 한때 농담이나 웃기도 잘했던 남편은 차갑고 딱딱해져 제가 모르는 사람 같았다.

"이태산이 여기 왔냐고 묻잖아!"

"지금 몇십 년 만에 방문해서 고작 그걸 묻는 건가요? 그가 내게 왔으리라고 생각해요?"

"아니면 됐어."

강백호가 차갑게 그녀의 팔을 뿌리쳤다.

"여보! 이건 무례해요!"

"내 아이들이 있는데 방문 날짜를 알려줘야 하나? 인간들의 예의에 맞춰서?"

몇 번이고 남숙이 대화를 시도하려 했지만 강백호는 그녀의 말을 들을 생각조차 하지 않았다. 성큼성큼 큰 보폭으로 2층으로 간 강백호가 아이들의 방문을 활짝 열어젖혔다.

하얀 머리색의 두 아이들은 조용히 천사처럼 잠들어 있었다.

"아이들이 잠들어 있다고 말하려고 했어요."

"그렇군."

물끄러미 아이들을 내려다보던 강백호가 발길을 돌려 방을 나왔다.

그가 언뜻 본 거실과 2층에도 타인의 체취는 남아 있지 않았다. 이태산이든 김옥자든 둘 다. 강백호는 남숙에게 시선을 두지 않은 채 그대로 별장을 나서려 했다.

아이들조차 외면하는 모습이 남숙을 더 속상하게 했다.

"난 보지 않아도 좋아요. 하지만 지후와 지미가 깨어나는 것도 보지 않을 건가요?"

"난 여기 머물고 싶은 생각도 없었어. 그냥 얼굴만 잠깐 보러 온 거야."

"그 김에 이태산이 오지 않았는지도 확인하고요. 그렇죠?"

남숙의 비아냥거림에 강백호는 여전히 무표정했다. 그가 현관에서 신으려 등을 굽혔다.

"그래요. 가려면 얼른 가요, 애들 깨기 전에."

남숙은 옥자나 태산의 존재를 들키지 않았기에 안도했지만 저절로 목소리가 떨렸다. 그 떨림을 백호는 다른 의미로 해석했다. 신을 신은 그가 남숙의 얼굴을 보며 말했다.

"우리 사이는 이미 벌어진 지 오래야, 알고 있지?"

"알아요."

"그럼 됐어."

애정의 말 따위를 바란 게 아니었다. 그저 제 아이들을 낳아준 여자에게 고맙다든가, 잘 살라든가, 그런 말이라도 듣길 바랐다.

"잘 있어."

고작 그런 말을 들으려 기다린 게 아니었는데!

남숙은 남자가 떠난 현관에서 그가 제 일행들과 함께 이곳을 떠나는 소리를 멍하니 들었다. 차들은 느닷없이 왔던 것처럼 빠르게 이곳을 떠났다. 그들이 완전히 전부 사라진 것을 남숙이 눈으로 확인하고서야 현관문을 닫고 잠갔다.

그녀는 깨달았다. 그리고 확신했다.

강백호와 자신은 완전히 끝났다는걸. 적어도 그는 자신에 대한 일말의 감정도 남아 있지 않다는 것을.

그녀가 강백호를 그리워했었던 시간들은 대체 뭐였을까.

"하하하."

실소하며 비틀거리던 그녀는 2층 아이들의 놀이방으로 돌아왔다. 아이들은 단잠에 빠져 있었다. 그녀의 아이들. 아버지의 사랑을 받지 못해서인지 성장이 무지 더딘 백호의 아이들. 그 아이들을 보며 남숙은 천천히 울었다.

"남숙 씨."

눈물로 흠뻑 젖은 얼굴로 남숙은 가운을 걸친 옥자를 바라보았다. 금발과 호박색의 말간 얼굴. 자신을 위하는 얼굴엔 걱정만이 가득했다.

"괜찮아요? 아, 미안해요. 옷이 다 젖어서 가운을 빌려 입었는데."

옥자는 대답할 기력도 없이 흐느끼는 남숙을 바라보았다. 젖은 게 문제가 아니었다. 강백호가 왔다 갔다는 걸 옥자도 알았다.

"남숙 씨. 울고 싶으면 그냥 울어요."

옥자는 남숙을 감싸 안았다. 옥자의 젖은 머리에서 물이 아직 떨어지고 있었지만 그녀들은 상관하지 않았다.

남숙은 소리 없이 흐느껴 울다 천천히 무너졌다.

"나 너무 힘들어요, 옥자 씨."

남숙은 그렇게 한참을 펑펑 울었다.

"저기, 아이들이 깰지도 몰라요."

옥자의 한마디에 그녀는 입술을 깨물며 그 아픔을 속으로 삭였다. 그래도 안심이 되질 않았는지 옥자의 부축을 받아 남숙은 1층으로 내려왔다. 다행히 곤히 잠든 아이들이 깨는 기색은 없었다.

다시 한참을 그렇게 펑펑 울던 남숙이 눈물을 멈춘 채 멍하니 창밖을 바라보았다. 허탈해 보이는 그녀의 모습에 옥자는 뭐라고 위로를 해야 할지 고민했다.

"여기 물 있어요."

"고마워요, 옥자 씨."

남숙은 한참을 말이 없었다. 그러다 그녀가 바닥의 아이 장난감을 주워들었다

"사랑하고 사랑받을 수 있는 존재가 옆에 있다는 건 행복한 거예요. 태산 오라버니가 잘해주죠?"

옥자가 고개를 끄덕였다.

"전 괜찮아요."

하지만 남숙에겐 술이 필요해 보였다.

"술 있어요? 술 마시면서 얘기하는 건 어때요?"

"좋은데, 옥자 씨 모습 물에 빠진 생쥐 같네요."

옥자는 아직도 물을 뚝뚝 흘리는 제 모습을 보며 웃다가 민망해했다.

"와인이 지하 저장고에 있을 거예요. 좀 진정되면 내가 갔다 올게요. 옥자 씨는 몸이랑 머리카락 좀 말리세요."

그 뒤 두 여자는 부산하게 움직였다. 옥자는 몸과 머리를 말렸고 남숙은 깨어난 아이들을 달래야 했다. 옥자가 옷을 갈아입고 나온 동안에도 악몽을 꿨다며 칭얼대는 아이들은 남숙의 허리에서 떨어지지 않았다.

"미안해요. 아이들이 무서운 꿈을 꿨나 봐요. 와인은 좀 이따 가져다줄게요."

옥자는 아이들의 창문 너머로 보이는 전원주택을 살폈다. 그들을 감시하는 차량이나 감시하는 눈은 없는 듯 했다.

"감시자들은 안 보여요. 느껴지지도 않고. 제가 갖다올게요."

"그럼 좀 있다 가요."

남숙의 유난한 경계심 덕에 옥자가 전원주택 뒷문으로 나온 건 저녁 무렵이었다. 옥자가 정원에 나왔던 건 고작 이삼 분. 그녀는 지체하지 않고 곧장 지하창고에서 와인을 꺼내 집 안으로 사라졌다.

『호오.』

어둠 속에서 희미하게 반짝이는 여자의 금발을 본 누군가가 휘파람을 불었다.

레오파드는 쌍안경을 걷어내며 즐거워했다. 지루한 몇 시간의 잠복이 효과가 있었다!

『에밀리가 있는 걸 확인했다. 자정 무렵 습격한다. 금발 여자만 데려오면 돼.』

후한 사례를 약속하자 레오파드의 부하들이 고개를 끄덕였다.

14. 사자의 역습, 호랑이의 반격

태산은 숨을 죽이며 바람의 반대 방향으로 이동했다.

그의 움직임은 빨랐다. 그리고 신속했다.

태산이 남숙의 저택을 나가 움직인 것은 하루가 지나지 않았다. 자정 무렵 겨우 시간을 맞춘 그가 남숙의 저택으로 돌아왔다. 몇 시간 동안 그는 많은 수확을 얻었다. 옥자가 들으면 깜짝 놀랄 만한 정보도 있었다.

차가운 밤바람을 가르며 태산은 몸을 엎드린 채 보안장치가 꺼진 남숙의 저택으로 이동했다. 보는 눈이 없다는 걸 확인한 그가 저택의 담을 넘었다. 그는 곧장 남숙이 내준 옥자의 방으로 향했다. 저택의 누구도 깨우고 싶지 않아서였다.

헌데 2층의 창문이 열려 있었다. 묵직한 커튼이 바람에 펄럭거렸다.

"왜?"

그 사이로 다른 종족들의 불쾌한 냄새가 났다. 태산이 눈을 부릅떴다.

"옥자!"

헝클어진 이부자리에 옥자는 없었다. 태산이 놀라 2층을 헤매고 다녔지만 옥자의 그림자도 없었다. 대신 그는 창과 그의 방 사이로 누군가의 발자국과 지독한 반인반수의 체향을 깨달았다.

"맙소사."

옥자가 납치당했다.

태산의 얼굴에서 핏기가 사라졌다.

남숙은 누군가 자신을 흔들자 겨우 일어났다. 안대를 벗은 그녀가 장승처럼 침대 옆에 선 태산을 올려다보았다.

"어라? 오라버니 돌아왔어요?"

"옥자는 어디 있지?"

태산의 음울한 목소리에 남숙은 어리둥절했다.

"옥자 씨 없어요? 자기 방에 없나? 애들이랑 함께 있는 거 아니고?"

"없다. 대신 사자 놈의 냄새가 나."

"네?"

남숙은 머리를 싸맸다. 강백호는 개과의 짐승들을 굴복시키길 좋아해 늑대 인간들을 부하로 삼았다. 하지만 사자라니?

"그이가 어제 오긴 왔었어요. 아마 오라버니 수색 중에 잠깐 들른 것 같았어요."

"뭐?"

"다행히 들키진 않았고 그 뒤로 철수했죠. 혹여 누군가 우릴 감시했다 하더라도 호랑이족들이 사자를 싫어하니 ESU에도 백호파에도 사자족은 없어요. 그건 분명해요."

그때 태산의 뇌리에 스치는 것이 있었다.

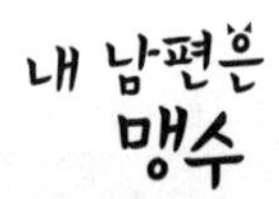

"미국에서 옥자를 노리고 계속 쫓아다니며 구애한 사자족 얘길 듣긴 했어."

"네에?"

"설마 그놈이 입국해 여기까지 왔나? 설마, 강백호의 뒤를 밟은 건가?"

"그놈?"

"설명하자면 길어. 옥자를 미국서부터 쫓아온 사자족이 있다고 했어. 옥자를 데리고 올게."

남숙은 태산이 사라지고 열린 창문을 멍하니 바라보았다. 보안장치가 작동 중일 텐데도 태산은 아무렇지 않게 빠져나갔다. 아이들이 무사할까, 2층으로 향하던 그녀는 문득 제가 간밤, 보안장치를 껐던 시간을 떠올렸다.

자정. 설마, 그때 옥자가 잡혀갔던 걸까.

"제발 무사하길."

그녀는 아직 잠에 취한 두 아이들을 끌어안았다.

『웰컴. 웰컴 옥자. 난 옥자가 그리웠어요.』

옥자는 눈앞의 사자족, 레온 레오파드를 응시했다.

"하아."

옥자는 이곳에서 도망치고 싶었다. 그녀를 잡아와선 아침 댓바람부터 환영의 와인 파티를 벌이는 레오파드는 제정신이 아닌 게 틀림없었다.

심지어 레오파드의 이름은 센세이셔널했다. 표범도 재규어도 아닌 사자족이 표범 무늬라는 레오파드를 성으로 쓰는 이유는 무언가? 어쨌든 그 레오파드는 옥자를 보며 무척 감동받은 얼굴이었다.

『오옥자. 발음이 너무 어렵다. 나 에밀리라고 불러도 돼?』

"……."

옥자는 영어를 못 하는 척하며 그의 말을 무시했다.

『에밀리. 나, 이렇게 에밀리 가까이 보는 건 오랜만이다?』

사자족들 중 손꼽히는 천만장자. 레온 레오파드가 눈을 깜빡였다.

『이십 년간 쫓아다녔는데, 이제야 한국에서 만났네. 그대와 나는 운명이야.』

『하아?』

옥자의 앞에는 건배를 위한 와인 잔이 놓여 있었다. 옥자가 그것을 본체만체했지만 혼자 자축하는 붉은 갈기 머리의 남자는 즉흥적이고 제멋대로였다. 상당한 기분파라 옥자가 그의 비위를 맞추는 건 어렵지 않아 보였지만, 사실 옥자는 느끼한 레온 레오파드가 대단히 부담스러웠다.

자다가 납치를 당한 것도 날벼락인데 기상한 지 다섯 시간째. 레오파드는 아침부터 와인으로 건배하고 있었다. 옥자를 붙잡아온 레오파드의 부하들마저도 민망해할 정도였다.

옥자는 그녀를 관찰하기 위해 더 편한 자세를 잡으려는 레오파드에게 말했다.

"저, 저기요. 저, 샤워 해도 되나요?"

레오파드는 그녀가 한국어를 쓰는데도 '샤워'라는 말은 똑똑히 알아들었다. 씻는다. 옥자가 물에 젖는다. 알몸의 그녀가 자신을 환영한다.

레오파드는 쌍코피를 터트리며 크게 손을 휘저었다.

『목욕 마음껏 하라고! 허니, 욕실은 저기야!』

옥자는 느끼한 레오파드에게서 도망쳐 나와 욕실 문을 잠갔다. 문이 몇 번이고 잠긴 걸 확인 후 열 손가락의 손톱을 신경질적으로 깨물었다.

"어떻게 하지?"

그나마 이곳이 남숙의 집에서 멀리 떨어지지 않은 곳이란 확신이 들어 다행이었다. 어찌할까 고민하던 옥자가 거울 속의 창백한 제 얼굴을 바라보았다. 그러다 옥자는 무릎을 쳤다.

"내겐 변신 기능이 있었지!"

빠르게 옷을 벗어던진 그녀는 이내 호랑이로 변신했다. 퍼엉!

위기 상황에서 호랑이로의 변이는 이제 식은 죽 먹기처럼 쉬웠다. 하지만 문제는 호랑이로 변이한 다음이었다.

"우우웅."

고심하던 호랑이는 욕실 욕조 위에 붙은 커다란 창문을 바라보았다. 그 창의 덧문이 제대로 걸려 있지 않았다. 그러니까, 저 창으로 도망치자!

옥자는 연체동물 같은 유연한 호랑이 꼬리로 욕실의 창을 열고 샤워기를 물고 물기를 마구 뿌렸다. 그전에 제 옷은 한데 물어 욕실 서랍장에 보이지 않게 숨겼다.

"으음."

그런데 이 다음엔 뭘 하지?

옥자는 호랑이의 모습으로 창문에 몸을 들이받았다. 역시 호랑이의 몸이 빠져나가기엔 창문은 의외로 좁아 그대로 몸이 낄 뻔했다. 건물 아래의 남자들이 욕실 쪽을 올려다보았다. 옥자는 다급히 머리를 감추며 고심했다.

이럴 줄 알았으면 차라리 옥자의 모습으로 도망친 뒤 변신하는 건데!

호랑이가 된 채 그녀는 제 앞발로 머리를 쥐어박고 코를 벌름거렸다. 태산의 냄새가 강하게 났다. 옥자는 울부짖으려다 제 냄새를 발산했다.

"우어엉. 우엉."

뾰족한 송곳니를 드러내며 호랑이 울음소리를 내던 옥자는 한 존재를 망각하고 있었다.

옥자를 욕실에 밀어 넣은 지 십여 분. 간간이 들리는 물소리 이외에 묘하게 무게감 있는 소음들이 미스터 레오파드의 신경을 긁어댔다.

"으으음?"

문득 신경을 한데 모으던 그는 무언가를 깨달았다. 욕실의 창문! 사람이 빠져나가기에도 충분한 창을 닫지 않았다. 반인반수의 힘이라면 쉽게 뚫을 수도 있는 허술한 창문이었다!

『에밀리! 옥자, 킴!』

레오파드가 발로 욕실 문을 콰앙 차올렸다. 반쯤 찬 월풀 욕조와 틀어진 샤워기 소리, 활짝 열린 창문이 그의 시야에 들어왔다. 옥자는 보이지 않았다.

그가 창문으로 머리를 내민 채 소리쳤다.

『야! 에밀리 킴이 나가는 것 못 봤냐?』

정원에서 느긋하게 앉아 있던 모두가 고개를 저었다. 제 부하들의 태평한 모습에 레오파드는 잠시 이를 갈았는데?

『음?』

욕실에 호랑이 인형 인테리어를 해뒀었던가? 그것도 실물 사이즈로?

그 호랑이가 찢어져라 하품을 했다.

『너!』

레오파드는 옥자 대신 나타난 살아 있는 호랑이를 보며 얼이 빠졌다.

『여기 있던 여자 어디 갔는지 알아?』

호랑이는 따분해하는 얼굴로 앞발을 정성스럽게 핥았다. 귀를 쫑긋댔지만 레오파드를 잠시 흘겨보았을 뿐 관심도 없었다.

『저기, 그러니까 에밀리는 어디에?』

미스터 레오파드는 심각한 미스터리에 빠졌다. 무시당했다는 기분이 들었지만 금빛 호랑이는 몸단장에 열심이었다.

그때, 아래층에서 요란한 소음이 이어졌다. 콰앙!

놀란 레오파드가 거실로 뛰쳐나갔다. 호랑이가 그림자처럼 뒤를 따라 나왔다.

거실에는 위압적인 동양인 사내가 침입했다. 그가 무자비한 살기를 사방에 흩뿌리자 레오파드마저도 움찔했다.

"내 걸 데리러 왔는데."

레오파드는 한국어를 알아듣지 못해 고개를 갸웃거렸다.

『남의 숙소에 쳐들어와서 이게 무슨 난동이지? 게다가 보디가드들은 다 어쩌고!』

뒤늦게 얻어맞은 레오파드의 부하들이 튀어나와 외쳤다.

『저, 저놈 미치광이입니다! 힘이 장난 아니에요!』

얼굴에 멍 자국이 선연한 레오파드의 부하들이 이실직고했다. 헌데 키가 큰 동양인은 반격하기는커녕 레오파드의 등 뒤에서 얼쩡거리는 호랑이 한 마리에 꽂혀 있었다.

태산은 납치된 옥자를 데리러 혈혈단신으로 쳐들어왔다가 기가 막혔다. 옥자가 호랑이로 변해 뭘 하는 건가!

『이봐! 여긴 왜 들어온 거냐고!』

화를 내는 레오파드를 보며 태산은 한숨을 쉬었다. 하늘로 치솟은 붉은 갈기 머리털로도 모자라 목에는 번쩍이는 커다란 보석 목걸이를 착용하고 허리엔 여성용 비치웨어 같은 망사 스커트를 두른 남자의 어디를 평가해야 할지 난감했다.

『난 내 애완동물 찾으러 왔는데.』

태산이 시니컬하게 영어로 대꾸하자 레오파드가 이번엔 멍해졌다.

『아, 거기 형씨 뒤에 있는 호랑이. 랑아, 이리 와!』

태산이 손짓하자 옥자는 신나게 한 번에 점프했다. 우당쾅쾅! 옥자의 육중한 무게에 태산의 몸이 뒤로 떠밀려 바닥에 처박혔다. 그 뒤 격하게 반가워하는 호랑이의 몸짓에 누구도 딴지를 걸지 못했다.

“우엉우엉!”

태산은 호랑이를 반쯤 끌어안고 말했다.

『호랑이를 맡아줘서 고맙군.』

레오파드마저 멍청하게 고개를 끄덕였다.

『그건 애완용 호랑이야?』

태산이 진중하게 고개를 끄덕이며 호랑이의 목덜미를 잡고 바

같으로 끌고 나갔다. 레오파드는 잠시 남자의 정체를 의심했지만 곧 의심을 접었다. 그의 저택에도 애완용 사자들이 몇 마리나 있었기 때문이다. 하지만 옥자는 어디로 갔는지 궁금했다.

『호랑이 놈이 탈출해서 말썽을 피웠군요. 놀기 좋아하는 놈이라서 죄송합니다. 피해는 없으셨습니까?』

호랑이를 붙잡은 남자가 아주 정중해졌다. 레오파드 역시 생각해보니 아무렇지도 않았다.

『괜찮습니다.』

『그럼 실례했습니다. 나중에라도 손해가 있다면 이쪽으로 연락 주십시오.』

남자는 명함까지 건넸고 제 짐승을 이끌고 퇴장했다. 그 모습을 얼떨떨하게 지켜보던 레오파드의 일행 모두가 호랑이족 사내를 배웅하는 레오파드를 빤히 바라보았다.

『저기, 호랑이를 데리고 가는 남자라니? 저 남잔 어디서 나온 건가요?』

『그, 글쎄?』

『데려온 여자 분은?』

『나도 몰라.』

레온 레오파드는 귀신에 홀린 기분이었다. 그는 얼마 후 욕실을 수색하던 레오파드는 더 이상한 점을 깨달았다.

『그런데 옥자 킴 옷이 왜 욕실에 있어?』

그것 역시 미스터리였다.

옥자는 구보하는 제 네 발을 내려다보자 참 이상한 기분이 들었다. 태산이 그녀의 목덜미 가죽을 단단히 붙들고 끌고 가는 보니 제가 정말 애완동물이 된 기분이었다.

"크르크르."

반가움을 표시하는 울음소리가 참으로 우렁찼다.

"가만히 있어. 그런데 옥자 옷은 어디에 뒀어?"

호랑이가 레오파드의 저택 쪽을 고갯짓했다. 태산이 한숨을 쉬었다.

"하아, 그럼 남숙이에게 옷을 빌려야겠군."

옥자는 겅중겅중 구보하며 자유를 만끽했다. 호랑이로 변신해 햇빛 아래 걸어본 적은 없었다. 태산은 그녀에게 질질 끌려 가면서도 어이없어 했다.

"그만 좀 진정해! 그리고 이쪽이야!"

태산은 신난 옥자를 붙들고 남숙의 집으로 인도했다. 남숙은 태산의 체향에 문을 열었다가 옥자 대신 호랑이를 잡아오는 태산을 보자 입만 벌렸다.

"호, 호랑이?"

기겁한 남숙의 옆으로 백호 쌍둥이들이 다가와 옥자의 금빛 털을 쓸며 달라붙었다.

"오라버니, 옥자 씬?"

"여기 있잖아."

태산은 금색 호랑이 하나를 가리켰다. 남숙이 얼어붙었다.

"하아?"

남숙은 금빛 호랑이와 태산을 번갈아 바라보았다. 정말 옥자인가? 어쨌든 금빛 호랑이는 옥자의 금발이나 눈과 닮아 있었고 꽤나 느긋해 보였다. 태산이 한숨을 쉬며 암호랑이의 몸을 떠밀었다.

"옥자, 이제 돌아와."

"크르르 크릉."

호랑이는 쌍둥이 아이들과 놀며 강한 항의의 웅얼거림을 뱉어냈다. 태산이 이마를 짚었다.

"하아. 우리 곧 떠나야 해. 아이들하고 놀아주는 거 잠깐이야. 그리고 발부터 씻어."

"크르크르!"

"경계심 없이 자다 납치당한 주제에 말이 많아!"

태산의 잔소리에 옥자가 제 꼬리를 채찍처럼 휘둘러 태산의 허벅지를 찰싹 때렸다. 아이들은 환호성을 지르느라 그들의 말을 제대로 듣고 있지 않았다.

"까아! 호랑이가 아저씨 때려! 아저씨!"

"삼촌이다, 삼촌!"

"까아, 삼촌!"

아이들까지 욕실로 호랑이를 따라가자 1층 욕실에선 계속 시끄러운 소리가 이어졌다. 태산은 아예 목욕을 하라며 욕조에 물을 채워 호랑이와 아이들을 던져두었다. 태산은 얼마 후 욕실 밖으로 나와 남숙에게 말했다.

"남숙아, 미안한데 옥자가 입을 옷 좀 준비해주겠어?"

"아, 기다려요. 도시락도 준비해놨는데."

말을 잇던 남숙이 여전히 호랑이가 사라진 욕실을 응시했다. 그녀는 아무리 생각해도 믿기지 않았다.

"정말 옥자 씨가 호랑이로 변한 거예요?"

"옥자가 돌연변이로 분류된 건 아마 저것 때문이겠지. 그래서 순혈과는 맞선 상대가 될 수 없었다고 하더군."

그 외에 다른 이유들이 있긴 했지만 추측이었다. 옥자의 정보 기밀등급에 관여한 것이 백호 부자란 건 태산의 추측에 불과하니 쉽게 말할 수 없었다.

"돌연변이 암컷은 순혈의 자식을 낳으면 안 된다는 것이 ESU의 방침이잖아."

애초에 옥자는 태산의 맞선 상대가 될 수 없었다. 그렇다면 강백호는? 남숙의 얼굴에서 핏기가 사라졌다.

"돌연변이라서 그녀가 백호 씨의 두 번째 상대로 맞선을 볼 수 있었던 건가요?"

태산이 고개를 끄덕였다.

"뭐 옥자 씨의 혈통은 순혈인 것 같지만 호랑이로 변신할 수 있으니 돌연변이라면 돌연변이겠지."

"하아. 미친."

욕설을 퍼부으려던 남숙이 콧방귀를 뀌었다. 이 사달은 전부 ESU가 그녀의 남편 강백호에게 억지로 김옥자를 끌어다 붙이려 했기 때문이었다. 그녀의 모든 원망이 ESU에게로 향했다. 그놈의 순혈이니 비순혈이니 하는 게 대체 뭔가.

"옥자 씨는 특이하지만 좋은 호랑이족인데."

지금도 옥자가 남숙의 아이들과 노는 소리가 집 안을 쿵쿵 울렸다. 육중한 무게감이 실린 소리에 아이들은 다시 환호했다.

격하게 물장난을 친 아이들은 배를 채우자마자 금방 잠이 들었다. 아이들이 깨면 울고불고 난리를 쳐서 가지 못할 게 뻔한지라 태산과 옥자는 그전에 먼저 집을 나가기로 했다.

남숙은 옥자에게 제 옷 몇 벌과 입지 않은 속옷 몇 벌을 빌려주었다. 그들에게 줄 도시락과 음식들을 싸주며 남숙은 더 챙겨주지 못해 안달이었다.

옥자가 호랑이에서 사람의 모습으로 돌아와 남숙의 옷을 입는 것도, 남숙에겐 신기한 일투성이였다.

으드드드. 뼈가 움직이는 살벌한 소리가 들렸다. 몸체에 새겨진 강렬한 대비의 줄무늬가 옅어지고 털이 사라진다. 거대한 암호랑이의 몸이 옥자의 나신으로 변하는 건 고작 1분이면 충분했다.

옥자가 옷을 입고 오는 사이, 태산과 남숙은 마지막 인사를 나누다 말이 길어졌다.

"남숙아. 미안해. 사실은 강백호와 나, 다시 싸워야 할 것 같아. 적어도 그렇게 만들 거다."

"하아. 어떻게?"

"최웅녀를 이용할 생각이야. 게다가 산신령이 한 말도 있고."

최웅녀. 호랑이족의 맞수 곰족의 수장, 최웅녀다. 적어도 적의 적은 아군에 가까우니 최웅녀를 이용하는 방법이 가장 현명할지도 몰랐다.

"오라버니. 지금 제 남편과 싸우겠다는 건가요?"

남숙에게 태산은 고개를 끄덕였다. 남숙의 표정이 심각해졌다.

"강백호, 그이를 싸움으로 끌어내기는 쉽지 않을 거예요. 그는 삼백 년 전의 풋내기가 아니고 진다 해도 삼백 년 전처럼 승복하거나 결과를 인정하려 들지 않을 거예요. 그러니 그와 싸우려면 많은 증인들이 필요해요. 최대한 많은 이들이 그의 패배를 봐야 하죠. 강백호에게서 오라버니가 옥자 씨의 선점권을 얻으려면 그 수밖엔 없어요. 그리고 그는, 삼백 년 전 오라버니와의 싸움 이후 일대일의 전면전은 하지 않아요."

"내가 백호와 싸워도 괜찮은 건가? 그래도 네 남편이잖아."

태산의 걱정에 남숙은 거실에 누워 잠든 제 아이들에게로 고개를 돌렸다.

"그이가 날 더는 사랑하지 않고 내가 아내이길 원치 않아요. 나는 강백호가 비겁하게 이기기보단 정당하게 패배하는 걸 원해요. 내 아이들에게 적어도 부끄럽지 않은 아버지를 갖게 해주고 싶어요."

"강해졌구나."

태산의 칭찬에 남숙은 이제야 제정신으로 돌아온 듯했다. 몇 년간 흐리멍덩한 채 살다가, 이제야 세상을 제대로 사는 기분이었다. 남숙은 이렇게라도 태산을 도울 수 있어서 기뻤다.

그녀가 태산에게 차 키를 던졌다.

"차 가져가요. 집 옆에 세워진 검은색 선팅 된 차예요."

"너는?"

"차는 한 대 더 있으니까. 사자족이 오라버니를 쫓아가면 큰일이잖아요."

남숙은 옥자가 태산의 반려로 인정받고 결혼할 수 있길 바랐다. 너무 좋아하는 두 사람을 반대하고 싶진 않았다. 그리고 제가 도울 수 있는 것은 이것뿐이었다.

"사자족이란 남자. 옥자 씨가 없어진 걸 알고 여길 감시할지도 몰라요. 오라버니는 곧장 호랑이와 함께 여기로 들어왔을 거고. 며칠 전부터 이곳을 살폈다면 십중팔구 이곳을 다시 습격하려 들지도. 오라버니는 내가 시키는 대로 움직여요. 오라버니가 움직이는 사이, 옥자 씨는 몰래 차에 타야 해요. 알았죠?"

그들은 고개를 끄덕였다.

"고맙다."

"인사는 나중에 해요. 그럼 옥자 씨, 나중에 봐요."

옥자는 남숙을 껴안았다.

"고마워요."

이후 검게 선팅된 차량 한 대가 남숙의 별장을 빠져나갔다. 그 모습을 창 너머로 살피던 남숙은 태산과 옥자의 안녕을 바랐다.

하필이면 오라버니의 신부가 강백호가 눈독들인 여자라니, 또 그녀가 호랑이로 변할 수 있다니. 놀라움의 연속이었다.

태산과 남편 강백호의 싸움에 웅녀파 최웅녀를 끌어들이는 게 옳은 일인지는 모른다. 하지만 최웅녀를 아군으로 만들 수 있다면 그녀는 강력한 지지자가 될 수 있을 터였다. 최웅녀는 ESU의 간섭마저 무력화할 수 있는 거물이니까.

그리고 남숙은 도망친 태산과 옥자보다 이 별장을 계속 감시하는 사자족을 신경 써야 했다.

남숙은 잠이 든 아이들의 보드라운 머리카락을 쓸었다. 이 아이들만은 자신이 보호해야 했다. 그녀는 이 아이들의 어머니니까.

미스터 레오파드는 쌍안경으로 호랑이를 데려간 남자가 들어간 근사한 전원주택을 계속 살폈다. 그 현관으로 키가 크고 인상이 조금 험악한 사내가 나왔다. 무척 사내답고 훤칠한 얼굴이었지만 아무리 봐도 위압적인 외모의 사내였다.

호랑이를 데려갔던 바로 그 호랑이족 추정의 사내였다.

남자는 몇 개의 거대한 박스들을 내놓고 선팅 된 검은 차량에 많은 짐을 차곡차곡 옮겼다. 전기 장치로 움직이는 전원주택의 문이 열리자 남자는 운전석에 올라 차와 함께 어딘가로 사라졌다. 문도 곧 닫혔다.

『쫓아갈까요?』

레오파드는 잠시 고민했다.

『일단 미행 붙이고, 저 집에 들어가봐. 아까 남자가 옮긴 상자들은 사람이 들어가기엔 너무 작았어.』

명령을 내리고 차분하게 기다리려던 미스터 레오파드는 부하의 보고를 받았다. 보안장치가 살벌하게 설치되어 담으로는 접근이 어렵다는 대답이었다. 옥자를 납치할 땐 있는 줄도 몰랐던 보안장치가 작동중이라고 했다.

『대체 뭘 보호하고 있기에 전기 담장을 깔아놨는지 알아봐.』

『저기 그게.』

그의 부하 하나가 머뭇거리며 대답했다.

『그러니까 어제, 강백호가 이곳을 방문했지 않습니까? 알고 보니 여기가 강백호의 전처가 사는 곳이라고 합니다.』

『그래서 보안장치가 많은 건가? 하아. 그런데 왜 김옥자가 저기에 있었던 거야?』

레온 레오파드는 마구 화를 내며 적갈색 머리카락을 헝클였다. 그러다 뭔가를 떠올렸다.

『아, 설마 그 강백호가 제 여자들을 저곳에 모아둔 거야? 미친 놈의 악취미네.』

『하지만 강백호의 아내가 있는 곳이면 옥자 킴을 숨길 이유가 없습니다.』

『확인해봐도 안 늦어. 정공법으로 가보자고.』

쌍안경을 내려놓은 레오파드가 씩씩하게 이남숙의 저택 초인종을 눌렀다. 대문이 열렸기에 레오파드는 씩씩하게 저택 현관문을 노크했다.

"오라버니, 다시 돌아온 건가요?"

호랑이족 여인이 문을 열었다가 레오파드를 발견하고 경계했다.

"당신 누구죠?"

『저, 저기 그, 그러니까?』

『여긴 무슨 일로 오신 건가요?』

여자가 영어로 되받아치자 레오파드는 그녀를 다시 살폈다. 늘씬한 체구의 약간 우울한 인상을 가진 동양 미인. 호랑이족 여인은 이국적이면서도 정숙해 보였다. 그 손놀림마저 우아해 레오파드는 그녀의 손 끝에 시선을 고정했다.

여인의 가늘고 찢어진 눈매를 보자 레온은 더 홀리는 기분이었다. 반면 남숙은 제 앞에 나타난 붉은 머리칼의 외국인이 수상했다.

『여긴 함부로 들어오면 안 되는 곳이에요. 나와 아이들이 있는 곳인데…….』

남자에게선 희미하게 사자족 냄새가 났다. 남숙은 옥자를 납치했었다던 외국 사자족을 떠올렸다. 헌데 그 사내의 얼굴이 붉어져 아픈 듯 보였다.

『열이 있는 것 같은데 괜찮아요?』

남숙은 아이들에게 했던 것처럼 저도 모르게 레온의 이마를 짚었다. 제 행동을 깨닫고 다급히 손을 거두려 했지만 사내가 그녀의 길고 가는 손을 덥석 붙잡았다.

『저, 저기. 그, 그러니까!』

레온은 김옥자 따윈 망각한 채 눈앞의 동양 미인에만 집중했다.

이 여자는 호랑이족의 동양 여신이다! 그가 완벽하게 꿈꿔왔던 이상형이었다! 그런데 그녀가 천사의 손길로 제 이마를 짚어주었다!

『첫눈에 반했습니다! 저기, 저, 제 이름은 레, 레온 레오파드라고 합니다!』

사자족 사내의 우렁찬 말에 남숙은 당황해 사내의 손에서 제 손을 빼냈다.

『너무 뜬금없군요. 그러니까, 레오파드 씨.』

『레, 레온이라 불러주십시오. 그 달콤한 목소리가 제 이름을 부르는 것을 듣고 싶습니다.』

남숙은 고개를 설레설레 저었다. 느닷없는 사랑 고백이 기분 나쁘진 않았지만, 이 상황을 기쁘게 받아들이긴 어려웠다. 게다가 레오파드의 요란한 패션에 눈이 멀 것 같은 느낌이었다.

『레오파드 씨. 절 칭찬해주셔서 고맙지만 전 이미 다른 사람의 아내고 아이까지 있어요. 당신보단 훨씬 나이가 많을 거예요.』

『이, 이름을 가르쳐주세요!』

『레오파드 씨. 제 말 듣고 있나요? 이만, 가주시겠어요?』

그녀의 입에서 들리는 제 이름이 달콤했다.

레온은 더 불타올랐다. 연상, 타 종족, 타인의 아내. 그 어떤 것도 그에겐 중요치 않았다. 그저 이 여성은 평생 제가 찾아온 상대란 것만이 중요했다!

레온은 무릎을 꿇고 정중하게 여인의 손등을 가져와 손등에 제 뜨거운 입술을 눌렀다.

『아름다운 분, 그대의 이름은 무엇인가요? 그대와 진정한 사랑을 하고 싶습니다.』

사자족에게서 뜬금없는 손등 키스를 받은 남숙이 얼떨떨해했다. 하지만 젊고 저돌적인 사자족 사내의 모습에 저도 모르게 들뜨는 기분도 있었다.

"저기, 제 이름은 남숙이에요. 이남숙."

『남숙 리?』

남숙이 고개를 끄덕이자 사내는 제 가슴을 호쾌하게 두드리며 외쳤다.

『나, 레온 레오파드! 용맹한 사자족! 아프리카 출신으로 현재 미국에서 살고 있습니다. 남숙 씨를 행복하게 해드릴 자신이 있습니다!』

남숙은 너무 갑작스런 프러포즈에 얼떨떨했지만 재빠르게 판단했다.

이 사내는 옥자와 태산을 위협한다.

옥자와 태산이 도망치는 새, 이 사내의 관심을 묶어둬야 했다. 적어도 몇 시간 정도면 태산의 솜씨로는 충분히 따돌릴 수 있을 것이다. 태산은 감이 좋아 도망 다니는 데는 천부적인 재능이 있었으니까.

"저, 저기. 일단 진정하시고. 차부터 드시겠어요?"

한국어였으나 뜻은 통했다. 고개가 떨어져 나가라 레온은 고개를 끄덕였다. 남숙이 꺼지라고 소리쳤어도 레온이 열렬히 동의했을 터였다.

레온 레오파드는 남숙을 줄레줄레 따라 들어가 부엌의 식탁에서 시원한 냉차를 대접받았다.

그 사소한 대접만으로 그는 사자의 꼬리 뭉치를 꺼내 몸을 꼬았다. 하트를 뿜어낼 듯한 그윽하고 로맨틱한 시선이 남숙의 등을 쫓아다녔다.

남숙은 사자족 사내에게 어떤 반응을 보여야 할지 알 수 없었다.

15. 웅녀와 범녀

태산은 외진 국도 쪽으로 차를 몰았다. 목적지를 뚜렷하게 정해 놓지 않았지만 그는 차를 멈추거나 행인에게 길을 물으려 하지도 않았다.

태산이 선불 휴대전화의 존재를 떠올린 건 남숙의 별장을 출발해 한참이 지났을 시간이었다. 전화기는 아예 꺼져 있어서 차량에서 충전해야 했다.

옥자는 그 전화기를 물끄러미 바라보며 되물었다.

"태산 씨. 그것보다 최웅녀 씨 있는 쪽은 알고 있는 거예요?"

"알고는 있어."

"그럼 무엇 때문에 밤에 나간 거예요? 그 약속 잡으러?"

"아니 동태 파악하러. 강백호와 길이 어긋났을 줄은 몰랐어. 아무래도 직접 움직이다 보니 정보의 한계가 있더군."

옥자는 한숨을 쉬었다.

"태산 씨, 도움이 못 되어서 미안해요. 나 때문에."

"아냐."

"최웅녀는 어떤 존재예요?"

"글쎄. 말이 통할 것 같을까. 적이라서 개인적인 친분을 쌓을 기회는 없었지만 나이가 많은 만큼 노련하고 화통한 여걸이긴 하지. 그 곰들이 웅녀파를 조직해 강백호와 서울을 상대로 영역 다툼을 하고 있을 줄은 몰랐지만."

최웅녀는 태산보다 나이가 훨씬 많았다. 곰족과 호랑이족의 대립 관계로 실제로 친분을 쌓을 이유도, 그럴 만한 사정도 없었다. 특히 삼백 년 전 태산이 서울을 포기하고 그곳을 떠난 이후, 그는 영역에는 관심을 갖지 않으려고 애써왔다.

"최웅녀 씨는 그럼 뭘 하고 있으시대요?"

"강남에 살고 일한다고 해서 주소를 받고 약속을 잡아놓긴 했지."

"밤에 나갔을 때 그거 확인한 거예요?"

"자세히는 가봐야 알아."

"그런데 서울 강남이라면 위험하지 않을까요?"

옥자는 망설였다. 서울을 겨우 탈출해 떠돌이 생활을 하고 있는데 다시 서울이라니. 등잔 밑이 어둡다는 말도 있겠지만 망설여지는 건 어쩔 수 없는 일이었다.

"저기 그럼 태산 씨. 그전에 전화 한 통 해도 되나요?"

"누구에게?"

"신사호 씨에게 연락하고 싶어요."

"왜?"

"그 사람은 우리 처음에 도주할 때 도와줬잖아요. 지금이라도 연락하고 싶어요."

옥자가 태산의 눈치를 살피며 눈웃음을 쳤다. 옥자의 부탁에 그는 손을 들고 말았다. 옥자가 무슨 생각이라도 있는 걸까. 태산은 우려와 걱정을 하며 휴대전화를 건넸다. 신사호는 그들의 아군이긴 했지만 ESU의 소속 직원이라 오히려 역추적 당할 수도 있었다.

옥자가 전화를 했을 때 곧장 신사호의 목소리가 들려왔다.

- 여보세요? 누구?

"저예요. 옆에 누가 있나요?"

옥자의 말소리를 알아들은 신사호가 한숨을 내쉬었다.

- ESU입니다. 지금 비상이 걸려 아주 난리도 아닌 건 아시죠?

신사호는 길게 한숨만 뿜어댔다. 옥자는 그가 말하는 게 무슨 뜻인지 알 것 같았다. ESU는 여전히 그들을 쫓고 있었다.

- 오랜만이군요. 잘 지내셨지요?

"저야 잘 지냈어요."

- 너무 바빠서 통화는 오래 못 합니다. 잠깐 빠져나온 거라 다시 들어가봐야 하고. 왜 거셨죠?

소음이 흐릿해졌다. 신사호가 문을 열고 나온 모양이었다. 그가 낮게 목소리를 낮춰 경고했다.

- 지금 두 사람 잡으려 혈안이 되어 있는데 왜 연락을 하는 겁니까?

"상황이 어떻게 되든 고맙다는 말을 하고 싶었어요. 이젠 정말 어떻게 될지 모르니까요."

신사호 쪽이 길게 한숨을 뿜아내었다.

- 그분께 수색조를 구해주셔서 고맙다는 말, 전해주십시오.

신사호는 일방적으로 전화를 끊었다. 별것 아닌 말 한마디였지만 옥자의 어깨에서 짐이 조금 덜어진 듯 후련했다.

"태산 씨. 신사호 씨가 수색조를 구해줘서 고맙다는 말 전해달래요."

"뭘 알고 싶었던 거야?"

"글쎄요."

옥자가 흐릿하게 웃었다. 그녀는 쭉 뻗은 도로를 바라보았다. 이 길 어딘가를 무사히 빠져나가 최웅녀에게 갈 수 있다면 좋겠지만, 그것 또한 장담할 수 없다. 용케 걸리지 않고 최웅녀에게 다다른다 해도 그녀가 어떻게 받아들일지는 미지수.

그들의 미래는 손에 잡힐 듯 말 듯 참으로 안타까웠다.

"서울로 가요."

"그러지."

태산도 옥자의 침울해진 기분에 감화된 듯 별 말이 없었다. 그가 서울로 차를 돌렸다. 무려 넉 달 만의 서울 귀환이었다.

최웅녀는 서울 강남에서 자신의 이름을 딴 '웅녀 프로덕션'을 운영했다. 웅녀 프로덕션 홈페이지에는 약도와 위치가 나와 있었다. 조악한 디자인의 홈페이지 하단에는 연락처가 있었기에 옥자는 태산이 잡았다는 약속 시간을 확인하기 위해 연락했다가 미팅 시간을 앞당겼다.

사장 최웅녀의 비서는 우직한 곰족 남성이었고 그를 통해 약속 시간을 재조정하는 건 오 분도 채 걸리지 않았다.

태산의 육감을 따라 그들은 다시 서울로 이동했다. 강원도에서 서울까지는 고작 세 시간도 걸리지 않았다. 남숙의 집을 나온 지 네 시간. 그들은 강남의 웅녀 프로덕션 건물을 찾아 헤맸다.

최웅녀는 호기심이 많아서인지 옥자에게 도착 시간과 상관없이 프로덕션으로 방문을 해달라 요청했다.

"여긴가?"

태산은 최웅녀가 무얼로 먹고 사는지 몰랐다가 건물을 올려다보며 어이없어했다.

일명 웅녀 프로덕션은 경호와 호위, 연예인 양성 등 어울리지 않는 잡스런 일들을 하는 모양이었다. 심지어 그 웅녀 프로덕션은 강남의 노른자위 땅에 세워진 10층짜리 단독 건물이었다. 건물 앞에 귀여운 반달곰 동상이 세워진 것이 인상 깊었다.

옥자는 그 앞에서 한참을 망설였다.

"태산 씨, 뭐 사 가야 하지 않을까요?"

"잊었어? 우리 쫓기는 중이야."

태산은 키득거리며 말했다. 그들의 구겨진 옷차림은 방문을 하기에도, 품위를 지키기에도, 이미 한참은 늦어 있었다. 게다가 그들을 쫓는 이들은 한두 명이 아니었다.

"아, 우리 도망자였죠."

상황을 곱씹으며 옥자의 안색이 창백해졌다.

"기운 내. 어떻게든 될 거야. 최웅녀는 화통하니 믿어보자고."

태산은 그녀의 머리를 쓰다듬었다.

사실 이곳까지 온 것은 별다른 뾰족한 수가 없어서였다. 태산으로서도 옥자와 호랑이족의 차기 권력을 노리는 강백호보단 라이벌 반인반수들인 곰족이 더 믿음직스러웠다. 무리를 짓지 않고 혼자 독립적으로 살아가는 호랑이족을 규합하는 건 더욱 어려웠다.

"최웅녀의 반응이 기대되는군."

태산은 옥자의 손을 잡고 웅녀 프로덕션 건물 안으로 들어갔다.

탁 트인 1층 로비에서 그가 호랑이족의 기운을 방출시키자 효과는 대단했다. 텅 비어 있던 로비에 우당탕쾅쾅, 소리를 내며 곰족 사내들이 한데 튀어나왔다.

“호, 호랑이족?”

“호랑이족이 여기에 왜?”

“게다가 이태산, 이태산이다!”

혼란이 있었지만 그들은 곧 이태산을 알아보았다.

태산은 곰족과 라이벌인 호랑이족 중에서도 순혈, 그것도 산을 광적으로 좋아해 전 세계의 산악 지대를 다 정복하기 위해 짝짓기마저 포기한 산악 호랑이족으로 악명 높았다.

그 모태솔로 호랑이족이 작고 귀여운 암컷을 끼고 웅녀 프로덕션 앞에 나타나다니! 심지어 이태산은 ESU에서 현상수배 된 것으로 알려져 있었다!

곰족들은 더 혼란스러워졌다.

“여기 왜 온 거냐, 이태산!”

태산은 옥자를 앞으로 내세웠다.

“여기 이 아가씨가 여기 최웅녀 사장님과 저녁에 약속 잡았다고. 확인해봐. 김옥자랑 약속되어 있는지 확인해보라고.”

웅성거리던 곰족 사내들 중 하나가 사장실로 연락을 취했다.

“당장 올라오시라는데요?”

곰족들은 단체로 어리둥절한 얼굴들이었다. 태산과 옥자가 곰족들의 안내를 받아 엘리베이터에 오르는 순간에도, 9층 사장실에 내려 복도를 가로지를 때에도 그들은 묘하게 날이 서 있었다.

9층 사장실 앞에 다다랐을 때였다. 최웅녀의 듬직한 비서가 태산을 막아섰다.

"웅녀님은 약속하신 김옥자란 분과 만나고 싶어 하십니다. 이태산 씨는 바깥에서 기다려주시는 게 좋겠습니다."

"약속 먼저 한 건 나야."

"최웅녀 사장님께선 징그러운 사내새끼보단 귀여운 암컷을 좋아하십니다."

태산은 으르렁거리며 날카로운 송곳니를 드러냈다.

"이 암컷은 내 거다."

"요란하게 도망쳐 다니는 도망자 주제에 무슨!"

"지금은 동면도 안 하는 여름이다! 곰족이 제일 혈기왕성한 계절이라고!"

"저놈 잡아!"

느닷없는 호랑이족 방문자를 맞이한 곰족들은 폭발하고 싶어 야단이었다. 호랑이족 중에서도 가장 힘세다는 이태산과 자웅을 겨뤄보고 싶어 하는 곰들이 한두 마리가 아니었다.

일촉즉발의 상황이었다. 이태산은 하나였고 곰은 수십 마리 이상이었다. 아무리 태산이 강하다 한들 수십 마리의 힘센 곰족들을 이기기란 어려웠다. 헌데 이런 상황에서도 태산은 쪼는 일이 없었다.

"크르르르."

곰족들이 이를 드러낼 즈음. 그들을 막아선 것은 최웅녀의 비서였다.

"다들 정지!"

곰족 사내들이 일시에 정지했다. 최웅녀의 비서가 태산과 옥자를 바라보았다.

"추적을 뚫고 여기까지 약속 잡고 오신 것은 참 대단한 일인데 왜 온 겁니까, 이태산 씨."

"최웅녀가 흥미로워할 제안을 가져왔지."

"어떤?"

"강백호에 관한 거야."

곰족 사내들 사이에서 웅성거림이 커졌다. 사실 웅녀파와 백호파의 오래된 대립 관계만큼이나 강백호와 이태산이 앙숙이라는 사실은 모르는 이가 없었다. 심지어 강백호와 김옥자, 이태산과 써니 정은 핫한 스캔들의 주인공들이었다.

"음하하하! 패기가 좋구나. 이태산!"

사장실 문 안에서 시끄럽고 걸걸한 여걸의 목소리가 들렸다.

"얼른 들어와봐라. 네놈의 흥미로운 제안을 한번 들어봐주지."

최웅녀가 틀림없었다. 최웅녀의 비서가 머리를 조아리며 문을 열었다. 나머지 곰족 사내들은 문 안으로는 들어오지 못한 채 복도에서서 갸웃거렸다.

"들어오십시오."

듬직하고 무시무시한 비서 곰의 안내에 따라 옥자와 태산은 안으로 들었다.

곰족 사내들은 끝내 호기심을 지우지 못한 채 여전히 복도에서 서성거렸다.

사장실은 으리으리했다. 위압적인 검은 가죽으로 뒤덮인 사장실에서 검은 회전의자에 앉은 존재가 핑그르르 몸을 돌려 태산과 옥자를 마주했다.

"나 만나고 싶다고 약속을 정한 게 호랑이족 남녀였을 줄이야.

게다가 옥자 씨?"

최웅녀의 시선이 옥자에게로 향했다.

"사진으로 얼핏 보긴 했지만 참 호랑이족답지 않게 생겼네. 키도 안 크고 겁도 많아 뵈는 게 꼭 초식계 외모 같단 말이야. 몸매는 베이글녀 쪽이니 사내들이 미치고도 남나?"

그 최웅녀의 시선이 이태산에게로 향했다.

"오랜만이군, 이태산."

"오랜만입니다. 최웅녀."

"인사는 그만하고 일단 거기 앉아. 내 부하들은 투명 곰이니까 무시해도 돼."

옥자는 태산과 함께 나란히 앉아, 최웅녀란 존재를 살폈다. 옥자의 눈이 놀라 이래저래 돌아가고 있었다.

옥자는 잔뜩 겁을 집어먹었다.

"저, 저기 정말 최웅녀 씨 맞으세요?"

"맞아."

옥자가 보기에도 최웅녀의 존재감은 남달랐다. 아니, 여자인 건 맞는 건가 의심스러웠다.

170센티미터 정도의 키에 떡 벌어진 어깨와 잘 발달된 근육들, 완벽한 역삼각형의 몸매에 굵은 허벅지를 지닌 웅녀는 불룩한 가슴과 퍼머를 한 긴 머리카락을 옵션으로 가졌다. 사내다운 얼굴위에 요란한 색조 화장이 더해졌고 터질 것 같은 가죽 바지와 재킷은 옵션이었다. 말 그대로 드랙퀸을 연상시키는 무자비한 모습이었다.

최웅녀가 걸걸한 목소리를 내었다.

"내가 최웅녀 맞으니 네 소개를 해봐라. 옥자? 종족이 뭐냐."

"호랑이족인데요."

"나이는?"

"백 살이요."

옥자가 힘없이 대꾸하자 최웅녀가 키득거리며 웃었다.

"하룻고양이네. 어려. 여튼 이태산 재랑은 무슨 사이지?"

"맞선을 봤고 사랑의 도피를 한 연인이지."

태산이 그녀의 어깨에 팔을 두르며 말하자 사레가 들린 최웅녀가 컥컥, 격한 기침을 했다.

"스캔들이 진짜라고? 얘가 진짜 호랑이족 암컷에 이태산의 계집이라고?"

최웅녀가 옥자를 뜯어보았다. 옥자의 호랑이족답지 않은 여린 외모를 뜯어 살피던 웅녀의 표정이 심각해졌다.

"음. 얘 혼혈이야? 모색도 밝고, 어째 호랑이족 냄새가 안 나는데."

웅녀는 옥자에게로 향한 시선을 태산에게로 옮겼다.

"일단 이 계집애에 대한 궁금증은 나중에 묻기로 하고. 네놈이 이곳에 직접 행차한 이유를 알고 싶은데, 이태산. 사랑의 도피를 하는데 왜 곰족한테까지 온 거지? 나한테 부탁할 거라니?"

태산은 한참 망설이다 입을 열었다.

"시간이 없다고 하니 본론만 얘기하지. 증인이 되어줘."

"무슨 증인?"

"난 강백호와 삼백 년 전 영역 다툼을 다시 벌여야겠어. 그 싸움을 주관하고 심판을 봐달란 소리지. 최웅녀의 영향력이라면 가능할 텐데."

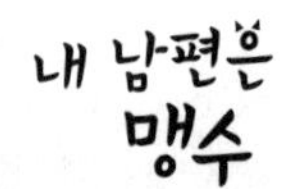

웅녀는 진짜 당황했다.

"자, 잠깐. 제정신이야? 아무리 호랑이족들끼리 대립한다지만 앙숙인 곰족에게 와서 호랑이족의 영역 다툼을 해결해달라니! 호랑이족들은 장로도 없냐? 아니 수장이 없었던 것 같지만, 너희는 너희 종족 안에서 해결 안 돼?"

"안 되니까 여기까지 온 거 아니야. 그 강백호 놈은 차기 호랑이족 수장 자리를 노리고 있다고."

"오호라, 그래서 그걸 저지하겠다? 헌데 왜 나지?"

최웅녀의 눈빛이 호기심으로 더 초롱초롱해졌다.

"설악 노인의 당부도 있었고 가장 믿음직하게 생각됐으니까."

"뭘? 그 괴팍한 산신령, 아직도 있었나?"

하지만 믿음직스럽다는 말에 최웅녀의 어깨가 으쓱했다.

"아, 일단 영역 싸움 얘기부터 하자고. 이태산, 삼백 년 전 호랑이 싸움을 다시 하겠다는 거야? 그럼 승자가 갖는 건 뭔데?"

태산이 옥자를, 옥자는 자신을 가리켰다. 최웅녀는 잠시 이해하지 못한 얼굴이었는데, 보다 못한 최웅녀의 비서가 다가와 웅녀에게 귀엣말을 건넸다. 그녀의 표정이 믿을 수 없다는 듯 입을 헤, 벌렸다.

"뭐? 지금 저 김옥자가 강백호가 노리는 계집이었다고? 그래서 ESU와 강백호의 부하들에게 쫓겨? 그 허무맹랑한 스캔들이 진짜 사실이야?"

"최웅녀님만 안 믿는 거였습니다. 실제로 맞선의 상대가 꼬여 ESU가 몇 번이고 호랑이족들의 습격을 받았지요. 원래 이태산의 맞선녀인 써니 정이 제 부하들을 이끌고 이태산 씨를 찾아 쫓아다니고도 있고, 하여튼 강백호가 김옥자 씨를 집요하게 노리는 것만은 분명합니다."

"호오. 그 백호 새끼가 노리는 계집이라? 거기에 백호 새끼의 라이벌 호랑이가 여자를 채갔다? 아주 흥미진진해지네! 아주 재밌어! 게다가 쟤 금발이야! 나 옛 친구 생각나. 쟤가 친숙하다고. 나 김옥자 돕고 싶은데 안 될까?"

최웅녀가 비서의 눈치를 살폈다. 옥자로선 애매한 상황이었다. 비서가 마지못해 고개를 끄덕이자 최웅녀가 모두를 향해 호통을 쳤다.

"일단 이야기가 길어질 것 같으니 애들아, 위층에 술상 봐와라!"

입구 쪽에 우글우글 모여 있던 곰족들이 우당탕쾅쾅 서로를 밀쳐내며 어딘가로 퇴장했다. 최웅녀는 그 사이에도 태산과 옥자에게서 시선을 떼지 않았다.

"내 부하들이 요리솜씨는 끝내줘. 금방 근사한 술상을 마련해줄 거야. 헌데 한 가지만 물을게. 애초에 강백호는 유부남인데 쟤가 왜 맞선 대상이 된 거지?"

옥자와 태산은 마주 보았다. 태산은 자꾸 설악산 산신령 노인이 말한 것이 뇌리에서 떠나지 않았다. 태산이 입을 열었다.

"백호 부자가 금호를 오랫동안 노렸다는 말을 듣긴 했는데, 무슨 말인지 모르겠고. 강백호는 이십 년 전부터 옥자와 맞선을 보기 위해 기다려온 모양이더군. ESU는 집요한 맞선 신청을 미뤄오고 있다가 이번에 옥자가 성인이 되면서 허락한 모양이던데. 게다가 호랑이족 권력과 옥자는 무슨 상관이지?"

태산은 혼잣말에 가까운 말들을 중얼거렸다. 뭔가 하나만 알면

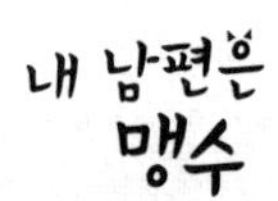

다 이해가 갈 것 같은데, 막다른 골목에 갇힌 기분이었다. 옥자는 그새 웅녀와 그녀의 비서의 미묘한 표정 변화를 관찰했다. 그들이 뭔가를 깨달은 것 같았다.

"여기 있는 옥자에게 나쁜 말을 해서 미안하지만 ESU, 멸종위기종 연맹은 옥자를 돌연변이로 분류해놓았어. 누군가의 요청에 의해 보안등급이 높기까지 했고. 아마 그걸 강백호의 부친 강찬봉의 작품이라 추측하긴 하는데 증거가 없고."

"잠깐만, 돌연변이? 보안등급이 높아? 설마, 열람불가?"

옥자도 웅녀를 빤히 바라보았다. 곧게 앉아 있던 옥자는 제 금발을 뒤로 넘겼다.

"태산 씨, 설악 노인께서 최웅녀 씨에게서라면 제 돌연변이 기질에 대해 해답을 들을 수 있을 것 같다고 말했잖아요."

"그랬던가. 어떤 돌연변이 특질을 가졌지?"

옥자는 설명하는 것보다 보여주는 게 빠르다고 생각했다. 하지만 주변의 눈이 너무 많았다.

"저기, 웅녀 씨. 남자 분들 좀 물려주실 수 있어요?"

"다들 나가 있어."

태산은 옥자가 변신을 할 거란 사실을 깨닫고 웅녀의 비서와 함께 사장실을 나왔다. 옥자는 웅녀만이 남은 것을 깨닫자 옷을 벗고 호랑이로서의 변이를 시작했다.

근육과 뼈가 뒤틀리고 팽창하고 그녀의 안에서 재구축된다. 옥자는 여느 때보다 훨씬 더 빠르게 금빛 호랑이로의 변이를 완료했다. 정작 호랑이의 모습으로 대면한 웅녀는 그리 놀란 기색은 아니었다.

"역시, 그랬네. 네가 금호라니. 네 머리색 진짜 금발이야?"

옥자가 고개를 끄덕이자 웅녀가 한숨을 쉬었다.

"그 모습으로는 대화가 안 되는 것 같으니 돌아와."

옥자가 제 모습으로 돌아와 다시 옷을 걸쳤을 때였다. 최웅녀는 어쩐지 흐뭇한 표정으로 옥자를 바라보고 있었다.

"금호야, 아니, 범녀야. 널 낳은 어미는 누구지?"

무척이나 다정해진 최웅녀의 목소리에 옥자는 갸웃거렸다.

"그, 글쎄요. 어릴 적에 버려져서 모르는데요. 인간 손에서 길러져서."

"고생이 무척 많았겠구나."

웅녀의 솥뚜껑 같은 손이 덥석 옥자의 손을 잡고 조물거렸다. 덩치와는 달리 아주 다정한 온기와 손짓에 옥자의 마음이 스르륵 풀어졌다.

"일단 위층에 가자, 범녀야. 나 오늘 기분 무지 짱 좋다?"

옥자를 앞세우며 위층으로 향하는 웅녀는 계속 음률이 맞지 않는 휘파람을 불었다. 웅녀는 옥자와 어깨동무를 하며 기뻐했다. 태산도 함께 꼭대기 층에 자리한 최웅녀의 집으로 초대되었다.

최웅녀의 보금자리는 넓지만 소탈한 느낌의 한옥 인테리어로 꾸며져 있었다.

옥자와 태산은 안방에서 웅녀와 함께 앉아 술상을 받았다. 웅녀의 옆에는 그녀의 곁을 지키던 듬직한 비서가 함께 자리했다.

한껏 들뜬 최웅녀가 옥자의 어깨에서 어깨동무를 풀지 않았다.

"왜 이제야 왔니, 범녀야. 내가 얼마나 기다렸는데."

"그러니까 왜 절 범녀라고 부르세요?"

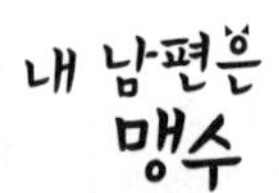

옥자는 호랑이로 변한 제 모습을 보고도 그리 놀라지 않은 웅녀의 반응과 그녀의 다정함이 못내 신경 쓰였다. 태산도 웅녀의 반응을 꽤나 궁금해하는 눈치였다.

웅녀의 손가락이 옥자와 자신을 가리켰다.

“난 곰! 넌 호랑이족! 그러니까 넌 범녀고, 나는 웅녀지! 범녀와 웅녀가 손을 잡으면 무슨 일이 일어나는 줄 알아? 너랑 내가 힘을 합치면 한국을 제패할 수 있어! 한국 제패에 성공한 뒤엔 시야를 넓혀 동아시아의 패권을 다퉈보지 않겠니? 우린 무적의 암컷 한 팀이 될 거야!”

환희에 찬 웅녀의 말에 옥자는 어떻게 반응해야 할지 몰랐다. 태산도 얼떨떨했다.

분명 호랑이족 암컷이니까 범녀로 부르는 건 맞긴 하지만.

“웅녀 씨? 제가 왜 호랑이로 변신할 수 있는지 아세요?”

“알다마다! 보여주지!”

웅녀는 갑자기 벌떡 일어나 제 옷을 훌훌 벗어던졌다. 태산이 놀라 숨을 삼켰고 옥자는 벌떡 일어나 태산의 두 눈을 제 손으로 가렸다. 이 상황이 익숙한 듯 거실에 있던 곰족 덩치와 웅녀의 비서가 일제히 등을 돌리고 있었다.

웅녀의 참으로 늠름한 나신이 눈앞에 보이는 순간!

“아, 범녀! 눈 떠. 제대로 봐.”

웅녀가 두 팔을 벌리더니 이내 변이를 시작했다. 삽시간에 덩치가 큰 여자가 사라지고 커다란 흑곰 한 마리가 옥자의 눈앞에 있었다. 그 흑곰은 웅녀가 걸쳤던 옷들을 귀찮은 듯 옆으로 걷어내고 웅녀가 마시던 술병을 앞발로 부여잡고 커다란 입을 벌려 들이켰다.

"하아아?"

"이거 처음 보는 거냐?"

흑곰이 입을 열어 말했다. 태산은 눈이 튀어나올 뻔했다!

"너랑 옥자는 이거 처음 보는 거네, 아, 그렇겠구나."

심지어 짐승의 모습으로 변한 데다 대화까지 할 수 있다! 옥자는 더더욱 놀라 제 눈앞의 흑곰 웅녀를 응시했다.

"마, 말도 할 수 있는 거예요? 곰인 모습으로?"

흑곰이 술병을 쥔 채 웅얼거렸다.

"너도 호랑이로 변할 수 있지? 내공이 좀 쌓이거나 나이가 들어서 변신 기술이 원활해지면 말도 할 수 있을걸? 너 아직 어리다며?"

곰으로 변화한 상태에서 웅녀의 대화는 아주 매끄럽고 자연스러워 발음조차 새지 않았다.

"우린 희귀하다고. 한 대에 하나씩밖엔 없는 변신족이야. 웅녀와 범녀지."

그러곤 태산에게 스읏, 고개를 돌려 경고했다.

"아 맞다. 이태산. 너 범녀 강백호 놈에게 뺏기면 내가 죽여버린다."

펑, 하는 소리와 함께 웅녀는 곰의 모습에서 다시 여걸 인간의 모습으로 돌아와 있었다. 그녀가 귀찮아하며 옷을 입으려다 자신의 비서가 내민 가운을 익숙하게 걸쳤다. 옥자는 그녀도, 그녀의 비서도 모두 이 일에 익숙하단 사실을 깨달았다.

거기에 범녀와 웅녀라니?

"범녀와 웅녀가 최초로 언급된 것이 단군신화지. 곰과 호랑이가 사람이 되고 싶어서 단군을 찾아가 빌었고 쑥과 마늘만 먹고 동굴

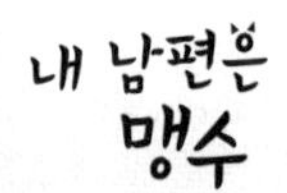

속에서 삼칠일을 보내야 한다고 했던 전설. 그 이후 호랑이는 사람이 되지 못하고 곰은 아름다운 여자로 변해 단군과 아이를 낳았고, 그 아이가 이 땅의 지배자가 되었다."

그건 모두가 아는 설화였다. 그 뒤 한국 땅에서 곰족과 범족이 대립하는 역사적인 이유로 손꼽히기도 했다.

"그 전설이 진짜지 아닌지는 모르겠지만 한국 범과 한국 곰 사이에는 곰과 호랑이로 변신할 수 있는 암컷들이 생겼지. 보통 한 대에 한 개체 정도 일어나는 일인지라 범녀와 웅녀로 지칭하고 각 종족에서는 그녀들을 신성시했지. 네 선대는 특이하게도 수컷이었어. 게다가 그 범녀와 웅녀의 경우 호랑이와 곰의 짙은 피를 가진 것이 특징이었다. 말 그대로 순혈 중의 순혈이란 이야기지."

웅녀는 옥자의 잔에 술을 따르며 말했다.

"제가 순혈종이라고요?"

"네 애비 되는 금호 놈도 순혈종이야. 그건 자신할 수 있다. 그놈은 금빛의 반짝이는 털을 가진 예쁜 사내놈이었지. 호랑이족인데도 초식처럼 꽤 여렸고."

"그걸 어떻게 아세요?"

"친했으니까. 보통 곰족이나 호랑이족의 대립과는 상관없이 웅녀와 범녀들은 친하게 지냈거든. 게다가 범녀들은 수명이 짧아서 늘 아쉬워하는 편이었지."

웅녀의 나이는 육백 살. 웅녀의 인생에서 옥자는 세 번째 범녀였다.

"범녀들은 암컷이 많아. 하지만 수컷들이 힘이 세다 보니 범녀들의 남편이 수장이 된 적이 많았고 사별하거나 문제가 있으면 직접 수장이 된 경우도 있었지. 본인이나 남편이 수장의 자리에 오르는 건 호랑이족 원로들의 동의 따위도 필요 없었어."

옥자의 부친인 금호는 수컷이자 몸이 약한 편이었다.

"그럼 지금은요?"

"범녀의 직계가 아닌 이들이 수장이 될 경우 원로들의 동의가 있어야 하지. 원로들이 동의하지 않는 수장은 실권을 갖지 못하는데 현재의 수장 대리가 그 케이스야."

"그럼 제가 수장이 될 수 있다는 건가요? 어째서요?"

옥자는 일련의 상황을 이해하지 못했다.

"백 년 전 금호가 자신 대신 한 암컷을 수장 대리로 지명하고 사망했지. 수컷 금호는 범녀였는데 건강이 좋지 않았고 허약했지. 그는 자신의 대를 잇게 할 노련한 암컷을 수장 대리로 임명했지. 장로들은 인정하지 않았어. 암컷 수장 대리가 죽고 다시 그 아들이 수장 대리를 이었지. 범녀는 나타나지 않았고 다들 범녀의 존재 따위 잊어버렸지."

기분이 좋아진 웅녀가 이야기를 터벌거렸다.

태산은 강백호가 옥자를 필사적으로 손에 넣고 붙잡으려던 이유를 깨달았다. 하지만 그의 나이 사백 살. 수장과 범녀의 이야기는 그조차도 모르는 것이었다. 태산은 세상물정 모른다던 산신령의 격노를 이해할 수 있었다.

"차라리 호랑이족 장로들에게 먼저 연락하는 쪽이 좋았을지도 모르겠군. 그 이야기가 전부 사실이라면."

태산의 탄식에 웅녀가 혀를 찼다.

"그게 더 위험했을지도? 강백호는 최소한 옥자가 범녀라는 걸 알고 있었어. 아마 선대 백호인 강뭐시기 하던 영감이 잘 알고 있었겠지. 지금 강백호는 호랑이파 장로들까지 매수했다고."

"나이를 허투루 먹은 게 맞군."

태산은 더욱 씁쓸하게 입맛을 다셨다. 강백호가 그런 일들을 해 오는 동안, 그는 산에만 틀어박혀 지냈다. 이런 바보 멍청이가 있을 줄이야.

웅녀의 비서까지 거들었다.

"원래 웅녀와 범녀의 이야기는 수장 일족과 원로, 그 일부 측근만이 아는 이야기입니다. 아마 호랑이족 중에서도 범녀의 존재를 아는 건 열 손가락 정도로 손꼽힐 겁니다. 특히 강백호의 부친 강찬봉은 전대의 금호를 납치해 자신을 호랑이족 수장으로 공표하라 협박하다 원로원에서 쫓겨난 적이 있죠."

"하지만 강백호는 그 금호에 대해서는 잘 모르는 것 같기도 하던데."

"아, 그건 부친과 사이가 나빠서일까? 그 백호 부자지간 대립하기로 유명했거든. 헌데 그 부친의 유지를 받아 금호를 채가기 위해 사십 년을 기다려? 지독한 망령이야, 그 망할 백호 노친네."

웅녀는 뭔가 씁쓸해졌는지 옥자가 따라놓은 술잔을 대번에 비웠다. 그러곤 거실에 선 자신의 비서에게 손짓했다.

"웅웅아, 와봐라. 얘가 금호 딸인 것 같다. 닮았냐?"

웅녀의 비서는 심각하게 옥자의 얼굴을 뜯어보았다. 그러곤 곧 결론을 내렸다.

"분위기나 얼굴 윤곽 같은 게 확실히 닮긴 했군요."

"우리가 금호 마지막으로 본 게 언제였지?"

"한 백십 년 전? 마지막으로 서찰이 온 것은 아마 그 뒤 사 년 뒤일 겁니다. 그 뒤 생사가 묘연해졌죠."

"옥자 앤 엄마가 어릴 때 버려서 부모를 모르고 사람 손에서 컸다던데?"

"그럼 모친이 좀 애매한데, 왜 버렸을까요?"

"분명 금호 자식은 맞는 것 같은데 말이야."

웅녀와 비서 웅웅은 한참을 쑥덕이다 결론을 낸 모양이었다. 그녀가 태산을 응시했다.

"이봐. 이태산. 너 마음에 들지 않긴 하지만 강백호보단 믿을 만한 데다 옥자가 좋다니까 그렇다 치자. 일단 범녀, 옥자의 신변은 내가 맡는다. 얘 애비 금호 놈이 나랑 친구였으니까. 나, 최웅녀는 차기 호랑이 수장을 보호하기 위해 곰족의 최선을 다하고 호랑이족과도 긴밀하게 협조할 것이다."

태산이 감사의 뜻을 전달하려 하자 웅녀는 커다란 손을 옥자의 어깨에 얹으며 힘을 실었다.

"금호 너 너무 귀엽다. 이름도 옥자라니. 옥자야, 너 내 양딸 할래?"

"저기, 그 그건."

"그건 나중에 생각해도 되겠지. 범녀가 나한테 찾아오다니 너무 기분이 좋네! 일단 건배부터 하자!"

옥자의 반쯤 빈 잔에 술을 채우고 제 술잔에도 한 사발 술을 담은 웅녀는 옥자와 건배를 했다. 그 건배로도 성에 차지 않았는지 이내 목이 긴 술병을 따 들이켜며 가운 소매로 입술을 훔쳤다. 그녀의 얼굴이 기분 좋게 상기되었다.

"기분 좋다! 그래서 이태산. 네놈이 바라는 건 뭐야? 네놈이 바라는 건 다 들어주지."

"강백호와의 싸움. 그리고 옥자가 범녀가 분명하다면 그걸 모두의 앞에서 공표하는 것. 옥자가 돌연변이가 아니란 것을 모두의 앞에서 확인받는 것. 그러려면 최대한 많은 반인반수들이 한데 모여야 해. 대부분의 호랑이족들과 반인반수, 특히 맹수족들과 ESU들까지."

"오호라. 그럼 강백호 대 이태산의 영역 다툼 실황 중계 뭐 이런 거 해도 돼? 그러면 그걸 해서 우리 웅녀파가 얻는 이득은 뭐지?"

"글쎄. 웅녀파가 백호파를 내리누를 수 있는 기회랄까?"

앞으로 얻을 수 있는 이득은 많았지만 실상 그 감투들이 중요한 것이 아니었다. 웅녀는 신이 났다.

"좋다! 그 백호파를 뭉갤 수 있는 기회라면 뭐든 좋아! 웅웅아! 곰족들한테 비상연락망 다 돌리고 이 동네 희귀 맹수족들에게 내일부터 전화 다 돌려!"

웅웅의 눈이 휘둥그레졌다. 주먹을 불끈 쥔 웅녀가 신나게 소리쳤다.

"보면 모르겠냐! 그 망할 강백호랑 이태산이랑 싸우면 이득을 보는 건 우리야! 그 재수 없는 백호파 놈들을 박살내줄 추호의 기회라고!"

웅녀가 폭주하고 있었다. 술을 퍼마시던 곰족들도 그녀의 기세에 목소리를 드높였다.

"만세! 호랑이 놈들이 싸운다! 우와아아아!"

"호랑이 놈들이 수장과 여자를 걸고 싸운다!"

"누가 누구랑 싸워?"

"백호파의 보스 강백호와 산호랑이 이태산 놈!"

그들은 모두가 만세삼창을 부르기 시작했다. 이성적인 비서 웅웅이 모두를 진정시키려 했지만 역부족이었다.

그날 저녁 호랑이족 서열 1위를 놓고 싸우는 호랑이족들의 소문이 파다하게 퍼졌다. 소문의 시작은 곰족들이었다. 그들은 휴대전화로 지인과 친구와 사돈의 팔촌에 이르기까지 골고루 소문을 내었다. 그러곤 술에 취해 어깨동무를 하고 신나게 노래를 불렀다.

그 곰족들의 열기를 뒤로 한 채 옥상으로 나온 옥자는 밤풍경을 내려다보았다.

"하아."

웅녀 프로덕션의 11층 옥상에서 내려다보는 서울의 야경은 특별할 게 없지만 차가운 밤공기는 시원해서 좋았다.

"왜 하필 옥상에 올라오고 싶다고 했어?"

"이제 열대야는 다 갔나 보네요."

"아아, 그런 모양이야."

옥자의 뒤에 선 웅녀가 대꾸했다. 그녀는 여전히 가운 차림이었지만 광대 같은 화장을 지워서인지 처음보다 인상은 훨씬 부드러워 보였다.

"옥자라. 그 이름은 누가 지어준 거지? 네가?"

"아니요. 제 양아버지가 지어줬어요. 원래 이름은 선옥이었는데 당시 일본에 건너가 쓸 이름을 짓다 보니 옥자가 되었어요. 일본 발음으로 다마코랬던가."

"그런 이름들이 꽤 오래전에 많았지."

둘은 나란히 선 채 반짝이는 서울의 불빛들을 바라보았다. 옆 건물은 자정이 가까운 시간임에도 아직 불빛들이 환했다.

"옥자 씨 네 엄마가 누구인지, 왜 버렸는지 알고 싶지 않아? 가족들이 있을지도 모르잖아."

웅녀의 말에 옥자는 고개를 저었다.

"반인반수들은 혈연의 의미가 인간들보다 부족하다면서요. 전 별 의미가 없다고 생각해요."

"하지만 형제지 않아? 같은 배를 타고 태어났다는 건 최소한 가까운 가족이라는 의미지."

"하지만 관심 없어요. 가족이란 개념을 모르는 데다 기억도 없는걸요. 내가 아는 건 날 길러준 유일한 가족이 내 양아버지란 것뿐이에요. 내 이름을 지어준 아버지요."

웅녀는 옥자를 안쓰럽게 내려다보았다.

"어유, 이쁜 것! 고생 많이 했구나! 말도 못 하게 했겠네!"

그녀의 격한 포옹에 옥자는 잠시 숨이 막혔다. 저보다 웅녀의 가슴은 더 커서 그 가슴에 얼굴이 파묻혀 압살당하는 기분이었다.

등 뒤에서 다급히 누군가 옥자를 떼어냈다.

"어유. 최웅녀. 내 마누라 죽일 일 있나?"

"마누라라니. 이 도둑놈 시키야! 네 나이가 몇 갠지나 알아?"

태산과 웅녀가 옥자를 사이에 두고 아옹다옹 말다툼을 했다. 태산이 무시무시한 야차와 같은 얼굴을 하며 선언했다.

"훠이훠이. 웅녀는 내려가라고. 우리 부부의 시간을 가질 테니까."

부부? 태산의 천연덕스러운 목소리에 옥자는 왠지 부끄러워지는 기분이었다.

웅녀를 완전히 밀어낸 태산이 옥자를 껴안았다. 키 차이가 극심한지라 그의 가슴팍에 오는 게 전부였지만 옥자는 그 듬직한 가슴팍이 좋아 저절로 갸르릉거리는 소리가 나왔다.

오랜만에 보는 태산의 줄무늬 꼬리가 그의 소유욕을 드러내며 옥자의 허리를 감쌌다.

태산이 문득 입을 열었다.

"써니 정의 오빠가 호랑이족 수장 대리라고 하더군. 그 모친이 어느 날 호랑이족 수장이 되었고 그녀가 병사하자 그 아들이 호랑이족 수장을 이었지만 호랑이족 원로들은 지금의 호랑이족 수장을 인정하지 않았지. 그래서 그는 수장 대리로 실권을 갖고 있지 않아."

"무슨 말이 하고 싶은 거예요?"

옥자가 얼굴을 떼어내 태산의 굳은 턱을 올려다보았다.

"그쪽이 옥자와 관련이 있지 않을까?"

"써니 정 말이죠? 제가 그 여자의 자매라고 말하고 싶어요?"

태산은 옥자의 얼굴을 찬찬히 뜯어보았다. 미인이지만 사나운 인상의 써니 정과 옥자는 몸매나 키, 생김새나 분위기들이 하나도 일치하지 않았다.

"닮진 않았어."

"알아요. 하지만 그 여자가 내 형제일지도 모른다 생각했어요."

옥자의 말에 태산은 말문을 잃었다.

"어떻게?"

"내가 내 남매와 생모에 대해 기억하던 건 그 묘한 체향이에요.

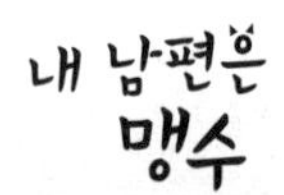

그것 하나만은 뇌리에 각인되었다고나 할까. 써니 정과는 호텔 입구에서 잠깐 스친 것뿐이지만 독한 향수 냄새 사이에서 엄마의 냄새가 났어요."

옥자의 목소리가 어둠 속으로 스며들었다.

그 엄마란 말은 옥자에게도 너무 낯설었다.

"정말 형제라면 찾아도 되지 않아?"

"왜요? 그 엄마는 날 겨울 산에 버렸어요. 아무도 오지 않는 곳에. 그 뒤엔 아무도 날 찾지 않았어요. 짐승으로 변해서 몇 년간은 애완동물처럼 길러졌다지만 냄새만 맡았다면 찾을 수도 있었을 텐데."

다사다난했던 삶이었다. 옥자가 자신의 정체를 알지 못했기에 더욱 방황하고 괴로워했던 시절이었다.

"나는 지금껏 내가 반인반수인 것도 모른 채 살았어요. 인간과 호랑이의 변신 조절이 되지 않아서 늘 양아버지가 날 숨겨줬어요. 그분 아니었으면 나 아직도 살아 있지 않을 거예요. 내 가족은 오직 양부뿐이에요."

그 양부의 진짜 딸이나 가족이 되길 바랐다. 하지만 그녀는 불완전했다.

유년기의 상태는 지독하게 불완전했다. 짐승일 때는 짐승이었던 때의 기억만이 있었고 사람으로 변화했을 땐 짐승이었던 시절의 기억은 없었다. 그 성장조차 더뎌 어느새 양부 김휼이 늙어 노인이 되었을 때에도 그녀는 줄곧 어린 소녀의 모습이었다.

"양부는 날 사랑했지만 내 변화에 대해선 설명하지 못했어요. 대신 날 과보호하려 했죠. 어쩌면 그가 자신의 가족을 다 잃었고 타국에서의 결혼마저도 실패했기에 결국 나밖에 남지 않았다고 생각했어요.”

고향을 버리고 타국으로 떠난 사내에게 옥자는 전부였다. 고향이기도 했고 변하지 않는 것이기도 했다. 가족들이 죽었기에 그는 고향으로 돌아가지 못하게 되었다.

아니, 가족이 없기에 돌아갈 이유 또한 김휼에겐 없었다.

“날 부정하는 가족이나 형제들은 필요 없어요. 차라리 강백호 씨처럼, 네가 줄 권력이 필요하니 내 의지 따위는 필요 없다, 그냥 소유하겠다는 게 나아요.”

“옥자.”

“지금에 와서 왜 필요한데? 그냥 피가 이어졌다고 왜 필요한데요? 난 괴물이라고 버려졌는데 지금에 와서 내가 왜 그들을 필요로 해야 하는데요! 왜! 나 없이도 내 엄마란 여자도 그 형제들도 지금껏 모두 잘 살아왔잖아요! 내가 정말 호랑이족 수장이 될 수 있든, 수장을 지명할 수 있는 범녀인 게 맞든 아니든 그들은 수장 대리까지 되어서 호의호식해왔잖아요. 난 매 끼니 걱정하면서, 내 정체 숨겨가면서 도망치고 또 도망치고 숨어 지냈는데! 왜!”

너무 격하게 흥분해서일까. 옥자의 숨이 꺼이꺼이 넘어갔다.

“제, 제대로 숨 쉬어. 진정해!”

“태산 씨, 나!”

“알았어. 듣고 있다고. 다 듣고 있어.”

태산의 말에 옥자는 격하게 흥분했다가 다시 숨을 내쉬었다. 태산이 옥자를 껴안아 그의 가슴팍에 얼굴을 묻게 했다.

“울고 싶으면 울어. 마음껏 울어도 돼. 더 이상 가족들이니 뭐니 만나란 얘기도 하지 않을 테니까. 울어도 돼."

허락의 말이 떨어지기 무섭게 옥자는 저도 모르게 울음을 터트렸다. 태산의 가슴팍을 흠뻑 적시고도 모자라 온몸의 수분이 말라 비틀어질 때까지 울고 또 울었다.

태산이 그녀가 괜찮은지 걱정할 즈음, 옥자는 천천히 눈을 감은 채 주저앉았다. 기력이 다했는지 잠깐 탈진한 것 같았다.

"후우."

긴 한숨을 내쉰 태산이 그녀를 안아들었다.

아까부터 옥자의 울음소리를 듣고 옥상 입구에서 조마조마한 심정으로 기다리던 웅녀가 다급히 다가왔다.

"옥자, 괜찮아?"

"웅녀 씨. 빈 객실 있을까? 그냥 일시적인 탈진 같은데. 계속 도망쳐 다니느라 컨디션이 좋지 않았어. 지금은 감정이 너무 격해져서."

"푹 쉬어야겠네. 맘고생 많이 했겠군."

태산은 고개를 끄덕였다.

"손님방으로 준비해두긴 했는데 마음에 들지 모르겠군. 방은 크진 않지만 곰족 사이즈에 맞춘 거라 침대는 커. 두 사람이 자도 될 거야. 웅웅아, 안내해줘."

그들은 옥상에서 내려왔고 웅녀는 비서 웅웅과 함께였다.

깔끔한 손님용 객실에 옥자를 내려놓은 사이, 문가에 기댄 웅녀가 태산에게 경고했다.

"아참. 싸움을 하는 건 도와줄게. 대신 너 백호 놈한테 지면 죽는다."

태산이 피식 웃었다. 웅녀가 건강한 팔뚝을 드러내어 위협적으로 휘둘렀다.

"웃지 마. 호랑이 놈아. 백호 놈이 이쪽 바닥 세력을 얼마나 잘 다져놨는지 넌 모를 거다. 그놈이 갈퀴처럼 돈을 긁어모았다고. 까딱 잘못하면 지기 십상이지. 네놈이 쉴 시간 따위 없을걸?"

"생각보다 심각하군."

"이태산 네놈이 산에 처박힌 삼백 년 동안 강백호는 노련하게 권력을 거머쥐었지. 그 차이라고. 까딱하면 그대로 강백호에게 모든 걸 뺏기기 십상이야. 머리를 잘 써야지."

"그렇군. 혹시, 호랑이족 대리 수장 연락처 아나? 찾아봐도 잠적 중인지라 찾기가 쉽지 않더군."

"찾아서 어쩔 건데? 이태산 씨."

"옥자와 내 문제고 동시에 호랑이족 문제니까 내가 알아서 해야지."

"그건 그런데 이태산 씨. 싸움을 할 생각이라면 몸이나 단련시킬 준비를 해. 강백호가 지구력이 떨어진다 해도 뛰어난 파이터니까."

"그러지."

웅웅과 함께 자신의 방으로 돌아가려던 웅녀가 태산을 돌아보았다.

"아참. 너 호랑이족 수장 될 생각 있냐? 범녀의 남편은 그리 호락호락한 자리가 아니야."

"옥자를 지키기 위한 방법이라면 고려해보지."

"그런 마인드라면 좋네. 아참, 너 삼백 년 전에 강백호랑 어디서 싸웠어?"

"북한산일걸."

"그럼 무대는 거기가 좋겠군. 대결은 한 달 뒤로 통보할게."

태산은 웅녀가 아까 자신과 옥자의 이야기를 훔쳐들었다는 걸 알았다. 하지만 웅녀는 호쾌하게 묻지 않았다.

"신경 써줘서 고맙군. 최웅녀."

"틀려. 금호는 내 둘도 없는 친구였어. 금호 딸이면 내 딸이기도 해. 그러니 이태산, 너 옥자에게 상처 입히면 나한테 죽을 줄 알어."

경고의 말을 남기고 그녀가 물러갔다. 태산은 기절한 옥자의 머리를 가만히 쓰다듬었다.

"옥자, 지켜준다는 곰족이 생겨서 든든하겠네. 정말 다행이다."

그녀의 금빛 머리카락을 반복해서 쓰다듬던 태산도 곧 피곤함에 잠들고 말았다.

몇 달 만에 찾아온 고요하고 평화로운 밤이었다.

다음 날 ESU 서울 지부에서 써니 정과 강백호를 호출했다. 이태산과 김옥자의 행방을 찾았다는 ESU의 전갈에 그들은 사무실이 열리는 아침 9시 반부터 기다려야 했다.

제대로 잠을 자지 못한 수리부엉이족 강영 전무가 충혈 된 눈을 하고 사무실의 문을 열었다. 기다렸다는 듯 두 호랑이족들이 사무실의 접대 공간으로 들어왔지만 강영 전무는 차를 준비하라 시킬 뿐 당장 입을 열지 않았다.

"저기, 뭘 기다려야 하는 거지? 이태산이든 김옥자든 지금 이야기를 해야 할 것 아니야!"

써니 정이 짜증을 내자 강영 전무가 한숨을 쉬었다.

“기다리십시오. 아직 한 분이 오지 않으셨습니다.”

“누구?”

“여러분을 대표하시는 호랑이족 수장이십니다.”

써니 정이 짧은 감탄사를 내었다. 마침 접객실의 문을 누군가 두드렸다. 신사호 팀장을 비롯한 나천혁 팀장이 나란히 들어오며 비교적 캐주얼한 복장을 입은 호랑이족 사내를 데려왔다.

위로 쳐든 날카로운 눈매가 써니 정과 닮아 있지만 그녀보다는 온화한 인상에 날렵한 체구를 가진 사내였다.

“정이문이라고 합니다.”

“첫째 오빠?”

써니 정은 놀라워했지만 그 얼굴에 화색을 띠었다. 정이문은 조용히 모두를 향해 인사했다. 강백호마저도 이 뜻밖의 인물과 뜻밖의 상황에 어리둥절했다. 정이문은 호랑이족 수장 대리였지만 참으로 조용해서 수장 대리를 맡은 팔십 년간 대외적으로 나서는 일은 없었다.

정이문이 날카로운 눈매로 좌중을 살폈다.

“여기 있는 써니 정과, 아마도 김옥자의 오빠 되는 호랑이족이기도 합니다.”

“오, 오빠?”

“지, 지금 이게 무슨?”

강백호가 기겁했다. 김옥자의 오빠가 정이문이라니?

“지금 이게 말이 됩니까?”

정이문이 말했다.

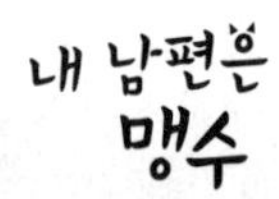

"제 어머니는 전대 호랑이족 수장이었던 사내에게 수장 대리 역을 맡으셨고 그의 아이를 낳았죠. 그게 여섯째, 김옥자입니다. 하지만 지독한 노산에 옥자를 낳고 산후우울증이 와 어느날 아이를 버렸지요. 나중에 여섯째를 찾으려 했지만 찾지 못했습니다."

아주 오래전 어떤 이야기가 암암리에 퍼진 적이 있다. 실권이 없던 수장 대리가 미쳐 죽고 그 아들이 대를 이었다는 이야기. 정이문은 힘이 세지 않았지만 머리가 좋았다. 그는 물려받은 수장 대리 자리를 남용하는 일은 없었다.

"저는 여섯째가 나타나기 전까지 임시로 수장 대리를 맡은 몸. 그리고 김옥자는 저희 동생이 맞습니다."

써니 정이 반발했다.

"오, 오빠! 왜 얼굴도 보지 못한 그 계집애 편을 드는 거야? 왜!"

정이문은 가벼운 시선 하나로 써니 정을 제압했다.

"그 아이는 전대 호랑이족 수장 주금호의 딸입니다. 그녀가 직접 수장이 되거나 호랑이족 수장을 결정할 권리가 있어. 그래서 억지로 김옥자를 가지려 한 것 아닙니까? 강백호 씨?"

"오, 오빠! 지금 여기 왜 온 거야, 왜 여섯째 편만 드는 거냐고! 내가 더 불쌍하잖아! 난 그 계집애한테 남편을 뺏겼다고!"

"시끄러워, 정선연!"

"오, 오빠!"

"그 아이는 호랑이족의 범녀다. 그리고 최웅녀에게 어젯밤 전갈을 받고 새벽 비행기로 날아왔지. 이태산과도 통화했어."

"무슨?"

"그건 본인에게 직접 듣는 게 좋겠군."

정이문이 등 뒤를 돌아보았다. 거기엔 정말 석 달이 넘게 두문불출하며 모습을 감추었던 이태산이 자리해 있었다. 태산의 얼굴은 태양에 잔뜩 그을렸고, 머리카락은 제멋대로 길어나 묶고 있었는데 그는 검은 양복의 목깃을 잡아당기며 답답해하는 얼굴이었다.

"안녕하십니까, 이태산입니다."

점잖아 보이는 그의 등장에 써니 정과 강백호 모두 기겁했다.

아니, 강백호는 당장이라도 태산의 멱살을 쥐고 싶어 했지만 보는 눈이 있어서 이태산의 빈틈만 노리고 있었다.

정이문이 ESU와 모두에게 통보했다.

"호랑이족 비순혈, 김옥자에 대한 정보 정정을 요청합니다. 내 동생은 전대의 수장 주금호와 내 모친 신요순의 사이에서 태어난 순혈 중의 순혈입니다. 따라서 강백호와의 맞선 건은 무효가 됩니다. 김옥자의 혈통에 대한 증인으로 저 정이문, 이태산과 최웅녀, 그리고 당시 백 년 전의 해산을 도운 산파 김칠녀 등의 이름을 등기하겠습니다."

"자, 잠깐만!"

강백호가 사색이 되어 손을 들었지만 무시되었다.

"호랑이족 원로들 역시 전화상으로 통보했습니다만, 이 상황을 기꺼이 받아들였습니다. ESU와 백호파들은 전부 김옥자와 이태산의 수색에서 손 떼십시오. 추후라도 이태산이나 김옥자에 대한 수색이나 납치, 미행 건들이 적발되면 호랑이족이 가만두지 않을 것입니다. 이것은 신 수장에 대한 위협으로 받아들일 예정입니다."

정이문은 참으로 가차 없었다.

"이태산은 현재 김옥자에 대한 권리를 돌려받기 위해 강백호에

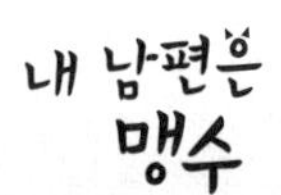

게 결투를 신청한 상태입니다. 증인은 나 정이문과 곰족 최웅녀입니다."

써니 정과 강백호. 두 호랑이족 남녀는 의외의 사태에 기겁해서 귀를 의심했다. 하지만 미리 전갈을 받은 ESU 직원들은 딱히 놀라는 기색은 없었다.

"잠깐, 오빠. 지금 호랑이족 싸움으로 지금 문제를 해결하란 건가요? 잠깐만, 이태산 씨! 미친 거 아니에요? 왜 그딴 계집을!"

뭔가 생각하던 써니 정이 코웃음을 쳤다.

"여기 있는 남자들이 그 계집에 환장하는 거 이제야 그 이유를 알겠네. 그딴 별 볼 일 없는 계집애가 호랑이족 수장이 된다고 하니까 다들 권력에 눈 돌아간 거잖아. 다들 속물인 거라고! 그딴 돌연변이 계집애가 왜!"

"정선연! 입 닥쳐! 그 권력을 지금껏 누려온 건 너라고! 그리고 그 아이를 버리라고 난리를 쳤던 것도 너야! 어머니가 왜 그 아일 미쳐서 버렸는데!"

"엄마가 다른 남자의 아이를 낳았다고! 그게 전대 수장 자식인지 내가 어떻게 알아? 그건 괴물이었어! 그딴 부정한 걸 내가 왜 동생이라 여겨야 하는데!"

써니 정의 말에 모두가 뻣뻣하게 당겨 오는 뒷목을 잡았다. 정이문과 정선연의 대화를 견주어봐도 그들의 동생이 김옥자인 것은 분명한 사실이었다. 강백호가 정신을 차렸다.

"김옥자가 누구의 동생이든 상관없습니다! 그녀는 이태산이 아니라 나, 강백호의 맞선녀였으니까!"

"지금 옥자가 순혈로 인정되면 그 맞선 건은 무효가 된다고 말했을 텐데? 게다가 넌 유부남이라고. 애초에 맞선 상대가 될 수 없어."

이태산의 나지막한 지적에 강백호가 이를 갈았다.

"그럼 이혼을 하면 간단한 문제군."

태산이 주먹을 쥐고 몸을 떨었다. 정이문이 대신 나섰다.

"지금 처자식도 있는 유부남이 호랑이족 수장이 되기 위해 범녀를 납치하려 했다는 거군요."

"말 곱게 하시죠! 수장 대리 주제에!"

"이태산에게 감사하세요! 그는 이 추문을 삼백 년 전 싸움으로 대신하려 하고 있으니까!"

강백호는 다시 머리가 지끈거렸다. 삼백 년 전, 자신의 패배로 결정난 싸움을 다시 하자고? 그것도 제가 뺏긴 계집을 돌려받기 위해서라니 뭔가 잘못되었다.

헌데 써니 정이 소리를 질렀다.

"난 이태산과 강백호가 싸우든 말든 내가 뺏긴 이태산만 돌려받으면 되요!"

정이문은 한숨을 더했다.

"정선연! 김옥자가 우리 동생이라면 그 아이도 순혈이다! 네 맞선남을 뺏기고 말고의 문제가 아니야!"

"그 괴물 따위가 대체 뭔데 오빠가 나서는 건데!"

"넌 나서지 마. 내 이야기나 들어."

순간 정이문의 카리스마에 모두가 침묵했다. 그가 다시 입을 열었다.

"싸움을 주관한다고 공표하신 게 흑곰계의 대모, 곰족의 수장인 최웅녀입니다. 그분께서 직접 김옥자의 양모로 김옥자의 혈통을 순혈로 보장한다고 하셨습니다. 순혈 조항이 추가되면 아까 설명한 대로 강백호 씨는 순혈인 김옥자를 정부나 첩, 혹은 두 번째 부인으로라도 맞아들일 자격이 없습니다."

써니 정이 잔뜩 발끈했다.

"이런 법이 어디 있어요? 이태산! 이거 너무한 거 아니에요?"

태산은 조용히 자리를 지키며 살기를 흩뿌리며 입을 열었다.

"산신령들의 도움을 받아 싸움의 시간과 장소를 통보받았습니다. 한 달 뒤 북한산. ESU는 이미 협조하기로 이야기가 되었습니다."

"호랑이족들에게도 모두 개별적으로 연락하기로 했습니다."

"협조 부탁드리겠습니다."

써니 정과 강백호의 의사가 완전히 무시된 채 정이문과 이태산, ESU의 강영 전무가 서로 악수를 했다.

수장 대리라 해도 호랑이 원로들의 허락을 얻었으니 이것은 호랑이족 전체의 입장과 같다. 또한 ESU가 협력한다 나섰으니 써니 정과 강백호의 의중 따위와는 상관없다. 심지어 김옥자는 자신의 원래 혈통과 수장이 되어야 할 권리를 획득했다.

그것이 써니 정을 더 초조하게 만들었다. 그녀는 이대로 물러날 수도 없었고 김옥자를 용서할 수도 없었다. 이태산을 먼저 찍은 건 그녀였다!

"잠깐만! 그 싸움 제게도 참여할 권리가 있는 거잖아요!"

"뭐?"

모두가 써니 정을 돌아보았다. 써니 정은 시선을 받자 되려 기분이 좋아졌다. 그리고 제가 할 일을 알 것 같았다.

"오라버니. 그리고 태산 씨. 그 싸움에 저도 참가하게 해줘요. 난 김옥자와 싸워야겠어요. 김옥자가 내 남자를 빼앗아갔으니까. 난 그것에 대해 요구할 권리가 있어요."

써니 정을 바라보는 태산은 무표정했다.

"마음대로 하십시오."

"이태산!"

써니 정과 강백호가 이태산의 이름을 외쳐댔지만 이태산은 돌아보지 않았다.

이태산을 쫓아가려는 써니 정을 붙든 것은 정이문이었다.

써니 정과 정이문은 눈높이가 비슷했다. 정이문의 단정한 얼굴과 마주하며 써니 정은 이를 갈았다.

"오라버니! 이런 게 어디 있어요? 대체 왜 날 말리는 거야!"

"진정해라. 선연아."

"그 이름으로 나 부르지 마! 지금 김옥자 그 계집애 어디 있어요? 당장 가서 머리채라도 잡아야!"

두 사람의 대화가 점점 격해졌다. 아니, 일방적으로 화를 내는 쪽은 써니 정이었다. 정이문은 그녀를 타일렀다.

"우리 동생이다. 여섯째라고. 네가 그토록 싫어했던 그 애가 차기 호랑이족 수장이 될 거다. 강백호가 그 아일 손에 넣으려 한 것도 그 애 대신 호랑이족 수장이 되려 한 거고."

"오빠, 믿고 싶지 않다고. 강백호도 이태산도 왜 다들 그 애만!"

두 남매의 말다툼에 끼어들려고 했던 강백호는 꽤나 속이 쓰렸다. 심지어 이태산이 ESU의 비호를 받으며 헬기를 타고 퇴장해버린 터라 더더욱이나. 모든 게 제 손을 벗어나는 기분이었다.

강백호는 접객실 밖에서 쭈뼛대며 저를 기다리는 백호파에게 다가갔다.

"무슨 일이지?"

부하들이 강백호의 전화를 대신 들고 엉거주춤하게 서 있었다.

"사모님 전화십니다."

"꼭 지금 통화를 해야 하나?"

문득 강백호는 남숙과 이혼해야 한다는 생각이 들었다. 김옥자와의 빠른 재혼을 위해선 그것이 먼저였다. 그가 휴대전화를 낚아채 귀에 가져다 댔다.

- 아침부터 바쁜가 봐요?

남숙이 직접 전화를 걸어온 건 몇십 년 만이었지만 그는 별다른 감상을 느끼지 못했다.

"용건만 간단히 해."

- 그럴게요.

그녀가 잠시 호흡을 골랐다. 강백호는 그녀의 말을 주의 깊게 듣고 있지 않았다.

- 강원도 별장 나갈 거예요. 짐은 다 싸놨어요. 별장을 팔든지 말든지, 그 일에 대해선 마음대로 해요.

"뭐?"

강백호의 머리가 멍했다. 지금 남숙이 뭐라고 하는 거지?

"이봐, 남숙!"

- 이혼 신청 서류 보낼까 해요. 내 얼굴 보기 불편할 테니 변호사분을 백호파 쪽 사무실로 보낼게요. 아이들 양육비는 필요 없어요.

이혼에 양육비? 그 모든 게 강백호를 격분케 했다.

"지금 뭐라고 했어? 양육비? 당신이 애들 데려간단 이야기냐고!"

- 맞아요. 내 아이들은 내가 데려가요.

"애들은 놓고 가! 그건 내 애들이니까!"

정물 같았던 여자였다. 그가 뭘 하든 어느 순간부터 제대로 반응하지 않았고 저와 오십 년째 시선을 마주하지도 않았었다. 헌데 그와 현재 통화를 하는 상대는 제가 기억하던 남숙이 아닌 듯했다.

- 당신은 나와 별거한 이후, 날 줄곧 무시해왔잖아요! 내가 아이를 임신해서 낳았을 때에도 보러 온 적 없었어! 지난 칠십 년간 날 보지도 않았어요! 애들이 육십 살이나 먹었고 그렇게 성장이 더딘데도 당신은 애들 어디가 이상한지 모르잖아!

강백호는 순간 아이들의 성장이 빨랐는지 더뎠는지 기억나지 않아 당황스러웠다. 아이들의 이름과 얼굴조차 떠오르지 않아 스스로도 충격이었다.

"그, 그래도 내 아이들은 내가 키워!"

그건 변명에 불과하다는 걸 자신도 잘 알았다. 남숙이 한숨을 더했다.

- 그럼 어디 맘대로 해봐요. 하지만 당신이 십 년 전에 나한테 준 이혼 서류와 아이들 양육권 서류 나한테 있다는 거 잊지 말아요. 변호사 공증도 거쳤다는 거 잊지 말고요.

"이봐, 이남숙!"

전화는 벌써 끊어져 있었다. 강백호가 몇 번이나 그녀의 이름을 부르다 다시 전화 통화를 시도했지만 이미 늦어 있었다.

"무, 무슨 일입니까? 사모님에게 무슨 일이라도?"

"빨리 강원도 별장에 사람 보내! 내 아내와 아이들 잡을 수 있으면 잡아! 없으면 빨리 잡아오라고!"

순간 백호는 태산도, 자신이 이혼을 하려 했던 것도 까맣게 잊었다. 남숙은 이혼을 해도 자신의 아이들을 키우며 있는 듯 없는 듯 흐릿하게 살아갈 거라 여겼다. 그런데 왜 이제와서? 왜?

강원도에 있던 백호파의 부하가 전화를 준 것은 한 시간 뒤였다.

- 큰일 났습니다! 별장이 텅 비어 있습니다.

"뭐?"

- 붉은 머리카락의 사자족이 아이들과 사모님을 데려갔다는 말이 있습니다!

"뜬금없이 웬 사자족이야?"

- 하지만 주변 CCTV에 사자족이 찍혀 있는데요.

"빨리 찾아! 최대한 빨리! 돈이 얼마가 들어도 상관없어!"

- 알겠습니다.

강백호는 뒤늦게 남숙과 아이들을 찾기 위해 사람을 보냈지만 그 행방을 전연 알 수 없었다. 하루하루가 지날수록 그의 피가 말라가는 기분이었다.

ESU의 이태산에 대한 수색이 전면적으로 금지되었다. 강백호가 내건 이태산 현상수배금 삼십 억은 자취도 없이 사라졌다. 뒤늦게 도착한 사냥꾼들은 땅을 치며 후회했다.

점점 주목받는 것은 강백호와 이태산의 전면전이었다.

"그 소문 들었어?"

모두의 입에서 입으로 소문이 돌았다.

"호랑이족 수장 자리를 걸고 백호파의 보스 강백호와 황호의 일인자 이태산이 격돌한대."

"한국 호랑이족 소집령이 발발했다던데."

이태산과 강백호의 대결에 모두의 관심이 집중되었다. 호랑이가 담배 피우던 고리짝 시절에도 호랑이족 총소집령은 없었다. 심지어 이태산의 여자, 김옥자에게 써니 정이 결투신청을 한 것으로 알려졌다. 이른바 4각 관계의 스캔들이었다.

실제 한국 호랑이족들에게는 소집령이 떨어졌다. 이민, 천재지변, 여행, 질병 등의 불가피한 상황이 아니면 모두 참석하란 통보였다. 강제성은 없었으나 이미 칠십여 명의 한국 호랑이족이 참석의사를 밝혔고 그들은 가족들과 함께 동행하겠다 알려왔다. 참석 의사를 알려온 호랑이족은 더 늘어날 것으로 보여 정확한 수는 파악할 수 없었다.

싸움이 열릴 것으로 지정된 북한산 인근 숙박업소에는 해당 전투일을 전후로 반인반수들의 예약이 넘쳐났다. 실제 한 집단은 북한산 근방의 캠핑장을 대여했다. 말 그대로 온갖 종족이 싸움 구경을 위해 북한산 단체 정모를 할 예정이었다.

이 모든 게 일주일 사이 벌어진 일이었다.

옥자는 이 상황이 믿기지 않아 어리둥절했다. 그녀는 자신의 안전과 훈련을 위해 태산과 떨어져 있던 상태였다. 하지만 이 상황에 대한 글들이 한국 반인반수 인트라넷에 넘쳐났다. 옥자는 가끔 실시간으로 올라오는 글들을 보곤 했다.

"옥자, 무슨 생각해?"

이젠 제법 친근해진 웅녀가 말을 걸었다.

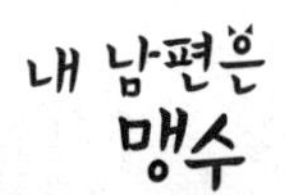

"태산이 보고 싶어? 아니면 써니 정이 너한테 결투 신청해서 고민하는 거야? 강백호가 언제라도 쫓아올지 몰라서 걱정 돼?"

이곳은 최웅녀가 만든 안전가옥들 중 하나로 강백호가 추격해오긴 어려웠다. 옥자는 노트북 화면을 덮고 웅녀를 향해 돌아앉았다.

"그냥 이 모든 게 실감나지 않아서요. 난 돌연변이 호랑이족 김옥자라고 생각하며 평생 숨어 지내왔는데 이태산이란 남편도 생겼고 가족도 찾았어요. 돌연변이도 아니래요."

제 평생의 고민과 해묵은 갈등이 옥자도 모르는 새 터져나와 단번에 끝나버렸다.

"넌 금호의 딸이야. 주금호의 딸, 김옥자."

웅녀의 말은 아직도 실감나지 않았다.

"선대 호랑이족 수장이 내 부친이라는 건 더더욱 이상하잖아요. 믿기지가 않아요."

"금호 사진 보여주랴? 너랑 닮았는데."

"웅웅 씨께서 보여주셨어요."

사진이라기엔 조금 우스운 낡은 족자의 초상화였다. 옥자가 아마 태중에 있을 때 주금호가 사망한 것으로 알려졌다. 그가 죽은 것은 백여 년 전.

옥자가 보기에도 조금, 닮은 것 같기도 했다. 하지만 생소했다.

"금호와 네 생모 사이의 밀약에 대해서는 아무도 몰라. 금호 놈이 속내를 털어놓는 타입은 아니지. 그는 소심했고 백호 가문이 자신을 몇백 년째 협박하는 상황에서 누구도 믿지 않았을 거야. 내게도 자신의 행방을 알려주지 않았으니까."

"그런가요."

"넌 정말 금호랑 빼닮았어. 얼굴 윤곽이나 금빛 머리칼과 호박색 눈, 순진한 모습이나 호랑이로 변하는 그 자체, 소심한 성격이랑 괴력까지도 전부 주금호의 판박이야."

옥자는 웅녀의 말이 옳다 여겼다. 같은 어머니 아래에서 태어난 써니 정과 자신은 닮은 곳이 단 한 곳도 없었다.

"써니 정은 힘이 세겠죠? 싸우면 질까요?"

"써니 정은 옥자보다 더 나이가 많고 노련한 싸움꾼이지. 아마 호랑이족 암컷 중에선 써니 정을 이길 상대가 드물걸? 미모만큼이나 싸움도 대단할 텐데."

"그래도 싸워서 반드시 이겨야 해요. 그래야 태산 씨를 차지할 수 있어요."

옥자의 결심이 굳었다. 웅녀의 표정이 심각해졌다.

"지면? 지면 어떻게 할 건데? 그녀가 이태산을 달라고 한다면?"

마른 입술을 달싹이던 옥자가 고개를 들었다.

"무슨 수를 쓰든 이길 거예요. 태산 씨 옆에 있으려면 뭐든 해야 해요. 지금껏 전 태산 씨에게 기대기만 했고 짐덩어리였잖아요."

"그런 생각 하면 안 돼."

옥자는 하지만 한편으로 제가 쓸모없었다는 생각을 지우지 못했다.

태산이 그녀를 원했다. 그리고 그녀를 구제했다. 단 하나뿐인 가족이 되어주겠다고 했고, 그녀의 남편이 되고 싶어 했다. 그러니 그녀는 그 자격을 증명해야 했다.

아직도 자신이 전대 수장의 딸이란 게 믿기지 않지만 그녀는 자

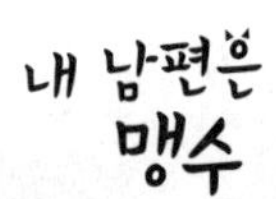

신이 살아 있다는 걸 증명하고 싶었다. 강백호는 자신을 소유해 호랑이족 수장이 될 생각만 했다. 생모는 돌연변이라고 옥자를 버렸다. 인간이었던 양부는 죽었다. 써니 정의 다른 형제들이 자신을 원하진 않을 터였다. 어쩌면 그들은 옥자가 참패해 형편없길 바라겠지.

그래서 더욱 지고 싶지도, 싸움을 피하고도 싶지 않았다.

"나 싸울 거예요. 전력을 다해서."

"그래그래. 도와주지. 태산이 널 내게 당분간 맡긴 이유, 확실하게 뼈저리게 단련시켜줄 테니까."

옥자는 웅녀를 향해 웃으며 고개를 끄덕였다.

"고마워요, 웅녀 언니."

"아참, 태산 놈이 너랑 통화하고 싶어 하던데. 통화해."

웅녀가 휴대전화를 넘겨주었다. 옥자는 태산이 처음 휴대전화 사용법을 몰라 끙끙대던 몇 달 전을 떠올렸다. 반년도 안 되는 사이, 너무 많은 사건들이 벌어졌다.

옥자는 태산에게 전화를 걸었다. 곧 태산의 듬직한 목소리가 들려왔다.

- 여보세요? 옥자?

옥자는 귀에 휴대전화를 끼운 채 거울로 향했다. 거기엔 분홍색 원피스를 예쁘게 차려 입은 자신의 모습이 보였다.

"태산 씨, 지금 어디예요?"

- 북한산.

"체력 단련 중?"

- 아마도.

옥자는 태산의 목소리를 듣는 것만으로도 행복해졌다. 불안정했던 마음이 둥둥 떠올라 점점 안정을 찾아갔다.

"태산 씨. 사랑해요."

- 갑자기 왜 이래? 나도 사랑해, 옥자.

"그리고 나, 써니 정과도 싸울 거예요."

옥자는 제가 마냥 어리광을 부리는 듯한 착각에 빠졌다. 아무려면 어때. 이렇게 행복한걸.

- 옥자, 정말 괜찮겠어?

"태산 씨, 나 싸움에서 지지 않을 거예요."

옥자가 다짐했다.

"운동도 열심히 하고 태산 씨 옆에 제대로 설 거예요."

- 쉬엄쉬엄해. 난 옥자가 무사한 게 더 중요해.

사실 옥자와 써니 정의 싸움은 중요한 게 아니다. 태산에겐 옥자가 돌연변이가 아니라, 모두의 눈에 순혈, 그것도 전대 수장의 딸로 공표되는 것이 더 중요했다. 옥자도 그걸 충분히 잘 알고 있었다.

"태산 씨. 무리하지 말고 잘 자요."

- 옥자도 잘 자.

달콤한 통화를 끝내고 옥자가 다시 방으로 돌아왔을 때였다. 반인반수 인트라넷을 구경하던 웅녀가 말했다.

"써니 정과의 싸움에서 무조건 이길 비장의 방법이 있는데. 알고 싶어?"

옥자가 눈을 댕그랗게 떴다.

열흘이 쏜살같이 지나갔다.

백운대 위에 막 도착한 태산은 한숨을 쉬었다. 세상이 까마득하게 작아 보였다. 숨을 고른 그가 잠시 쉬어가기 위해 물통을 꺼내 목을 축였다.

"젊은이, 오랜만이군."

"누구?"

북한산 봉우리 중 가장 높다는 백운대. 태산은 뒤를 돌아보았다가 험난한 바위 봉우리와는 어울리지 않는 긴 롱 원피스의 고상한 외모의 여성을 응시했다. 그녀에겐 깊은 연륜이 느껴졌다.

태산은 반신반의하며 되물었다.

"북한산 산신령님이십니까?"

여성이 자신이 벗어든 샌들을 흔들었다.

"촌스럽게 다 붙여 부르는 게 뭐니. 세련되게 한산이라고 불러."

"마지막으로 봤을 때는 할머니의 모습이지 않았습니까?"

태산의 말에 그녀가 빙그레 웃었다.

"모습이야 내키는 대로 바꿀 수 있으니 의미가 없지. 그나저나 유명한 금호 색시는 어딨지?"

"절 관찰하셨다면 그녀가 여기 없다는 걸 아실 텐데요."

태산의 말에 아니나 다를까, 쳇 하고 산신령이 혀를 찼다.

"짐작은 했지. 네놈이 여기 북한산을 오르내리며 북한산 근처의 가든인지 숙소 하나를 전세 내어 빌렸단 것도. 어쨌든 보름 뒤의 싸움을 기대하며 산신령들이 메신저에서 꽤 시끄럽게 떠들어댄다고. 나보고는 호랑이 쌈 구경을 한다고 복 받은 년이라고 꼭 풀 샷 동영상으로 찍어서 전송하라고 난리치고, 통신 상태가 안 좋은 산신령들은 제 머리에 기지국 하나 더 꽂겠다며 난리들이야."

태산은 기가 막혀 잠시 할 말을 잃었다.

제 말을 다 끝낸 북한산 산신령은 쿨하게 일어나 엉덩이를 털었다.

“웅녀 년에게 이 매니큐어 발색 별로라고 전해.”

태산은 마침 산 아래에서 그를 부르는 격분한 호랑이족의 기운을 느꼈다. 아마도 강백호일 터였다. 고개를 돌리자 산신령은 이미 사라져 있었다.

태산은 어찌할까 생각하다 백운대를 천천히 내려갔다. 다행히 어둠이 지고 바람이 강할 시간이라 자일을 타고 등반하기 위해 올라왔던 이들은 없었다. 태산은 몇십 미터의 바위 위를 가볍게 거닐 듯 미끄러져 내렸다.

그에 화답하듯 무시무시한 기운을 내뿜던 강백호가 더욱 가깝게 느껴졌다.

“무슨 일이지?”

태산은 땀으로 흠뻑 젖은 제 옷을 털며 물었다.

날듯이 달려온 강백호는 산과 어울리지 않는 양복 차림이었다. 강백호는 태산을 보자마자 그의 멱살을 잡았다. 마지막으로 보았을 때보다 볼 살이 퀭해져 있고 어둑어둑해지는 시야 너머로 강백호의 눈이 붉게 충혈 되어 있었다.

“이남숙 어디 있지? 네놈이 빼돌렸나?”

낮은 경고의 목소리에 태산은 어리둥절했다.

“남숙이? 남숙이한테 무슨 일 있나?”

태산은 강원도를 떠나온 이후 남숙에게 따로 연락한 적은 없었다. 정확히는 전화를 걸려고 했지만 남숙의 휴대전화는 줄곧 꺼져 있었다. 백호가 악을 썼다.

"네놈이 그 레오파든지 표범 무늬인지랑 결탁해서 내 아이들까지 죄다 납치한 거잖아!"

"레오파드? 표범 무늬?"

태산은 어떤 반응을 보여야 할지 알 수 없었다. 레오파드란 외국 사자를 만난 적은 있지만 그게 남숙과 연결되어서 납치라니?

"설마 레온 레오파드란 이름인가? 정말 납치된 거 맞아?"

"이 자식! 그 자식의 풀 네임을 알고 있는 걸 보면 분명 네놈이 사주한 거겠지! 아내와 아이들이 납치됐다고!"

"진정해, 강말봉! 그 놈은 옥자가 좋다고 쫓아온 미국사자야! 남숙관 상관없어!"

이미 강백호의 귀엔 들리지도 않았다. 강백호는 태산의 멱살을 잡고 뒤흔들었다.

"정식 대결 전에 네놈과 먼저 끝장을 봐야겠어!"

"이봐, 강백호 네놈은 남숙과 이혼할 거라고 했잖아. 남숙이 사라지든 말든 상관 없는 거 아니었냐?"

"이 자식! 죽여버리겠어!"

눈에 뵈는 것 없는 강백호가 마구잡이로 달려들었다.

"진정해!"

태산은 녀석을 피하려 했지만 강백호는 어지간히 분했는지 태산의 멱살을 쥔 채 놓으려 들지 않았다.

"이봐!"

바위 위를 구르는 두 호랑이족 사내가 한참을 엎치락뒤치락 했다. 태산이 막긴 했지만 강백호는 연속적으로 주먹을 휘둘러댔다. 태산은 공격하지 않고 피했지만 강백호가 제정신이 아니란 건 자명했다.

"이 자식!"

콰앙! 콰아앙! 강백호의 주먹이 닿은 바위마다 심한 균열이 방사형 모양으로 퍼졌다.

강한 균열이 일었던 바위는 제멋대로 반으로 쪼개지기도 했다. 쿠웅! 그들의 뒤에서 부서진 바위 조각이 흙먼지를 일으켰다. 그러나 그 주먹을 아슬아슬하게 비껴간 태산의 표정은 하나 변하지 않았다.

"너 삼백 년 전하고 비교하면 형편없는 거 알지?"

강백호가 어두워진 눈빛으로 이를 갈고 있었다. 태산은 삼백 년 전의 젊고 무모한 강말봉을 천박하고도 세련된 강백호에게 겹쳐보았다.

"왜 이렇게 비리비리해진 거냐, 강말봉! 나한테서 남숙이 데려가겠다고 허락하지 않으면 날 죽이겠다는 기세는 어디로 보낸 거야!"

"닥쳐! 이태산! 네놈이 내 아내를 뺏어가놓고!"

"남숙이와 별거한 지 오십 년도 넘는 주제에 뭘 뺏어가?"

"결투까지 갈 것 없어. 죽어보자고! 네놈과 나, 둘 중 하나가 죽으면 될 거 아니야!"

"비공식적으로 싸워보자는 게냐?"

두 호랑이족의 심기가 점점 분기탱천할 때였다.

"그만하십시오."

또 다른 목소리 하나가 끼어들었다. 흙투성이가 된 호랑이족 사내들이 돌아보자 거기엔 호랑이족 수장 정이문이 있었다. 강백호가 먼저 끼어들었다.

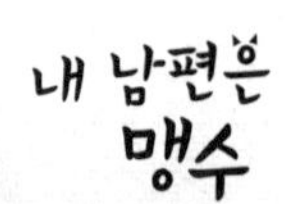

"넌 뭐야? 호랑이족 수장 대리면 다야? 여긴 왜 온 거지?"

"강백호 씨를 만나러 백호파 사무실에 갔다가 이곳에 오셨다고 해서 왔습니다. 이남숙 씨의 전언을 전하러 왔습니다."

정이문의 말에 강백호는 할 말을 잃었다. 사무적인 정이문의 말이 이어졌다.

"이남숙 씨가 이혼신청서를 보냈지만 강백호 씨 측에서 변호사를 거부하셨다고 하더군요. 결국 이남숙 씨는 호랑이족 원로들에게 직접 이혼신청을 하셨습니다. 순혈과 순혈의 혼인으로 ESU에도 양해를 구해야 하는 바, 호랑이족 수장이 결정되고 난 뒤에 나머지 이혼 절차가 진행될 예정입니다."

"미, 믿을 수 없어."

강백호는 이미 사색으로 변했다.

"지금 남숙은 어디 있지?"

"저도 잘 모릅니다. 행방을 알고 싶다면 호랑이족 원로들을 찾아보시죠."

강백호가 비틀거리며 일어나 퇴장했다. 태산은 제 몸을 털며 어둑어둑해지는 산을 등진 정이문을 바라보았다. 호랑이족 수장 대리 정이문이 옥자의 친오빠란 건 아직도 믿기지 않았다.

산을 거점으로 활동한 태산과 도시를 활동영역으로 살아온 정이문은 지난 세월간 접점이 없어 얼굴을 마주할 일도 없었다. 두 번째로 보는 것이지만 정이문은 역시 써니 정을 많이 닮았다. 물론 그녀보단 온화한 인상으로 옥자와는 닮은 구석이 없었다.

"왜 절 그렇게 보십니까? 아, 선연이, 써니 정 쪽은 알아서 설득하겠습니다."

"어떻게 설득한다는 거지?"

그들은 함께 어두워지는 산길을 따라 내려왔다.

"모두가 납득할 수 있는 쪽으로. 선연이는 그쪽을 따르게 할 겁니다."

"그럼 옥자는?"

태산을 묵묵히 따라오며 얘기하던 정이문이 그대로 멈춰 섰다. 태산은 한참이나 앞서 가다 되물었다.

"옥자가 당신 여동생이라는 건 분명한 거야?"

"아마도."

답이 돌아오는 데는 시간이 걸렸다.

"그럼 왜 옥자를 보러 가지 않는 거지?"

"글쎄요. 지금은 원망이 더 클 것 같습니다만. 어릴 적 어머니가 제대로 돌보지 못했던 아이입니다. 왜 버렸는지, 왜 만나러 오지 않았는지의 구차한 변명 따위는 하고 싶지 않습니다."

태산은 딱히 정이문의 말을 부정하지 못했다. 어차피 후회해도 지금은 소용없는 일들이었다.

"시간이 지나가길 기다려야겠지요. 그나마 이태산이라서 얼굴 한 번 못 본 동생이라 해도 안심하고 맡길 수 있는 것 같습니다. 잘 부탁드립니다."

정이문이 고개를 숙였다. 태산은 차오르는 달을 올려다보며 긴 한숨을 더했다.

드디어, 가을이 코앞이었다. 귀뚜라미의 울음소리만이 요란해졌다.

16. 결전! 호랑이족 전투의 날

다시 보름이 더 훌쩍 지났다.

드디어 결전의 날이었다.

시간이 지나자 이젠 해가 높은 낮에만 조금 덥고 밤에는 꽤 서늘했다. 일교차가 심해진 데다 북한산은 밤이면 대단한 추위를 자랑했다.

북한산을 방문하는 이들 중 열대종은 파카를 챙기기도 했고 나머지 이들은 바람막이와 재킷을 챙겼다. 건강을 자랑하는 건장한 종들은 옷차림 따위에 구애되지 않았다.

"드디어 오늘이군요."

각종 반인반수들이 들뜬 표정으로 북한산을 올려다보았다. 오늘은 '북한산 산신령 배 한국산 호랑이족 대전투'가 있는 날이었다.

"오오오! 드디어!"

"드디어 싸움의 날이다!"

북한산은 넓다. 각 사방으로 뻗쳐 있는 산줄기를 따라 여러 방향으로 침투한 반인반수들은 그들의 일차 집결지로 정해진 중턱의 한 사찰로 모여들었다. 최대한 빠르게 날 듯이 이동해온 그들은 종족별로 대열을 짜고 앉아 비장한 표정을 지었다.

북한산 산신령이 치밀한 작전을 짠 터라 시간 내에 집결지로 오지 못한 낙오자는 참관의 기회조차 얻지 못할 터였다.

산허리엔 안개가 자욱하게 끼었다. 바람도 거세어 입산 통제령이 내려질지도 모르는 상황. 아직 사찰 주변으론 시야가 확 트여 있었다. 옥자는 사찰의 법당 기와지붕 위에 앉아 아래를 내려다보았다.

"괜찮아."

우글거리며 모여든 반인반수들이 생각 외로 훨씬 많았다. 호랑이족들이 언제 모여 이곳에 나타날까 내기하던 목소리들이 끊겼다.

"우와아아아!"

어디선가 방출되는 호랑이족의 기운들이 무시무시했다. 옥자 역시 그 낯익은 동족들의 체향에 저도 모르게 감응해 기운을 발산했다.

호랑이족들이 일제히 기운을 발산하자 산이 떨린 듯했다. 무시무시한 기세에 짓눌린 초식계 반인반수들이 넙죽 엎드렸다. 사나운 기운에 홀린 듯 앉아 있던 맹수족들이 이어 환호했다.

"우와아아아!"

"호랑이족 싸움에 뭐가 이리 야단들이야."

웅녀가 옥자의 옆에서 마냥 투덜거렸다. 그들은 가벼운 등산복 차림이었다.

사실 실제 호랑이들의 싸움을 참고했지만 옥자의 생각보단 지루했다. 치열한 기싸움으로 거듭된 대립 끝에 상대를 굴복시키는 과정은 드라마틱하지도 않았다.

"반인반수들이라고 해서 짐승들의 싸움과 다를 바 없을 것 같은데요."

"됐어. 너도 싸울 거야."

웅녀의 지적에 옥자는 자신보다 키가 크고 힘도 센 써니 정을 떠올렸다. 써니 정이 모델이라 해도 옥자와는 이미 체급차이가 심했다.

"그 써니 정이 무에타이의 고수라고 했던가. 발차기가 죽인다고 하던데."

옥자는 귀를 막았지만, 웅녀는 이 상황이 신기한 듯 말이 많았다.

"북한산에 호랑이 싸움 보러 온 반인반수들이 이렇게 많을 줄은 나도 몰랐네. 아주 발 디딜 틈이 없어요."

옥자가 언뜻 본 반인반수 인트라넷의 열기도 대단했다. 오지 못한 이들은 현장생중계를 부탁하거나 인터넷 시청을 하게 해달라는 등, 말 그대로 열광적이었다.

그 참여자 수가 너무 많아 결국 산신령은 꾀를 써야 했다. 참가자들은 일차를 거쳐, 이차, 삼차 집결지에 시간 안에 도착해야 했다. 집결지에 도착한 이들은 북, 한, 산, 이란 글자가 하나씩 주어지는 브로치를 모아 옷에 달아야 했다. 세 개를 다 모아야 호랑이 싸움을 관람할 수 있다고 했다.

한국의 희귀 맹수 호랑이족의 싸움이 두 건인데다 그 중 하나는 산사나이 이태산, 또 하나는 한국 최대 맹수조직 두목 이태산, 모델로 유명한 써니 정. 옥자는 그 사이 제가 낀 것이 신기했다.

반면 땅에선 이백 쯤 되는 호랑이 일족들이 뭉쳐 인사를 나누었다. 우왕좌왕하던 그들은 서로에게 이름표를 달아주기 시작했다.

"호랑이들이 순혈 비순혈 가리지 않고 여기 참석하겠다고 난리래. 해외에서도 날아오고 있다나 뭐래나.”

옥자는 사찰 건너편에서 써니 정의 얼굴이 그려진 거대한 플래카드를 보았다. 써니 정의 팬클럽인 모양이었다.

“이길 수 있겠어?”

“어떻게든 이겨야 해요.”

옥자는 주먹을 꽉 쥐었다.

북한산 중턱 사찰에 반인반수들이 잔뜩 모였다. 그들이 내뿜는 체향으로 반인반수들의 후각이 마비가 될 지경이었다.

어느새 꿀 같은 휴식시간이 끝났다.

“다시 이동합니다!”

그렇게 이차 집결지를 거쳐, 또 한 차례 삼차 집결지에 다다랐다. 삼차 집결지는 싸움이 벌어질 가장 높은 봉우리인 백운대 아래였다.

가장 먼저 산 타기의 명수인 고양이과 맹수족들이 도착했다. 그 뒤를 상대적으로 몸이 날래고 빠진 초식계와 체력이 강한 곰족, 다른 맹수들이 뒤를 이었다. 속도는 빠르지만 체력이 부족해 낙오된 이들의 숫자 또한 상당했다.

모두는 백운대 아래에서 가쁜 호흡을 골랐다. 시간 안에 도착한 이들은 모두 참관자격을 얻어 싸움을 잘 관람할 수 있는 장소를 찾아 이동했다. 일부는 오페라 안경과 망원경을 준비했고, 머리 위로는 무선조종 헬기용 카메라들이 날아다니기도 했다.

북한산 배지를 가슴팍에 매단 구경꾼들이 호흡을 가다듬었다. 마이크를 든 점잖은 회색 양복의 사내가 시간이 되었다 여겼는지 나섰다.

"자아, 다들 착석해주십시오!"

사내의 구령에 어수선하던 분위기가 정리되었다. 다른 봉우리로 간 회색 양복의 사내가 비탈진 남쪽을 내려다보았다.

"여러분. 호랑이족 수장 대리 정이문입니다. 한국 호랑이족의 수장을 뽑는 자리에 모여주셔서 감사합니다."

정이문의 한마디에 좌중이 고요해졌다.

"모두 이 사태에 대해 기본적으로 숙지하셨으리라 믿습니다. 여러분은 호랑이족 수장을 뽑고 호랑이족들이 정당하게 전투를 하는 이 자리의 증인이 되실 것입니다."

정이문이 모여 있던 호랑이족들을 확인하는 동안 나머지 인물들도 속속 도착했다.

옥자는 웅녀와 함께 집결지들을 거치지 않고 곧장 백운대에 도착했다. 다른 루트를 통해 태산과 백호파를 이끄는 강백호까지 도착했다. 그리고 우렁찬 헬기의 프로펠러 소리가 들려왔다.

"써니 정이다! 써니 정이다!"

주변의 소란과는 상관없이, 옥자는 웅녀파로 다가오는 태산을 향해 다가갔다.

그는 옥자가 마지막으로 보았을 때보다 머리가 더 길었고, 얼굴이 더 그을리고 더 마른 것 같았다. 옥자가 그의 가슴을 슬쩍 밀어보자 더 단단해진 돌 같았다.

"태산 씨, 온몸이 더 흉기가 됐네요."

"뭐 어때?"

가벼운 포옹과 함께 옥자는 그를 껴안았다. 태산도 옥자를 한참이나 사랑스럽게 내려다보았다.

"보고 싶어서 죽는 줄 알았어."

"나도요."

태산이 체력 단련을 위해 북한산에 온 이후, 옥자는 줄곧 그와 생이별 상태였다. 얼굴을 보거나 통화는 할 수 있지만 모든 게 만족스럽지 않았다. 하지만 그 모든 게 오늘이면 끝날 터.

옥자는 제 든든한 남편을 올려다보았다. 태산은 무척이나 건강해 보였다. 사내답고 위협적인 인상이 사람 몇 때려죽일 정도로 험악해진 것 같았지만 옥자를 만나자 마자 달콤하게 일그러졌다. 옥자는 태산의 험악한 얼굴이 너무 귀여웠다. 다른 여자들은 겁을 집어먹고 접근조차 하지 못할 테니까.

"태산씨 나 오늘 별로죠?"

비비크림 정도만 바르고 머리도 짧게 자른 옥자는 등산복 차림이었다. 간만에 태산을 만나는데 예뻐 보이긴 글러먹은 차림이었다.

"옥자는 뭘 해도 예뻐. 보고 싶었어."

태산이 미련이 잔뜩 있는 듯 옥자의 작은 손을 만지작거렸다.

"머리카락도 짧아졌네."

"싸울 때 거치적거리면 곤란하다고 웅녀 언니가 권해줬어요. 짧아서 편하긴 해요."

태산은 옥자를 향해 핑크빛 아우라를 발산하다 웅녀에게 서릿발 어린 시선을 날렸다. 옥자는 긴 머리가 어울렸는데 지금은 너무 짧았다!

웅녀가 그 모습을 보며 투덜거렸다.

"연인들끼리 닭살 돋는 해후는 그만 즐기고 싸움질이나 해!"

북한산 산신령이 어디선가 호각 소리를 내었다. 날카로운 야유

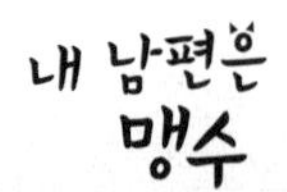

소리가 한데 이어졌다.

"영화는 그만 찍고 이만 싸워봅시다!"

"백운대가 오작교냐! 그만하고 싸우자!"

옥자와 태산이 얼굴을 붉힌 채 떨어졌다. 정이문이 기다렸다는 듯 그들 앞으로 다가왔다.

"슬슬 싸움을 시작해야 할 것 같습니다."

"우와아아아!"

신나게 함성이 터져 나왔다. 열기가 점점 고조되었다.

먼저 암컷들이 싸우고 승패가 결정된 뒤, 수컷들의 싸움이 이어질 터였다. 각각의 싸움 사이에는 대열을 정비해야 했기에 삼십 분 간의 휴식 시간을 갖기로 했다.

각양각색의 반인반수들이 제각각 싸움을 잘 관찰할 만한 장소를 찾아 흩어졌다. 고양이족 맹수들은 높은 기암괴석에 매달리기도 했고 개과의 짐승들은 평평하고 높은 바위 위에 빼곡히 자리했다.

헬기를 타고 도착한 써니 정은 긴 머리카락을 흩날리며 목에 딱 달라붙는 가벼운 운동복 차림으로 모두의 앞에 모습을 드러냈다.

"써니 정이다!"

"호랑이족의 여신이 남자를 뺏겼다는 게 사실이야?"

강백호는 유부남이었기에, 아까 닭살을 흩뿌리던 이태산 쪽이 써니 정의 남자로 유력하다며 모두가 수군거렸다. 한편 써니 정은 이런 장소에서 제가 싸운다는 것이 잔뜩 불쾌했다. 여섯째인 괴물이 범녀란 이유만으로 저와 싸우다니. 용납하기 힘든 하극상이었다.

써니 정의 시선이 닿는 곳에 짧은 금발을 한 앳된 얼굴의 계집이 하나 있었다. 얼마 전까지 이태산과 애틋한 시선을 나눈 걸로 봐선 그녀가 김옥자가 틀림없었다.

써니 정은 풋내나는 계집애에게 다가갔다.

"네가 김옥자야?"

"네."

호박색의 눈동자가 써니 정을 올려다보았다. 써니 정은 확신했다. 저것은 분명 증오스런 여섯째가 맞았다.

"네가 뺏어간 남자는 내 거였어. 네가 빼앗아간 거야. 알아?"

순간 김옥자를 향한 일방적인 야유가 쏟아졌다. 반인반수들은 써니 정에 대해선 다들 알았지만 김옥자에 대해선 아무도 잘 몰랐다.

옥자가 써니 정만큼 육감적인 몸매를 가졌거나 번쩍이는 미모를 가진 것도 아니었다. 금발과 호박색 눈이 특이하긴 했지만 멀리서 보면 평범해 보였다. 앳된 얼굴과 가는 체구, 큰 가슴 역시 도드라지지 않았다. 체급 차이도 커서 써니 정이 헤비급이라면 옥자는 라이트급 수준이었다. 써니 정의 주먹 한 방이면 옥자를 쉽게 이길 것 같았다.

"왜 둘이서 싸우는 거야?"

"스캔들 때문 아냐?"

옥자가 호랑이족 수장 후보임을 모르는 반인반수들이 웅성거렸다. 써니 정을 상대로 나온 만큼 옥자가 뛰어난 파이터거나 비장의 기술이 있다고 여기는 모양이었다. 모두가 긴장의 끈을 놓지 않은 가운데, 옥자가 써니 정을 보며 입을 열었다.

"절 쓰러뜨리고 싶으세요? 정선연 씨."

"물론. 너야말로 그런 생각 때문에 나온 거 아니야?"

"맞아요. 하지만 그전에 사과하셔야 하지 않아요?"

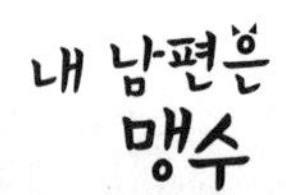

"내가 왜?"

옥자는 그녀의 당당함에 한숨만 나왔다.

"남자들보다 앞서 우리가 먼저 싸우게 될 거예요."

"그러지 뭐."

써니 정은 자신만만했다. 그녀가 웅녀 쪽을 돌아보았다.

"너 정도를 쓰러뜨리지 못하면 호랑이족 체면이 말이 아니지. 그리고 최웅녀가 널 도와주는 건 아니겠지?"

"타인이 끼어들진 않을 거예요. 전 제 힘으로 이겨요."

"흐음. 어차피 타인이 끼어들면 반칙이야. 알지?"

옥자는 고개를 끄덕이며 호흡을 골랐다. 같은 호랑이족과의 싸움은 처음이었고 이길 자신은 없지만 반드시 이겨야 한다. 그때 마침 긴장한 웅녀가 귀엣말을 건넸다.

"옥자야. 너 써니 정과의 싸움에서 지면 이태산이 이겨도 너 이태산이랑 못 살아."

"네."

"수장의 문제가 아니라 네 남편의 문제라고. 똑똑히 기억하렴."

옥자는 두 눈에 살기를 활활 불태웠다. 이대로 지면 써니 정에게 이태산을 뺏긴다! 이태산이 써니 정에게 가지 못하더라도 옥자와는 못 산다! 그건 죽어도 싫다! 목숨을 걸고서라도 이겨야 했다!

"그런데 해도 괜찮을까요?"

"괜찮아. 괜찮아."

웅녀의 당부에 옥자는 마음을 다잡았다. 삼십 분의 대기 시간이 쏜살같이 지나갔다.

싸움이 벌어지는 곳은 백운대 아래 비스듬히 이어지는, 그나마 완만한 지형을 가진 바위 비탈. 그곳은 싸움을 위해 완전히 비워져 있었다. 바닥이 고르지 않고 암석 천지에 한쪽으로는 기괴하게 굽은 키 작은 나무들까지 몇 그루 있었다.

정이문과 최웅녀가 앞으로 나왔다.

"자아. 정각이면 시작하자고. 앞으로 삼 분 남았어! 카운트!"

"규칙을 설명하겠습니다. 무기를 사용하지 않는 순수한 육탄전을 기본 원칙으로 합니다. 꼬리나 귀, 발톱 등을 사용하는 건 괜찮습니다. 지형지물을 이용해 상대를 찌르거나 던져서 공격해선 안 됩니다."

경기 규칙에 대한 설명이 짤막하게 이어졌다. 어느새 커다란 시계 전광판을 들고 싸움의 시작을 알리던 토끼족이 호루라기를 불었다. 삐이이이! 모두가 숨을 죽였다.

"시작!"

휘이익! 시작과 동시에 거센 바람 소리가 귀를 자극했다. 써니 정의 선공이었다!

바람을 가르는 무시무시한 주먹 소리에 옥자가 잽싸게 뒤로 몸을 빼냈다. 써니 정의 주먹이 스치고 지나감과 동시에 옥자는 바위 뒤로 몸을 날렸다.

주먹에 너무 강한 힘을 실은 탓이었을까. 써니 정의 몸이 앞으로 기울었던 데다 돌부리에 걸려 볼썽사납게 앞으로 주저앉을 뻔했다.

"이런 젠장."

써니 정은 다시 주먹을 휘둘렀다. 이번엔 잡고 말 테다!

그 주먹에 맞으면 반은 중상이라고 파악했기에 옥자는 있는 힘을 다해 도약했다. 옥자가 3미터 높이로 날아오르자 그 방향을 가

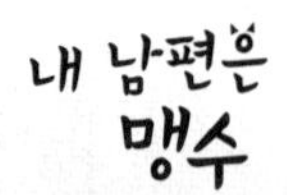

늠하지 못한 써니 정의 주먹이 옥자가 서 있던 자리를 그대로 주먹으로 들이받았다.

쿠와앙!

잠시 그 괴력에 지진이라도 나듯 주변 바닥이 흔들렸다. 옥자는 써니 정의 뒤로 겨우 착지했다가 다시 미끄러질 뻔했다. 주르륵 식은땀이 흘렀다. 저 여자의 괴력에 맞으면 몸이 성치 않을 게 뻔했다! 살고 싶으면 피해야 한다!

"히익!"

휘이익! 바람을 가르며 날아드는 써니 정의 주먹과 날카로운 손톱 공격을 피해 옥자는 다람쥐처럼 잽싸게 달아났다. 써니 정에 비해 몸이 가볍고 날랜 편이라 피하는 건 자연스러웠다.

"야, 너 얼른! 와서 맞아!"

써니 정은 잡힐 것 같으면서도 잡히지 않고 도주하는 김옥자 때문에 화가 났다.

"야! 거기 서!"

콰앙! 그녀가 신경질이 나 발밑의 거대한 바위를 걷어찼다.

쿠웅! 그 바위가 다시 두 조각으로 쪼개졌다. 그때였다. 써니 정의 시야 아래로 낮게 파고든 옥자의 주먹이 그녀의 복부를 관통했다. 퍼억!

명치를 노린 회심의 일격! 그 주먹 한 방에 써니 정이 저만치 나가떨어져 바닥을 뒹굴었다. 내장이 뒤틀리는 감각이었다.

"커억, 컥!"

써니 정은 벌떡 일어나 머리를 걷어 묶고는 살기를 불태웠다. 콩알만 한 계집애는 괴력난신의 소유자였다! 믿는 구석이 있었던 게다!

“너 잡히면 죽어!”

분개한 써니 정이 귀와 줄무늬 꼬리를 꺼냈다. 그녀의 앞발이 호랑이의 것으로 변해 크고 무시무시한 발톱을 세웠다.

“히이익!”

옥자는 더 겁을 집어먹었다. 왠지 제 것보다 더 뾰족하고 날카롭게 갈아낸 발톱에 찍히기라도 하면 온몸이 성할 것 같지 않았다. 써니 정이 무시무시한 기세로 옥자를 쫓아오기 시작했다.

“거기 서!”

옥자도 놀라 도망쳤다.

싸움은 일방적이었다. 써니 정은 쫓고 공격했으며 옥자는 도망쳤다. 도망치며 공격할 타이밍을 노리려 했지만 그건 쉽지 않았다. 써니 정은 싸움에 이골이 난 파이터였고 공격 전에 옥자의 체력이 떨어질 태세였다.

옥자는 헉헉대며 키 작은 소나무 옆에 기댔다. 기암괴석과 비탈진 경사면에서 싸우다 보니 이동하거나 싸우기도 수월하지 않았다.

“거기 있었군.”

써니 정이 어느새 옥자의 앞으로 다가왔다. 그녀는 날카로운 발톱을 뽑아내며 사악한 미소를 지었다.

“처음부터 괴물이라고 생각했어. 그래서 엄마가 널 버렸을 때 다행이라고 생각했지.”

옥자의 심장이 아려 왔다. 옥자는 써니 정을 같은 자매로 생각하지 않았다. 어차피 가족이란 개념은 없다. 옥자에게 가족은 죽은 양부 김휼과 지금의 남편, 이태산뿐이다. 그러니 그를 뺏길 수 없다.

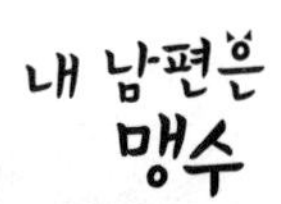

태산을 빼기지 않으려면 뭐든 해야 했다! 옥자는 온몸의 털을 곤두세웠다. 퍼엉!

변신은 순식간이었다. 거대한 연기가 옥자의 몸을 휘감았다가 증발했다. 거추장스런 옥자의 옷이 거대해진 몸에 아직 걸려 있었다. 옥자를 보게 된 모두가 기함했다.

“까아아악!”

“이게 뭐야!”

관객들은 제 눈을 의심했고 써니 정은 제 앞에 나타난 호랑이 한 마리를 보며 경악했다. 그녀가 주변을 휘휘 둘러보았다. 금발의 가녀린 김옥자를 찾기 위해서였다.

“이봐, 김옥자 나오라고 했지! 김옥자와 싸운다고 했지. 내가 언제 실제 호랑이랑 싸운다고 했어!”

“그만하고 싸워.”

“내가 왜 호랑이랑 싸워요!”

뭔가 대화가 이상했다. 써니 정은 인상을 써대며 제게 호쾌하게 말을 걸어오는 존재를 응시했다. 커다란 덩치의 곰족 사내들을 잔뜩 병풍처럼 두른 진주목걸이를 한 흑곰이 짧은 다리를 꼬고 있었다.

“참 좋은 가을날이지. 싸우기엔 너무 좋아.”

흑곰은 웅녀의 목소리로 말을 하고 있었다. 그 뒤에서 도시락을 펴고 있던 반인반수들은 흑곰과 진짜 호랑이의 등장에 환호했다. 특히 한쪽에 뭉쳐진 호랑이족의 반응은 열광적이었다. 거기에 흑곰이 목소리를 더했다.

“난 최웅녀다! 그러니까 써니 정, 너 저기 범녀 김옥자랑 마저 싸워!”

흑곰 웅녀의 한마디에 써니 정은 붉으락푸르락해졌다. 써니 정은 금색 호랑이를 가리켰다.

"저게 어떻게 김옥자야!"

흑곰의 걸걸한 말투와 목소리는 전부 두목 최웅녀와 똑같았다. 심지어 범녀라는 암컷호랑이는 아까 김옥자의 체모와 똑같은 빛깔을 지닌 호랑이였다.

"뭘 어떻게 싸우란 말이야!"

써니 정이 호랑이에게 주먹을 휘둘러대자 호랑이는 겅중겅중 뛰며 그녀를 피해다녔다.

"때려! 좀 제대로 피하든가!"

호랑이는 말도 없었다. 그저 써니 정을 향해 무겁고 뭉툭한 앞발을 휘둘러댔다.

쿠웅! 그 앞발이 닿는 곳마다 풀뿌리며 나무뿌리, 알알이 부서진 모래조각들이 흩날렸다. 쿠웅! 그 손길이 닿는 곳마다 모든 것들이 알알이 부서졌다.

"히익!"

써니 정마저도 기함했다. 이건 보통 호랑이가 아니다. 옥자 이 계집애가 체구에 비해 괴력을 가졌다 보니 이건 반인반수 그 이상의 괴력을 가진 미친 호랑이였다!

써니 정이 완만한 경사를 그리던 돌 위에서 미끄러지다 멈추고 균형을 잡았다.

"바닥이 고르지 않아서 싸우기 어렵다고! 김옥자 나오라고 해! 그 망할 계집애!"

"크르릉!"

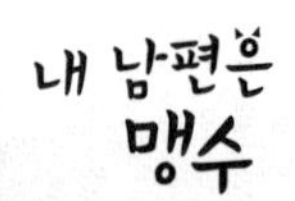

"오빠! 이문 오라버니! 김옥자가 변신해서 호랑이가 됐다고요! 이거 반칙이잖아!"

"무기를 사용하지 않았으니 반칙 아니야! 자신의 몸에 달린 꼬리와 발톱은 사용 가능해! 변신하지 말라는 규칙은 없어!"

"이런 법이 어딨어! 야, 김옥자! 원래대로 돌아와!"

크르렁! 옥자는 일정 거리를 유지한 채 멋대로 이름을 불러대는 여자를 향해 이를 세웠다.

웅녀가 일러준 대로 옥자가 써니 정을 이길 수 있을 가능성은 현저히 낮았다. 하지만 암컷들의 싸움에는 양보가 없다. 형제애도 없고 생이별한 자매의 정을 배려할 필요도 없다. 더욱이나 자신을 괴물 취급하는 여자에게라면 더더욱.

날아오는 써니 정의 주먹엔 살기가 실렸다. 호랑이의 단단한 몸으로 맞아도 오장육부가 뒤틀리는 아픔이었다. 하지만 옥자도 민망하게 호랑이로 변한 만큼, 이겨야 했다.

"크르르렁!"

옥자는 마구 울부짖으며 써니 정과 격돌했다.

"이 괴물 같으니라고!"

쿠와아아아앙! 그녀들은 거대한 흙먼지를 일으키며 함께 기암괴석의 거대한 백운대 쪽으로 스스로를 몰고 갔다.

쾅! 그들의 몸이 거대한 암벽 사이로 박혀 들어간 것 같았다.

"크르르르렁!"

거대한 울음을 터트리며 먼저 빠져나온 건 먼지를 뒤집어쓴 금빛 호랑이였다.

"하아."

정이문은 이 광경을 바라보며 어떻게 판정해야 할지 고심했다.

암컷호랑이들의 싸움이 백운대 아래에서 이루어지는 동안 태산과 백호는 그보다 훨씬 아래인 산 중턱 부근에서 대기 중이었다. 백운대 주변으로는 안개가 끼어 있어 아래에선 위의 사정을 알 수 없었다.

소리는 계속 이어졌지만 함성이 커서 판별하기 어려웠다. 하지만 싸움은 그리 오래 지나지 않아 승패가 결정 난 것 같았다.

"누가 이긴 거지?"

태산과 백호 모두 공정한 싸움을 위해 암컷들과 떨어뜨려진 상태였기에 결과 또한 알 수 없었다. 이태산과 강백호를 통솔하던 호랑이족 사내가 마침 무전을 받고 외쳤다.

"암컷들의 승패가 결정되었답니다! 백운대 쪽으로 오시랍니다!"

"누가 이겼지?"

"가보시면 알게 되실 거라고 합니다."

태산과 백호는 영 마뜩잖았지만 몸을 날렸다. 그들의 신형이 산 위까지 긴 궤적을 이루며 몇 번의 도약 끝에 백운대 아래에 도달했다.

헌데 아까의 함성은 사라지고 모두가 침묵했다. 태산과 백호는 야릇한 침묵에 고개를 갸웃거렸다. 분위기가 이상했다. 특히 호랑이족들의 반응이 심상치 않았지만, 태산과 백호는 그들만의 싸움에 집중하기 위해 산란한 상황을 가뿐히 무시했다.

그들은 서로를 마주 보았다. 예고도 없었다. 서로의 힘을 미리 경험했기에 상대의 전력을 파악할 시간의 여유도 없었다. 상대는 강하다. 그러니 최대한 속전속결로 끝내야 한다. 둘은 거의 동시에 이런 생각을 했다.

"암컷과 수컷들 사이의 싸움 사이 삼십여 분의 휴식 시간이 있었습니다. 암컷 분들의 싸움 종료 후 시간이 지체되었던 탓에 수컷 분들의 싸움을 곧 시작하겠습니다."

태산과 백호는 짧은 휴식을 취했다. 오 분도 안 되는 시간이 삽시간에 흘렀다.

그들은 정이문의 신호에 따라 일어났다.

"싸움, 시작합니다."

싸움의 제이 참관자이자 심판이라는 웅녀마저도 소리쳤다.

"시작해!"

어디선가 싸움의 시작을 알리는 종이 울렸다. 신호와 동시에 싸움을 기다려온 태산과 백호가 비호처럼 날았다. 둘은 도약과 동시에 허공에서 긴 발톱으로 서로의 몸에 상흔을 남겼다.

피쉬쉬식!

격한 싸움과 동시에 그들의 몸이 다시 바닥으로 뚝 떨어져 내려왔다.

그들의 몸엔 얕은 상처가 자잘하게 새겨져 있었고 상의는 이미 너덜너덜해진 상태였다. 상처에선 피가 흘렀지만 동시에 그들이 순혈인 탓에 거의 동시에 재생이 이루어지고 있었다.

"비겁한 놈."

"크르르르르렁."

둘은 오 미터의 거리를 두고 씩씩거렸다. 상대의 빈틈을 노렸지만 틈이 보이지 않았다.

지독한 살기, 그리고 두 사내의 이글거리는 분위기에 모든 산천 초목이 숨을 죽였다. 숨을 고르며 서로를 노려보던 두 사내들 중 먼저 움직인 것은 태산이었다!

"크르릉!"

물론 백호도 만만치 않았다. 두 반인반수의 맹위가 하늘을 찔렀다.

"쿠와아아!"

두 사내의 몸이 한데 엉켜 데굴데굴 비탈진 바위 위를 굴렀다. 거친 숨소리가 귓가에 강하게 와 닿았다. 태산은 그것이 제 숨소리인지 강백호의 것인지 알 수 없었다.

태산의 입에서 비릿한 피 맛이 났다. 그의 송곳니가 강백호의 목덜미를 물었다.

"젠장."

공격당한 강백호가 욕설을 내뱉었다.

"떨어져, 이 자식!"

모난 바위가 그들의 등을 찔렀다. 백호가 자잘한 자갈을 손에 쥐고 태산의 눈에 흩뿌렸다.

차라락! 깔려 있던 백호가 동시에 태산을 깔아 눕히며 태산의 목에 제 긴 손톱을 찔러넣었다. 이번엔 태산의 목덜미에서 피가 흥건해졌다.

"복수다."

움직임이 더욱 격렬해질수록 두 사내는 점점 피투성이가 되어갔다. 물리고 엉키는 격한 싸움이었다. 하지만 좀처럼 서로 물고 늘어지며 떨어지지 않으려는 두 사내의 싸움은 누가 봐도 호각세였다.

"하아, 하아."

자세한 상황을 알 수는 없었다. 하지만 그들의 몸에 밴 핏자국은 선명했다.

서로 엉킨 채 거친 숨을 내쉬고 있지만 누구의 우위도 정해지지 않았다.

"하아."

누군가의 숨소리만이 산을 울리는 듯했다.

심판은 있으나 누구도 이 맹수들의 격한 싸움에 끼어들어서는 안 된다는 것을 알았다. 이것은 호랑이족들의 승부. 그들 중 누군가가 패배를 인정하기 전까지 끝나지 않는 싸움이었다.

격한 두어 차례의 지지부진한 몸싸움이 계속해서 이어졌다. 두 사내가 격하게 몸을 부딪치고 주먹을 날리며 손톱을 휘두른 곳마다 백운대의 바위 위에는 자잘하게 부서진 암석의 파편들만이 까마득한 산 아래로 날려가곤 했다.

"하아, 하아."

"잠시 휴식!"

정이문의 신호에 둘은 다시 떨어졌다. 가쁜 호흡 소리를 내며 적당한 거리로 떨어진 그들에게 물과 수건이 전달되었다. 그들의 흥분한 눈에 살기가 번졌다. 숨소리만이 그 너른 공간에 지나칠 정도로 가깝게 느껴졌다.

멀리서 보는 이들도 이 싸움의 정확한 상황을 알 수는 없었지만 그 손에 잡힐 듯 말 듯한 끔찍한 긴장감은 느낄 수 있었다. 모두의 손에 땀이 고였다.

"하아, 하아."

숨소리가 거칠다. 누구의 것인지 모르겠다.

태산은 제가 삼백 년 전 어떻게 싸웠는지, 얼마의 시간을 소비하며 강백호와 대립했는지 잘 기억하지 못했다. 하지만 마지막 순간, 자신이 쓰러진 강백호를 또렷하게 내려다보았다는 건 기억했다.

그때는 지금처럼 노련하지 않았다. 그들의 싸움은 무식했다.

힘 대 힘. 강함과 강함.

태산은 맞은편에 털썩 주저앉은 강백호를 바라보았다.

강백호의 파얀 머리칼 사이로 비치는 붉은 눈에 반항적인 기가 어렸다. 분명 저 붉은 눈만은 선명하게 예나 지금이나 기억에 남았다.

“아아.”

이제야 기억났다.

삼백 년 전의 기억이었다. 그때는 무식했고 단시간 만에 끝을 냈다. 물고 뜯고 치고받았다. 싸움을 끝낸 직후엔 운신이 불가능할 정도로 만신창이였다.

그리고 그때의 강백호와 지금의 이태산은 달랐다. 둘은 노련한 싸움꾼으로 변했다. 강백호는 그때와 성격도 외양도 변했지만 단 하나, 일대일의 싸움에서 허튼 수는 쓰지 않았다.

“자, 휴식 끝입니다!”

신호와 함께 기다렸다는 듯 태산과 백호가 자리에서 일어났다.

“이태산. 기억하냐? 김옥자를 찍은 건 내가 먼저야. 네놈보다 몇십 년은 더 먼저 찍었다고!”

강백호가 태산을 도발했다.

“그래서 뭐!”

태산이 목에 걸린 수건을 집어던졌고 동시에 두 사람의 신형이 날아올랐다.

쿠왕! 허공에서 격돌한 두 사내의 신형이 이내 아래로 추락했다.

파인 바닥. 커다란 암석 위로 가까스로 몸을 피한 강백호가 쿨럭, 피를 토해냈다. 태산은 모든 충격을 등으로 받아냈기에 쉽게 일어나지 못했다. 그 옆에서 일어나려 힘을 주면서도 입만 살아 있던 강백호가 이죽거렸다.

"오만한 새끼. 이태산. 네놈은 가진 것도 없으면서 그렇게 내려다보는 걸 좋아했지."

"네놈은 갖기를 갈망했고. 그래서 줬지."

강백호는 아무렇지도 않은지 벌떡 몸을 일으켰다. 태산도 이내 힘을 모아 상체를 일으켰다. 갈비뼈가 부러진 것 같은 통증이 있었지만 그 정도는 아무렇지도 않았다.

"그 여유가 마음에 들지 않았어, 망할 새끼야."

"그러는 너는 내 여동생을 데려가 고생을 시켜?"

"사촌이지. 우리들에게 혈족이라는 게 중요한가?"

"대화는 그만하지. 지켜보는 눈들이 지긋지긋하니 싸움을 끝내는 수밖에."

"패배를 인정하냐?"

씩씩거리는 강백호가 으르렁거렸다.

"인정할 리가."

"그럼 죽든가."

"매정한 놈."

두 사람이 다시 자세를 잡고 일어나 서로를 마주 보았다. 그들은 서로의 목과 약점을 물어뜯을 타이밍만을 노렸다.

"옥자는 내 거다."

강백호가 도발하듯 여유롭게 손짓하자 태산이 되받아쳤다.

"남숙이 하나 지키지 못하는 놈이 왜!"

"시끄러워!"

앞발의 발톱을 날카롭게 세운 강백호가 하얀 꼬리까지 꺼내어 제 온몸의 털을 위협적으로 곤두세웠다. 태산도 그에 화답하듯 날카로운 손톱을 뽑아냈다.

두 사내는 서로 격돌하며 다시 서로를 할퀴려 들었다. 피비린내가 모두의 코끝을 자극했다.

소리 없이 날카로운 발톱이 공기를 갈라내었다.

파샷! 파사사삭! 두 사람의 옷이 너덜너덜해졌고 온 사방에 피가 흩뿌려졌다.

지독한 피비린내에도 둘은 싸움을 계속했다. 말리는 이는 없었다. 누구도 쉬이 그들에게 감히 접근조차 하지 못했다.

순식간에 서로의 살갗을 날카롭게 베어낸 두 호랑이족이 다시 바위 위를 재빠르게 타고 오르내리며 공격했다. 태산이 먼저였다. 그가 잽싸게 바위 위로 치솟아 오르더니 제 뒤를 따르며 쫓아오는 강백호를 향해 낙하했다. 둘은 다시 엉킨 채 바닥으로 추락했다.

콰앙!

다시 먼지가 일었다. 경사가 비스듬하게 진 바닥을 타고 두 사내의 신형이 다시 엉켰다. 그 상태로 다시 엎치락뒤치락하며 할퀴어지고 피투성이가 된 사내들 중 일어난 쪽은 상대적으로 키가 더 큰 검은색 운동복 쪽이었다.

바로 이태산이었다.

정적이 일었다. 하얀 머리색의 사내는 쉬이 일어나지 못했다.

그리고 삼 분이 지났다. 몇 번이고 꿈틀거리던 백호가 일어나려 했지만 결국 쓰러졌다. 그는 깊은 내상을 입은 것처럼 보였다. 태산 역시 피투성이가 되었지만 서 있을 수는 있었다.

끔찍한 정적이 이어졌다.

그리고 오 분이 지났다. 정이문이 나서서 이태산의 팔을 들어 올렸다.

"이태산이 승리했습니다!"

"우와아아아아!"

함성이 뒤따랐다. 몇몇 말들이 온 산을 뒤흔드는 소리가 귀를 찔렀다.

태산 역시 다가가 강백호를 일으켰다.

"의료진 불러! 어서!"

대기하던 의료진들이 가운을 입고 튀어나와 강백호를 부축했다. 모두가 혀를 내두를 정도로 강백호뿐 아니라 이태산마저도 피 칠갑이 된 상태였다.

"얼른 지혈부터!"

그때였다. 어흥흥!

바위 사이에서 불쑥 얼굴을 내민 호랑이 한 마리가 태산에게 덤벼들었다. 마치 울어대는 듯 엉엉엉거리는 목소리로 태산의 몸에 기대어 태산의 얼굴을 핥아대었다.

"헐."

태산을 치료하기 위해 몇몇 응급 의료진들이 다가왔지만 호랑이 덕에 쉽사리 접근하지 못했다. 태산은 피를 흘려 어질어질해 제가 뭔가를 잘못 보고 있나 심각하게 고민했다. 그러다 눈앞의 호랑이가 진짜 옥자란 걸 알아챘다.

"옥자? 왜 그러고 있어? 설마 그 꼴로 이긴 거야?"

옥자는 고개를 돌리며 외면했다.

"상대는?"

옥자가 앞발을 들어 응급 의료진에게 치료를 받았지만 아직 기절 중인 써니 정을 가리켰다.

"저기, 그러니까, 순혈인 데다 일시적으로 기절하신 상태라 큰 문제는 없을 겁니다. 헌데."

의료진은 호랑이를 겁냈다. 태산은 한숨만 쉬었다. 심지어 태산 옆을 어슬렁거리며 꼬리로 그의 허리를 감으려 하는 금빛 호랑이를 보자마자 머리가 깨진 강백호가 벌떡 일어났다. 그의 하얀 머리 사이로 붉은 선혈이 흘러내렸다.

"그 호, 호랑이는 대체 뭐야!"

강백호는 비몽사몽한 상태에도 너무 놀라 입이 떡 벌어진 것 같았다.

갑자기 김옥자가 어디로 가고 애완호랑이와 이태산이 애정 표현을 하고 있다! 태산은 아무렇지 않게 호랑이에게 기대며 대꾸했다.

"옥자인데?"

모두가 침묵했다. 분명 호랑이의 털은 금빛이 맞았다. 물론 강백호는 제 눈을 믿을 수 없어 했다.

"뭐?"

"웅녀도 흑곰이잖아. 그러니까 범녀도 호랑이지. 단군신화 몰라?"

단군신화. 웅녀와 범녀. 태초에 한국 건국신화에 단군을 찾아간 호랑이와 곰이 인간이 되게 해달라는 소원을 빌고 어쩌고저쩌고. 사람이 된 웅녀가 어쩌고저쩌고. 그 비현실적인 전설이 정말이었단 말인가. 모두의 머리가 멍해졌다.

태산은 옥자 호랑이가 그를 밀어내려 하자 껴안았다. 태산은 모두의 시선이 걱정되기보단 왜 옥자가 호랑이에서 인간형으로 되돌아오지 않는지 궁금해졌다. 분명 이젠 변신은 자유자재로 할 수 있다고 알고 있다.

호랑이에서 변신을 하지 못하면 그의 밤 생활이 대략 난감해진다!

그는 웅녀의 부하들 중 하나를 다그쳤다.

"저기, 옥자가 왜 안 돌아오는 거야?"

"속옷을 안 가져왔다고 합니다."

"뭐 노팬티에 노브라?"

순간 좌중에 침묵이 흘렀다.

"어흥! 어허헝!"

격분한 옥자가 제 머리로 태산을 들이받으며 뾰족하고 날카로운 송곳니가 있는 입으로 그의 머리를 삼키려 했다.

"오, 옥자 자, 잘못했어!"

옥자의 송곳니가 깊게 박힌 태산의 머리에서 다시 피가 흘렀다.

"용납 못 해! 네놈이 나쁜 거라고!"

치료를 받던 강백호가 발끈했다.

"비겁하다! 절대 인정 못 해!"

태산은 한숨을 내쉬며 뭔가를 말하려 했다.

"강백호 씨. 결과에 승복해요."

강백호는 나지막이 들리는 남숙의 목소리에 고개를 들었다.

"남숙?"

우아한 투피스에 플랫 슈즈를 신은 남숙은 액세서리 같은 것을 하지 않고 곱게 머리를 올린 상태였지만 우아하고 고상해 보였다.

그녀를 올려다보며 강백호는 피를 흘리며 혼란스러워했다. 그렇게나 찾고 있던 남숙이 눈앞에 있는데 그는 자신이 헛것을 보고 있나 고심했다.

"남숙이 왜?"

"이혼 서류에 도장 찍어달라고 왔잖아요."

"하아."

그러니까 이건 꿈이 아니라 현실이었다. 남숙의 뒤에 함께 있는 것은 차분한 붉은 갈색 단발의 키가 큰 사자족. 그 사자족이 그녀의 뒤를 호위하듯 뒤따르고 있었다.

"그, 그 뒤에 사자 새끼는 뭐야!"

강백호의 분노에도 남숙은 차분했다.

"백호 씨와는 상관없는 분이에요. 난 당신과 이혼했을 테고 이 분은 날 도와주시는 분이죠."

"뭐?"

강백호가 사자족을 노려보자 사자족 미스터 레오파드가 헛기침을 했다.

『상황이 이상하지만, 통성명을 해야 할 것 같은데.』

"뭐?"

『나, 레온 레오파드라고 하오.』

맞은편에서 그들을 잠깐 관찰하던 옥자와 태산은 얼어붙었다. 왜 남숙과 레오파드가 함께 있는 거지?

심지어 남숙이 통역을 레오파드에게 해주자 레오파드의 눈빛도 아주 흥미로워졌다.

『호오. 그때 본 호랑이가 옥자 킴이었어? 어쩐지. 어쩐지.』

『싸울 건가?』

태산이 응급치료를 받다 말고 그 팔을 뿌리치며 경계 태세를 취했다. 미스터 레오파드는 아무렇지 않다는 듯 손을 흔들었다.

『왜 싸워? 내가 에밀리에게 반해서 한국 온 건 맞지만 남숙 씨를 보자 모든 인생이 달라졌어요. 남숙 씨는 내가 평생 그려왔던 마돈나예요. 에밀리 킴. 내 진정한 이상형을 만나게 해줘서 고마워요. 땡큐.』

느끼한 미소까지 날리는 레오파드의 패션은 평소와 달리 참으로 점잖은 수트 차림이었다. 그리고 남숙이 말했다.

『돌아가요.』

레오파드는 사자꼬리를 신나게 흔들며 남숙의 뒤를 따랐다. 하지만 강백호가 이마의 피를 훔쳐내며 그들의 앞을 가로막았다.

"아이들은 어디 있지?"

남숙의 표정은 싸늘했다. 태산을 바라보며 하는 말이 전부였다.

"오라버니는 따로 연락 줘."

허탈한 표정이 된 강백호가 남숙을 붙잡으려 했지만 그녀가 냉랭하게 뿌리쳤다. 관객들은 본의 아니게 사랑과 전쟁을 찍는 백호와 황호 부부를 가만히 지켜보았다.

그 옆에선 정신을 겨우 차린 써니 정이 금호가 된 옥자를 노려보았다. 정이문은 그런 다섯째 써니 정을 안쓰러워 했다.

"아직도 증오하는 거냐, 우리 동생이다."

"저게 어떻게? 저건 호랑이잖아요. 난 저런 괴물을 동생 따위로 둔 적 없어!"

좌중이 전부 고요해졌다. 시선의 끝이 금빛 털을 가진 호랑이에게 집중되었다. 오고가던 대화 속에서 상당수가 범녀의 존재를 알았다. 대대로 호랑이족의 변신능력을 갖고 있으며 호랑이족의 수장이 되거나 수장을 지명하는 존재.

써니 정을 바라보던 호랑이가 긴 한숨을 쉬었다. 이문은 호랑이로 변한 옥자의 머리를 쓰다듬었다. 잠시 주춤하던 옥자가 얌전히 그의 손길을 받아들였다.

옥자가 커다란 호박색 눈을 그에게 맞췄다.

"잘 컸구나. 돌아와서 얘기하자."

옥자는 그제야 정이문이 자신의 가족이란 걸 조금은 알 것 같았다.

"가운 준비됐어. 돌아오렴."

웅녀가 옥자가 입을 가운을 준비해 태산에게 건넸다. 태산은 구석으로 그녀를 데려가 호랑이의 몸에 가운을 둘러주었다. 가운을 뒤집어 쓴 옥자가 몸을 움츠린 채 이내 변신했다. 펑, 하는 짧은 소리와 함께 돌아온 옥자는 가운에 팔을 꿰고 제 알몸이 보이지 않도록 가운의 앞섶을 단단히 동여맸다.

그 모습이 꽤나 인상적이었던 듯 호랑이족 일원들은 서서히 이동해 옥자와 태산의 주변으로 모여들고 있었다. 그중엔 수염이 희끗희끗한 호랑이족 원로들도 자리했다. 옥자는 그들의 시선이 다소 불편했다. 아직도 순혈로, 범녀로 살아본 적이 없어서 더욱 그러하리라.

모두를 대표해 정이문이 또 나섰다. 반인반수들은 보기 드문 호랑이족의 움직임을 숨죽인 채 지켜보았다.

정이문은 모두가 듣는 앞에서 똑똑히 말했다.

"나는 호랑이족 대리 수장 정이문이다. 호랑이족은 대대로 범녀와 범녀의 남편이 수장을 도맡아왔다. 범녀 김옥자가 돌아왔고 그녀의 남편 이태산이 함께 있으니 너희가 호랑이족의 수장을 도맡을 것이다. 그러니, 둘 다 앞으로 호랑이족을 잘 이끌어주길 바란다."

"하, 하지만."

이문은 홀가분한 얼굴이었다.

"여기 호랑이족 세 분 원로들도 찬성하신 일들이다."

범상치 않은 포스를 풍기는 세 노인들이 고개를 끄덕였다. 그에 맞춰 태산이 자신의 호랑이족 기운을 하늘로 향해 쏟아내었다. 옥자도 등을 떠밀리듯 얼떨결에 봉인해둔 호랑이족의 기운을 방출해냈다. 나머지 호랑이족들 역시도 기뻐하며 한데 자신들의 기운을 방출시켰다.

"호랑이족 수장이 새롭게 탄생했다!"

그 환호는 이내 반인반수들 전부에게로 퍼져 나갔다. 이 상황을 쉽사리 이해하지 못하는 이들도 곧 그 환호에 편승했다.

화를 내던 강백호가 제 백호파 부하들을 시켜 이남숙과 사자족을 뒤쫓게 했다. 헌데 그들은 산 중턱에서 날아온 헬기를 타고 사라진 뒤였다.

"헬기? 그것도 대기 중인 걸 탔어? 그놈 대체 뭐야!"

화를 내며 날뛰던 강백호가 부하들을 시켜 호랑이족의 싸움을 관전하던 ESU 직원을 잡아왔다. 하필이면 신사호가 잡혀와 억울한 기색이 역력했다. 신사호는 이 상황을 아주 짧게 요약했다. 강백호는 얼음주머니로 부어오른 눈두덩을 식히며 대꾸했다.

"지금, 레온 레오파드라는 이 미친 사자 놈이 내 아내를 눈독 들였다 그 말이야?"

"요약하자면 그렇지요."

ESU의 간략한 긍정에 강백호는 뒷목을 잡았다.

"그 미친 사자 놈 새끼가 종족도 못 알아보고! 감히 내 아이들의 엄마를 집적거려?"

"그래서 어떻게 하겠습니까?"

"감히 백호파의 보스에게 덤비다니!"

"저쪽은 미국에서 손꼽히는 부자입니다. 한국에 전세기를 끌고 온 미친놈입니다."

강백호는 분노에 사로잡혔다가 이내 드러누웠다. 머리가 멍했다. 자신과 아내가 별거 중이란 것이 문득 떠올랐다.

그러고 보면 남숙이 제게 저렇게 말을 걸어온 것도 얼마 만의 일이었더라? 기억조차 이젠 희미해졌다. 모든 게 가물가물하다.

강백호는 패배감에 눈을 감고 현실을 외면했다.

환호성 뒤엔 고요가 찾아왔다. 한데 모인 호랑이족들은 서로를 관찰하는 데 열심이었다. 독립적인 호랑이 개체들이 한자리에 모이는 것은 기념비적인 일이다.

이런 혈족들이 진짜 있나 의심해왔던 호랑이족들에게 이런 기회는 정말 몇백 년 만에 돌아온 일이었다. 평소 호랑이족 수장을 모르고 지냈던 이들이 태반이었다. 수장이 있다 한들 실제 지난 몇천 년간 전국 호랑이족들에 대한 소집령이 떨어진 적도 없었기에 더욱 신기해했다.

그 호랑이족들 전부가 너른 야영지에 모였다. 그 수는 백호인 강백호와 그의 아내 이남숙을 제외하고도 백오십여 명 이상 우글우글했다. 그들이 희귀 맹수족이며 멸종 직전임을 떠올린다면 이 수는 말 그대로 살아 있는 일족, 그것도 순혈의 과반수가 모인 것과 같았다.

그 호랑이족들 사이로 옥자는 이문을 응시했다.

정이문. 그녀와 어머니를 공유하고 있다는 첫째 오빠. 자신과 닮은 데가 없지만 어딘지 모르게 친숙한 느낌이 있었다.

하지만 옥자는 그 피의 끌림을 인정하고 싶지 않았다.

"정이문? 오라버니라고 불러야 하나요?"

"마음대로 해."

"오라버니, 나 가족으로 인정하지 말아요."

"왜?"

옥자는 머리를 까딱였다. 이문의 표정이 진지했다.

"나 원하지 않았던 거 알아요. 피가 이어졌을지는 몰라도 원하던 자식이 아니었다는 건 분명히 알아요."

선대의 일들은 모른다. 반드시 알아야 할 필요는 없다. 사실 알고 싶지도 않았다.

“난 나를 숨겨준 양아버지 때문에 오십 년을 숨어 길러졌고 다시 오십 년을 혼자 도망쳐 다녔어요. 누가 날 해치지는 않을까, 내가 괴물인 건 아닌가. 돌연변이라서 누굴 좋아할 자격조차 없다고 생각했어요. 태산 씨가 순혈인 거 알고 나 태산 씨와 결혼도 할 수 없고 누군가의 애를 낳아줄 자격도 없다고 생각해서 누군가의 정부가 되려 했었고요. 그게 너무 당연하다고 생각했어요. 난 호랑이족의 자격이 없어서 버려진 거니까.”

옥자의 정보열람 등급을 기밀로 만들어버린 강찬봉의 노고 또한 그녀의 오랜 시간 동안의 오해를 부추겼을 것이다. 허나 이젠 그것 따윈 아무래도 좋았다.

그래서 아주 오랜 시간이 지나 성인이 된 지금에서야 태산을 만나게 되었으니까. 하지만 그렇다 해서 제 가족들에 대한 원망과 분노가 사그라지는 것은 아니었다.

“막내야.”

“정이문 씨와는 남매로 인정받고 싶지 않아요. 앞으로도 그래요. 차라리 목적이 있다면 허심탄회하게 말해주세요. 그게 편해요.”

옥자는 이문의 손길을 피했다. 동요하지 않았다.

오십 년간의 상흔이 너무 짙어 단 한순간에 치유될 리 없다.

“미안하다.”

옥자는 대답하지 않았다.

“네 아비 금호는 싸우는 걸 싫어했어. 태생이 평화주의자였지. 생긴 것도 초식계였고. 생각해보면 애초에 호랑이족 수장이 되고 싶지 않았는지도 몰라. 짝도 없었고. 넌 네 생부를 닮았는지도 몰라.”

"상관없어요. 지금은. 모진 말을 한 건지도 모르겠지만, 시간이 더 필요해요. 화해에 필요한 시간이. 내 마음이 치유될 시간이."

태산이 옥자의 어깨를 끌어안았다. 그러곤 옥자에게 제 어깨를 빌려주었다.

"난 내가 그냥 호랑이족이라 생각하고 싶어요."

앙금이 너무 오래되면 상처가 깊어진다. 때로는 아무리 치료하려 해도 지워지지 않는 흉터로 남기도 했다.

옥자는 희미하게 웃었다. 이문도 더는 강요할 수 없었다. 그가 써니 정을 쉽게 설득할 수 없듯이 이건 지금 모두의 마음의 문제였다.

"그냥, 지금은 모든 걸 즐기고 싶어요."

옥자가 말했다. 태산이 그녀의 어깨를 끌어안았다.

서로를 낯설어하던 호랑이족들이 한데 모여 즐겁게 떠들며 캠프파이어를 벌였고 새로운 그들의 금호 범녀를 기뻐했다.

이것은 아마도, 또 다른 시작이었다. 옥자는 이제 혼자가 아니었다. 남편이 있었고 그녀와 화해하진 않았지만 가족이 있었다. 그리고 제가 배척했다 생각해온 동족들이 잔뜩 생겼다.

이젠 행복할 일만이 남았다. 그녀가 이제 태산과 함께 모두를 이끌 터였다.

"으허어어엉!"

태산이 모두를 향해 일갈했다. 호랑이족들이 한데 모여 괴성을 질렀다.

북한산 일대가 호랑이족의 괴성으로 떠들썩해졌다.

17. 휴가를 떠나다

삼 개월이 지났다. 눈코 뜰 새 없는 날들이 흘러갔다.

어느덧 정신을 차려보니 겨울이 와 있었다.

옥자와 태산은 휴가를 내기로 하고 스키장 개장에 맞춰 스키장 근처의 숙소를 잡았다. 설국의 풍경을 기대했건만 12월 초는 무척 따스해 충분히 눈이 쌓여 있지 않았다. 하지만 스키장은 개장을 한 뒤 마냥 부산했다.

그들은 비교적 늦은 오후 무렵 도착했기에 내일 오전 느지막이 보드나 스키를 타보기로 했다. 저녁엔 피곤한 몸을 이끌고 대신 밤의 스키장 주변을 산책했다. 인공제설기가 신나게 작동해 눈을 뿜어내고 있었다.

조용한 하루의 끝이었다. 평화로움을 사랑하는 옥자가 바라던 호젓한 저녁이었다.

근처의 레스토랑에서 식사를 하고 돌아오던 길. 태산이 전화를 받느라 시간을 지체한 사이 옥자는 따스한 욕조에서 몸을 녹였다. 곧 태산이 들어와 춥다며 욕실을 차지했다.

태산이 나오길 기다리며 따스한 코코아를 준비한 옥자는 멍하니 창밖을 바라보았다. 순간 그녀의 눈이 크게 떠졌다.

"태산 씨, 태산 씨! 와봐요!"

욕실에서 막 샤워를 마친 태산이 물을 잔뜩 떨어뜨린 채 밖으로 나왔다.

"왜 그래?"

"눈이 와요."

창밖으로 천천히 눈발이 휘날리고 있었다.

"크리스마스이브에도 오면 좋을 텐데."

"그러게."

옥자는 굵은 실로 짜인 카디건으로 제 몸을 감쌌다. 지난 삼 개월 사이 제법 길어진 그녀의 금발이 슬쩍 드러난 목덜미를 간질였다. 옥자는 함박눈에서 눈을 떼지 못한 채 태산을 재촉했다.

"태산 씨. 빨리 머리 말려요. 우리 나가서 봐요."

"금방 그칠 것 같진 않은데?"

"하지만."

"여기 며칠 더 느긋하게 있을 거야. 서두르지 않아도 돼."

옥자는 고개를 끄덕이면서도 조바심이 났다. 결국 그녀는 창을 열고 베란다로 나갔다. 차가운 공기가 그녀의 몸을 스치고 지나갔다.

태산은 옥자의 모습을 보며 꽤나 언짢았다. 샤워 이후 따뜻하게 데워진 몸을 눈 구경 한다고 꽁꽁 얼어붙게 할 순 없었다.

"옥자."

"왜요?"

태산이 그녀를 껴안아 달랑 들었다.

"까아!"

"침대로 가자. 눈은 내일 실컷 구경하면 되니까."

"하, 하지만 함박눈인데!"

"내일 아침에도 내릴 거야, 분명히."

태산은 몇 걸음 만에 침실 문을 박차고 옥자를 침대 위로 던져 놓았다. 까아. 작은 외마디 비명 소리가 그의 애틋함을 부채질했다. 태산은 제 몸에 성가시게 입혀진 가운을 용맹하게 벗어 내던졌다. 옥자의 시선이 우람하게 솟은 그의 페니스로 향했다. 그녀의 시선이 벌써, 하는 표정이었다.

"얘는 언제나 준비되어 있지. 옥자만 젖어 있으면 돼."

태산이 최대한 섹시한 미소를 지어 보였다. 옥자가 웃어 보였다. 수컷의 애간장을 애태우는 웃음이었다. 그녀가 잠시 생각하더니 제가 입은 잠옷의 끝을 조심스럽게 들어 올렸다. 옥자의 뽀얀 장딴지와 그 위로 드러난 동그랗고 예쁜 무릎, 유혹적인 허벅지가 드러났다. 잠옷이 점점 위로 올라가 그녀의 허벅지를 다 노출한 순간.

"왜 안 입었어?"

태산은 그녀의 다리 사이에서 반짝이는 금빛 체모를 보며 음흉하게 말했다. 옥자가 슬쩍 다리를 벌렸다. 그녀의 야한 여성이 남김없이 드러났다. 이미 촉촉하게 젖은 그녀의 꽃이 향기를 발산하며 태산을 부르고 있었다.

"어서 와요."

"제엔장!"

으르렁! 태산은 침대 위 제 암컷을 위해 몸을 날렸다.

오늘 밤 히말라야를 정복하듯이 옥자의 뼈와 살을 발라 불태워 줄테다! 그는 길고 뜨겁고 오장육부가 뒤틀리게 타는 밤을 경험하게 해주리라 맹세했다.

옥자는 침대에 누워 고심했다. 역시 성욕 강한 산호랑이 이태산을 자극해서는 안된다는 뼈저린 교훈을 느꼈다.

"왜? 무슨 생각 해?"

태산이 그녀의 봉긋한 젖가슴을 지분거리며 쪽쪽, 소리가 나게 키스했다. 예민해진 가슴 끝은 그의 손이 닿을 때마다 아리게 뭉쳤다. 태산은 오랜 시간, 아주 공들여 그녀의 가슴을 애무하는 데 정신이 팔려 있었다.

"하아."

태산이 점점 짓궂어졌다.

"옥자는 괴롭힐수록 예뻐. 우리 이렇게 한가하게 지내고 차라리 강백호에게 수장 자리 넘겨주는 건 어때? 삼백육십오 일 덮쳐줄 수 있는데."

"그리고 산에 가려고요?"

옥자는 태산의 귓불을 마구 잡아당겼다. 그가 그녀의 봉긋하고 풍만한 가슴을 집어삼키기 직전이었다. 날카롭게 송곳니를 드러내는 남자를 보며 옥자는 한숨만 쉬었다.

"책임감 없어요. 태산 씨."

"말만 그래, 말만! 오랜만에 장기 휴가 냈으니 즐기자고."

하지만 참으로 야릇한 상황이었다. 그들은 숱하게 몸을 섞었고 지금도 태산의 건장한 알몸이 그녀의 알몸 위에 자리했다.

"휴가 없어도 늘 덮쳤으면서! 읍!"

태산의 입술이 다시 옥자의 입술을 우악스럽게 삼켜 왔다. 그녀의 다리를 억지로 벌리는 태산의 손길이 바빴다. 이미 그녀의 허벅지를 찔러 오는 태산의 남성이 심각할 정도로 뜨겁고 굵었다.

그녀의 안에서 애액과 이미 몇 차례나 방사한 그의 액체가 묘한 냄새를 풍기며 흘러내렸다.

후끈 달아오른 방 안의 열기가 더 달아오르는 기분이었다. 방 안의 보일러를 더 높인 것인가. 시트를 걸치지 않았는데도 옥자의 몸이 더 뜨거워졌다. 태산의 손이 느리고 감질나게 그녀의 몸을 훑어 내렸다. 예쁜 열꽃들이 그녀의 몸에서 피어났다.

태산은 그녀의 예쁘고 풍만한 온몸을 숭배하며 제가 그제 남겼던 키스 마크들이 옅어진 것을 확인하고 연신 으르렁거렸다.

"다리 벌려."

욕구불만의 짐승은 그녀의 안에 벌써 자신의 부풀어 오른 남성을 진입시키고 있었다.

"태산 씨! 좀! 너무 빠르잖아! 핫!"

질척거리는 소음이 그녀의 내부에서 퍼져 나갔다.

대번에 허리가 꺾였다. 노골적인 허릿짓에 참으로 야한 찔꺽대는 소음이 그녀의 귀를 울렸다. 질척질척해진 그녀의 자궁 끝까지 단단히 허리를 붙들고 치받쳐 오르는 이태산의 입술이 경직되어 있었다. 그는 온 감각과 힘을 제 하반신에, 연결된 그 부분에 집중했다.

땀을 흘리며 일그러진 그의 얼굴이 고통스러워 보였다. 그녀의 하얀 다리가 태산의 허리에 감기기도 전에 그가 더욱 다리를 깊이 들고 파고들어 내리찍었다. 허리 위까지 고스란히 몸이 들려 그녀는 손으로 시트를 거머쥔 채 신음했다.

질척질척해진 그녀의 안. 태산이 불덩어리로 쑤셔 그녀의 안을

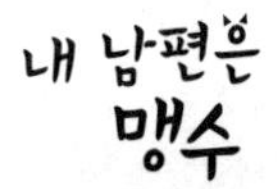

고통스럽게 달구었다. 전신에 가학적인 쾌감이 내달리고 있다. 꺼이 꺼이 숨을 쉴 수조차 없다.

"아, 좁다. 미치겠군."

불덩이를 계속 담금질하는 옥자는 이미 하반신의 감각이 사라진 것 같았다. 연결된 부분이 뜨겁게 덴 것 같았다. 제 안을 쑤시며 찔러 오는 사내의 움직임을 따라가기는 늘 버거웠다.

하지만 제 안이 미치도록 그를 죄며 젖어드는 건 알고 있다. 어느 땐 너무 젖어서 당황스럽기까지 했다.

바로, 지금처럼.

역시 옥자는 생각했다. 태산의 이름은 정말 그와 궁합이 잘 어울렸다. 적어도 성욕만큼은 '태산'인 게 분명했다.

태산이 울부짖으며 그녀를 덮쳤다. 옥자는 그의 목을 끌어안으며 신음했다. 제가 회복이 좋은 호랑이족이라 다행인 건지, 그가 아침까지 꼬박 그녀를 재우지 않아 수면부족으로 미칠 것인지. 어느 쪽이 더 다행인 걸까.

아침 늦게야 일어난 옥자는 결국 스키니 보드니 하는 것들을 심플하게 포기했다. 피로가 쌓인 데다 밤 내내 태산의 괴롭힘 덕분에 말 그대로 반쯤 죽었다. 회복력이 좋아 오후에는 거동이 좋을 정도로 괜찮아지겠지만 나날이 태산의 성욕이 집요해진다는 건 문제였다.

"하아. 이태산, 죽여버리겠어."

차라리 이태산에게 수장을 맡겨버리고 그녀가 튀어버리는 건 어떨까.

그래봤자 결과는 그리 달라질 게 없어 보였다.

지난 가을은 정신을 차리기 힘든 나날들이었다. 옥자는 태산이나 자신들 중 누군가 호랑이족의 수장이 되면 될 거라는 무식한 생각을 했다. 하지만 호랑이족 수장은 해킹 프로그램 수십 개를 만드는 것보다 더 어려웠다.

호랑이족 수장이 제대로 활동한 건 이백 년도 전의 일이었다. 비록 옥자의 생부인 금호가 수장을 맡았었다지만 그는 외유하는 성격이 아니라서 거의 나선 적이 없었다. 그 뒤 수장 대리가 백 년간 대행했지만 실질적인 역할은 하지 않았다.

태산이 마침 거하게 아침식사를 차려 왔다. 옥자가 목이 아프다며 야단을 쳤기에 따뜻한 차와 스프가 준비되어 있었다.

"수장 꼭 해야 해요?"

옥자가 귀찮다는 듯 투정을 부리자 태산도 툴툴거렸다.

"나도 마찬가지라고. 난 수장이 누군지 관심도 없었어. 호랑이족들은 무리 생활을 하는 편이 아니라서 수장이 누군지 보통은 상관하지 않아."

호랑이족들은 개체수가 적고 독립적이다. 오랫동안 수장이 없었어도 문제가 없었던 건 호랑이족 특유의 구조 때문이었다. 심지어 호랑이족들 중 일부는 수장이 누군지 모를 만큼 무관심한 것을 당연하게 여겼다.

호랑이들은 한정된 영역을 차지하기 위해 치열한 서열 싸움을 했다. 허나 일정한 영역을 차지한 뒤 그곳을 침범하는 적이 없다면 무관심해졌다.

"사실 호랑이족 기준에서 강백호가 특이한 건지도 몰라. 녀석처럼 수장이 되겠다 벼르는 호랑이족은 드물거든."

옥자는 그가 준 쟁반을 받으며 생각에 잠겼다. 그녀가 며칠 전까지 매달렸던 건 한국 호랑이족 전용 사이트였다.

수장 대리였던 정이문의 예전 직업 중 하나는 웹 프로그래머였다. 옥자와 성격이 꽤나 비슷한 데다 직업마저도 비슷했다.

어쨌든 그는 ESU의 한국 호랑이족 자료와 지난 이백 년간 호랑이족 수장들이 하지 않은 일과 해야 할 일들, 앞으로 한국 호랑이족이 새롭게 체제를 정비해야 할 것들까지 보고서로 제출했다. 보고만 있어도 눈이 핑핑 돌 정도였다.

옥자는 그중 이문과의 전화 통화를 한 뒤 호랑이족의 웹사이트를 따로 개설했다. 생김새는 달랐지만 이문과는 성격적으로 비슷한 구석이 많아 점점 대할수록 그가 크게 어렵지 않았다.

아마도 옥자는 내년 봄꽃이 필 무렵, 그가 운영한다는 제주도 펜션을 방문하게 될지도 모른다 생각했다.

옥자는 다음 날도 제가 이곳에 온 것에 대해 후회했다. 어제는 과다한 섹스의 여파로 하루를 휴식했다. 그럼 스키나 보드를 타야 할 텐데 눈 쌓인 설국의 스키장을 내버려두고 왜 이곳에 와 있는 건지 알 수 없었다. 차라리 대관령을 관광이라도 했으면 덜 억울할 터였다.

헌데 지금 왜 수영장인가. 그것도 한겨울에?

아무리 실내라지만 웬 스파 랜드란 말인가.

옥자는 비키니 위로 얇은 바람막이를 여미며 제 몸을 꽁꽁 감쌌다. 그나마 반바지를 걸쳐 태산이 물어뜯어놓은 자국이 보이지 않아 다행이었다.

태산은 물놀이를 한다며 마냥 신나했다. 물놀이를 좋아하는 건 호랑이 특유의 본능이겠지만 그는 참으로 뻔뻔했다. 그게 아니면 옥자의 비키니 차림을 보고 싶어 했거나.

"옥자, 벗어서 보여줘."

태산은 그녀의 가슴을 사랑한다. 하지만 이 자리에서 보여줬다간 그대로 날뛰며 덮칠지도 몰랐다.

"안 돼요."

"옥자!"

"흥."

그녀는 슬쩍 재킷을 열어 가슴만 보여주었다. 말 그대로 간만 봤다. 군침을 삼키는 호랑이 한 마리가 있든 없든 상관하지 않았다.

사실 기운을 완벽하게 갈무리한 그들은 호랑이족으로 보이진 않았지만 태산의 덩치 덕에 눈에 확연히 띄는 커플이긴 했다.

"그만 즐거워해요. 물놀이나 하자고요."

"무드 없어."

태산의 연락을 받고 이곳에 온 남숙도 당황한 얼굴이었다.

"그런데 오라버니, 왜 하필 이런 곳에서 보자고 한 거예요?"

원피스 수영복을 단정하게 입은 그녀의 발치에는 하얀 수영모를 쓴 쌍둥이가 자리했다. 헌데 옥자는 제 기억보다 한 뼘 가까이 커진 아이들의 모습에 놀랐다.

"어? 애들 많이 자랐네요."

고작 사 개월 정도가 지났을 뿐인데 아이들은 사람의 아이가 크는 속도보다 훨씬 빨리 성장했다. 헌데 남숙은 그 아이들을 보며 한숨을 쉬었다.

“아이들이 크는 건 문제가 아니지만 옷을 자주 바꿔줘야 해서 큰일이네요. 한 달도 안 되어서 전부 옷을 새로 사야 해요.”

아이들은 깊이가 얕은 온수풀에 신나게 뛰어들어 수영을 즐겼다. 남숙은 그런 아이들의 모습을 흐뭇하게 바라보았다.

“그런데 옥자 씨, 알아요? 지후와 지미는 쉰 살을 훨씬 넘었어요.”

“네? 하지만 전 그때 다 자라 있었는데.”

“옥자 씨 성장이 빠르네요. 범녀라서 그런가. 하지만 보통 호랑이족은 육칠십 년 정도면 인간의 십 대 후반 모습을 해요. 내 아이들은 두 배 이상 자라야 또래들과 같을 거예요.”

“어째서?”

남숙이 비치가운을 추스르며 웃었다. 화장기가 없는 그녀의 얼굴은 조금 피곤했지만 근심 따위는 느껴지지 않았다. 뭔가 한 꺼풀 벗은 느낌이었다.

“심리 치료를 받고 있어요. 원래 우울증이 심했을 거예요. 모체의 심리적 반응과 아이들의 성장이 밀접하게 영향을 받는다고 하더군요.”

“그럼 우울해하면 아이들이 자라지 않는단 거예요?”

“아마도. 하지만 이젠 괜찮아요. 아이들과의 삶을 시작할 거고. 백호 씨와 이혼도 마무리 지을 거고. 앞으로 좋은 일들만 있겠죠.”

옥자는 진심으로 남숙을 응원하고 싶었다.

“잘될 거예요. 도울 일 있으면 언제든 말해주세요.”

그들이 손을 잡고 마음을 모을 무렵이었다.

『남숙 씨. 여기 있어?』

그들의 뒤로 불쑥 표범 무늬 수영팬티를 입은 레온 레오파드가 나타났다. 옥자는 놀라 눈을 댕그랗게 떴다. 아직도 미국에 가지 않았던가?

헌데 레오파드의 수영복이 문제이긴 했지만 머리카락이 차분하게 내려앉아 마치 사람이 변한 것 같은 착각이 일었다.

『라이온 킹이다.』

백호의 아이들이 반짝 고개를 들어 레오파드를 반겼다.

스파에서 반나절 정도 시간을 보낸 그들은 간식을 먹은 뒤 옷을 갈아입고 밖으로 나왔다. 눈이 올 것 같진 않았지만 햇살이 좋은, 차가운 공기가 차분하게 가라앉은 맑은 겨울날이었다.

"날이 좋아서 전망대에 애들 데리고 가야겠어요."

잠시 후 남숙이 아이들을 추스르며 말했다.

"그럼 저녁엔 근처 레스토랑에서 볼까?"

"그것도 좋아요."

옥자와 태산은 털모자와 귀여운 패딩 재킷을 입은 아이들 뒤로 인상을 쓰며 검은색 패딩으로 발끝까지 완전무장한 레오파드를 응시했다.

『사자는 열대 지방 출신이라고.』

그가 스키용 마스크를 쓰고 패딩의 모자를 깊이 눌러썼다. 그러곤 남숙과 아이들을 따라 뒤쫓아 달렸다. 레오파드의 비서로 보이는 일행들 몇몇도 그 뒤를 따라 잽싸게 이동했다.

"어, 어떻게 되는 걸까요?"

"글쎄."

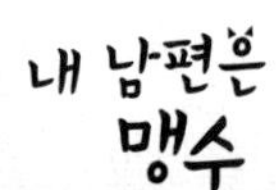

태산이 머리를 긁적거렸다. 사실 강백호와 이남숙은 현재 아직 이혼 조정 중인 상태였다.

태산과 옥자가 콘도로 돌아왔을 즈음. 그들의 콘도 앞에는 얼쩡거리는 강백호가 와 있었다. 대뜸 다가와 그는 옥자와 태산에게 되물었다.

"여기 남숙이랑 내 아이들은?"

"아까 전망대에 간다고 했는데?"

"전망대? 얘들아 가자!"

한 무리의 일행들이 전망대 쪽으로 사라졌다. 잔뜩 초조한 강백호의 얼굴은 처음이었다. 옥자를 갖겠다 선언했을 때도 저만큼 필사적이진 않았었는데.

"이제 어떻게 될까요?"

"글쎄? 그것보다 우리 크리스마스에 결혼하는 거 생각이나 해봐."

"결혼할 거예요? 그때? 눈이 오면?"

"설국의 호랑이도 좋지 않아?"

"호랑이족 사이트에 공지 띄울까요? 우리 결혼한다고? 내년 봄엔 어때요?"

"그때까진 못 기다릴 것 같은데."

태산이 잔뜩 화를 내었다. 곧 겨울이 가고 봄이 온다. 호랑이족들은 계절 따위는 아무렇지도 않지만 봄이 오면 더 활개를 치게 될 것이다.

식을 올리고, 그들이 새롭게 마련한 집에서 같이 살며 아이를 낳고.

그렇게 행복하게 오래도록 사는 꿈. 그것은 현실.

"절대 봄까지는 못 기다려."

"그럼 크리스마스에 지인들 모아 조촐하게 식 올려요. 그럼 괜찮아요?"

"좋아."

태산이 빙그레 웃었다. 그들은 장갑을 벗고 깍지를 끼었다.

설국 배경을 뒤로 한 범녀와 산호랑이 하나가 웃으며 콘도 안으로 들어갔다.

- fin.

작가 후기

'내 아내는 짐승'에 이어 '내 남편은 맹수'로 찾아뵙게 되었습니다.

두 작품은 동일 세계관에서 벌어지는 반인반수들의 이야기입니다.

'아내-짐승' 쪽은 생각한 것보다 라이트하게 진행되었고 '남편-맹수' 쪽은 아내가 있으면 남편도 있겠지, 하는 마음으로 이야기를 만들어 진행했죠.

전작에선 구미호가 나왔으니 이번엔 한국의 희귀 맹수를 골라 구상하다 보니 뜬금없는 호랑이 이야기가 되었더군요.

초반 부분의 여주인공 옥자에겐 진심으로 미안하다고 생각하고 있습니다.

실은 아무 생각 없이 프롤로그만 완성해두었었기에, 정말 본편을 쓰게 될 줄은 몰랐으니까요.

어쨌든 쓰는 동안엔 아주 진지하게(진심입니다) 몰입해서 썼으나, 쓰고 난 결과물을 보니 출판사에 매우 감사한 마음이 듭니다.

다음 작품은 보다 더 진지하게 돌아오겠습니다.

2015년 2월,

효진

p. s. 책이 나온 뒤 곧 밸런타인데이가 되겠군요.

모두 호랑이 같이 따뜻한 애인 한 마리 장만하시길 바랍니다. ^^